Long Journey

远　行

Long Journey

远 行

Xu Xu

徐栩

All inquiries please email to luckjamestian@yahoo.com

Published in the United States

ISBN 978-1-7369416-0-7 (hardcover)
ISBN 978-1-7369416-1-4 (paperback)
ISBN 978-1-7369416-2-1 (eBook)
Library of Congress Control Number: 2021911028

For my mom，

Jiafang Xu

　　谨以此书献给我的母亲徐家芳，感谢她对我写作的大力支持。

目录 Contents

公元 1492 年，西班牙王室资助了克里斯托弗·哥伦布的远洋探险活动，希望能找到一条不违反《阿尔卡苏瓦什条约》的西行航线直达印度，哥伦布宣称他的船队成功到达了印度。

1499 年～1504 年间，阿美利哥·维斯普西考察了这块土地的沿海地区，认为这不是印度，而是一块未知的新大陆。后人将这块大陆以他的名字命名为亚美利加（America）。

当一扇门关闭，另一扇门打开时，人们总习惯于懊恼地注视着关闭的门，却不去看那打开的门……

第 *1* 章　回乡奇遇

　　钱乐怀着激动的心情登上了回乡长途汽车。不知从何时起，他喜欢上了靠窗的位置，无论是汽车、火车还是飞机，喜欢上透过那扇窗口去看窗外的风景，或远或近，或大或小，或静或动，那是能让人浮躁的心沉淀下来的大自然。钱乐在美国留学，现在利用寒假回国探亲。此时此刻，他更想透过窗口多看看家乡的变化。一湾湾河塘，在阳光的照射下泛着粼粼波光。水面漂浮着渔网的白色浮标，水边停泊着几只满载而归的月牙形的小船。河塘被高矮不同、错落有致的农居围绕着，被高耸挺拔的树木守卫着，间或看见一字形排列的鸟儿划过天空。一片片田野，因庄稼收割完而显得格外广阔，大地母亲在孕育生机，预示着将会出现五彩缤纷的世界。一座座远山，连绵起伏，彰显出雄伟轮廓，启示着沧海桑田的历史变迁。随着汽车行驶，钱乐看到了熟悉的、动感的山景，感叹着自然界造物之神奇、壮观。

　　不过，遗憾的是车内还是有点脏，人有点挤。

　　天冷，车窗未开，空气很差，坐在钱乐边上的男子满脸横肉，染着黄发，他一上车就把鞋脱了，大大咧咧地把脚伸到前排座位边，散发着阵阵臭气。周围的人先是厌恶地看看他，又都扭回头，不敢得罪这混混。钱乐更觉得臭气熏天，难以忍受，狠狠地瞪了他一眼。那人感到了这一不友善的目光，但若无其事。

远　行

钱乐又盯了他一会，看他并无改正的意思，就开口了："你能不能不脱鞋？"

"关你什么事？我看你一上车就盯着我看，咋地？瞧我不顺眼？"横肉男恶狠狠地说。

"嘿，我就看你不顺眼，你脚那么臭，脱啥鞋？"

"你找事啊，这车上有写着吗？不准脱鞋？那么多人都不吱声，就你他妈鼻子犯贱？"

"你没鼻子吗？不觉得臭？你看看大家的表情，谁不讨厌你？"钱乐压了压怒气，尽量克制着。

"哪个敢？也不打听打听爷是干啥的。嫌臭，你他妈下去打的啊。"

横肉男用手指着钱乐骂，吐沫星子溅到钱乐的脸上。

钱乐一把推开横肉男的手指说："你的爪子离我远点。"

"你他妈的才是爪子呢。"

钱乐小时练过武术，爱打抱不平，现在比过去已经克制多了。但那人不但没收回手，反而手指离钱乐的鼻子尖更近了。钱乐实在忍耐不下，只见他一手挡开他的手指，另一手就冲那满脸横肉的脸上来了一拳。横肉男想躲，看来并无真功夫，没让得过，重重地挨上了一拳。他捂着腮帮子，有点蒙。可很快就跳起脚来，火冒三丈地反击。

两人扭打在一起，司机赶忙刹车，车子一晃，抱在一起的两人摔倒了。

司机拨打了110。

众人拉开了两人，但拉了偏架，暗中帮钱乐。

横肉男的鼻子破了，淌了些血。

他抹了一把脸上的血说道："小子，还有你们，"他指着拉偏架的众人，"就等着瞧吧！派出所所长是我大舅，你要摊上大事了。"

钱乐微微一笑："呵呵，巧了，所长是我大侄子。"

横肉男气得又想冲过来："你……"

但他似乎有点胆怯，拳头只是比画了几下。

车上众人忍不住会心一笑。

一会儿工夫，驶来一辆警车。一个警察下了警车、上了大客车。

其实横肉男并没什么亲戚在派出所，只是认识几个人而已，但就像某类人一样，他习惯性地狐假虎威。

现在看到警察上来，他打算先告状，把钱乐抓起来再说。

警察对两人说："怎么回事？谁先动的手？"

横肉男赶忙说："是他先动的手，他还说是你叔呢。"

警察上下打量着钱乐，他三十岁左右，国字形脸，高个，眼睛挺大，表情却显若无其事。

警察对钱乐透出的傲气感到不快，这没拿警察当领导，就说："你动手打人，扰乱治安，得跟我们去一趟派出所。"

钱乐不慌不忙地说："他偷我的钱包，被我发现了，还在这里恶人先告状。"

横肉男说："你胡说，谁偷你钱包了？"

钱乐也不搭理他，对警察说："你去问问大伙，是不是都看见了。哎，大伙说，是不是？"

众乘客稍愣了下，就七嘴八舌："是的。"

"对的。"

"那流氓正要偷小伙的钱包，被他发现了。"

横肉男气得四周环顾，两眼瞪着乘客。钱乐心里窃喜，但努力憋着笑模样。

警察犹豫了下："那你们两个都跟我走一趟，去派出所。"

横肉男和钱乐都不愿意了，都说自己不应该去。

钱乐是不愿意浪费宝贵的回国时间，这趟车走了，还不知下趟车啥时候来呢。他决定索性冒充美国公民，唬住假小偷与警察，来个速战速决。

他掏出美国绿卡，这说明持卡人已获得美国的永久居住权，可以自由出入美国、自由居住，也就是人们通常所说的移民或华侨了。

但并不是美国公民，他还是中国公民，持中国护照。钱乐心想普通警察未必知道得那么具体。

他对警察说："你也不怕引起个外交事端？"

警察看着递过来的全英文的证件。上面有个美国国徽，还有钱乐的相片和指纹，心里有点犯嘀咕，对这事拿捏不准。

钱乐憋住笑，一本正经地说："我是美国公民，你可以打个电话给美国领事馆，把这个证件号码报给领馆，他们会给我提供领事保护的。"

钱乐又递上了领事馆的电话号码。这回警察更拿不准了，想了一下就拿着证件去了警车，在里面打电话，他要弄清这个钱乐的真实身份。

美国领事馆里的小姐用中文服务，警察说出绿卡号码、人名，领馆内经过一番核查，确认属实。领馆小姐对警察说："钱先生是美国的永久居民，如果他遇到麻烦，我们会为他提供领事保护的。"

警察的心态发生了变化，他不愿搞事，小芝麻变成烫山芋。不就是偷个钱包吗？多大的事？

他上车后对横肉男不客气了，说："既然车上这么多人都做了证，你就跟我走一趟吧。"

警察又对钱乐说："他偷了你多少钱？"

钱乐顺水推舟："这不重要了，我已经把钱抢了回来。"

警察说："那就好，不耽误你了，你们可以开车了。"

那横肉男有点急，又有点百口莫辩的样子，拉着警察要解释。

警察说："好啊，到所里去说吧。"

在大家的哄笑中他被警察带走了。

钱乐的老家变化真大，一条宽阔的柏油马路直通村庄。路两边美丽的白玉兰树在风中轻摇，仿佛向他招手致意，温暖的阳光透过密密树枝细细碎碎撒了满地。一盏盏路灯，延伸至路尽头，一幢幢小楼，整齐排列着，一畦畦农田围绕着绿水，几只鸭子让水塘生机勃勃……

天高地阔啊，这是我魂牵梦绕的家！立在路边的钱乐真是有点激动、沉醉，他闭上眼，仰起头，展开双手，他要拥抱这里的蓝天，他要深深呼吸这里的空气，他要告诉每一只经过的鸟儿：我回来了！想着想着，钱乐激动起来，欢呼着狂奔起来。

钱乐享受着与父母家人团圆的幸福，美美地吃饭，美美地睡觉。

早晨，太阳刚刚从地平线探出头来。村庄被一缕缕轻纱似的薄雾笼罩着，显得神秘而又淡雅，犹如一个羞涩的少女。薄雾带着植物特有的清香，沁人心脾。钱乐爱听那小鸟清脆的歌声、公鸡的啼鸣和牛羊的叫声。他愿意在这小乡村的袅袅炊烟与薄薄晨雾中沉沉地睡着。

傍晚，霞光满天，美得醉人，美得绚烂。祥云罩住了西边的天际，似一幅绚丽缤纷的油画。最初是一片鹅黄色，渐渐成为橙红，后又转为深红，斜阳似血。最后是一缕光线收底，天色就完全暗了下来。

钱乐回老家没住上几天。他主要是看望父母弟妹，然后就外出旅游了。他还答应给一个留学中介做宣传，赚点外快。

宏图留学中介公司位于江南古城南都市，公司在富丽堂皇的酒店里租了几个房间。按照中介的要求，钱乐西装革履，以留美博士的身份宣讲。

宏图公司的CEO（执行长）皮特，一个起着洋名的地地道道的中国人，大声说道："现在我们欢迎本公司的海外顾问，美国著名大学——洛杉矶大学的钱博士给大家介绍美国大学的情况。"

下面响起一阵热烈的掌声。

此时的钱乐打扮得洋气十足。他风度翩翩、侃侃而谈，其实他只是个在读的硕士生。

远　行

　　"美国是个注重教育的国家，大家都知道，是先有哈佛，后有美国的。她的大学不仅是全世界各国中数量最多，也是含金量最高的。就数量而言，高等院校有四千七百多所，比全欧洲加在一起的都要多。品种还齐全，既有公立的，又有私立的；既有在大都市里的，又有在小镇上的。含金量就更不用说了，全球顶尖大学美国占了大多数，许多学校的诺贝尔奖得主可以成把地抓。当然这些好学校不是人人都能毕业。"

　　皮特在旁边碰碰他的腿，提醒他不能渲染求学难度。

　　钱乐没能刹得住车："美国大学是入学门槛低，但毕业不易，宽进严出，绝不是人人都能拿到文凭的……"

　　皮特一看不行，又狠踩了他一脚。

　　钱乐反应过来了，忙改口说道："不过，不用担心，美国大学的灵活办学模式让你享受到充分的自由。在美国转学、换专业非常容易。你如果知道一个美国总统是哈佛毕业，又听说他是哥伦比亚的校友，不要奇怪，这很正常，因为他中间换了大学，这跟中国的大学截然不同。万一你适应不了一所学校，或不喜欢这个专业了，可以很容易地换校、改专业。这么多的学校，总有一款适合你吧，要不然，地球上的大学都盛不下你了。"

　　众学生和家长们都笑了起来。

　　"还有，美国的大学、中学选课都很灵活，我想这或许就是为何中国学生很努力，数学普遍好，但真正顶尖科技却落后美国的原因。如果你问刚进校的学生是哪个专业的？他们会很困惑，觉得你问这个问题很奇怪，因为他们大多没选定专业。头一两个学期都是在摸索阶段，学生在熟悉各专业，甚至在熟悉这所学校。他们要通过课程学习来发现自己的特长、找到自己的真正爱好，然后再选定专业方向。所以换学校、转专业十分常见。"

　　钱乐又露出他信口开河的天性，说："我们这里什么都是一刀切。放假时间一刀切，都去放长假，人挤人。生孩子一刀切，都是生一个孩子，而且羊年统一不生。"

下面一阵笑声。

"我们上大学的年龄一刀切，18 至 22 岁，将来死亡也一刀切，比如 80 岁统一安乐死，呵呵。"

下面的听众板起脸，不适应这种黑色幽默。

"美国大学生对我们四年统一毕业感到不可思议，他们全国只有 30%的本科生是四年毕业的。我所在的加利福尼亚州，公立大学只有 18%四年毕业。虽然少数聪明、勤奋的学生高中里已学了大学课程，或大学里多修课、早毕业，但大多数学生要超过四年才能拿到文凭。他们有的做兼职去挣钱了，有的则是笨得毕不了业。当然外国留学生必须要全日制，本科一学期最少选四门课，研究生要选三门。美国大学的学制更灵活，有一年两学期的，和我们的大学一样。但每学期都可以入学、毕业。有的大学是一年四个学期，叫学季制，Quarter 制。怎么样？光是灵活的学制就让你感到方便无比吧。"

听众们不时点着头、发出啧啧赞叹声。

钱乐又说："中国的重点高校大多在大都市，外地分配的名额少。美国高校农村、城市分布均匀，完全平等竞争，不按地区分配名额，所以每个考生都机会均等……"

钱乐海阔天空地吹了两个多小时，起劲卖弄着他所知道的一切。

演讲结束后，中介让大家自由提问。

这是美国演讲的标准模式，演讲者都会留出时间让听众提问。作为客套，演讲者对每一个提问者都会说："这是个很好的问题。"

一学生提问："美国有没有野鸡大学啊？"

钱乐揣着明白装糊涂，笑道："养野鸡的大学？当然没有。美国有个凤凰大学，挺有名的。"

皮特赶紧说："那可不，人家美国大学，野鸡进去都变成了凤凰。"

那学生解释道："就是乱发文凭，不被承认的大学。"

　　钱乐说："这是个很好的问题。什么是野鸡大学取决于你如何定义它。理论上讲，在美国成立个私立大学，注个册就行了，比中国开个烧饼铺子还简单。校名也可以随便取，什么'美国大学'啦，'宇宙大学'啦，只要没被别人注册过，你都可以用。与世界上大多数国家不同，美国私立大学文凭与教育质量不是由政府教育部门控制，而是由几个私人的非营利机构来评估认证的。也就是说大学自己可以自由地发文凭，硕士、博士学位都可以随便发，没有人管。什么叫承认？承不承认由用人单位说了算，我这个单位可不可以不承认哈佛文凭？"

　　听众有点发愣。

　　钱乐启发道："当然可以不承认，我就是不招哈佛毕业生，或者哈佛毕业生的工资比高中生低，可以吧？"

　　听众似乎有点明白了。

　　钱乐又说："美国教育部门不统一管理，野鸡大学不可避免，但是不多。因为美国的学生不是冲着硕士、博士文凭去的，而是冲着学问、知识、能力去的。你们可以看看美国的总统、部长们没有几个是硕士、博士毕业的。用人单位不看重你的文凭，而是看重真实水平。当然对学校而言，通过认证至关重要，否则学校的文凭将大打折扣。"

　　那学生接着问："那么，怎样才能知道这个学校通过了认证呢？"

　　钱乐："上面提到的非营利机构会按一定的标准来评定大学教育。如果符合标准，学校就通过认证了，Accredited status is granted。当然啦，不同评估机构评定的结果不尽相同。有些学校会在自己的网站上注明通过了哪个机构的认证。我觉得哈佛、耶鲁就不用注明了，呵呵。美国的公立大学都是通过认证的，不会是野鸡大学。私立大学就参差不齐了，顶尖的名校是私立，垫底的学校也是私立。我们公司的使命就是为学生把关，分辨学校质量，按顾客要求推荐学校。如果你还有具体的疑问，会后可以单独向我们咨询。"

这时另一个学生提问："学完后，可以在美国留下来吗？"

钱乐回答道："嗯，这是个很好的问题。要是你们选对了专业，学成毕业，还是容易找到工作、在美国留下来的。"

一个家长提问："你们现在促销，能给我们多大的优惠呢？"

这回皮特抢着回答："现在签合同，我们让利五千。原价先付一万五，联系好学校，发给学生录取通知书时再付一万五。现在第一笔只要一万，总数二万五即可。"

说完后，他想起漏了句客套话："哦，这是个很好的问题。"

台下有了善意的哄笑声。

几个学生提了些常见的问题，其中一个漂亮的女生让钱乐眼前一亮。

她皮肤白皙中透着微红，身材错落有致，短发略过耳朵，剪着很整齐的刘海，一双对称又有神的眼睛。整个形象很像朝鲜族的洋娃娃，不卖自萌。

她问道："我想上公立大学，因为学费便宜些，但你们介绍的都是州立大学，不能中介一些国立大学吗？也就是中央所属的大学吗？是不是那些学校不愿意与你们这个中介打交道？我觉得州立大学只是相当于中国的省属高校，会好吗？"

钱乐打趣道："这不只是个很好的问题，还是个很尖锐的问题哦，你是不是想说人家国立大学不屑与我们这个中介打交道？那些名校看不上我们这个中介？呵呵，这样说吧，美国法律规定，教育权属于各个州，所以美国压根儿就没有国立大学、部属高校。公立大学最高也就是州政府管理了。美国是有几所全国性的公立大学，它们都属于军方，如西点军校、空军学院等。这些学校的档次很高，入学难度在哈佛之上。当然，目前本中介还无法介绍莘莘学子去那几所学校，请问这位同学是否想去西点军校呢？外国留学生需自己国家部长以上的推荐信哦。"

那女学生不好意思地笑笑："我是学金融的，看来只能去州属公立大学了。"

远　行

有个挺帅气的男生问："听说美国学校活动很丰富，是吗？"

钱乐答："你听到的绝对真实，那比国内大学不知丰富多少倍，多得你玩不过来。像我在的洛杉矶大学，你能想到的都有。各种球类、滑雪、冲浪、潜水、帆船、骑马……"

帅气男生打断了他的话："那有啥稀罕？现在国内都有了。"

钱乐有点不快被打断，皱了皱眉，但还是继续回答："还有飞行，我经常开飞机玩。"

那男生来了兴致："哦？不错。你开的是什么牌的飞机？什么档次？"

钱乐故意夸大品牌："当然是宝鸟牌啦，豪华机。"

留学宣讲会结束了，那个提问的金融女生挤到钱乐跟前。一抬头，正好钱乐也在看她，四目相视，双方一震，女生忽然羞怯了脸颊："钱先生，能多问你几个问题吗？"

钱乐正想与她私下多聊聊，狡猾地一笑，说："我要和皮特一起吃工作午饭了，留个QQ，我们下次再谈，我保证给你满意的服务，如何？"

她答应了，问了钱乐的QQ号，加了上去，自我介绍说："我叫白静。"

"你确实很白净。"钱乐像西方人一样直率地夸奖。

白静也忍不住笑了下："钱先生真会说话。"

第二天晚上，钱乐如约与白静在星巴克咖啡店里见了面。

他们彼此问候了一下，钱乐赞道："你选的这个地方很好。"

白静："我想你回国去别的地方不习惯，到星巴克会有亲切感。地点是我选的，所以今晚我请客，钱先生不可以与我争啊。"

钱乐调皮地眨了下眼："噢，这不合我们的规矩，美国都是AA制的，而且，你就叫我钱乐好了。"

白静迟疑了片刻，对钱乐直呼其名的提议未置可否："不是说不要和我争吗？你回国时间宝贵，我还想多向你请教呢。"

钱乐点了一杯美式咖啡，他抢不过白静，只好由她付款了。

在冬天，这里是温暖、温馨的，钱乐大感舒适，他可以不必穿着那么厚重了。白静也脱了大衣，里面是粉红色毛衣，隐隐显露出优美的身材。

白静提问道："你能说说中美两边的差异吗？值不值得花钱去美国留学？"

钱乐一本正经地说："嗯，你算找对场合了，我和大多数人一样，宣讲会、大会只说假话，私聊才有真话，哈哈。呃，中美差别嘛，两个差别。第一，美国人没有单眼皮，不必割双眼皮，他们未来的趋势是缝合双眼皮成单眼皮。"

白静一下子笑了起来。

"第二，美国人不爱白皮肤，人家讨厌白皮肤不亚于肥胖，所以没有卖美白化妆品的，有美颜功能的手机拍照都是美黑的。不过，做为中国人，我还是以白为美。"

白静想到他曾夸自己白净，有点不自然，白皙的近乎透明的脸颊乏了点红。

钱乐继续油嘴滑舌："上帝运气了美国人，给了他们双眼皮。但上帝也是公平的，给了我们黄皮肤，这让美国人羡慕不已。这白皮肤可不好整黄，急得他们一有空就在游泳池边晒太阳或下班去美容院照大灯泡变黄，实在没钱美容的就靠文身来遮丑。"

白静又忍不住笑了起来："原来文身是为了这个啊。"

钱乐说："好了，说说正题吧。你对留学美国既向往又担心，毕竟那是个未知世界。"

"嗯。我知道去学金融，不会有奖学金。我要准备两年的学费、生活费。家里已经为我上大学花了不少钱，我真不忍心再让父母为难。他们不是大款，挣钱不易。我要听你的真实看法，别打中介的官腔。"

钱乐清清嗓子，模仿着官腔："吭、哼、啊，我可不是政府部门，不是官，算不上官腔，顶多算生意腔，"他接着恢复了正常，

"差异的确很多，有些需要亲身体验，不同的人体会不同。比如学习方面，我在中介会上就想说，但皮特没让我说下去。美国大学宽进严出，毕业不易。尤其是理工科，作业多、考试难。研究生课程有的教授按正态分布曲线给成绩，也就是说班上前几名给 A，后几名都是不及格。"

白静有点疑惑："那卷面分数呢？班上都考 60 分以上呢？"

钱乐答："教授不看 60 分，他们觉得没有意义。不管你考多少分，只要是班上的后几名，就是不及格。"

白静不解："那岂不是像奥运会，只取前几名？逼着同班同学互相竞争？"

钱乐觉得国内年轻人超幼稚，不知道有竞争才能有进步，就启发她："你不觉得社会上的竞争就是这么回事？优胜劣汰？一个大学校就是个小社会，还要等到离开学校才学会竞争？"

白静慢慢地品着饮料和钱乐的话语，有了点领悟。

钱乐又道："美国大学让学生通过选课发现自己的专长。所谓'专长'、'长处'都是与他人相比较而言的，是相对的，不是绝对的。这个专业不行就换个专业。如果各专业都试了个遍，都学不过别人，就不要读了，不浪费时间与金钱，不与自己的智商过不去。"

白静说："如果中国学生花了几年时间却拿不到文凭，是会想不开的。"

钱乐笑道："早辍学嘛。这就是你想了解的'差异'。一个是为了张文凭，一个是为发现自己的长处，也就是自己在竞争群体中的排名，毕竟研究生不是普及教育了。或许正是因为美国全社会没把文凭当回事，教育部门也不管文凭，他们才会人材倍出。"

白静莞尔："这可超出我的直觉了。"

钱乐则说得富有哲理："呵呵，直觉往往是错的。都靠直觉，还要科学做啥？我们是以上大学论英雄、以上名校论英雄，而人家是以真正水平、实在成果论英雄。著名世界级导演卡梅隆，知道吧？"

"知道，是拍电影《泰坦尼克号》和《阿凡达》的。"

"他就住在我们洛杉矶，只读了个洛杉矶很普通的学院。乔布斯也是读了个普通学院，college，不是大学。两人好像都没有毕业。但成就呢？很少有人赶上他们吧。"

"嗯，这倒不假，他们是各自领域的顶尖人物。"

钱乐又说道："美国的专业理念也很逆天。比如，他们会让一个学医的去当世界银行行长，也不主张医学博士去当卫生部长，他们认为医学本科学历更合适。"

白静疑惑道："哦？这是为什么？"

钱乐回道："有待你去美国发现'为什么'啊。我猜想可能是博士太专、太精了，容易对医学界别的领域产生歧见。政府部门就是要对各个领域一视同仁。比方说，卫生行政领导应对内科、外科一视同仁，如果领导精于内科，可能会对外科产生歧见。至于那个导演卡梅隆，在学院里学的是物理，触'电'之前当的是卡车司机，你说这可逆天到了匪夷所思？"

白静惊叹道："这可真是怪事，看来我真要去探索个究竟。"

钱乐："美国还有别的奇怪理念，他们认为地铁代表着落后化，而非现代化。"

白静："是嘛？这也是逆天。"

"一百多年前的东西还是现代化？这不是停滞不前、打地球人的脸吗？连阿根廷一百年前都有了地铁。"

"哦，是这样啊。"

钱乐又开始漫天胡侃："美国人与自然界和平相处，常能看到自由自在的野生动物与人共处。连你在户外吃面包，麻雀都会在你脚边，吃你掉的面包屑，一点不怕人。"

白静还是担心费用问题，问道："如何能节省留学费用？"

喝了一口咖啡，钱乐回到正题："研究生入学后通常能找到校园的工作机会，如图书馆、计算机房，这些是合法的。或索性打点黑工，如餐馆，能赚一些钱补贴学费。"

　　但他马上又恢复了本性，贫上了嘴："本来我是唯利是图的，但我要对得起你的咖啡，所以我打算冒着被宏图炒鱿鱼的风险，帮你省下中介费吧。你完全可以自己上各个大学的官方网站去看入学的要求。如看看我们的洛杉矶大学官网，所有入学要求与条件都写得很清楚。像是招生人数、TOEFL（托福）、GRE 成绩要求啦，报名表格、要几封推荐信等，内容巨详细。你自己可以申请。一般来说，绝大多数美国大学对独立申请人和中介机构一视同仁，所以不必找中介。你看，这三万元的中介费是否可以省下？"

　　白静说："我也听说可以自己申请，但怕自己不了解细节，又以为中介与大学有特殊的关系，可以照顾录取呢。"

　　"真要是有校友介绍、名教授推荐是很有用的，但像我们这样的小中介不可能认识这么多学校的校友、教授，所谓'有关系'是忽悠人。"

　　"那真谢谢你的指点。看来我要下决心去体验一下了。哎，你的洛杉矶大学难进吗？可以帮我联系一下吗？到时我会好好谢你的。"

　　钱乐觉得正中下怀，满口答应："只要你的托福、GRE 或 GMAT 成绩达到最低入学要求，我就有把握帮你联系成功。而且洛杉矶的华人多，到处可以看到黄皮肤、黄头发的青年人，还有正宗中餐，你就不会太想家了。"

　　白静："不是黄皮肤、黑头发？"

　　钱乐笑言："现在都染发了，哪里还有黑头发，呵呵。过去为了表示思想进步、反封建，中国男人都剪了辫子，而现在美国男人却留起了辫子。"

　　两人聊得挺投机，尤其是钱乐很开心，他唯一的遗憾就是咖啡店关门太早。

　　很快，一晃眼，寒假就结束了。钱乐依依不舍地登上回美国的班机。

　　不像第一次赴美的学生那么激动，也不像第一次的学生带那么多行装，也少了许兴奋与紧张。钱乐轻车熟路地办完登机手续。圣诞、元旦是中美航班的旺季，有学生假期的往返，也有其他华人、美国人的度假往返，机内显得拥挤。一进入机舱，大家都在忙着抬头找行李舱的空间，往里面塞自己的手提行李。

　　照例钱乐预先选了靠窗口的位子，坐在钱乐身边的男子一看便知是个新学生。

　　那人穿着很整齐，白皙的皮肤，剪了平头，高鼻梁，大脑壳，黑色的大眼睛里含着点惆怅。他手拿手机，不时给舱里舱外拍相片，照窗外时免不了将手机伸过钱乐的脸，钱乐总是友好地把头贴紧座椅让他。

　　好一阵忙乱后，机舱内总算安静了下来。

　　世界最大型客机——空中客车 380 双层宽体客机缓缓滑向起飞线，乘务长用中英文向大家广播着安全须知、航班飞行时间和目的地的天气。

　　上海天气是阴沉而又灰蒙蒙的，能见度并不高。

　　钱乐对着一个查看座位的高个空姐说："空姐美眉，你好高挑啊。"

　　空姐听到年轻帅哥夸她，心里喜滋滋，有礼貌地回复："谢谢。"

　　钱乐突然转了话锋，故作严肃状："我要是航空公司老板就不雇你，费油啊。"

　　坐在边上的平头男忍不住笑了。

　　这平头是赴美男学生的标配。留学生知道美国剪头贵，离开中国前都剪了短头发。

　　钱乐见这个邻座与自己年龄相仿，三十来岁，就主动攀谈："你是去美国读书的新生？"

　　"是的，你也是？"

　　"不错，我是学生，但是老生了。"

　　"哦，敬仰一把。我叫陈大川，正好可以向您请教。"

远　行

“呵呵，大数据显示，人的一生平均交一千九百九十个朋友，我打算翻倍它。我叫钱乐，在美国虚混了几年，常向人介绍留美须知，这次回国还为留学中介做报告呢，'老生常谈'就是指我的。”

“真像网上所说，回国的人都是穿着土气。”陈大川也打趣道。

“不错，穿着土气、花钱小气、说话洋气，与国内大不同。国内大款是要通过各种方式露富给别人看，而美国的大款们正在进行去品牌化——No Logo，买回的服装先把品牌标志撕去。穿正式西装的人不多，西装革履、小心骗你。”

“哦，此话怎讲？”

“通常商业场合才需要西装革履。生意人，当然会骗你，是冲着你的钱包去的。”

陈大川明白了，笑着说：“领教。”

钱乐又说：“还有，奔驰宝马、厨房抓码。”

他看陈大川一头雾水的样子，就解释道：“抓码是中餐馆厨房的配菜师傅，抓码师傅和中餐馆跑堂的很多人开宝马。这话说的是普通劳动者都开得起奔驰、宝马，不像国内要大老板才买得起。”

“哦，原来如此。奥迪奔驰与宝马，驶入寻常百姓家。”

钱乐赞道：“你很有诗意啊。”

上下两层的空中巨无霸在起飞线稍微停顿了下，就开足马力，发出震耳的轰鸣声加速起飞，暂时打断了两人的对话。

飞机轻微震动着穿雾而行，陈大川想看看上海的风景全貌，但周围只是白雾而已。突然间飞机穿出迷雾，跃上云层，湛蓝的天空豁然在现，明亮的阳光射入机舱，令陈大川为之一振。他多么希望自己的一生也像这一场景，通过这次远行来个突变。

空姐开始送饮料，陈大川与钱乐又继续攀谈起来。

陈大川感叹道：“第一次看见这么大的客机，双层的。”

钱乐道：“我也是第一次。这是最大的机型，载客最多。我就是特地选这个有空客380航线的，现在大多数航空公司都用波音777飞美国。我是航空迷，学过飞行。想过过各种飞机的瘾。”

陈大川问："在美国学的飞行？"

"是的，那里有很多飞行学校，学费也便宜。"

"我也是航空航天爱好者，但只能看看航空杂志，是纸上谈兵。空客 350 型号后面紧接就是 380 了，360、370 型号都夭折了吗？"

"这与波音飞机有关呢。"

陈大川有点不解："哦？"

"波音公司的波音 707 型号一炮走红，成为当时最成功的客机。既是最大、又是最畅销的，所以波音以后就沿用 7 字格局，波音 717、727 到常见的 737、747……直到最新的波音 787。本来 7 也是西方国家的吉利数字，不像中国用 8。空客 350 后面本来应该是 360、370。但 360 在航空界不吉利，兜一圈正好 360 度，表示又回到原点，没有飞出去，所以不能用。370 有个 7，是竞争对手、冤家波音公司的数字，空客当然不愿意用，所以空客 350 后直接是空客 380 了。"

两人彼此投缘，聊了一阵子航空知识。

陈大川又转了话题："那你常回国吗？"

钱乐说："我有 N 年没回来了。"

他说的 N 代表很多的意思。

陈大川道："这几年国内变化大着呢。"

"是的，超出了我的想象。高楼林立，金碧辉煌。很多地方的外观已超过了美国。"

"是吗？我看电影、图片，纽约高楼挺壮观的。"

"美国只有两个城市，一个叫纽约市，一个叫'其他'市。"

陈大川诧异道："此话又怎讲？"

"因为纽约是个特例，楼多人多地铁多。"

"那像我们国内城市。"

"呵呵，那年头可差得远呢。九十年前，大富豪们就在曼哈顿岛展开了盖楼竞赛，争当世界第一高楼。"

陈大川一算："九十年前？那中国大部分地区点油灯呢，没有电。"

"他们争盖百层摩天楼，三天盖一层。世界第一高的头衔往往只能保持一年，所以啦，富豪们后来就不玩这个了。而美国其他城市高楼就很少，只集中在 Downtown（市中心）。"

钱乐的话匣子打开，滔滔不绝。

陈大川知道他是个豪爽之人。

钱乐打住话题，改问陈大川："哎，你去哪里读书？"

"我去得克萨斯州的博特大学。"

钱乐愣了一下，陈大川觉得自己学校名气小，赶忙解释："哦，那个学校排名不靠前，你没听说过。"

钱乐说："不，我表弟就在那个学校啊，在物理系。"

"这么巧？我也是去物理系，念硕士。"

"他也是硕士，真是巧。他说物理系研究生不多，多为中国人，常在一起上课，你们肯定能见面的。"

陈大川连忙说："我一定会去找他，向老生讨教呢。"

钱乐抱怨着："这小子，最近老不回我 QQ、电话，你正好替我去质问质问他，他叫刘流。"

陈大川又虚心地请教："你觉得刚来美国有什么难关吗？"

钱乐耐心指点着："要克服寂寞关、语言关。"

"语言关好理解，尽管我们考了托福、GRE，语言方面肯定还有障碍，但为什么会寂寞？"

"这有两方面的原因。其一，美国白领爱安静、喜干净，好的居民区都不许有商业活动。大家住得分散，像买日用品、吃早点都要开车出去老远，更不用说娱乐活动了。即使是商业区，绝大多数城市不许叫卖，霓虹灯一到 9 点必须关掉。你说，这样的居住环境，再加上人比中国的农村还稀少，新来的中国人能不感到寂寞、冷清？"

陈大川点头："嗯，是的。"

　　"其二，刚来，没有朋友，不像在国内上学，一呼百应、狐朋狗友一大堆，当然要感到寂寞了。美国人忧郁症多，中国人也要当心，呵呵。所以有时间要主动与他人联系，交结些新朋友。"

　　陈大川说："看来这个困难没料到。不过对于埋头读书倒是件好事。"

　　陈大川对未进名校心有不甘："唉，我申请学校没经验，申请晚了，错过了许多好学校的截止日期，只能上博特大学了。"

　　钱乐先娴熟地重复着留学宣讲词："不能光看申请截止日期。许多学校还看申请的先后顺序，你晚申请肯定要吃亏的。"

　　他转而又说："不过没关系。反正美国转学容易，你去了不满意，就来我们洛杉矶大学好了，我可以帮你推荐。我读计算机硕士，就业形势好。其他专业的中国、印度学生大都转学计算机了。"

　　陈大川有点担心："洛杉矶大学我知道，排名很靠前啊。我当年本科就想读计算机专业，第一志愿也填的是计算机，但没后门，录取时被别人顶了，我不得不去学地质。其实我一直很喜欢计算机，毕竟是前沿高科技，但现在让我转，行吗？"

　　钱乐深知两国人对大学理解的差异。他用一种不屑的口吻说："瞎，美国人眼里的大学就像我们眼里的驾校一样，哪有什么严格的入学门槛？你就直接申请硕士，补几门本科的课程就行了。只要努把力，两年半就可以毕业，拿硕士文凭。"

　　陈大川大喜："是吗？那我愿意学的，到时麻烦你推荐了。"

　　"没问题，包在我身上啦。我们学校真还不错。排名你就别太当真，都是些民间机构按照自己的标准排的，很不准确，经常引发口水战。况且研究生是按专业排名，不按整体学校。我们学校最有名的是篮球，已经连续五年获得全美大学联赛冠军。你要知道决赛的收视率高于奥运会。篮球队的主教练欧内斯特已经八十多岁，人气远高于总统。活着就被竖了铜像，绝对是美国英雄。"

　　"哦？一个教练那么大名气啊。"陈大川有点惊讶了。

远　行

　　钱乐反过来询问："据说来美国读物理的研究生都有奖学金，你也是啰。"

　　"是的，我是当助教，有钱拿，算全奖。"

　　钱乐笑道："啊，爽。我就一直想当助教，找女朋友方便啊。呃，不过，可不能让她们告性骚扰，呵呵。我们学校助教的第一次培训就是看性骚扰教育录像。美国的性骚扰定义很广，如果办公室里有女性，两个男人说黄色笑话就构成了对女性的性骚扰，会被告的，要特别小心。"

　　陈大川也笑了："呵呵，领教了。不过，我还没有找女朋友的想法。"

　　飞了许久，陈大川看看手表，有十个小时过去了。

　　他注意到了天空变化，说："时差真是神奇啊，这才十个小时，已经转过一个黑夜又到了中午，感觉像过了二十四小时。"

　　钱乐解释得更专业："是的。如果反过来飞，从美国飞回中国，十个小时过去，太阳却像悬在空中不动一样。那是因为飞机在追赶着落日，或者说飞机的速度接近地球转速，抵消了地球转动，这就是时差。中美往返的实际飞行时间也不同。由于大气环流西风带的影响，去美国是顺风，要比美国飞中国省两个小时。"

　　陈大川赞钱乐："厉害，不愧为航空专家。"

　　又飞了一小时，客机到达美国西海岸的加里福尼亚州上空，并开始降低高度。航班的终点——洛杉矶就在蔚蓝的大海之滨。

　　钱乐的学校就在洛杉矶，不必转机。陈大川还要转机去休斯顿，两人留了QQ。

　　陈大川说："多谢指点，我是想读个好学校、好专业，尽可能转到你校读计算机。"

　　两人在机场匆匆道别。

　　宋雨林此时将丰田车停在了洛杉矶国际机场的停车场，他是来接钱乐的。

回乡奇遇

尽管钱乐刚下飞机就知道宋雨林已经到了停车场，但他没马上打电话给这个同学，因为他不确定出海关要花多少时间。而且，出关过程不许打手机，他可不想让宋雨林早过来等他。

宋雨林还是提前赶到了出口处，一见到钱乐就开心地说笑，帮他拉着拉杆箱。

钱乐上车后关切地询问："张梦倩的案子有眉目了吗？"

宋雨林说："没有进展，警方还是按失踪案处理。"

钱乐："哦。"

路上，钱乐又八卦起国内见闻，他知道留学生都很关注国内变化。

Tips

1 进美国海关，一个家庭填一张海关申报表。部分签证种类可以在海关电脑上扫描填写，不必在飞机上填写纸表。运送任何金额的货币或金融票据都是合法的，但一个家庭携带进入或离开美国的总金额超过1万美元（或等值外币、金融票据），需要填写表格FinCEN105（原海关表格4790）交给海关。金融票据包括旅行支票、银行本票、个人支票、股票和债券。海关不会没收这些货币或金融票据，但如果没有如实填写上报，货币、金融票据可能会被扣留，人或被处罚，通常要通过律师才能讨回货币、票据。

访客（非美国居民）留在美国的商品如果超过100美元通常要课税。

农产品和野生物产品：水果、蔬菜、植物、肉类、其他活动的动物等需要向海关申报。

管制的药物、淫秽物件（儿童裸照等）、有毒物质一般是禁止进入美国的。携带盗美国版权的光碟、仿冒名牌包等会被重罚。

2 外国留学生在非寒暑假期间进出美国会被海关格外注意，请事先准备好文件和理由。

第 2 章　新生的困惑

陈大川与钱乐告别后，赶着去转机了。

进入飞机，陈大川发现此飞机比越洋飞机小了一半，乘客也全是白人，他的的确确感受到了异域气氛。

陈大川这时才发觉自己大汗淋漓。出国前，因怕被冻着，也为了多带行李，他将羽绒服穿在了身上。没想到一踏出国门，所有的室内，像是机场里、飞机上都保持二十来摄氏度的恒温，当地人连毛衣都不穿。刚才转机怕误点走得疾，捂出一身汗，他赶忙脱下羽绒服放进头顶柜子，头上的汗却一时消不掉。坐在旁边的两个美国人都主动将属于自己的空调喷口对准他吹，帮他降温。

陈大川连忙用英语说谢谢。刚到美国，他就实实在在感受到了美国人的友好。

又一次飞机起飞。陈大川想现在不再是飞在太平洋上空了，而是美国内陆上空，要多看几眼。他很快就被白云蓝天的美景征服了，像进入仙境。云朵变化着，时而幻化成神马，时而幻化成巨龙；有时又成了滚滚波涛，一浪接着一浪，有时又成了起伏山峦，一峰连着一峰。陈大川不时拿出手机拍照，他打算下飞机后及时更新自己的 QQ 相册。

云下的大地却有点单调。洛杉矶的周围有些山峦，一飞出洛杉矶就是白茫茫的沙漠，这连延不断的沙漠铺满了两小时的航程，因

新生的困惑

为一路飞过的加利福尼亚州东部、亚利桑那州、新墨西哥州、得克萨斯州西部都是沙漠地区。

此时陈大川不会想到，半年后他将开车穿过这片沙漠。

日落时分，航班来到了休斯顿附近。陈大川看到了碧绿的平原，上面镶嵌着大大小小的明镜般的湖泊。随着飞机高度的下降，地面的物体越来越清晰。有火箭和航天飞机出现在机下，爱好航空航天的他知道，这一定是著名的休斯顿航天中心了。休斯顿不仅是美国的航天中心，还是石油化工中心，这个人口快速增长的城市已成为美国第四大城市，而且很快就要赶上芝加哥，成为第三大城市。

博特大学物理系的华人教授李卫华在电邮里说来机场接新生陈大川，陈大川心存感激。因为博特大学所在的城市博特市离休斯顿还有一百多公里。再转飞机有点不值，打出租车又太贵。

机场出口就在提行李的大转盘旁，没有任何围栏，也没有人检查行李牌，这里不怕行李丢失。陈大川提到行李后就留神四处张望，在这金发碧眼的人群中，华人是很显眼的。这不，陈大川看到一个中年华人，他也同时看到了陈大川，两人往一处走。

陈大川用英语询问："你是李教授吗？"

"是的，李卫华。你是陈大川？"看过陈大川相片的李教授直接说汉语。

"是的。"陈大川兴奋地回答，俨然是在白区里发现了红色组织，有了依靠。

李教授让陈大川再等一会，他焦急地四处张望，然后在附近走了一圈。这时从门外走进一小个子，华人面孔，胖乎乎的，看上去像是滚动而不是走，直向李教授。

他同样用英语问："你是李教授？"

原来他也是物理系的新生。在休斯顿入美国海关，理应多花点时间，但他的航班两个多小时前就到了，李教授却一直没看到他。

远　行

　　李教授这时松了一口气，友好地笑道："是的，你是夏里吧。给你们回信时，说好你们在出口处等我，不管早到、晚到，都不要乱跑，以免走岔了。"

　　教授说汉语，因为大家都觉得更亲切，更容易理解。

　　李教授带头往门外的停车场走去，两个学生各推小车跟在后面，亦步亦趋。

　　夏里边走边忙着解释："对不起，老师。我离开中国的时候，夫人非得塞给我几个腌好的咸鸭蛋，她说美国吃不到咸鸭蛋。这惹上了麻烦，海关抽查行李时看到了，两个警察把我带到一个小房间，把我所有的物件仔仔细细地搜查了个遍，还在一张纸上做记录，又在电脑里做了记录。一开始他们的态度十分严厉，我真怕被拒绝入境。后来可能是知道我是初犯，就和气了些。"

　　李教授说："那你的确不值得，我们把这戏称为关'小黑屋'——被关在小屋里单独接受检查。第一次被查出，也会被列入黑名单，以后你每次入境都会被重点检查。"

　　夏里说："会这样啊，都是鸭蛋惹得祸。我被扣留了很长时间，就慌了神，到处找您，还出大门看了看。对不起老师，耽误您宝贵时间了。"

　　李教授笑着摆摆手："不客气。我们学校中国学生少，有车的外出度假还没回来，所以没有同学来接你们，我就来了。这次一下接两个新生，效率挺高的。本学期物理系一共三个新研究生，全都安全到达，都是中国学生。"

　　夏里又和陈大川打了招呼，彼此简单介绍了一番。

　　两个学生推车到了李教授的车旁，先把行李放上车，然后互相谦让，陈大川还是让夏里坐了副驾驶的位子。

　　李教授开了个 minivan，也就是小面包车。他笑容可掬，边开车边介绍环境。

　　休斯顿华灯初上，高速公路上车流不息，此时两新生毫无困意地东张西望。

新生的困惑

夏里说："李教授，你肯定来自中国大陆，名字一听就知道，卫华。"

李教授笑道："哈哈，可不。我刚来时，就向美国人介绍我名字的含义，卫华，保卫中华，defend China。他们笑言我的担子很重。我经常回国交流，刚去了一趟北京。北京的变化真大，高楼越来越多。"

夏里有点失落感："这里没看到什么高楼，怎么那么衰啊，也看不到人。"

李教授很了解新生，说道："刚来美国人人都有这样的体会。高楼与现代化并不划等号，要有发展观，别跟当年一样，以为遍地烟囱就是现代化。美国人不再认为高楼大厦代表着现代化，反倒是道路拥堵的祸根。所以这里的建筑不是向上发展，而是向平面散开。看不到路人，是因为人人开车，而且活动大多在室内。室内既明亮又恒温。这里市中心与国内大不相同，市中心只有办公楼和贫民区，富人区极少，也没有什么大型商场。"

陈大川知道休斯顿是钱乐所说的"其他市"。

夏里马上问："哟，那安全吗？"

李教授说："不安全，大城市的市中心晚上都不太安全。我们马上就要穿过市中心，美国的高速公路都是直接穿过市中心的，但无西洋景好看。"

他一手扶着方向盘，一手指点着前方："那些冷冰冰的高楼大厦几乎全是办公楼。一到晚上和节假日楼空无人，楼外只有几个流浪汉。大厦的外几条街就是贫民区，都是些破旧不堪的矮房。今天因为是周末，所以不堵车。"

夏里又问："这种格局只在休斯顿吧？别的都市呢？"

李教授微笑了下："呵呵，美国的大城市差不多都是一个模板刻出的，只在市中心一小块地方，才有那么十几幢摩天高楼。"

夏里更加失望："那我们岂不是不敢去市中心了？"

远　行

　　李教授反问："你去市中心干啥？没有商业，少有娱乐。除了纽约、拉斯维加斯、奥兰多、旧金山等几个特别的城市。哦，洛杉矶马马虎虎也算一个，其余城市市中心景点很少。晚上下班后、周末、节假日，市中心就空荡荡的，像个鬼城。没事少去，除非你想体验生活。当然休斯顿市中心有个火箭队主场，可以看篮球赛。"

　　后座的陈大川发着感慨："那真有点可怕。"

　　看到两人失落，李教授安慰道："市中心附近还是有少量高档街区的。那是很贵的住宅区，以白人为主。干净、整洁、有花有草，与贫民区有着天壤之别。贫民街区既旧又乱又脏，还有黑帮、贩毒、卖淫等。这两类街区可能是近邻，凭着一条小河，一排树木就隔开了。好在这两类街区的居民井水不犯河水。白人小孩不会去黑人区玩耍，黑人也不会让自己的孩子去白人区。大人们就更不用说了，像中国古语，虽鸡犬相闻，但老死不相往来。如果有陌生的修理工开着旧车去富人区，会被警察盯上。有的住富人区的黑人警察会在门口特意写个牌子'我是警察'，以让邻居放心。"

　　陈大川说："我在飞机上听一个朋友说，很多有钱人都住在郊区，对吗？"

　　李教授回答着："一点不错，绝大部分富人、白领都住在郊区。最早的时候大家都住在市中心，但带来了拥挤、吵杂和污染。随着汽车的普及，停车也不方便了，白领们就搬到郊区，建立起一个个小城市。这些小城市人口通常不到十万。剩下的贫民，还留在原来的市中心。新的商业中心、娱乐中心、公司行号，像苹果公司、微软、谷歌等都在这类小城市。郊区小城住宅区和商业区严格分开，以求干净、安静，符合白领的要求。不会像国内那样，楼下就是小商店，沿街都是门面房。美国人不喜欢地铁，他们是一人一车，从家里车库上车，开去上班、购物。新城市规划基于人人开车，行车、停车都方便。若没有足够车位，根本就不让商场开业。"

　　陈大川赞赏道："这样好，减少矛盾。"

新生的困惑

夏里则像许多人一样，不加思索道："中国人多，还是要单车、公共交通。"

李教授又反问："人多？为何要讨论放开二胎？"

夏里一楞，过去他从众思维，自己并未独立思考过。

李教授启发道："你喜欢从自己家里就上车，一路无阻可去任何地方？还是喜欢坐地铁、转车？"

"嗯，"夏里有点开悟、又有点不服，"那当然是自己开车方便，可是……"

李教授知道他的混乱逻辑，马上说："科技发展就是要满足你的需要，让你方便、舒适、快捷，又能解决'可是'后面的难题。无论难题是'人多、拥堵'，还是'污染、费用……'，这才是现代化，才是我们科学家存在的意义。如你所说，人多妨碍了现代化，那不应该继续计划生育？你总不能说骑单车比开汽车现代化吧？"

夏里不由睁大了眼睛，陈大川也不由陷入了思考。

李教授又补充道："其实中国人口密度在世界上排八十位。"

过了一会，陈大川问了新问题："老师，我们学校周围安全吗？"

李教授回答："这是我们学校的优势。美国的中、小城市安全得多。我们学校位于小城市，很安全。"

夏里有点恭维道："老师，是不是博特以我们学校而著名啊？"

"博特市的确是以我们学校为主，但我们的名气一般，只有个别专业，如犯罪学排名数一数二。"

休斯顿市中心的确不大，高速路上几分钟就驶过。

又开了一会，高速路上车辆越来越稀，灯火也越来越暗。一个多小时后，他们的车下了高速，但街道上看不到人影，越发显得荒凉。

陈大川感叹了："飞机是越坐越小，车是越来越少。"

夏里心里直发凉，这到了什么荒郊野岭？

远　行

　　李教授则习以为常："整个美国就是个大农村，人住得很分散，远不及国内热闹啊。我们这个小城市更是如此。但这里安静、安全，是个读书的好地方。我们先去你们师兄丁学敏那里，看他的安排。"

　　车到老生的房前。丁学敏热情相迎，把行李搬到屋内。他中等身高，瘦长脸，有点沧桑感。

　　丁学敏对李教授歉意地说："老李，本来应该是我去接他们的。但我的老破车有点毛病，不敢跑远路，辛苦你了。"

　　他转身又对新生说："你们给教授汽油钱吧，这是规矩，来回总共三十美元，你们两人平摊。"

　　他想起来，又问李教授："哎，机场停车费多少钱？"

　　李教授笑着说："哎哎，这就不必了，我是不会收的。"

　　新生还在掏口袋，李教授按住他们的手。

　　陈大川只好说："这样吧，我从国内带了些小礼物，在箱子里，请老师等一下。"

　　夏里跟着说："我也带了，在箱子里。"

　　李教授说："好吧，小礼物我可以收。"

　　陈大川打开箱子，拿出一个精致小盒，里面是南京雨花石，给了李教授。他又拿出一盒茶叶给了丁学敏。

　　夏里的礼物是两个中国结。

　　李教授最后说："你们好好休息，倒时差，三天后去物理系办公室报到。"

　　然后就告辞。

　　众人送李教授到门口，目送他开车离去。

　　夏里这才好奇地问丁学敏："你怎么直呼教授老李？"

　　丁学敏笑道："我们是宁华大学物理系的校友，而且是师兄弟，这样叫才不见外啊。你们以后也叫我老丁吧。"

　　陈大川："我早看过系里网站介绍，李教授宁华本科后来美国深造，但现为副教授，是所谓的终身教授吗？"

新生的困惑

丁学敏说："老李是终身教授。副教授可以是终身教授的。一般学校都是正教授少，副教授多。老李虽然是副教授，但他的论文数量、筹到的科研经费比系里正教授高好几倍。在大学里，新教师几年内必须要评上终身教授，否则就要被解雇了。但一旦评上终身教授，他就有了学术自由，校长、系主任无权干涉，更不能解雇，除非他有种族歧视、性骚扰等刑事罪。"

丁学敏又说："老李转了你们要找住处的电邮给我，我都看了。学校规定大一、大二必须住学校宿舍，而且必须回校过夜。宿舍贵，又不能做饭，只能吃食堂或餐馆。学校食堂一顿饭至少要七美元，吃的是美式食物，汉堡之类，我们坚持不了。餐馆就更贵了，而且离校园远。本科小留们吃饭是件痛苦的事。学校研究生宿舍可以做饭，但房租还是贵，我们都是在学校旁边自己找出租屋。租房要先交押金，没交押金都不作数，正规的出租屋还要签合同。所以你们人没到，我没法替你们预订房间。我这个公寓区已经满了。不远处还有一个公寓，离学校近，可以走着去上课。我昨天问过，他们有空房，明天我带你们去看看。今天晚了，是不是不找旅社，就辛苦一下睡在我的客厅里？"

陈大川忙说："不辛苦。这里暖气开得挺好的，我们知足了。"

丁学敏和新生一起收拾了客厅，一个睡沙发，一个睡地毯。两新生各自从行李中取出被子来，铺好躺下。此时旅途的疲劳感压过了兴奋感，他们很快睡着了。

时差未倒好，天刚蒙蒙亮，睡在地上的陈大川就醒了。不一会，夏里也"起床"了，两个人就开聊。看来中国的习惯没改，夏里说话声音过大，吵醒了里面卧室的丁学敏。

见他走出来，夏里连忙表示歉意："啊呀，对不起，吵醒你了。"

丁学敏揉了揉眼，宽厚地笑了笑："还好，现在还没开学。如果开学了，大家要忙上课，睡不好觉可要影响学习。"

梳洗完毕，丁学敏招待两新生吃了简单的早点，就出门看房子了。

得克萨斯州南部的冬天不冷，但早上还是有点凉意。空气新鲜，天空湛蓝。

三人上了丁学敏的老别克车出发。

美国有许多奇葩的法规，租房就是一个典型。法律保护租客，据说是因为租客属于弱势群体。只要房客住进去，就很难赶出来。即便房客好几个月不交房租，房东也不能赶房客。把房客的物品扔出去或换门锁不让房客进都是违法。房东只有告到法院，经过法院裁决，才能由警察强制赶人。所以房主只敢把房子租给有信用的人。

别克车开到不远处一个朴实的公寓小区。这里没有围墙，有三十来套风格各异、大小不一的木质房子，或是平房，或是二层楼房。屋的外墙根部都有一截高约 50 厘米的红砖，只做装饰，并不承重。公寓中央有个水色清蓝的泳池，边上有个带空调的健身房。小区还有个洗衣房，因为美国大多数州法律禁止在室外晒衣服，所以洗衣房里有洗衣机和烘干机。烘干机还可以高温杀菌。

两个新生看了几套房子。所有房间都是干干净净、空空荡荡，只有冰箱、灶头，无其他任何家具。

最后他们看中一个总面积约 110 平方米的房子。双卧室，共用一个卫生间，客厅连着一个开放式厨房。月租总共八百美元。美国公寓租金几乎都包水费，不包电费，押金要付一个月的租金。

丁学敏点评道："这套房间大，价位稍高，但公寓的合同只要求住半年，是个优点。"

看到两新生有点困惑，他解释道："很多租屋要求住满一年。如果不到一年就搬走，公寓不会还押金，还有可能把你们的名单送到某个租房信用机构，影响你们以后的租房。这个屋只要求半年合同，半年后你们就可以搬走，也可以继续论月租。要退房只须提前一两个月告诉公寓办公室即可。不过这套房间是整租，你们两人必须同时住，如果一个人提前搬走，就害了另一个人，住者必须付全部的八百租金。"

为了安全，防止诱惑歹人抢钱，公寓办公室不收现金。新生还没开银行帐户，没有支票。丁学敏又开车带新生去一个加油站买现金支票（Money Order）。

两间卧室，一间朝游泳池，一间朝车道。两新生不知道该怎么分配，客气地让对方先选，彼此推让着。丁学敏建议他们掷硬币。两个新生暂停了一下，但觉得这太没有谦让精神，没有学者风度，也不符合孔融让梨的中华传统，就又继续推让起来。

丁学敏很了解新生的心理，继续说着美国式公平："别不好意思。美国大学生合住宿舍都是抽签，不是谁先到谁先抢床铺。"

陈大川听从了丁学敏的建议。他掏出几个刚在加油站找钱的硬币，好奇地翻看着：25 美分最大、1 美分最小，但 5 分却比 10 分（1 角）的大。掷币结果，陈大川得了靠泳池的房间。

老丁帮着新生搬好行李，临分手时，陈大川问他有无一个叫刘流的学生。

丁学敏犹豫了一下，支吾道："哦，唔，现在他不在学校，你以后应该能见到他。"

老丁出门时又说："我快毕业了，要准备论文，比较忙。物理系还有两个老生，都可以帮新生。洪玲马上就返校了，她就在我那个公寓 107 室，我已经跟她打过招呼。这次我们系一共来了三个中国研究生，还有一个叫徐凯，已经住在化学系江雪屋里。我让他来找你们。你们有空可去校园转转，需要 WiFi 可以到我家。"

陈大川、夏里充满谢意地送走老丁。

下午，一个消瘦、中等身高的中国人来敲门。他就是物理系的另一个新生徐凯，看上去要比陈大川、夏里年轻不少。

他自我介绍完往身后看了看："美女司机一会就到，她带我们去银行。"

远　行

　　徐凯让两人带上护照。说话间，来了个二十岁出头的笑嘻嘻的女孩，她就是停好车后才过来的司机。女孩将物理系三新生领到自己车上。这是辆七成新的桑塔纳，比老丁的车要好不少。

　　一边开车，女孩一边热情地说："哥们一路辛苦了。我叫江雪，化学系的。开了银行账户，钱存进银行，防盗就是银行的事了，钱少了一律由银行赔。即便是卡遗失、卡盗刷而钱少了，也是由银行包赔。开户后还有支票本，新鲜吧？最早的无现金技术，也不怕遗失、被盗。"

　　陈大川、夏里异口同声："多谢江同学。"

　　夏里又多加了一句："以后还得请你多帮忙。"

　　江雪道："好说，对新生我们理应的，过去老生也帮助过我。"

　　银行还真远，没车的确不方便。这里没有公交车，出租车也看不到，需要打电话预约。

　　第二天，江雪带着三位新生参观学校。

　　得州地广人稀，放眼过去是空旷的学校绿草坪、红砖楼。无际蓝天上有几根民航机拉过的长长白线。

　　夏里感叹着："真是农村啊，没有高楼。我记得小时候在农村能看到飞机的白线。"

　　公立大学是简朴的，没有围墙，只有两个象征性的门柱。柱子的一边有截矮墙，上面刻着校名。门柱另一边有个小广场，摆放着一门古炮，这是学校的标志物。广场三个旗杆分别挂着美国国旗、得克萨斯州州旗和学校的校旗。

　　江雪像个称职的导游，一一做着介绍。她说美国几乎所有的大学都没有围墙，除了极个别宗教色彩很浓的学院。但即使有围墙，也不限制校外人参观。

　　三新生好奇地打量着这个将要相处两年的校园，四处观望，不时拍照。

陈大川领悟道："百科全书号称是没有围墙的大学，原来是中国式提法。"

徐凯引进了物理学概念："这是可逆的现象。有围墙的大学都不是百科全书。"

夏里则笑着说："哈哈，惨了，我的母校不是。"

博特大学的建筑全是红砖结构。图书馆在校园的中心，有五层。江雪笑言，这就是全市最高的摩天大楼。图书馆前有个喷泉和一个铜像。新生走近一看竟是孔子像。正面基座上刻着四个大汉字"万世师表"和一排小英文字：Confucius, 551-479 BC, A great Philosopher and Educator（孔子，公元前 551-479 年，伟大的哲学家和教育家）．背面是英文：Acquire knowledge patiently, teach others unceasingly. 陈大川觉得应该是孔子的名言，翻译着："学而不厌，诲人不倦。"

美国不少大学都有孔子像，他应该是最著名、最有影响力的华人了。

图书馆内一尘不染，有各种不同的桌椅沙发，供不同读者的需求。一年四季，不管外界气候变化，图书馆内温度始终保持在 24 摄氏度，空调还可以控制湿度。附近的居民可以自由进入图书馆看书、查资料。公立大学是他们的税兴建的，他们当然可以自由进入，这是美国大学的共性。

新生们还见识了大学生活动中心、书店、音乐厅、游泳馆、健身房、体育场、体育馆。这些建筑外观极其普通，没有马赛克之类的豪华装饰，但内部设施尽善尽美。以体育馆为例，空调、热水淋浴自不必说，有的学校还提供专用 T 恤衫和毛巾，当然都用紫外线消毒过。运动前，学生换上学校的 T 恤衫，运动完出汗后，换下来扔给体育馆，淋个浴、用专用毛巾擦干，再穿回自己的服装。淋浴间洗发、洗身液俱全，学生什么都不需要带。清清爽爽来，干干净净走。

远　行

　　第三天，按约定的时间，物理系的三个新研究生到系里正式报到了。

　　其他系也有新生来，原本空空荡荡的校园有了些人影，一大片空旷的停车场也能见到几辆车。

　　两层的物理化学楼，从外面看还是不起眼，里面却十分整洁、明亮，两系各占一层楼。

　　物理系走廊里贴着些著名物理学家的画像和名言、评论。陈大川注视了一下牛顿的画像和下面的评论：自然与自然法则隐藏在黑暗之中，上帝说"要有牛顿！"，于是世界一片光明。

　　陈大川心里想，难怪现在夸一个人厉害，就说他"牛"，源自牛顿吧。

　　走廊橱窗内还展示了学校物理活动、实验的一些相片。

　　三个新生来到李卫华教授的办公室，李教授带他们先去见了系主任卡尔。

　　美国很多大学的系主任只是个象征性的职位，没有什么大权力。公立大学更是如此，博特大学物理系系主任是由系里七个正副教授轮流坐庄的。

　　三个新生轮流与卡尔用英语互致问候，简单地聊上几句。系里女秘书验看了他们的护照、签证，并复印存档。新生们又回到李教授的办公室，这学期李教授是他们的导师（advisor）。

　　李教授先用英语说："你们是新生，这学期的选课我要给你们指导。电动力学是核心课，必修的，而且不是每学期都开。你们要想一年半毕业就必须先选它，别的课可以自由地选。按移民局规定，留学生读研每学期至少选三门课，我建议你们只选三门。毕竟你们刚来，需要一个适应过程。你们可以上网看看各课程说明，问问丁学敏他们的体会，也可以随时来问我。系里将为你们指定为谁做助教。根据本科学生选课的人数，你们会为一或两个教授做助教。"

　　李教授又换了汉语说："你们三人是在几十名来自世界各国的申请者中胜出的，很优秀，托福、GRE 成绩都很高。你们是全奖，

<h1 style="text-align:center">新生的困惑</h1>

这学期学费和生活费都不用愁，所以要集中精力学习。你们当助教，平均成绩不能低于 B。上学期就有个中国研究生成绩不好，不仅奖学金没了，还被学校除名，不知他回国了没有。"

三个新生都很认真地听着。

"他来自国内的名牌大学，是有学习能力的，不知为何没能通过课程，你们要引以为戒。"

"是的，我们一定刻苦学习，不辜负老师的希望。"三个新生异口同声、态度坚决、信心满满。

晚上，这一堆新生又涌进丁学敏家，问他该选哪门课。因为他的资格最老，新生们认为他最具权威。

丁学敏依然是耐心解答，说着细节："我们学校规定，研究生课程选课的人只有超过五人，才能开课。像电动力学这种核心课（core course），老师安德鲁特别严，课程本身又是纯理论的，每次选课的人不多。所以老李动员你们选，你们不要抗旨。还有，这门课不是每学期都开的，现在不选它，如果下学期不开，你们就不一定能按时修完核心课，会耽误毕业的。你们三个新生选了这课，加上老生洪玲就四人了。她必须选，过去她没有修过，差这门课毕不了业。别的课程就无所谓了，选的人多，甚至本科生也会提前选修。你们看看别的几门课，热力学 II、近代光学等，老师的作业、考试都比较容易过。你们要特别当心系里的安德鲁、卡尔两个杀手。他们作业多、考试严，而且课程总成绩是按正态分布曲线给的。根据以往的实际情况看，他们会给班上总成绩前 20% 的学生 A，后 20% 的学生 C，中间成绩都给 B。研究生课程 C 就是不及格了。如果只有五个人选电动力学，那么落在最后一名的学生肯定是不及格了。"

陈大川惊道："哇，这么有挑战性，那我们可不能垫底。"

丁学敏说："对，不能垫底。因为一门课总成绩由几次考试和平时作业组成，所以不及格没有补考的说法，可以重修，但上次的成绩 C，永远保留在成绩单上，拉低所有课程的平均分，GPA。要毕业，研究生的 GPA 至少是 B。你有一门 C，就必须要有门 A 去冲平它。"

三新生听得入神。

老丁提醒核心课的重要性："核心课绕不过去，必须重修，必须及格。"

正式开学了，安静的校园突然喧闹了起来，停车场塞满了各式各样的私家车。校园里人流穿梭，也有的围在一起聊天，毕竟一个寒假没见面了。

陈大川与夏里结伴而行，感受着与前一天截然不同的校园景象。他们两个共同的感受是：没想到那么大的停车场都能停满，真壮观。

夏里说："开车人也要走挺远才能到教室，比我们纯走路的近不了多少，呵呵。我仔细看过，只有教工和残疾人的车位离教学楼近。"

夏里庆幸他们住处离校园近，同时也发起牢骚："电动力学的课排在中午 1 点上，这以后没法睡午觉了。"

他们赶去上第一节重头课电动力学。一共五个学生在教室，除了一名白人学生外，其余四个全是中国人：三个新生陈大川、夏里、徐凯和老生洪玲。

他们互相打招呼，得知白人学生叫汤米。

洪玲与三个新生聊了会，又和汤米说说笑笑，一看便知他俩早就相识。汤米人很热情，主动与新生打招呼、介绍一些校园情况。三个新生趁机与他练习英语口语。

一会，安德鲁教授出现在教室门口，他显然也早就认识洪玲、汤米。简单问了他俩的寒假经历，然后与另外三个学生打了招呼。

开始上课，安德鲁先发给每人一页纸，这就是课程大纲。

他没有什么废话，直接念起大纲："总成绩由四部分组成。出勤率占四分之一，平时作业占四分之一，三次小测验（quiz）成绩占四分之一，其中第二次测验就是期中考试（mid-term），最后期末考试（final）成绩也占四分之一。这门课共有八次作业，由助教丁学敏负责改。每次作业都有个截止日期，必须在截止日那天上课前交到我手上。一开始上课，我就停止收作业了。不要指望每个人都能通过这门课程，你们必须十分努力。今天是第一次课，我只大概谈谈这门学科的进展。研究生的课决然不同于本科课程……"

三新生虽然托福、GRE 都考得不错，但一听课还是大半不懂，特别是一些熟悉的物理名词用英语一说，他们就懵了，云里雾里的。一下课，忙着看课本，去图书馆找参考书，复习过去的公式和概念，把本科所学的、汉语的物理术语与现在的英文术语对应起来。

好在刚开始没作业，大家并没感到太大压力。只是陈大川和夏里要在附近捡旧家具、买日用品。两人没车，只好花费两只脚，还只能去不远处的便利店。一想到徐凯坐享老生其成，他们就开始酸葡萄般地数落起他。

夏里对陈大川说："江姑娘不错，我是有了家室，你还不去多串串门？别让小家伙独钓寒江雪。"因为徐凯年轻，夏里给他起了个外号"小家伙"。

正说他呢，小家伙来敲门了："我们屋美女江雪念叨你们呢，给你们送个小茶几，还要开车去沃尔玛，你们去吗？"

夏里："当然去。上周老丁带我们去了一趟沃尔玛，真大呢，东西全又便宜。我们还要买些蔬菜、罐头、方便面……"

他们把茶几迎进了屋，又出门上车。

陈大川提醒着夏里："别忘了酱油。门口小店只有美式的烧烤酱油，真委屈了肚子。有好些东西要在沃尔玛里花时间找。跟老丁去，没好意思让他花时间等我们。"

购完物，江雪把陈大川、夏里送回家，并发出热情邀请："明天是周五，晚上我屋里有个学《圣经》活动。有休斯顿来的牧师作讲解，还有免费的中国饭菜。你们来吧，我开车接。"

江雪走后，夏里对陈大川说："我对此不感兴趣，被洗脑了怎么办？我是拉不下面子当面拒绝。江美眉的忙也不是白帮的哟。"

远　行

　　陈大川觉得这是个了解美国文化的机会，还可以多认识几个人，就说："你是自由的，完全可以不去，用不着勉强。他们也不会逼你去。我一个人去看看。"

　　周五，在江雪、徐凯家里，几个中国同学和来自休斯顿说汉语的牧师一起吃了晚饭，然后牧师领着大家一起唱歌：

　　"因为罪的隔离，我们如同浪子一样，在这世上漂流四方，如今神给我们这一件礼物——耶稣基督，叫我们藉着他得以回到父神的怀抱，不再漂流……

　　你是否想到，马槽的婴孩，是为你而来？……"

　　唱完歌，大家围坐一圈，轮流读了几段汉语版的《圣经》，牧师然后逐段作了些讲解。

　　开学不久，隆重的中国春节到了。中国国内忙春运、放长假，但这里是坐教室。按照惯例中国留学生在大年初一之后的周末搞庆祝活动。这次是周六晚在丁学敏家聚餐，把庆祝春节与欢迎新生合在一起举办。博特大学因为中国学生少，一共才十几个人，所以没有专门的中国学生会，学生聚会活动都由江雪和丁学敏牵头。

　　傍晚时分，博特大学的中国留学生陆陆续续到来。有些人还带了好吃的国货，那是他们在休斯顿华人超市买的。因为刚结束寒假，不少中国学生有日子没见面了，大家很兴奋地在一起叽叽喳喳，讲一些寒假外地的见闻、各院系的新鲜事以及哪个店家有打折的便宜货。学校里华人本科留学生只有两个，一个是来自中国台湾的小男生小吴，另一个是中国大陆来的胡艳芳。今天胡艳芳穿着一条牛仔裤，质地很好，但裤腿故意磨旧，还有几个洞，头发染成淡黄色。陈大川擀饺子皮，她坐在一旁包。

　　陈大川开玩笑说："你看你，头发像白毛女了，营养不良，还穿着破衣服。过年了，多吃点好的。"

　　胡艳芳眼一瞪："你才是白毛男呢。"

40

旁边的物理系老生张铭说："他们家可不是杨白劳、白毛女，而是黄世仁，大财主。"

胡艳芳又呸了张铭一下。

"哎，不信你们就出去看看她的车，豪华宝马呢。"张铭说道。

"哎呀，不好意思，错把你当成穷人了。谁让你穿着穷人样的衣服呢？"陈大川向胡艳芳道歉着。

众人一阵哄笑。

陈大川又向丁学敏讨教着问题："我们学校有一万多学生？看不出来啊。还有，所有的门都很紧，要花大力气才能推、拉开。"

老丁很欣赏陈大川的观察与思考，就避开众人的嬉闹，与他私聊："美国的大学很随意，应届生、往届成人；全日制生、业余生没什么区别。很多学生只选一两门课，都算作一个学生人数，而按照中国的说法，这些人是业余的，当然在校园里看不出这么多人。许多人来学校只是学一点有用的课程，不拿文凭，所以不会出现花钱请人代听课的怪事。教室里十几岁到六十几岁坐在一起听课很是正常。"

丁学敏接着解释第二个疑问："美国公共场合的门很多是空气压缩弹簧式，这就是你说的紧。开门时用力压缩空气，也让门只能慢慢打开，防止撞到对面来人。松手后，空气反弹，门又会自己慢慢关上，既不会夹到别人，也不会出现忘关门的现象。门上方有个弹簧气泵，上有螺丝可以调节空气弹簧的松紧。来美国的华人都注意到了，美国前面开门的人会替后来的人扶住门，这样后面的人就不必再花力气推开门了，后面的人一定会说 Thank you（谢谢），非常礼貌、非常和谐。当然啦，这些门都有为残疾人轮椅设计的开门按钮，普通人也可以用，不必费力气开门。"

"哦，设计得真科学。"陈大川佩服地说。

有学生咋呼着开饭啦。

江雪打开自己带来的饭盒。麻婆豆腐，红配白，鲜辣香。

远　行

徐凯打开了自己的饭盒，里面黑乎乎的大小不一。夏里伸长脖子，在饭盒上方绕了一圈，看出来了，打趣道："土豆开会？"

徐凯说："啥眼神？土豆烧牛肉。别看样子不起眼，味道好着哪。"

夏里夹了一筷子，边吃边嘟囔着："还不错哎，有点川味。"

江雪笑着说："哈，他倒了我半瓶子豆豉、半瓶子辣酱，想不成川味都难。"

徐凯自嘲："嘿嘿，这叫一辣遮百丑。"

别的同学也将自己带来的成品菜摆上了桌。三个男生新生的菜显然是垫底了。第一批水饺下好，大家准备开吃，推举丁学敏致辞。

丁学敏让大家斟满酒或饮料，突然看到胡艳芳的杯中是红酒，忙说："哎，你怎么能喝酒？"

"我过了 21 岁生日了，可以喝酒。再说，我们关起门来自己喝，谁会管呢？"

丁学敏拍了拍脑门："哎哟，忘了啊。Times flies，时光如梭。哎呀，又是一年春节到，我们都长了一岁，你也长大了。能喝酒的人越来越多。来，祝大家新春大吉，万事如意，在新一年里学业有成。"

洪玲对丁学敏说："祝老丁夫人能签来美国。"

丁学敏的夫人在上海，居然两年一直没拿到来美探亲的签证，两人分居着，令他很郁闷。

丁学敏说了声谢谢就把话岔开了："下面是重头戏。请新生们自我介绍，还必须回答最最重要的问题：自己的婚姻状况。"

周围一片哄笑声，已婚的老生都附和着："对、对，最关键。"

"要坦白。"

夏里，他应该是最年长的新生，理应带头发言。

见丁学敏望向自己，他赶忙推说："女士优先。"

于是大家闹着让唯一的女新生先发言。

新生的困惑

就读MBA（工商管理硕士）专业的女生发言了："我叫韩楚，来自武汉，毕业于华中外交学院。是我妈让我来留学的，我也有英语基础，所以容易过来。"

大家都乐了，笑得很开心。

"有男朋友没？"

"结婚了没？"

有几个人在后面起哄。

"我大四刚毕业就来了，有这么早结婚的么？"韩楚匆匆说完，让别的新生接着说。

徐凯爽快地发言了："我来自河南，远东师大物理系毕业。觉得北京工资高的工作很难找，生活压力会比较大，买不起房子，所以先来美国看看……"

物理系老生洪玲有同感："哦，也是啊。"

新生引起了这个话题，大家就七嘴八舌议论了一会国内房价的涨落。

大家目光重新聚向夏里，看看躲不掉了，他只得发言："我叫夏里，四川来的。本科物理，还在国内念了个电子学硕士。有老婆孩子了。虽然我是帅哥，但在座的单身美眉不必纠缠我了，赶快去追前面那个吧。"他指了指徐凯。

"哈哈。"大家哄笑着，觉得相貌平平、胖得好笑的夏里很有幽默感。

"要得，要得。你现在是助教，算半个公务员了，工资支票都是州政府开的。得州规定公立大学的助教，不光是本人，他的家庭成员：夫人、子女上任何一所本州的公立大学，也只交州内学费。"胡艳芳学说着四川话。

"我们是州立大学，是本州居民的税收养着的，所以本州居民上学，只交一点点学费，这叫做州内学费，Pay In。当然，前提是你得被大学录取。"丁学敏补充道。

怕新生不理解差别，胡艳芳又解释了："而外州居民或外国人上本州公立，就要交全额学费，那可贵多了。"

陈大川接着自我介绍："我叫陈大川，经历很简单。本科原是学地质的，毕业后在电大教物理。因没混出个名堂，只好来美国碰碰运气。"

"叫大川、大山的都应该学地质。"胡艳芳起哄着。

"结婚了吧，夫人在哪里？"有人问，因为陈大川看起来年龄也比较大。

"哎，这么直接啊，呵呵，我说了你们相信吗？不怕我撒谎？"陈大川答道。

"我替他说，他也单身，available。"夏里跟陈大川住一起，私下问过他。

"女朋友呢？"张铭追问。

"这……"陈大川脸上露出很不自然的表情。

大家也没再逼问下去，时间有限，新生们想要了解的事太多。如何在美国生存、如果对付教授、毕业后如何找工作赚钱、如何拿绿卡等等、等等。

胡艳芳起劲着："老丁还是先告诉他们如何拿绿卡吧。"

丁学敏故意说："不知他们想听最快的办法，还是最常见的办法。"

胡艳芳说："啊哟，别卖关子啦，他们当然什么都想听了。"

丁学敏笑道："哈哈，你怎么比他们还急。"

大家笑了起来。

胡艳芳反驳着："他们新生害羞嘛，不好意思问，我替他们问了。"

丁学敏喝了口酒，不急不忙地道来："好吧。最快的办法是与485男或485女结婚。最常见的办法是毕业后找份工作，通过工作签证来办绿卡。但是……美国大学凡是容易拿奖学金的专业都不好找工作，像是数学、物理专业。另外，美国人读博士的积极性不高，也不好找工作。找工作时，国内是硕士冒充博士，这里是博士冒充硕士。"

这次新生们笑了起来，老生们在一旁佐证，这是真事，因为硕士比博士好找工作。

夏里好奇地问："什么是 485 女？"

有个老生插嘴："就是女方要求男方年薪 485 万。"

夏里知道那个老生在开玩笑，但还是冲着徐凯和陈大川说："加油啊，你们希望很大、难度不小。"

老丁继续解释："所谓 485，是绿卡申请表格的代号。经过漫长的排期，到了可以提交 485 申请表时，移民局允许补充家庭成员，所有的家庭成员都可以同时拿到绿卡。因为交 485 表是拿绿卡的最后一步，所以绿卡很快就会批下来。比如小胡到了可以提交 485 表的时间，她就叫 485 女。如果陈大川与她闪婚，小胡就补充填写家庭成员，一起与 485 表格交上去。移民局很快就批下两张绿卡。如此这般，陈大川一下子就有了正式绿卡。"

胡艳芳不知为何心里觉得有点美滋滋的，她瞄了陈大川一眼，嘴上却不依不饶："真坏老丁，为何老拿我说事？我可声明我不是什么 485、985 啊。"

老丁故意不理她的茬，继续给三个物理系新生上形势课："各校物理系的研究生大都换专业了。像我们学校，就剩下我、张铭、洪玲三个不求上进的了。纯理论的物理很难找工作，只有读博士、当教授一根独木桥了。不转专业后果很严重，恐怕连女朋友都找不到啰。"

徐凯惊诧道："是嘛？"

丁学敏笑了："呵呵，恐慌了吧？女生都知道物理系的没出路，不愿意和咱们系的人谈恋爱呢。是不是，胡美女？"

胡艳芳反驳："学长又在胡说。还要看别的方面呢，怎么会光看专业？"

徐凯连忙问："那我们转什么专业好呢？"

远　行

丁学敏说："计算机、护士、电子工程是目前最好的。在休斯顿周围，学化学、化工也不错，这里炼油厂多，能源公司多。"

丁学敏转而有点变严肃，提高了点声音："新生们，不要以为你们来到美国，进了校门就可以轻松地过日子、混毕业了。你们要丢掉过去的概念：一进校门，就算进了保险箱，就能毕业。残酷地竞争即将开始，要想适应美国，就要准备脱层皮。"

此时此刻，新生都还没有悟出这句话的真正含义！

简单的迎新活动结束，老生在电视上放起中央电视台春晚录像，大家痛快地吃着家乡口味饭菜，喝得半酣。

物理系三个新生在努力适应着美国的学习。学习难度的确比想象得大，听课很吃力。核心课电动力学的白人学生汤米上课听得津津有味，他没有语言障碍，不时打断教授的讲课，与其探讨。安德鲁的即兴提问，大部分被汤米抢去回答了，剩下的被洪玲包了，而可怜的三新生连提问的问题都没听懂。

课后还有一大堆参考书要看，全英文，也让新生们头疼不已。新生只对一些常见公式比较熟悉，因为中国课本里是同样的英文公式，倍感亲切。

电动力学第一轮作业也布置下来了，十二道题，两周后交。

陈大川与夏里先各自捡到了席梦思。他们在家时，就以席梦思为桌，席地而坐。但很快又捡来了椅子，就将椅子升级为桌子，"席"席梦思而坐。在家里，陈大川和夏里经常讨论问题、习题，他俩发现前几道题还好对付，后面的题目就难了。新生们这时都开办了手机，夏里打电话问徐凯。

徐凯回答也是一样，只完成了六题半。他们分头找参考书，又在一起讨论，总算进步了一点，又解出一道题。可题目是越往后越难，越往后越大，还剩两道大题。

又一次，三人讨论到晚上 10 点，他们想问问老生洪玲状况。

<h1 style="text-align:center">新生的困惑</h1>

陈大川自告奋勇当场打电话："喂，洪玲吗？我是陈大川啊，我们新生讨论作业题，花了很多时间，还是有几道题做不出啊，你做得怎么样？要不要一起讨论？我们想向你请教呢。"

洪玲回答："哎呀，你们新生真积极，还有三天才交作业呢。过去的学生是提前一天才讨论。我还没怎么做呢。"

陈大川倒是反过来替洪玲担心了："哦，不能大意，这些题目很难的。我们花了太多的时间。要不我们明晚在图书馆对一下答案？我发电邮让汤米也来讨论。"

选这门课共五人，除了四个中国留学生，只剩一个美国学生汤米了。

洪玲说："好的，我们到时联系。"

第二天晚上，三个新生早早到了图书馆。汤米回了电邮，他有事，不来讨论了。三个新生都眼瞪着最后两道题，不知从哪下手。洪玲来迟了些，新生讨好她，先将自己的题解给她看。

她大致瞄了几眼，说："你们做得不错啊，我只做完了一半，这是我的解答。"

说着，拿出自己的答题本。新生有些失望。

徐凯说："可是后天要交了。做不完作业，我们的平时成绩就要低不少，拖总成绩啊。"

洪玲说："要不……还是自己晚上再做做、熬熬夜吧，在美国学习少不了熬夜的。我们现在可以讨论一下物理概念，你们有没有什么概念问题？"

夏里说："其实现在我们的主要困难是作业，题目做不出啊。"

他们还是简单讨论了几个模糊的物理概念。

洪玲先告辞了。

夏里心升疑团，议论着："这丫头那么沉得住气？是她神奇，一夜能做完，还是她压根不在乎平时作业？"

三新生郁闷地散了。

远　行

　　后天上课，三新生交了缺两题的作业。洪玲和汤米的作业他们看不到，因为都是直接交到教授安德鲁手里，美国又是有隐私权的，不可能看到别人的作业内容。

　　下了课，安德鲁将作业的标准答案公布在网上。同时下一次作业也在网上布置下来，还是十二道题，两周后交。

　　新生们赶紧打印了上次作业答案，认真地学习了下，感到收获颇丰。他们的第一次作业没能做完，肯定要扣分了。所以对第二次作业不敢大意，马上开始着手做题。

　　三个新生又是碰头讨论、又是分头找参考书。一周下来，还是只做了不到一半的题目，他们觉得第二次作业更难。陈大川为了省时间，特地买了微波炉。他先用普通锅煮一大堆鸡腿，一锅米饭，放进冰箱准备吃好几顿。每顿饭加些菜叶快煮一下，或用微波炉转一下就吃。夏里则常吃美式方便面。

　　房里没有桌子，陈大川、夏里尽量利用教室、图书馆学习。周日上午因为是礼拜时间，全美国极少有图书馆开门，学校图书馆也是闭馆，他俩只好找教室自习。教学楼里空无一人，中央空调一直开着。教室里也空无一人，灯却全亮着。他俩刚坐下来，威严的校警检查教室，要赶他们走。

　　校警严肃地说："周日是休息日，为什么还学习？"

　　两人愣楞地看着警察，心里想空调开着、灯亮着，却不许学生待在里面学习？但他们不知该如何用英语抗议，只好灰溜溜离开教室。

　　两人在空荡荡的校园里乱转，又转到了大学生活动中心。里面空间很大，有桌子、沙发、乒乓球台、台球桌、自动售货机，设施齐全，就是没有人。室内灯火通明、空调大开，连几台大屏幕电视也开着。

　　夏里叹了口气："星期天哪都没人，光在消耗能源。"

<h1 style="text-align:center">新生的困惑</h1>

陈大川说："是啊，还有网球场，在中国都是五星级的。塑胶地，铁丝网，没什么人打球，可巨大阵列的照明灯一直开到深夜。唉，既然把我们两个赶到这里了，我们就将就一下，在这里看书吧。"

尽管拼命挤时间学习，眼看还是无法完成作业，三新生都十分着急。

安德鲁的上课进度加快了。他说得快，板书多，课堂讲授内容还只是这门课的一小部分，而大部分内容则让学生自己课后看书。安德鲁下课时，总是把黑板擦干净。这是美国的规矩，谁写脏了黑板谁自己擦，不能留给下节课的人。不白沾他人便宜、不给他人添麻烦，这是美国通识。

Tips

1 研究生上课，有些美国教授不像中国老师那样系统地讲课，但都会指出重点和发展方向，细节要学生自己学，学生的英语能力很关键。

2 美国公共图书馆为了照顾各地段读者，并不集中在一处建大馆，而是分散在各区块建小馆，所以很少看到巨型图书馆。这些小馆之间通常可以互相调借图书。大学图书馆也常分散成数个小馆，有的是为了分类，有的是为了方便学生就近读书。如哈佛大学就有28个图书馆。

第 3 章 菜刀与题解

陈大川、夏里两人来美国有一个多月了，没能见识到美国的繁华。整个城市还不如中国的县城热闹，两人感到非常寂寞、郁闷、失落。

一天下午，苦闷的两人决定一起出去走走，散散心。他们漫无目的地乱逛。天色阴沉，不见阳光。四处绿化不错，但一丝风都没有，树枝细叶都低垂着。

夏里说："这真是鸟不拉屎的地方。马路上没有行人，只有我们俩像傻子一样在走路。见不到公共汽车，也看不到出租车，只有私家车偶尔在身旁擦过。"

陈大川搭着话茬："是啊，只有上课时间校园里有人。其他时间看不到一个人毛，特有寂寞感。国内是喧闹得让人抓狂，这里是安静得让人抓狂，但最让我担心的还是功课。"

夏里说话带着四川腔："看这样子，第二次作业我能做出一半就算不错了。唉，想我在国内高校也算尖子生，还读完了电子学硕士，没想到这门课那么难，为什么就学不走呢（四川方言：学不下去）？"

"我也差不多。不知洪玲和汤米作业进度如何？三周后就有一个小测验了。唉，真没想到美国的学习那么不好混，我们来遭罪了。"

路过一家很小的中餐馆，好几天没正经吃饭的他俩，不禁有点流口水，决定进去解馋。

餐馆虽小，却也干净。此时没到吃饭高峰，客人不多。

一中年妇女在收银台里，一年轻的男服务生正在收拾桌子，都是华人模样。这类小的中餐馆，一般是福建人开的夫妻店。老公是大厨，老婆管收银，再请两三个中国留学生轮班当服务员，找两三个墨西哥人在后面厨房打杂。夫妻老板通常英语都不好，请个学生还可以当翻译。

见陈大川、夏里进来，男服务生用英语问道："先生几位？堂吃还是外带？"

夏里也回英语："我们两个人，堂吃。"

男服务生给他们安排了个桌子坐下，拿来菜单。

陈大川看他像华人，就用英语问："会说汉语吗？"

服务生说汉语了："会啊，我是中国人。"

于是他们直接用汉语对话了。

夏里看着菜单上的鱼问："这是活鱼做的？"

服务生微笑着答："看来你们是刚来美国的，这里餐馆很少有活鱼活鸡的，都是冻肉。"

夏里不解了："那能好吃？"

服务生很内行地介绍："哟，你可不知道，美国少有活鱼活禽的原因有两个。一个是肉冻一会蛋白质会充分分解，营养反而比鲜肉高。"

陈大川点头："好像有此一说。"

夏里问："那么第二个原因呢？"

服务生："动物保护啊，这里的动物保护组织一直倡导不吃活物。一旦食客要吃活鱼活禽，餐馆就会用鱼缸鸡笼养它们。这些小空间对鱼啊鸡啊是一种摧残，既不鱼道、也不鸡道，您说是不是？"

夏里笑了起来："见识美国人的虚伪了。"

陈大川对夏里说："国内有人养活鱼会在鱼缸里加入有害的增氧剂，那对人体不好哦。"

两人点了一个水煮鱼，一个麻婆豆腐。

远　行

男服务生用两联的小本子记下菜名，然后撕下上面的那张纸，送进厨房。

陈大川和夏里聊着："这些作业题不是一般地难，洪玲、汤米他们真那么牛，不和我们讨论，自己做出来了？"

像是听到什么，男服务生不禁朝他们两人这边望了望。

夏里说："我也感到纳闷。我在国内本科是物理，但硕士是电子学。这电动力学是我们研究生的主课，没见过这么难的题目。"

陈大川说："我在想，如果上一次的电动力学课程也是安德鲁开的，他会选同样的课本吧。课后的习题也应差不多，那么老生也会打印出标准答案。他们应该还保留着吧，不会扔。"

这时男服务生插话了："你们是物理系的新生？"

"是的。"

"是的。"

陈大川、夏里自我介绍了一番。

"你叫？"陈大川问道。

"我叫刘流。"

陈大川猛地一愣："你是物理系的？"

"你怎么知道？"

"我认识你表哥钱乐啊，我们同一架飞机来美国的。"陈大川说。

"哦，我说呢。我曾经是物理系的，现在不是了。"刘流的表情很平淡，口气无所谓。

陈大川和夏里都想起来了，李教授曾说过有一个中国学生没能通过考试，那个人应该就是刘流了。

刘流主动说："告诉你们吧，老生们很可能有作业题的标准答案……"

门口进来一个中年男子，刘流赶忙对两学生说："等会我再跟你们说。"

菜刀与题解

他边迎上中年男子，边对收银台后面的妇女说："卫生局来抽查了。"

陈大川这才看清楚，那中年男子胸前挂了个小名牌，像奥运会裁判员的小牌子一样。胳膊夹着个写字板，但并没穿什么制服。他与刘流及中年妇女打了招呼，就径直进厨房里了。他是卫生局来检查卫生的，在厨房里仔细察看各处，不时在写字板上的纸上做记录。约十几分钟后，他回到了中年妇女面前，刘流给他们做翻译。中年男子给餐馆卫生情况做了总结，然后离开了。

刘流又回到陈大川两人面前，说："我们这次卫生检查通过了，他告诉我们几个需改进的地方。卫生局都是来突击抽查的，事先不会让我们知道。他们查得很细，会用钢针温度计插入冰箱的冻肉里，看看温度如何。温度高于标准就会扣分。上门抽查时，我们最多可以给他水喝，如果倒一杯可乐就构成了贿赂。"

"哦，怪不得美国的餐馆都比较干净呢。"夏里像是找到了答案。

陈大川评说道："我们国内其实不缺法律，缺的是监督与重罚。抽查远比发一张卫生许可证有用得多。"

夏里附和着："嗯，我觉得如果美国没人来抽查，餐馆也未必那么卫生。"

刘流接着刚才的话题："我没上过电动力学，但敢肯定老生有过去作业题的答案。物理系很多课程的作业变化不大，大家看看抄抄旧作业题答案就混过去了。你们可以问洪玲要一下，我知道张铭也修过这门课。我是上学期来美国的，到了学期最后才察觉到与我同课的人都有以往几年的作业题答案。没人告诉我，他们故意让我来垫底，靠！你想我自己傻做作业，他们作业是满分，平时分数差多少？"

夏里问起："三门课呢，都是如此？"

刘流大大咧咧地说："还有一门是我缺了点课。哎，这有什么嘛，美国老师还挺当真，扣了我不少缺勤分数。现在学校把我除名了。不读也罢，我打工挣得钱也不少。"

夏里说："我觉得也是，一直打餐馆下去，多赚点钱挺好。"

刘流感到他们和刚来美国的华人一样，都没有"身份"的概念，就说："但还是要维持身份的。"

夏里果然不理解："什么身份？"

刘流扭头看了看四周，没有其他客人需要服务，就展开了话题："我们有点缘分，呵呵，就给你们一点 Tips。"

他所说的 Tips 是一语双关，既当贴士讲，又当小费说。刘流当然希望两位吃客多留下些小费。

"过去反映华人在美国生活的电影、小说也有意无意地回避了这一关键问题。简单来说，外国人在美国逗留必须要有某种身份——Status，不是随随便便想待就待着的。这点与北漂不同，一个外地人不上学、没工作，依然可以住在北京。但在美国不行，必须有个合法身份。如学生身份必须要上学、工作身份必须有雇主、旅游身份时间短……"

听了刘流的讲解，陈大川、夏里大致明白了：学生就不能被开除，打工就不能被解雇。

刘流又接着说："只有拿到了美国绿卡，才没有身份的限制。即使啥都不干、整天睡懒觉也可以在美国长期混着。所以有些想留在美国的华人为拿绿卡绞尽脑汁，甚至不择手段。"

夏里感到惊讶："这么夸张啊，"但他很快又有了疑问，"那你的学生身份岂不失去了？成了黑户？"

刘流笑了："呵呵，上有政策、下有对策，中国人多聪明？我转学去了一个语言学校，花一点学费，只须几个晚上去混课，照样能保住我的学生身份。这个餐馆办不了工作签证，所以我属于非法打工。但这是小事啦，我们这里天高皇帝远，移民局不会来查的。关键是我的身份没黑，还是学生身份。"

陈大川打趣道："高，实在是高！还是你有办法，这不失为一种留在美国的好方法。"

夏里问刘流："你没想到要回国吗？"

"想过啊，留学生谁没想过？特别是学习累、孤单时。"刘流说。

"可我回哪里？我已经无处可去了。"他的语气转惆怅。

"这怎么说？"夏里不解了。

"为出国筹钱，家里把大套房子卖了，换成小套。只有一个卧室。你说我回国住哪里？这一年来国内房价猛涨，我不得先在这里赚笔钱，买回原来那样的房子？"

惆怅之余，刘流转而又说："但真要是想离开，还有些留恋的。离开学校后，自己有时间开车到处转。一天晚上我开上一个大桥，往下一看，下面是一片灯火辉煌，那是个炼油厂，亮极了。我从来没看到过那样的场景，哎，很有震撼感和正能量的。这里福利也确实诱人，即使偷渡来美国的未成年都可以免费上中小学，非法偷渡的人都可以免费看急诊。我想还是赖在这里一会儿吧。"话语间，他下意识地流露出无奈与矛盾。

气氛凝结了一会，刘流道："唉，不说这些了。怎么样，菜的味道如何？"

"不错，不错，"夏里连忙评价道，"有川菜味，我很久没吃到这样的中国菜了，很好吃。"

"那是，都说出国后胃是最爱国的，哈哈。"刘流大大咧咧地说。

两人吃完，付了饭钱，又在桌上放了超过 15% 的小费，往外走。

刘流说："谢啦。如果国际学生办公室有人问起有没有看到过'路'，你们就说没看见啊。他们发不了我的刘的汉语拼音 Liu，都念成'路'。让他们知道我打工并不是件好事。"

陈大川和夏里都满口答应，走出了门。

刚走出几米，刘流又追了出来："陈同学，不要告诉我表哥我的情况。嘿嘿，我还是低调一点好。"

陈大川一口答应："哦，没问题。我就说没联系上你。"

他俩离餐馆远了点，夏里马上说开了："名字起得不吉利呢。不论是留念的'留'，还是流失的'流'，都不吉利。"

"留念之留不错啊，留下来了。"

"那也是留级的留啊。"

陈大川："呵呵，不过人家老美不发'留'音，而是'路'。小家伙也一直在抱怨，美国人读不出他的姓'徐'，汉语拼音是 Xu，美国人看了半天才憋出个音'咳嗽'。"

夏里一下笑了起来。

两人的心情现在好了起来。这顿饭既满足了物质欲望，更满足了精神需求，一扫人生道路上的阴霾，他们看到了前途的光明。四周的花草又都显得生机勃勃。

陈大川双手插在裤兜里，慢悠悠地走着："看来，你是不喜欢像刘流那样的出路了。"

"谁想啊？刚来美国，噢，就下课了？咱可丢不起那面子。不过当务之急是要得到过去的作业题答案。洪玲她肯定有，我们问她借一下？"

"问洪玲？她未必会给。我早就感觉到她在刻意地瞒着我们。还记得第一次作业讨论吗？她不太情愿的样子。现在看来，她还参加什么讨论？人家抱着标准答案呢。"

夏里有点着急了："嗯，说的是呢。那我们怎么办？"

陈大川信心十足地说："我和张铭有一门共同的课，问问他。刘流不是说他也学过这门课吗？"

夏里反应过来，又喜形于色："对，问张铭要答案，不求那娘们，我就讨厌她那张假兮兮的笑脸。"

菜刀与题解

陈大川利用课间时间与张铭交谈，来不及过渡，开门见山直接问起电动力学的旧作业题："你有过去的作业题答案吗？老师的作业题每年会变化吗？"

倒是张铭很吃惊的样子了："怎么？洪玲没跟你们说？何止是作业题答案，连过去的旧考题、答案都有啊。当然除了最后一次期末考试，因为考完就放假了，老师自然不用讲评卷子。安德鲁的作业题、考题不会有什么变化。这帮美国教授才懒得出新题呢。你们的作业不都是书后的习题吗？教授们已有了现成的答案，一换题他们自己要重新做答案，换啥换？洪玲自然有旧考题和作业题答案。"

"还有考题和答案啊，那她也太有优势了。你学过这门课，能不能把你过去的作业题、考题借给我们？"

"哦，我的都已经给了汤米。给美国人的东西不好再要回来。你们可以问洪玲要啊，都是中国人，这点小事不能帮忙吗？"张铭出着主意。

陈大川一回去，赶紧将这个情况告诉了夏里、徐凯。他俩顿时炸开了锅，群情激愤，你一言我一语。

"我靠！那我们能学得过他们吗？拼死拼活也没他们的成绩好啊！"

"幸好刘流、张铭告诉我们这个秘密，要不然咱们要吃多少暗亏？"

"真看不出来，她装得真像，还说自己的作业也没做完，要熬熬夜，熬个屁，二十分钟不就抄完了？"

陈大川缓和一下大家的情绪："安静一下吧。知道这个秘密是好事，我们还得要到习题答案和考题答案不是？"

他们商议了一番，最后决定还是找洪玲吧，毕竟是同胞，她不至于见死不救吧。

当晚，抱着不确定的希望，三人聚在一起打电话给洪玲。陈大川打头阵，他平复了一下情绪，小心翼翼地按下了号码，夏里、徐凯焦急地守在旁边。

电话拨通，陈大川说："洪玲啊，你好，我是陈大川。夏里、徐凯也在边上。我们是想跟你商量点事，我们学习遇到了困难，安德鲁的作业做不完。听说你有过去的作业答案，能不能麻烦借给我们看看？非常感谢了。"

电话那头有点犹豫，支吾了一会，却不作答。

旁边的夏里忍不住一把抢过手机，话语暗含讥讽："洪玲啊，你拿着标准答案，这对我们新生不公平啊……"

陈大川觉得夏里的口气欠妥，赶忙抢回手机。

那边闪挂了电话，这边两人合攥着手机，大眼瞪着小眼，愣住。

陈大川有点责怪夏里："你的语气太不友好了，明显在质问她。"

三个人碰了个钉子，冷了会场。

徐凯大失所望，但并未绝望："看来她是不愿意给我们了。还有一条路，我们去问问老丁，他或许也有习题答案。"

夏里眼一亮："对啊，是必修课啊，老丁也应该学过，问他要。"

三个人当下急忙忙赶去丁学敏家。

老丁回答说："我的作业题答案、考题答案早在你们来学校之前都给了洪玲。"

三个新生心一沉，因为物理系只剩下三个中国老生：老丁、张铭、洪玲。现在的格局是张铭的解答给了汤米，老丁的解答给了洪玲。

老丁替洪玲辩解着："你们还没有到校，她不知道谁会选这门课，也不知道你们的实力，留一手不告诉你们题解也是正常的。我看了你们交上的第一次作业，三个人水平差不多，都没有做完作业。"

丁学敏是电动力学课的助教，改这门课作业。

"你不知道我们花了多少时间和精力才做出了那些。"徐凯虎着个脸。

"我们第二次作业也眼看着做不完了，所以才来求救的。"夏里话语匆匆。

"嗯，我现在清楚你们的水平了。这样吧，我明天去一趟洪玲家，跟她商量一下，借给你们看看。"丁学敏说。

"太谢谢了，你跟她说一下，我们四个中国学生应该齐心合作，让汤米垫底。"陈大川说。

"我们只复印一下，原件立即返还。"夏里补充道。

"是啊，我们不会耽误她学习的。"徐凯帮着腔。

第二天晚上，三个新生开开心心一起去丁学敏家，想到很快就要看到那些憋死人的习题的标准答案，以及未来考题的答案，大家的脚步是那么地轻盈。

进了丁学敏家。

老丁脸色有点尴尬，语气有点无奈："不知为何，女孩居然生气了，她对我说，'这几个人刚来美国，居然要到我这里讨什么公平？！岂有此理。'你们是不是对她说了些什么？"

徐凯问："那她是不肯还你那些解答了？"

丁学敏叹了一口气："唉，是啊。"

一阵子冷场。

陈大川知道昨天夏里电话里说得有些过火，解释道："我们有人是说过一点不入耳的话，但可以道歉啊。我觉得她早就不想给答案了，找一个什么借口罢了。"

徐凯说："就是，不给还要找什么借口，要做婊子还要立牌坊！"

他一激动有点口不择言了。

丁学敏道："我跟她说了，新生可怜呢，刚来。老生课程都熟悉了，不会落在后面，就帮助他们一下吧。她说我多管闲事。唉，我也没办法。"

夏里感到不可思议，她洪玲会如此绝情，就说："你德高望重，连你的话她都不听？"

徐凯也跟着说："又是你的资料，要不回来？"

丁学敏苦笑了下："哪个国家的法律也是给出的东西不能要回啊。况且她要是不想拿出来，可以随便找个理由，说找不到了，丢了。我总不能去搜家吧？"

夏里着急问道："这……她为啥不愿意与中国学生合作呢？那么坚决？"

丁学敏迟疑地说道："女孩的心思……你别猜。她或许想着要独拿个Ａ吧，安德鲁只会给一个人Ａ。"

陈大川问："她得Ａ那么重要？"

丁学敏沉默了一会，才说道："你们的确不了解美国，那原因会很多的。她可能计划毕业后去名校读博士，美国没有入学考试，主要看硕士的平时成绩。嘿嘿，这美国成绩单不会做假，可信。好像她在国内已经结婚，老公要过来吧。名校奖学金高，好养活她老公。可能还有另一个原因，她老公过来后也准备上学。春节聚会小胡的话你们记得吗？"

夏里问："什么话？"

丁学敏回顾说："得州规定，一个人如果是公立大学的助教，不但是她本人交很便宜的州内居民学费，她的配偶、子女上得州的任何一所公立大学也只付州内学费。算一下，如果洪玲保持全奖。嗯，她和老公全年各自交约六千美元的州内学费，总共才一万二。如果洪玲失去了全奖，不但她自己要交全额学费两万一，她老公是国际学生，也要交两万一，共交四万二。这一下差多少？"

三个新生确实吃惊。

夏里说："两个人一年就要多交三万美元学费。"

丁学敏又说："如果她不小心两门课得了Ｃ，那就更糟，也会像刘流。她自己的学生身份保不住，要回国。她老公是基于亲属关系来美国的，随洪玲，自然也不能留在美国。"

菜刀与题解

陈大川会联想：“像《红楼梦》所言，一损俱损，一荣俱荣。看来向她要题解是与虎谋皮了，我们是她的竞争对手。”

丁学敏：“嗯，的确如此。她做事是绝了些，但情有可原。早知道如此，我就全部复印一份作业题、考题答案，自己留着了。唉，没想到我要她也不给。”

新生们心里堵得慌，当下无语。又过了一会，老丁说：“要不你们再去问问张铭，或看看老李那里有没有解答？”

折磨人的一夜过去了，天亮后三个新生先匆匆忙忙地去找李卫华教授，今天他不在办公室。他们只好又去找张铭了。

新生们跑了两趟，才等到张铭回家，跟他讲了一遍进展。

张铭不紧不慢地说：“这个女人心狠哪。她根本没有把握把汤米比下去，汤米曾经给安德鲁家当过小孩保姆 baby-sitter，两人关系好着呢。她是要看你们三个新生中有一两个出局啊。”

“她看上去挺好说话的呢，刚开始也在生活上指点我们。课间时间也与我们有说有笑。”徐凯说道。

“哼，装呗，刘流就是这样糊里糊涂被挤走的。”夏里说着。

张铭点头赞同：“嗯，知人知面难知心呢。你们还没见到过呢，她用着人的时候，什么好话都说。别人需要她帮忙的时候，她就不管了。她刚来美国那会，我们帮了她多少？她装着挺清纯的样子，围着我转，做些好吃的请我去吃，我也毫无保留地把用过的学习资料全给了她，辅导她。她要学车，我教她，她要买车，我花时间陪她选。看我这……”他指了下自己脸上的伤疤。

“这是怎么回事？与她有关？”徐凯好奇了。

张铭给他们忆起了半年前的往事。

洪玲让张铭帮她买车，又要帮她练车，但她个性十足、自以为是。车在路上开得歪歪扭扭，引起了警察的注意。警察以为司机酒驾，就 Pull over（闪起警灯让前车靠边停下）了车，还让洪玲出

远　行

来走几步试试。张铭也打开车门跟了出来，但他像许多华人一样，习惯性地把手插进裤子口袋，结果一个警察猛扑上来，把他放倒。

"警察以为我掏枪，冲上来把我按倒，脸都在地上蹭破了。"张铭又指了指脸上的伤疤。

"你真是倒了霉。"夏里说。

"不算大霉。估计我要是个黑人，警察就直接开枪了。你知道他们受训是直接击中心脏的，一枪毙命，没有先打腿打伤的说法，因为坏人受伤后依然可以开枪还击。在中国，警察受伤算光荣，而这里算耻辱，起码得花纳税人的钱来治疗吧。那次警察把我按倒铐住，翻我的口袋，看看没武器，才放开我。"张铭心有余悸。

"那洪玲应该补偿你。"徐凯说。

"她为何什么事都来找你啊？你还都答应。"陈大川问，同时留意着张铭的表情。

张铭脸上略显出点尴尬："老丁已经有夫人，没太搭理她。我想中国人嘛，总得要帮一下吧。她很会表演，求你的时候装着一副可怜的样子，还假装要找男朋友的样子。后来我的国内好友告诉我她都已经结婚了，来美国还一直瞒着。哼，什么人品！"

夏里问："不是说这类事在留学生中挺多的吗？"

张铭摇晃着脑袋："不，那是指男女朋友关系，来美国后吐故纳新。她可是在国内已经结婚了，还来找男友。唉，两地隔着远，不知底细，更容易欺骗吧。"

众人沉默了一会。

"那你怎么会把习题给了汤米呢？"陈大川有点不解，白人学生怎么会知道有解答，又怎么会向中国学生索要？

"我就是不能让她那么轻松。以为没了学习对手、不再需要我了，就立马变脸，不认人，哼，"张铭沉浸在回忆的惯性中，突然察觉不妥，就缓和了口气，"噢，你们那时还没到校，我又不知道谁会选这门课，就把资料给了汤米，否则肯定会留给你们的。"

"那你帮我们大家一把，问汤米要一下吧，只一会，我们可以复印的。"夏里着急地说。

"外国人难呢，你们自己也可以问问他啊。"张铭建议道。

"就说你自己要复习，用一下。"陈大川出着主意。

"唉，他不会相信的。老丁呢？答案给了洪玲，真要不回来了？多要几次啊。这还算是中国人吗？"张铭说。

大家又沉默了，老生在互相推诿、踢皮球，三个新生互相看看。

"我可以试试去要，但把握不大。"张铭的话只剩下安慰的含义了。

新生只好表示了下谢意，就离开了。

回家的路上，陈大川说："你们感觉到没有，张铭与洪玲关系有点不寻常。"

另两人仔细一琢磨，点头称是。陈大川直觉张铭在挑拨新生给洪玲施压，让她难看，但这就不便说出来了。张铭毕竟讲出了作业、考试题的秘密，客观上帮了新生。

打从撕破脸后，上课时洪玲与三个新生就不搭理了。

倒是汤米还和大家有说有笑，课间夏里向他打趣着询问作业题答案之事，他笑着说："我不记得有没有或放哪里了。我只靠自己学习，根本不靠旧答案。"

徐凯当场用汉语对陈大川、夏里说："看来，白人说谎也是不眨眼的。"

现在新生们只剩最后一招了，找李卫华教授说说。

陈大川觉得作为老师，李教授应该帮不上什么忙，但只有一试了。

他们与李教授约好了时间。陈大川怕再有人说出极端的话，叮嘱另两个："还是由我主讲吧，你们可补充，但别冲动。"

三个新生刚到办公室，李教授就开了口："我正想了解一下你们开学以来的情况呢，怎么样？"

陈大川先说："我们有点辜负老师的希望，水平有限，没能顺利完成电动力学课程作业。"

接着，陈大川把详细过程说了一遍。

李教授听完，微笑道："我当学生时也是抄作业的，大家不应该在作业上花太多的时间，抄抄无妨。我不欣赏有的老师靠一堆作业来显示自己的水平，重点还是掌握物理原理，考好试。"

夏里还是气鼓鼓的，但他吸取上次电话里对洪玲乱说话的教训，克制着。

徐凯说开了："是的，我们几乎把所有的时间都花在这一门课上了，而且是花在作业上，但眼看还是完成不了。老师，是你把我们招进来的，总不能眼睁睁看着我们被挤走啊。"

李教授说："她这样不好，大家要互相帮助嘛。"

想了一会，他说："你们再和老丁他们说说，看看能否帮上忙。在美国，洪玲要是坚持不给答案，我们都没办法。我可以帮你们找找好的参考书。"

接着李教授询问了别的课程和助教工作。

徐凯说："助教压力不大，改本科生的作业没占用太多时间。课外辅导答疑也能胜任。"

夏里说："我的另外两门课程的压力小多了，作业很少。"

陈大川也说："我们别的课程压力都不大。"

李教授："那还好。你们多在电动力学上下点功夫吧。美国不同的教授有不同的要求，像上我的课，只要不缺课，我都给 A。"

从教授那里出来，大家都感到非常疲惫。

前前后后折腾了好几天，走马灯似的往来于老生之间，竟走水平可以参加奥运会了，但没任何结果。

看到了诱人的葡萄，却干着急摘不到，反而得知老生把解答给了竞争对手。

夏里无奈地说："我们这像什么？到处求爹爹、告奶奶……瞎耽误工夫。"

陈大川说："李教授给我们介绍一些参考书，也算是帮我们了。"

夏里很不满："有什么用？还有旧考试题和答案呢？洪玲他们有旧考题，得占多大的便宜？"

徐凯不由得怒火中烧："就是啊，我们怎样拼命学才能比得过那两个人的标准答案啊？实在不行我们就只有拼菜刀了。"

夏里忙说："哎，哎，小家伙，想开点，还不至于到玩命吧。"

夏里看了一眼陈大川，心生一计："如果你去施个美男计，定能骗取洪玲的解答。"

陈大川苦笑了，说道："你不怕我得到标准答案也不给你们？甚至不告诉你们我有了标准答案？让你们两个考不好，垫底？我看这个光荣任务交给小家伙比较好。"

"呸，我真恶心她，哪还会施美男计？不揍她就不错了。"徐凯气愤道。

两人一听，赶快又安慰徐凯，怕这个年轻人走极端。

三人垂头丧气地走了一会，徐凯早有破釜沉舟的打算。

他心一横："实在不行，我就放狠招，直接找安德鲁去。告诉他，这班上不公平，有人有题解答案，让他更换所有的作业题、考试题，不能与过去的重复。"

这正中夏里下怀，他说："对，这办法好。我也早想到了。既然如此，我们就要求来个真正的公平竞争。呵呵，是不是再给洪玲最后一个机会？"

陈大川笑笑："哦，对，明人不做暗事。我们让老丁转告洪玲一下吧。不过，我怀疑她会死硬到底。"

夏里说："不管了。如果不交出所有解答，我们就去找安德鲁。给洪美女三天的期限如何？"

徐凯嘴角露出一丝得意地冷笑："嘿嘿，可以。咱们也用个外交辞令——最后通牒。"

远　行

　　当晚，三人又给老丁打电话。由徐凯主讲，把他们的最后诉求告诉了老丁，请他转话给洪玲。

　　老丁电话里劝着新生："你们冷静点，别走极端。我也正在帮你们想办法呢。"

　　陈大川接过徐凯的手机说："我们知道你是好心的，也谢谢你的帮助。可我们也是没有办法。希望她能够回心转意，对大家都好。"

　　丁学敏还是打电话把新生们的意思委婉转告了洪玲。

　　电话那头的洪玲并不委婉："哼，我还能怕这个威胁？笑话！刚来美国他们懂什么？你也真不要管闲事了，由他们去闹。"

　　洪玲打心底里瞧不起三个新生，刚来美国东南西北都分不清，懂啥规矩？上次安德鲁外出学术交流需要调课，询问大家的换课时间。结果三个新生你看看我、我看看你，居然在征求对方的意见！典型的国内思维。人家美国人都是直截了当地说出自己的方便时间、时间段，哪管别人？最后由教授协调补课时间。现在三个嫩鸟为了讨便宜竟敢要挟老生，哼，知道美国"公平"二字怎么写吗？

　　过了两天，没有任何动静。徐凯按捺不住，叫着夏里与陈大川一起去找任课教授安德鲁。

　　陈大川提醒道："还没到三天呢。"

　　徐凯心急火燎地说："不等了，她肯定不会交出答案了。这两天我这心里烧得难受，不熬了。你们去不去？不去，我就一个人去找安德鲁。"

　　陈大川、夏里无奈，怕徐凯惹出什么事来，就答应一起去了。

　　徐凯对安德鲁教授说，当然是用英语："我们现在没有周末、没有假日，每天除了吃饭睡觉就是学、学、拼命学，但还是完成不了作业。据我们了解，老生有作业题的标准答案。"

　　安德鲁正色道："没休息日很正常。我当学生时也是没周末、没假日的。有难度也很正常，因为这是杰克逊的电动力学经典书。你们选择了物理，还没有做好献身的准备？不觉得它伟大？严格地说世界上只有一门科学，那就是物理。其他学科只是在收集资料，像个邮票收集者。"

夏里不想听这些大道理，他补充徐凯的话："老生们有过去作业题、考题及答案。这不公平，我们竞争不过他们。"

徐凯抢着说："我们要求老师您更换全部的作业和考题，以示公允。"

安德鲁愣了一下，才说："哦，我明白了。嗯，这门课教材已选定，我无法更换作业题了，但我可以保证考试题全换掉。"

徐凯说："那你可以不计平时作业成绩啊。"

安德鲁道："这不太合适，那没人会交作业了。你有证据老生抄作业吗？"

这下徐凯愣住了。是的，即使他们有过去的题解，也无法证明他们抄作业啊。

安德鲁说："如果我发现他们抄过去的作业，就给他们作业零分，如何？"

三个新生对视了下，觉得只能这样了。徐凯心里不服，但又说不出什么。

回去的路上，徐凯说："平时作业占四分之一的成绩，我们肯定会损失很多分数的。而且占用我们大量时间，我们没时间看课本、准备考试了。这事不能就这么完了。"

陈大川也觉得不换习题还是吃亏，觉着有点憋气，但也想不出别的方案。他们都觉得又白忙活了一阵子，没能解决多大问题，只是在徒增烦恼，甚感绝望。

夏里问："那你说下面怎么办？"

徐凯脑门露出青筋："我们辛苦地跑来跑去，到头来还是让洪玲他们偷偷笑咱们。看来我要跟她单独来个了断。"

陈大川、夏里无助地笑笑。夏里说："你怎么跟她了断？"

徐凯铁青着脸："我只是说着玩玩。"

他们说完就分手，各自回家了。

陈大川无力地往铺在地上的旧床垫上一躺，越想越窝囊，大声对夏里说："我现在知道比尔·盖茨为何要从哈佛退学了。"

夏里在另一个卧室说："为什么？"

"避免无聊的作业题。我肯定他能从哈佛毕业，但要花大量的时间去做无聊的作业，去应付考试，说不定也要向别人索要旧考题。他老人家聪明，不花这冤枉时间。一旦有了好主意，就自己创业，所以辍学，还要拉着哈佛同学一起辍学。"

晚上约 10 点，陈大川突然接到丁学敏的电话，电话里语气紧张："喂，你们又有了什么主意？吓得洪玲不敢回家。"

陈大川一惊："怎么啦，我们没吓她，没把她怎么样啊。"

电话里说："她看见徐凯深夜还在她家门口转悠，不敢下车进家了。"

陈大川感到不妙，不禁重复了名字："徐凯？"

夏里本来在自己屋里。一听这番话，门也不敲就冲进陈大川的房间："小家伙怎么啦？"

陈大川连忙捂住电话，神色紧张，悄声对夏里说："他可能要找洪玲的麻烦，我们快去找他。"

陈大川一边走到门口穿鞋，一边对丁学敏说："应该没什么，我们这就去看看。"

丁学敏电话里说："我马上就离开学校了，一会也过去看看。"

陈大川一挂断手机，夏里马上又发声了："要出事！这小子会想不开的。"

陈大川、夏里两人在夜幕里一路小跑，夏里人胖体重落在后面。

夏里累得气喘吁吁："我就看他这两天情绪不对，还说要拼菜刀。"

此时两人脑中闪过许多念头：近年来中国留学生出了不少命案。三个新生这几天像无头苍蝇来回乱转，怕是徐凯心理崩溃了。如果自己晚到一步，会发生血案。想到这些，两人跑得更快。安安静静的街道回响着奇怪的脚步声，引来周围一片狗叫。

两人到了洪玲的 107 室附近，果然看到了徐凯。走近看，他脸色铁青，满眼血丝，两人小心翼翼靠上前。

夏里笑着说："你在这里干啥？走，走，去我们家坐坐，聊会天。"轻轻扶着他肩往回劝。

丁学敏又来了电话："怎么样，找到徐凯了？"

陈大川打着哈哈："找到了，没事。他是想给洪玲送花呢。"

丁学敏奇怪："什么？"

陈大川道："没什么，他是想巴结洪玲吧。啊呀，男孩的心思……你也别猜。或许他暗恋人家呢。哎，别担心了，我们离开她家了。"

夏里忍不住一下子笑出声。

徐凯的脸色也缓和了些："巴结个鬼，我要当面警告她。我们不仅可以拼作业、拼考试，还可以拼菜刀，大不了同归于尽。"

陈大川劝他："唉，冷静点嘛，你头脑过热了。威胁她可能让你惹上麻烦，与她同归于尽也不值得啊。"

夏里也劝说着："我们还可以给校长写信，请他介入，主持公道。"

徐凯还是愤愤不平："会有用吗？我就是觉得没希望了，才要和她单挑、摊牌的。"

丁学敏打电话给洪玲报了平安无事，让她放心进家，又打电话回来给陈大川："你们三个在一起？"

陈大川道："是的。"

丁学敏说："都到你家去吧，我有个解决方案，需要和你们一起商量。"

陈大川对大家说："别泄气，老丁说他有一个解决方案呢。"

徐凯不屑："他还能有什么方案？姓洪的又不会还他解答。还不都是他们老生惹的祸？他们就没责任？"

三人到了陈大川、夏里家。丁学敏已经在门口等候。

进客厅，陈大川要去拿自己的椅子给老丁坐，老丁拦住了，大家席地坐定。

丁学敏对三人说："三天时间快到了，你们也不要去找安德鲁了。我有个办法可以帮你们渡过作业关，但有点风险，要你们配合和保证。"

徐凯说他们已经去找了安德鲁。

丁学敏连忙问安德鲁怎么说，徐凯用鼻子发了声："哼，偷懒的教授。他只答应更换考试题。"

夏里也抱怨："其实安德鲁他改不改考题我们也不知道，我们又没有旧考题参照，而且改几个数字也算改了呀。如果出题框架、模式不变，她洪玲、汤米还不是占了大便宜？"

陈大川伸出双手往下按了按，示意大家安静下来，先听听老丁的主意。

丁学敏说："我给你们作业调个包。"

陈大川："怎么调包？"

丁学敏解释道："我是这门课的助教。每次你们交作业给安德鲁，他都要转给我，由我来批改。你们先大体上胡乱写一份作业交给安德鲁。收完作业，安德鲁会把标准答案放在网上。你们按照标准答案重写一份私下给我，我就以你们新交的作业来换掉原先的。然后我批改完新写的作业，再返回给安德鲁，由他发还给你们。"

陈大川眼睛一亮："这个办法好。"

徐凯怀疑道："安德鲁不会先看看作业？不会发现我们的作业调了包？"

丁学敏说："这就是我要说的配合。"

他停了会，扫视了一下大家："美国教授通常不会看学生的作业，但也不排除他心血来潮看一眼。"

陈大川马上回答："那我们不连累你。"

陈大川看了一眼夏里、徐凯，见他们没有反对的意思，接着说：“出了事，就说我们让你换作业的，或者说你把作业放在助教办公室，我们自己偷换的。”

看到夏里在点头，陈大川又说：“说实在，安德鲁不同意改换作业题，他本人就有责任。我可不怕他来计较，大不了再告到校长那里。”

丁学敏说道：“这些作业及答案肯定用了很多年，像杰克逊电动力学书后的经典习题并不好出。如果出新题，教授自己还要先做一遍。他安德鲁怎么会花这个时间？他的本科课程更多，还要搞研究写论文呢。”

夏里说：“我不会连累你。”

徐凯铁青的脸恢复了点血色，也表态：“我们不会出卖你。”

丁学敏进一步说：“你们还要答应我一个要求。你们调换上来的作业不能完全照抄答案。我要是都给你们满分，安德鲁就会看出破绽。所以我每次总要分别给你们扣些分，但会保证你们的作业总成绩差不多。”

夏里说：“这我们也答应，完全配合你。”

徐凯得寸进尺了一步：“那我们的考试会不会由你改啊？”

陈大川乐了：“那就更妙了。”

丁学敏也笑了下：“不会的，所有的三次小测验、一次大考肯定是安德鲁自己改。我只能让你们的作业成绩差不多，而且省下做作业的时间。”

他又变严肃：“所以你们还是不能大意，还要用功学习。我想你们考试成绩会有差异的，安德鲁还是会给落在后面的人 C。”

夏里说：“这点很烦人。这不让我们自相残杀吗？”

老丁来美国时间长，觉得这再正常不过了，就说：“是的，这就是自然淘汰。让你通过考试自我评估，看看自己能排第几，能不能学下去？愿不愿意继续学下去？另一个原因，只有竞争才能提高，‘竞争’二字非常重要。”

远　行

看到新生们情绪好转，老丁又多解释了下竞争："在美国，入学、入行很容易。大家都很容易开办个银行、股票交易所、石油公司、电信公司，甚至大学。门槛低，让很多人都进来，不漏掉一个能人，故意增加竞争性。目的只有一个：提高本行的学术、技术水平。各行业都提高了，全社会也就进步了，每一个人都能受益。如果奥运会的跑道上只许一个人跑，别人都不许参加，成绩还会提高吗？"

汉字"竞争"一词来自日语，由日本启蒙思想家、教育家福泽谕吉在 1860 年走访美国后，根据英语创造而成。当时的德川幕府对这个新词非常反感，但日本最终还是走向了明治维新。

陈大川说："看来美国教授是想让我们树立起竞争意识，而且从学校就开始培养这种意识。"

丁学敏补充道："不全面。既要学会竞争，又要学会合作，人们才能出更多的成果。你们也听说过许多学者，包括诺贝尔奖得主的华人物理学家，一开始情如兄弟手足，后来却翻了脸，不相往来，以后再也不合作了。"

丁学敏走了后，夏里舒心地笑了，对陈大川、徐凯说："我们可以偷偷地笑洪玲了，看谁再稀罕她的作业答案。"

离交第二次作业的日子不远了。

陈大川他们将作业胡乱写了十几页纸。到了截止那天，安德鲁上课一走进教室，三个新生和洪玲、汤米一样把作业交了上去。三个新生忐忑不安地观察着安德鲁——他的确没翻看交上的作业。上完课，收起学生们的作业径直离开了教室。

第二天，新生按照网上的标准答案重写了自己的作业，然后去丁学敏那儿换回前天上交的作业。这样新生们算是稍松了口气。

一周后，丁学敏改好作业，送去了安德鲁的办公室。

到了发还作业时，新生们的心又绷紧了。安德鲁上课来到教室，先信手翻看着丁学敏改好的作业。夏里的脸色严峻，心一阵乱跳。

倒是陈大川、徐凯淡定得多，这两人有点豁出去的味道。安德鲁并没看出什么破绽，将作业发回给学生。他是把作业反扣着发下去的，以示对作业成绩的保密。

陈大川与夏里的家没有桌子，不得不去图书馆、教室，但总有不便。他们发过 QQ 向老生求助，请他们帮忙捡桌子。小本科生胡艳芳这天在自己住处附近发现了个旧桌子，她拍了照，发给陈大川，问他要不要。

美国人常把不用的旧家具、旧电视、旧自行车放在路边，让他人捡走。两三天后没人要再扔进垃圾箱。

陈大川回 QQ：还看什么相片？我们现在是没有桌子，而不是挑家具。在哪里？

胡艳芳回 QQ：你们找不到地方的，又没车，我一会过来找你们。

夏里一听马上要有了桌子，喜出望外，踱到陈大川卧室前："哎呀，小家伙跟美女住沾光，我跟帅哥住也不差呢。"

不一会，胡艳芳敲了门，要他们两个上车去抬桌子。

两男生坐进了她的宝马车。

夏里自从解决了作业危机，心情好多了，打趣道："谢谢美女，让我们穷人坐上了豪车。"

陈大川也开起玩笑："但对小学生来说是奢侈了点。"

胡艳芳瞥他一眼："人家来美国四年了，刚开两年车。这附近根本没玩的，不开车怎么去休斯顿？你们还不同情我。"

陈大川连忙同意："哦，呵呵，也确实。我们刚来一个月，就觉得寂寞难耐。真不知该如何度过四年。"

胡艳芳说："这个穷乡僻壤的唯一好处是有许多荒废的公路，路上没车，可以让我们玩赛车，这成了我的唯一爱好。你们不知道吧，大一、大二必须住校，还不让自己在宿舍里做饭。"

夏里又逗她："你一定经常在外面玩得不着家吧，反正父母不在这里，没人管。"

胡艳芳斜了他一眼："你还真不懂学校规矩，土老帽。"

陈大川帮夏里腔："规矩嘛，当然是限制穷人的。你家那么有钱，还不死疯烧汽油玩？"

胡艳芳说："大一、大二住校生必须每晚回宿舍，而且不能超过 11 点。第一次不回来会警告，第二次就直接开除了，没有任何商量的余地，真把我憋死了。大三我就立马搬出自己找地方了。"

夏里帮"校规"执言："那还不是怕你们小小年纪吃亏上当，为你们好？哎，你何时去休斯顿，也带我们去见见世面吧。我们只是下飞机时晚上路过那里。"

胡艳芳故意拿一手："那要看你们的表现了。"

陈大川道："你带我们去见见大城市，我们就不是土老帽了。"

说着话，车到了一独立屋旁，人行道上放着一个桌子。

两男生抬着桌子到车边，胡艳芳从车内拿了个床单铺在车顶，指挥二位将桌面朝下放在床单上。两个男生小心翼翼地移动桌子，怕把车蹭坏了。最后再用绳子穿过车窗系好桌子。好在离家不远，车可以慢慢开。

有了胡艳芳这位小老生的帮忙，两个大男生总算有了一张旧餐桌兼书桌。

Tips

1 美国调查显示，美国父母对其青少年子女最为担心的事情中，驾车占 55%、学业成绩占 53%、毒品与喝酒占 52%、性行为占 49%、与朋友不合占 41%。这毫不奇怪，美国是车轮上的国家，人人离不开车，青少年从高中起就开车了，这是中美之间的差异点。随着中国留学生低龄化，学生与家长也必须重视驾车这一问题，笔者因此会多费些笔墨来描写购车、驾车。

2 如何判定何种餐馆应给小费？

有服务员提供服务的，如客人坐下后，服务员送来菜单，服务员上菜，一定要留下小费。留现金在桌子上最好，也可以刷卡。通常不少于餐费的 10%，餐厅档次越高、服务越好，小费也越高。如果一组客人超过 8 人，餐厅可能有更多小费的强行规定；自助餐因为服务员端来饮料，收走旧盘子，通常每个客人应留下一两美元小费。

没有服务员服务的，客人需自己到柜台前点餐，自己取餐，如麦当劳、星巴克，则不需要留小费，但客人必须自己动手把剩饭、剩杯子倒进垃圾箱，不能留在桌子上。

第4章　苦涩的收获

时间如梭，尽管新生们对英语讲课听得不是很懂、全英文的教材看起来还有点吃力，也不管他们心理是否准备好，电动力学课的第一次测验如期而至。美国教授很严谨，在刚开学发的大纲上就规定好所有的测验时间。如果有特殊原因需要改动，要征得全体学生的同意。因为在美国，很多人的外出活动、休假提前几个月就定好了。

三新生对美国的考试是两眼一摸黑，完全陌生。美国大学里，有的教授要求学生自带考试簿来参加考试，学生需提前去学校书店买那种专门的、有暗格子的空白考试簿。安德鲁不做这个要求。他先给每个学生发了题目，再发几张白纸作为答卷纸。

新生们水平差不多，只有前面几道小题全懂，后面近一半的考题题意都感到模糊。三个人互相大眼瞪小眼，然后在白纸上写答案。刚做了一半，时间就到了。安德鲁叫大家交卷子。

徐凯站起身来准备交卷，看到那边的夏里还想写却又不知道写什么，急得抓耳挠腮，就逗着他说："别写了，写也是徒劳、乱画，交吧。"

但徐凯下意识说的是汉语。

安德鲁立即用英语发出警告："不能说汉语，说英语。"

会说汉语大概是中国学生的唯一自豪。中国学生能听懂美国人的英语交流，但美国老师、同学却不懂汉语，于是中国学生可以肆无忌惮地用家乡话对邻座的美国同学品头论足，也可以当着美国教授的面嚼舌说些"刻毒"的话，欺负他们听不懂。

考试时就不允许说汉语了。教授不知道中国学生是在随便闲聊，还是在对答案，所以严禁说其他语言，只能说英语。

不用说，这次考试新生们不会好。安德鲁改完卷，在课堂上做了评讲。他表扬了洪玲，说她学得好，而对三新生则很不满意。当然具体分数是保密的。

安德鲁毫不留情地对新生们说："这次考试落在后面的都是你们三个。你们必须加倍努力，否则都会得 C。"

回到家里，夏里气得咬牙切齿："这个安德鲁好烦哪，已经压得我们喘不过气，还嫌我们不努力。哪个傻瓜是来为物理献身的！"

陈大川叹道："唉，咱再使把劲吧。现在作业的问题解决了，要靠自己的实力来过关了。"

陈大川现在甚至没时间煮一大锅鸡腿了，他一次性在麦当劳买上一打汉堡，放在冰箱里冰冻着。饿时，就用微波炉化开吃。夏里还是连着吃方便面。这是一种美国产的方便面，面本身不香，又没有什么调料，可比中国的方便面难吃多了，夏里是逼着自己咽下去的。

两人在家时常在同一张捡来的旧桌子上用功学习。

陈大川每次写电动力学作业，都是把众多的公式、微积分符号胡乱地堆砌在一起，加上"因为，很明显，根据……所以，我们得出……"等词，反正作业要调包的。

夏里经常小心翼翼地索要陈大川调包前做的作业。陈大川毫不犹豫地给了他，同时感到奇怪，这种要被调包的鬼画符有什么好看的？标准答案很快就会公布。

夏里有些概念、定义忘了，图书馆里又一时找不到相应的书。他看到陈大川从国内带来不少中文教科书，又小心翼翼地问陈大川："能不能让我看看这两本参考书？我查查概念。"

陈大川："没关系，拿去看吧。你怎么现在越来越客气了？"

远　行

　　夏里苦笑了一下："唉，现在的情形像两个人在森林遇见老虎。一个人捡起个树枝打另一人的腿，那人叫起来'你不打老虎，打我干啥？'，拿树枝的人说，'打伤你，你就跑不动了。喂了老虎，自然就保住了我。'现在看来洪玲、汤米是遥遥领先，五个人的竞争实际上成了我们三个人之间的竞争，谁落在最后，谁就喂了安德鲁。"

　　陈大川直接说出本质："所以我们三个新生的同盟要被打破了，反过来是我们三人在互相厮杀。"

　　夏里连忙狡辩道："不是我带的头。上次我问徐凯一个物理问题，他对我是吞吞吐吐，明摆着不想告诉我。倒也是，教会了我，他就有可能变成最后一名，被淘汰。现在你们两个不打我棍子、不落井下石就不错了，还指望来帮助我？所以我怕你不愿意借书给我呢。"

　　"不至于那么残酷吧，敌我转变得那么快？我们三个何不同心协力、互相帮助，把洪玲和美国佬比下去？"

　　"嘻嘻，良好的愿望啊。你看这整个事件，不是明摆着中国人擅长窝里斗？他们两个上次考得那么好，而且上课回答问题那么踊跃，明摆着水平比我们高不少。"

　　陈大川有点不满："才考一次试，就那么灰心？像点男子汉好不好。我建议我们三个多交流、常讨论，当然你们不愿意也无所谓。"

　　夏里没有那么大的雄心壮志，他觉得那两个老生就像是两座丰碑、两座大山一样，难以跨越。他带着几分无奈，却又很实在地语气说："虽然我们一起战斗过，但我觉得还是把你们两个比下去现实些。哪怕是让你们其中一个下课，我也安全多了。唉，我先与小家伙比吃方便面吧，据说他已经连吃两周的方便面了，我要比他吃得多才行。"

　　陈大川摇着头："我实在是不爱吃那玩意，否则也加入你们的竞赛了。"

苦涩的收获

夏里道："要是国内的方便面，我倒是可以吃很久，这美式的面简直没法吃，里面哪有什么调料包？唉，我们成都的菜那个香呢。那我和你比什么呢？比睡觉吧，要比你睡得少。"

陈大川学着四川话："要得、要得，一多一少，平衡发展。"

胡艳芳有几次主动要带陈大川和夏里开车出去兜风，他们都望车兴叹，婉言谢绝了。

经过近两个月的苦学，新生们慢慢赶了上来。英语听力好多了，过去在中国所学的物理名词与英语也对应上了，概念理解了。

第二次测验后，安德鲁终于对新生露出了笑容："这次都考得不错，尤其是新生提高得很快。"

这次测验完就是一周的春假，所有的学生都兴奋不已。三个新生也可以短暂放松一下了。

徐凯说大家的头发都太长了，天也热了，该修理一下。美国理发店剃头比较贵，要给小费，更主要的是剪的样式太难看，中国学生大多自己想办法解决。

夏里说："上次好像听说张铭那里有套理发工具，我们找他借用一下？"

徐凯道："算了，我看那个人阴阳怪气的。不找还好，一找不知又出什么幺蛾子。我看到小店里有长文具剪，很像理发剪，才两美元，我们买来轮流剪吧。"

陈大川与另两人商量请丁学敏晚上来坐坐，谢谢他的照顾，也再听听他的学习经。夏里、徐凯欣然同意。他们准备了些好菜，买了啤酒。

老丁也很高兴，说要和三个新生喝几杯，恭喜他们考试不错。

他端着自己做的菜，一进门，就看见三新生的头发都变短了。虽然剪得不太整齐，但人看上去都精神不少。

丁学敏问：“你们有人从国内带理发推子来了？还是问老生借的？”

陈大川说：“我们买了两美元一把的长剪刀，剪了头。”

丁学敏有点吃惊：“你们好厉害啊，简单工具就能用得这么好。”

丁学敏边吃饭，边夸奖新生的学习进步快。

夏里倒了些学习苦水，说：“在国内上大学多幸福啊！刚入学根本不用用功学习。”

徐凯幸福地回忆着：“我们是军训玩了好久。”

夏里叹道：“来这可好，刚进校就给了我们一闷棍，我可是学惨了。”

丁学敏和他们聊了一会学习经验和体会，也聊了美国的生活。在他看来，三个新生都用功努力，没有自暴自弃。

但最后丁学敏还是叮嘱了一下夏里、徐凯：“你们换上来的作业故意写错点啊。全跟标准答案一样，我都没法扣分了。要是每次作业都是满分，安德鲁会起疑心的。”

夏里笑着说：“好吧，下次故意错一点。”

徐凯则没吱声。

老丁一走，徐凯吐了怨言：“他们老生就没责任？把什么资料都给了洪玲、汤米，让我们辛辛苦苦地到处求人。还费劲去写两遍作业，提心吊胆去调包。而且那两个还有旧考题可以参考呢，作业也比我们多一次好成绩。”

徐凯的意思是说，第一次作业新生没有标准答案，也没有调包，那次作业就少了许多分。

陈大川耐心劝导：“老丁不欠咱们的，他自己的学习资料当然可以给任何人。”

但陈大川、夏里也知道徐凯学习吃了不少苦，脸瘦了一圈，不能再刺激他了。对这样一个没在社会上经风雨的年轻人，能顶住这般心理压力挺下来，实属不易。

春假的到来，总算让他们轻松了几天。

<h1 style="text-align:center">苦涩的收获</h1>

陈大川并没打算出去玩，他要赶快利用这段时间联系新学校，学自己的初爱计算机。他电话了飞机上认识的钱乐。钱乐在洛杉矶大学学计算机，当然是个很好的咨询对象。

电话那头的钱乐还是那样热情、健谈与豪爽。他全面介绍了洛杉矶大学的计算机系，最后说："你要是有钱交学费的话，应该赶快转来学习。因为现在计算机行情好，过几年就难说了。我们计算机系相当有名，毕业后找工作容易，工资也高。我可以跟系主任说说，优先录取你。"

选修热力学课的同学组织了两日游活动，去圣安东尼奥市（San Antonio）。徐凯、夏里选了这门课，他俩报名参加活动，想着趁此机会与美国同学交朋友、练英语。一清早，三十来个人上了大巴。美国高中生可在中学里提前读大学课程（AP），大学里本科生可修研究生课程。热力学课就有本科生选修，所以学生多。一路上大家有说有笑。

夏里对徐凯说："我来美国的一个愿望就是要融入美国主流，多交几个朋友。最起码也要提高英语听说水平。"

圣安东尼奥是美国第七大城市，因有类似于中国苏州的小桥流水而闻名。另外还有得克萨斯从墨西哥独立的著名战场阿拉莫城堡（The Alamo）、海洋世界（SeaWorld）主题乐园，这些都是得州著名的旅游点。徐凯还盼有好运气，能见到篮球马刺队的球星们。

在车上，夏里尽可能地与身边的美国同学聊天、练英语。美国学生也很热情地与他聊着，问中国的事，不时与他开个玩笑。

一下车，那帮美国学生却自己一圈子、一圈子的人走了，很有礼貌地把夏里、徐凯扔在一旁。

徐凯开涮着夏里："看来人家只是对你客气，并不想让你融入。别自作多情了，还是跟着我吧。你想，难得一次春游，人家自己一帮人还玩不过来呢，为什么要带你玩？男学生利用这机会追女友，又有哪个女生想找你这个大叔？呵呵。"

夏里说：“陈大川听一个老华侨说过，美国并不是炉子，而是碗。”

徐凯笑道：“开餐馆的老华侨？嘻嘻。”

“为啥是开餐馆？”

“否则怎么会又是炉子、又是碗碟？”

夏里借机反讽他：“你就知道吃，还筷子呢。人家说的是美国并不是民族大熔炉，而是拌色拉的碗。色拉拌在碗里，菠菜还是菠菜，黄瓜还是黄瓜。根本就不像熔炉炼过的合金那样紧密结合。不同族裔的人只是彼此客气，表面上混合了，但并没有真正融合。真正的朋友，能够深交、知心的还是本民族的人。”

在家里时，夏里和陈大川讨论过。人成年后，就有了不同的文化背景、生活习惯、业余爱好，还有不同的价值观念，语言障碍。所以成年后很少有人愿意花太多时间、精力去改变自己。

两人沿着圣安东尼奥河边（River Walk）逛着，观赏蜿蜒的河道、两岸墨西哥情调的酒吧、餐馆、礼品店。

夏里又说道：“只有从小在美国长大的华人才易融入主流，小孩都有可塑性。”

徐凯说：“嗯，那些华裔都叫作香蕉人。外表是黄色人种，但内心是白色人种，与我们倒是面和心不和。”

夏里一回家，就对陈大川说：“小家伙说你的话很对，那位老华侨是开餐馆的吧？”

陈大川有点摸不着头脑，开着玩笑说：“我说的话当然都是对的，我怎么会错？你指的是我哪句话？”

“你就吹吧。我指你提到的‘美国是碗，不是炉子’。徐凯说那华人一定是开餐馆的。”

陈大川笑着又冒出个关联说法：“呵呵，差不多啦。老华人在美国都是三把刀起家的。即便他自己不是，祖上肯定是。”

“你的怪名头还挺多的，何为三把刀？”

"裁缝刀、剃头刀、切菜刀。"

夏里笑了："原来如此。"

他又问："你为何不出去春游？是不是胡美女拉着你出去玩了？"

陈大川说："我哪有这时间，还是忙生存吧。你不准备转学了？我可要做两手准备。"

夏里面部表情一下子紧张起来："可不能乱说，让李教授知道，还能饶了我们？"

陈大川反击他："跟我打哈哈。我听见你和别人打电话，问学校的情况，是不是准备去那里啊？"

夏里只好笑着坦承："哈哈，我们是各怀鬼胎啊。咱得做最坏的打算吧，万一考试过不去，得有个学校去啊。当真就打道回国？我想还是转电子专业吧。我有基础，以后工作也好找。我联系了几所学校。只是申请学校挺花时间的，跟在国内时申请程序一样。"

陈大川说："但人在美国，申请起来还是容易一些，而且不必过领事馆这道关。我估计小家伙也联系别的学校了。"

"这次出去玩，他跟我说了。家里没钱，还是继续读物理，换个好学校，多拿点奖学金，在这里待着太憋屈。"

"那他确实应该和洪玲争个物理课程 A。成绩单上会好看，对转学大有帮助。"

夏里点点头："老丁不说了嘛，美国成绩单可信度高，不会做假。所以小家伙学习很玩命，平时分数也很计较，他要卯足了劲力压洪玲。"

这几天难得的休息，倒让陈大川一下子空虚起来。学校几乎所有的设施都关门了。图书馆、电脑房都不开。陈大川、夏里偶尔去去助教办公室，两人多数时间在家看书，联系新学校。

博特大学地处美国南方，天气潮湿、闷热，与陈大川的江南家乡挺像的，但陈大川奇怪地发现屋外室内都没有蚊子。

远　行

　　春假的一个晚上胡艳芳来与他俩聚餐。她带来了自做的猪蹄，与陈大川、夏里分享，卤猪蹄是陈大川的最爱。两男生也赶忙准备烧了个菜，又在冰箱里搜刮了些剩菜，与胡艳芳共享。

　　夏里奇怪地问："这里看不到猪蹄啊，你在哪里买的？"

　　胡艳芳告诉他："当然在休斯顿了，那里才有正宗的中国食物。"

　　"也有正宗川菜？"夏里睁大眼睛问。

　　"多新鲜啊，土老帽。休斯顿这么大的都市华人会少？怎么会少正宗的川菜？况且现在全美国的人都往那里移居。"

　　胡艳芳跟他们混熟了，就直接揶揄、嘲笑着。

　　"那你再去时也带我们见见世面吧，我们出油钱、请你吃饭。"夏里央求道。

　　"最好也看看别的好玩地方，别跑一趟光是吃啊？"陈大川建议道。

　　"好吧，明天你们早起床，我们出发，你们可得请我吃饭啊。"胡艳芳讲起条件。

　　第二天一早，三人开车上路了。笔直的州际高速公路从丘陵地区穿过，中间宽阔的草坪将往返两方向的高速路隔开。路上的车不拥挤，开车十分享受。路两边是全天然的风光，主色调是绿色，大片的是草地，空旷、顺坡起伏着，上面自由放养着零星的牛；小片的是庄稼地和果树，有黄灿灿的油菜花，与绿地相映成趣。不见高楼，只有几个低矮的农舍与紧临的圆形谷仓，孤独地矗立着。

　　车窗外偶尔闪过几块蓝色的湖泊。有的湖边，一排排绿树一一向水，倒映水中，构成了一幅美丽的图画。

　　胡艳芳单手轻扶方向盘，跟两新生介绍着："别看那几个外表简陋的农舍，里面既干净又舒适，有空调，有自己的车道，车直接开进屋内车库，至少可以停到自家门口。"

　　陈大川说："跑了这么久，唯一看不到的是人。"

苦涩的收获

夏里好不容易抓到一次嘲讽他的机会："土人，这都不知道？一个外星飞船来到美国上空。向总部报告说，地球上有很多跑得挺快的动物叫汽车，比较奇怪的是，上面总是有一两只寄生虫。"

"哈哈，不错，很形象，我们三只寄生虫。"陈大川并没有因他的嘲讽而生气。

刚过一会，陈大川又感叹了："这些湖真蓝、真干净，好想下去游泳。"

这回胡艳芳教训他了："想得美，这些都是私人的。别管它有多大多小，都是私人的。美国属于公共的地方还真不多。山啊、湖啊，除了少数圈为国家公园、森林公园、州立公园，剩下的都是私人的。你要下湖上山，事先要经过人家的同意。哎，你们要小心呢，有围栏、有界牌的地方要看清楚，进入私人地盘会直接被开枪打死，对方不会受法律制裁的。"

胡艳芳毕竟来得早，熟悉美国法律。

"哇，早就听说类似的案例，看来不是闹着玩的。"夏里一吐舌头。

胡艳芳用手指熟练拨弄着方向盘，把车转进了一条小一点的高速公路。

陈大川感到了胡艳芳开车娴熟："车技行啊，不像才开了两年。"

胡艳芳不屑接受他的恭维："切，你啥时看到我的车技啦？看到才是你的眼福呢。这么多车流的公路我不得老老实实地开？"

夏里："哟，那么牛。那不老实开的车技得多高？"

"我得到学校白男高手的真传，加上勤学苦练，车技已经高出你的想象力了。我现带你们去看看'中国'。"

陈大川以为自己没听清楚，问："什么'中国'？"

胡艳芳说："这个不懂不能怪你们土老帽，知道的人本来就不多。我们得州有个地方叫'中国'啊，China。"

夏里说："是嘛？这美国够开放的，他们媒体也不批评这是崇中媚外？"

陈大川调侃着："不，是他们没历史、没文化，才用了中国的名字。"

胡艳芳同意："对的。"

夏里道："哎，不管怎么说，如果我们国内有个城市叫美国，或有条街道叫华盛顿，那不骂翻天才怪呢。"

一会，车开到 China 市，很安静的小城市，人口不多。

胡艳芳降低了车速，说道："我们今天要玩好几个地方，所以这里就不停车了，来个走马观花看'中国'。动画大片《花木兰》的首映式就特意选了这个地方。你能想象当时的热闹场景吗？这里搭建了很大的长城模型。有各种表演、签名活动，晚上还有烟花。动画片里的木兰误导人。从那时起，所有美国人都认为中国人长着长长的细眼，还怀疑我是不是正宗的中国人呢。我气得回他们，韩国人才是长细眼。"

夏里哈哈开心地笑起来。

陈大川说："我当年在国内看了一部电影叫《得克萨斯的巴黎》，看来得州还真有巴黎。"

胡艳芳说："是的，有个小城市就叫巴黎 Paris。"

陈大川："真是没文化，不会起名字。就把全世界的城市都搬到这来了。不过我当年小，没太看懂那部电影。"

胡艳芳："你缺乏美式幽默，美国还有很多奇怪的地名呢。像'为什么 Why'，'广州 Canton'。"

胡艳芳继续驾车直奔休斯顿。她没有开去中国城，而是去了更新、更大的华人区——百利。胡艳芳把车开进一家正宗川菜馆的停车场，自然想照顾夏里的口味。

三个人下车进店。夏里再看菜单，与学校旁刘流那家中餐馆的菜色大不同。这里的菜名与中国国内的菜名一样。

菜刚上来，他们顾不上斯文，狼吞虎咽起来。

陈大川边吃边说："这个味道已经相当正宗了，只是菜的做工不如国内精细。老祖宗孔子说过嘛，食不厌精，脍不厌细。不知纽约、洛杉矶是否会有更好的。"

胡艳芳说："当然了，那里的中餐更上一档次。"

陈大川憧憬道："哦，看来我真要去洛杉矶了，我们这里吃上一顿好中餐太难了。"

胡艳芳瞧了一眼陈大川："这两年你们物理系学生转走的太多了，你也想走？"

陈大川回道："感到很没前途，不走是浪费时间。而且这里气氛太压抑。"

胡艳芳："我听说你们物理系几个人为作业题闹得挺凶的。"

陈大川幽默地承认："真是一件丢人的群体事件，让外系人见笑了。"

胡艳芳又询问："那你找好了新学校吗？"

陈大川把在飞机上认识钱乐的事说了一遍，说自己希望能去洛杉矶大学。

胡艳芳马上问："那钱乐是男生？"

陈大川说："你以为呢，看我像是见色忘义的人吗？"

胡艳芳表情放松了，又道出自己的看法："我知道那个学校很有名，中国留学生比我们多很多。我也想念个硕士，不过不想再学金融了，而是 MBA（工商管理）。我爸希望我以后继承他的企业，学些企业管理知识。我已申请了五个学校，可以再加一个哦。"

陈大川："有朋友帮忙推荐，容易被录取。毕竟我过去没学过计算机，这一下子要去读硕士。"

他又问夏里："你申请得如何啦？"

夏里甩开腮帮子一直在拼命地吃，这时才抹一抹嘴，紧张兮兮地说："我、我那是申请着玩玩的，不一定去。"

陈大川说："虚伪的家伙，还不趁这个宝贵机会向美女请教？"

夏里这才说："我联系了几个学校。看来北内布拉斯加大学比较有希望。我要读电子专业，据说就业机会也好。"

胡艳芳点点头："那个学校挺有名的。电子专业的确比物理好找工作多了。如果你想留在美国拿绿卡，找到工作至关重要。不过……"

夏里迫不及待地问："不过怎样？"

胡艳芳故意夹了口菜吃起来，夏里侧着脸直勾勾地看她。

吃完这口，胡艳芳才慢条斯理地说："不过内布拉斯加州是农业州。人更稀少，又没什么大都市，你就更吃不到川菜了。"

夏里这才放下心来："咳，我当什么呢。还是先考虑生存吧，舌尖上的味道以后再解决。只要立稳脚，可以自己做菜。我烧菜的手艺并不差呢。"

填饱了肚子，三人又去华美华人超市买菜。

两个新生可是大开了眼界。中国蔬菜、鸭脖鸡爪、各种调料这里都有。胡艳芳告诉他们，美国人是不吃鸡爪的，他们看到就恶心。夏里还看到了咸鸭蛋，不禁懊恼起被海关关黑屋的事。现在他买了一大批辣椒、花椒、郫县豆瓣酱、老干妈、四川榨菜，当然还有国产方便面。他心里还琢磨着，以后真要是去内布拉斯加州，行前一定要再来采购一次。

胡艳芳说，下一个计划去海边看看，两个男生当然全听她安排了。宝马车又开回高速，向着南方海边奔去。

在高速公路上，陈大川眼尖，看到了 NASA 的路标，那就是著名的休斯顿航天中心。他不禁叫了起来，说看看去。

胡艳芳玩过一次，女孩子又对航天不感兴趣，就说："今天来不及了。"

陈大川说："这可是著名的地方，中美最蜜月时期，邓小平第一次访美，就来这里啦。"

苦涩的收获

胡艳芳说："知道，后面好几位主席也都来过休斯顿航天中心，但玩这个地方要大半天时间。旁边还有个得克萨斯号战列舰，都是你们男生的最爱。表现好我下次专门带你来玩。"

陈大川激动得有点像个孩子了："好好，一言为定。"

夏里赶忙说："别忘了我。"

沿着高速一直向南，通过一个跨海大桥，车开上了一个狭长的海岛。这个岛叫加尔维斯顿（Galveston），是休斯顿居民海边休闲的著名去处。整个岛地势平坦，两条主干公路贯通着全岛，四周遍布着棕榈树，一片热带景色。沙滩边的柏油路禁止汽车通行，是留给散步、溜滑轮和骑自行车的。自行车既有单人骑的，也有多人合骑的。三个中国学生穿过柏油路，脱了鞋，走进沙滩。他们互相照着相，享受着蓝天白云。

他们还交了好运，正赶上有航空表演，着实让两男生兴奋了好一阵子。

先飞过天空的是螺旋桨小飞机，有的还是参加过二战的古董机。这些飞机做着各种机动动作：横滚、筋斗、螺旋爬升。做惊险机动时，还拉白烟，让观众能清楚看到运动轨迹。有个小飞机借着冲劲做垂直爬升，但地球引力拉着它，它就慢慢地减速，直到最高处，几乎静止不动，突然一低头，它又开始垂直俯冲，在亲吻大地前的一瞬间，又拉起平飞，引起观众的阵阵尖叫。还有一个小飞机外面居然站着个人，陈大川他们看不清，估计是绑在飞机外的一根小柱子上，任凭那架螺旋桨飞机高速飞行、做各种翻滚动作。

现代化的喷气式战机随后飞过来，与螺旋桨飞机形成了强烈对比：速度快多了，声音也强多了。战机逼近时，是刺耳的尖啸声；离去时，是空气激波的滚雷声，多普勒效应十分明显。尖锐的喷气声和震耳欲聋的滚雷声让海鸥全部落地，不敢飞起。

雷鸟航空表演队在表演垂直爬升　（徐栩　摄）

　　岛上有三个巨大金字塔，组成了穆迪花园（Moody Gardengs）。三塔实际上是热带雨林馆、水族馆、科学发现馆。三个学生只有时间进一个馆，胡艳芳带着大家步入透明的玻璃金字塔——热带雨林馆，这是个全封闭气候控制的热带雨林动植物园。

　　最后一个游览项目是免费的海上游轮，胡艳芳直接把宝马车开了上去。上了船两个男生才知道，他们上的是免费的汽车轮渡。人们可以离开汽车在船上走动，所以相当于坐游轮、观海景。胡艳芳还教他们用手捏着薯片喂海鸥。海鸥的视力和嗅觉很好，飞行技术一点也不逊色于刚才的航空表演。船快、风大，但海鸥总能准确无误地叨到薯片又不伤及人手。

　　回家的路上陈大川对这次旅游赞不绝口。

　　胡艳芳又开启了讥笑模式："真是刘姥姥，没见过大风景。你不要去洛杉矶吗？那里好看好玩的才多，加利福尼亚是天堂。"

　　陈大川小心翼翼地问："什么……天堂？"

苦涩的收获

胡艳芳："真土，这谚语都没听说过，当然是游玩的天堂。洛杉矶除了迪士尼、环球影城，还有美不胜收的自然风光、丰富多彩的户外活动。你想啊，四季如春，加上各种地形：高山、沙漠、森林、大海、淡水湖、咸水湖，哦，还有温泉、低于海平面的盆地。一天里开车一小时可以上山滑雪，开车一小时也可以下海游泳。"

陈大川："哦？好奇怪，为何？"

"你到那里就知道了。"胡艳芳卖了关子。

她又说："全美国有五十八个国家公园，加州就占了八个，是国家公园最多的州。你知道不少州连一个国家公园都没有呢。"

夏里嫉妒上了陈大川："你小子去学个好专业，还可以吃得好、玩得好。"

这学期过去了大半，新生们夜以继日地学习得到了回报。现在上课能听懂了，原理与定律能理解了，上课发言明显增多。反观美国人汤米越来越蔫，听课有点茫然，问的问题也很低级。最后一次小测验后，汤米主动要求与中国学生讨论，洪玲自然不同意，三个新生也不答应了，他们说还是自己复习得好。此时的新生有了信心。

更令三个新生放心的是，联系新学校都有了进展。有了新学校的后路，他们不怕在博特大学考试不及格，以至于失去在美国的合法身份。三个新生的笑容逐渐多了起来。徐凯居然能放松一次，主动要求陈大川、夏里一起出去吃个中国餐，现在三人之间又能正常交流、讨论一些电动力学问题了。

洛杉矶大学的钱乐帮了陈大川大忙。他与计算机系系主任闲聊时，把陈大川吹嘘了一通，说得有声有色。系里很快决定录取陈大川，当录取一确定，钱乐又立刻通知了陈大川。

夏里联系的北内布拉斯加大学也有了准信。那里的电子工程专业决定录取他，很快就会发出通知书。他的新导师也是华人，导师电话面试时，直接说了汉语。夏里会得到挺高的助学金，但要在实验室里干活。他申请了不止一所学校，还在等待更好的学校，因为夏里知道跟着华人导师干活会比较累。

当然他们电动力学的作业还是照旧调包，新生们还是每一次作业往丁学敏家里跑。课程竞争还未结束，谁也不想得个 C，留下个坏记录。

看来美国教授是不会细看学生作业的，或许安德鲁故意睁一只眼、闭一眼，反正他始终没有察觉到作业调包。

终于期末大考考完，学期结束了。三个新生相约一起在网上看成绩，他们紧张得像当年看高考成绩一样，结果都是 B。他们已经猜出洪玲是 A，汤米是 C 了。徐凯没能把洪玲比下去，自己拿 A，心里郁闷。陈大川和夏里倒是很知足，两人好好地睡了几觉。

三个新生开始谈论是否应该留下来。毕竟对博特大学有了点感情，对这个环境，包括老师、同学也熟悉了些，留下来继续学习肯定比较轻松。但自己花了时间联系新学校，又被录取了，这是个摆脱不了的诱惑。他们一起去征求老丁的意见。尽管徐凯对两个老生丁学敏、张铭把题解给了汤米、洪玲耿耿于怀，但他也觉得还是老丁最厚道、最有水平，也最值得信赖。

老丁建议说："还是转学好。徐凯的新学校斯莱大学是美国整个南方最好的学校。尽管还是念物理，但名气大，奖学金也高不少。"

徐凯说："我家在农村，父母没钱让我读时髦的专业，还是先拿奖学金读物理吧。以后根据情况，继续念博士，或转专业。"

老丁说："也只好这样规划了。"

陈大川逗着徐凯说："留下来也不错啊，老生、我们都把旧考题留给你，你就鹤立鸡群了，下学期来的中国新生谁不巴结你？"

夏里反应也快："对啊。老丁他们都毕业了，我和老陈都走了，没人泄露出这些秘密，也没有第二个老丁帮着调包作业了。你是媳妇熬成婆，是大佬、大拿了。哎，说不定下学期会来几个美女呢，潜规则也说不准的哦。"

苦涩的收获

徐凯忍不住笑了一下："这恰恰是我要走的原因之一，我就讨厌这类叽叽歪歪的事，喜欢凭真本事吃饭。"

老丁又对陈大川、夏里说："至于你们两个，那就更应该转了。目前这两个专业都好找工作，工资高。尤其是计算机，各国、各专业留学生，都一阵风似的转了计算机。你还不赶快跟上风？早一天工作就多拿一天的美元，还有什么好犹豫的？在美国，时间真是金钱，这可一点不假。"

陈大川道："我倒不是为了留在美国，当年上大学本科我就很想学计算机。我和夏里说过，总觉得有点对不住李教授。他花了时间精力录取了我们，感觉他挺希望我们继续学下去的。"

丁学敏说："是有点对不住老李。但这是美国，人来去自由，也以自我发展为核心。录取你们，是老李的工作。目前物理系普遍留不住人，大家都知道，老李也明白。行业变化很正常，谁知道十年后、二十年后电脑业好不好呢？没准物理系又吃香了。"

三新生此时下了决心走人。

胡艳芳上学期放春假时在申请的学校中也加上了洛杉矶大学。并不意外，她轻松地被 MBA 专业录取。她与陈大川约定，先辅导陈大川拿到驾照，然后轮流开车去两千六百公里外的洛杉矶。

美国考驾照很简单，先去车管局考笔试。笔试是测试交通规则的，对有着高超的应试能力中国学生来说，这根本就不在话下。更何况车管局公开了几套模拟考题，几乎包括了所有实际考试内容。一通过笔试，新手当场就得到一张纸质许可证（Permit）。这样他就可以找个有正式驾照的成年人学车了。从零开始的新手要先找一个停车场练车，陈大川因为在国内学过车，所以就直接上路练了。

美国的交通标志牌看上去很多、很复杂，其实很有规律。绿色的牌子，表示一般的信息，像指明附近的风景点、学校、图书馆；黄色的牌子表示警告，如"让"（Yield）、"前方急转"等；红色的牌子，如同红灯，说明要停车了，如红色的"停"（Stop）路标。

尽管陈大川是好脾气，但练车中与胡艳芳还是时有争吵、气氛紧张。

第三天刚练一会，陈大川就自信道："在国内时，教练就说我不错了。我可以报名路考了吧？"

胡艳芳扑哧一笑："嘿，你不要差太多了，"她特别在"太"字上发了重音，"我都没多说你。光是换 Lane（车道）你扭头看侧面就不够。要知道换车道出事是你的全责，你必须在不影响其他车的情况下才能换道，考官很看重这一点的。唉，中国学生擦撞都是因为和你一样，学车时自我感觉良好。"

陈大川还不服气，反问着："那你觉得我还要练多久？"

胡艳芳说："看你猴急的样子，还是早点去碰碰钉子吧，反正交一次钱，可以考三回。回去后你就网上约路考时间吧。"

正说着，胡艳芳的手机响了，是丁学敏打来的。他的旧车又出毛病，死在路上了，请胡艳芳去帮忙。胡艳芳指路，陈大川开车赶过去。

好在别克车抛锚离家不远，也靠近学校。只是现在晚了，修车铺都已下班。只有先把车推到学校停车场里了。胡艳芳坐进别克车内把方向盘，两男生在后面推。

陈大川正好要请胡艳芳吃饭，顺便也拉着老丁一起上宝马去餐馆。

陈大川问："车是什么毛病？"

丁学敏道："谁知道？引擎盖冒了白烟，车子抖动，我就靠边停了。估计是热的，风扇不工作，发动机过热。唉，这老爷车没少花我的修理费。"

胡艳芳说："谁说不是呢。都说养个二手车就像养个小三，你不往她身上花钱，她就给你闹情绪。"

陈大川笑了："你小小年纪还知道的不少。"

胡艳芳说："我当然知道了，我爸就养了个小三，现在就在洛杉矶呢。"

陈大川问道："你爸不是在国内吗？怎么小三在美国？"

胡艳芳自觉说得过多，就打住了："算了、算了，谈他们干什么？"

老丁也岔开了话题："我原先的二手车还不错，可惜让我撞烂了。我没更多的钱，只好买了这辆更便宜的二手车，太旧了，自然毛病就多。"

吃完饭，胡艳芳指挥着陈大川开车回家，丁学敏坐在后排。陈大川的车紧贴着一辆自行车快速驶过，骑车的墨西哥裔嘴里嘟囔着骂了几句。

胡艳芳又摇摇头："不礼让行人。当边上有自行车、行人时，一定要慢下来，离他远一些。你可好，整个就擦身而过。你那么有把握不刮到他？你不怕他突然摔倒？礼让行人，不仅是礼貌，更重要的是金钱。伤到人，会赔到百万美元。你买的那点保险根本就不够，剩下的损失都要你赔，让你倾家荡产，赔上一辈子。"

陈大川吃惊地说："这么严重？那我可要小心。"

夏里一直坐在客厅里看电脑，见陈大川回家晚了，打趣道："你小子艳福不浅，倒过来香车美女陪你了。"

陈大川说："别瞎想了，人家小姑娘家的。教会了我，才好轮流开车去洛杉矶。"

夏里语气有点缓慢："我和徐凯要早点离开这里，去新学校。小家伙说早点搬去休斯顿，利用这个暑假打点工，挣点钱。"

"你们什么时间走？"

"明天。"

陈大川感到惊讶："那么快？"

"我的那个华人导师好烦呢，催着我赶快去，估计是实验室忙吧。唉，罢了，我也不再等别的学校的消息了。"

远　行

夏里为省路费，也为对方接人方便，坐灰狗长途汽车去北内布拉斯加大学，因为灰狗车票比机票便宜而且车站都在市中心。陈大川与胡艳芳开车送他去灰狗站。江雪则慷慨地开车送徐凯去休斯顿，她载着徐凯先去灰狗站与夏里、陈大川告别。

三新生相聚了半年后要匆匆分手了。

夏里问陈大川："你可知道我为何常要看看你自己先做的电动力学作业？"

陈大川道："我也奇怪啊。不是很快就公布标准答案吗？而且我们自己写的要调包下来，又不正式交。"

夏里笑了下："我一直担心你和徐凯比我强，这样我就要被淘汰。想通过看你写的作业来了解你的实力，就像体育选手偷偷了解对手的平时训练一样。"

"哈哈，你聪明，要知己知彼啊，但我那都是胡写一通的。"

夏里明白过来："咳，难怪我看不懂。但反倒觉得你水平高，这是真话。你们要是比我差一截，我也不必那么拼死拼活地学了。可你们一个个都不是省油的灯，让我学得好辛苦。不过，累归累，还是很有收获的。如果我继续学物理，那些知识都非常有用。"

陈大川："可见，有压力并不是坏处，有压力才能提高。"

徐凯成长了不少，连说话都带了哲理："我学到的各种知识，一点都不会浪费。"

夏里："才半年，你由小家伙变成了老家伙。"

"哈哈。"徐凯傻乐着。

真要分手，彼此有点依依不舍。这一离别，天南地北，不知能否再见。

陈大川目送夏里的长途车、徐凯的小车远去，眼眶有点湿润。

果然正如胡艳芳所料，陈大川第一次路考没通过。他只好耐心地再练练车，同时正好把附近的景点看一遍。胡艳芳教他练车时顺便去了休斯顿航天中心（NASA Houston Space Center），看了得克萨斯号战列舰（Texas Battleship）。

第二次路考通过了，陈大川当场拿到了纸质正式驾照，现在可以规划去洛杉矶的具体时间、路程了。他在网上搜索一把，参考美国驴友的介绍。胡艳芳很有信心地告诉他，她的车载 GPS（全球卫星导航仪）上有各个风景点、旅社、餐馆、加油站的位置，而且只要输入地址或经纬坐标，马上可以计算出开到那里的最短路径和最快路径。但陈大川还是觉得应先规划一下，对路途有个总体了解。他俩也达成共识，就是不先预订旅社。走到哪，住在哪，给自己时间上的自由，好在美国的旅店都不难找。

陈大川又上了美国邮局网站，让邮局把寄来的信件全都转寄到洛杉矶钱乐家，这样随后寄到的塑料卡驾照也会转过去。转寄服务是免费的。

休斯顿航天中心 （丁薇 摄并友情提供）

休斯顿航天中心内景 （丁薇 摄并友情提供）

按照美国的规矩，夏里走之前已经打扫过自己的房间。现在陈大川也同样打扫、清空房间。他把简单的行李往胡艳芳的车上一扔，和胡艳芳一起匆匆告别了丁学敏，就开车上路了。

刚上路不久，陈大川就要抢着开。前几天为了练习，他一直在街区路上左转右转的，实在不爽，头都要转晕了，还是高速路开着过瘾。但他到底不熟练，握方向盘的手手心在出汗，双眼也顾不上看两边的风景。

去洛杉矶，主要是走 10 号州际公路。接近休斯顿市区时，高速上的车越来越多，车道也越来越多，陈大川必须经常换车道，他一时手忙脚乱。

胡艳芳发话了："安全第一吧，下高速停车，换我来开。再接近市区换车道会更频繁呢。"

这次陈大川老老实实地听话了。

为了赶路，在休斯顿他们没有停车休息，只吃了随身带的零食。过了休斯顿向西，一路平坦，视野开阔，令人心旷神怡。两个人要奔向新世界，心情格外好。

胡艳芳说："我们是一路向西呢，追赶太阳。"

"像夸父追日？"

"像哥伦布一路向西发现新大陆。"

胡艳芳在车里放起了《新世界交响曲》，说道："听听当年捷克牛人——德沃夏克的体会。"

陈大川故意逗她："真好听，我还以为捷克只有'好兵帅克'。"

当年美国正值大发展时期，来自捷克的德沃夏克被这欣欣向荣、蓬勃向上的新大陆所感染，谱写了这一名曲。胡艳芳放的是改编了的快节奏电子乐器版，少了点乡愁，多了些期盼。

又驶过一个得州的大城市圣安东尼奥，地形地貌发生了改变，能看到附近的山了。高速路的坡度越来越大，车窗外的绿地逐渐变成了荒沙。胡艳芳驾驶着宝马车，听从 GPS 的引导开上一条小路。很快路面变成了非柏油的土沙石，而且崎岖不平了。

胡艳芳有点担心了："这里接近墨西哥的边界，不会是已经进入墨西哥了吧。光顾着和你瞎聊，没留心看路牌，刚才好像有个大牌子来着。"

陈大川开玩笑："那倒不错，可以出国玩玩。"

胡艳芳可没有那样的兴致："土老帽，我这车要是到了墨西哥，还不立马被他们抢去？"

Tips

1　中国驾照

美国大多数州（如加里福利亚州）为短期访问者提供方便，外国人可以直接使用外国政府发的驾照租车、开车，甚至不必翻译件，请带好护照一起使用；长期访客（如学生）则不行，必须先考所在州的驾照。大多数州不发国际驾照，也不承认国际驾照，赴美者勿花冤枉钱。

2　来美国租车自驾建议租个GPS，各种GPS在美国都非常好使，几乎都可以发音，会说好几种话言，如英语、普通话、广东话等，指挥司机到达目的地。

第 5 章　边境线上

　　前后都没有车辆和村落，只有一些茅草、仙人掌竖立在沙丘和砂土里。

　　胡艳芳与陈大川同时看见一条大蛇突然从车前穿过，一下子都惊叫了起来。胡艳芳没敢乱打方向盘，直线压了过去。车子过去以后，胡艳芳、陈大川都挤着看后视镜，头撞在了一起，他们看到蛇在路上扭动着，身体弓起老高。

　　陈大川说："这蛇肯定被压着了，而且活不长了。"

　　胡艳芳揉着脑袋惊魂未定："可要离它远些，看过电视吗？蛇头被砍下一小时后还照样咬人呢。"

　　路越来越不好走，坑坑洼洼的，而且上下坡也多了。胡艳芳只好慢慢开。

　　陈大川没有美国旅游的经验，但感到不能再开下去了："我们是不是应该调头往回开？回到大路上去？"

　　胡艳芳虽在犹豫，但还是往前开："再开一会看看。GPS 一定是选了个最近的路径，但我的车不是越野车，不适合走这道。"

　　又开了十分钟，突然两只像狼一样的家伙围着车跑。这次可把胡艳芳吓坏了。她不停地问陈大川："怎么办，怎么办，它们要是扑上来，要是咬坏车轮，怎么办？"

　　陈大川也没见过这种场面。好在他没有慌张，觉得应按常识处理。

他说：“我看还是调头吧，再往前开还不知会冒出个啥东东。走大路安全。”

任性的胡艳芳这次听话了。

往回开了一会，两只狼形动物就停止了跟踪。

他们查看了地图，决定走柏油路。由于来回走了冤枉路，耽误了时间，已接近黄昏，四周还是荒凉一片，胡艳芳不禁有点着急。看路上车辆极少，她忍不住开起了快车。

陈大川感到了提速，他偏头看了看仪表盘，时速 75 英里，相当于 120 公里。

他提醒道：“你超速了。”

胡艳芳满不在乎：“没事，路上没车。这么偏僻，哪会有警察？”

这路是有点偏僻，路边有提示牌提醒有鹿穿越，还看到一只被撞倒的鹿，躺在路边抽搐着。

陈大川又提醒她：“小心鹿啊，有牌子提醒，这么快的速度会把车撞坏的。”

“没事，我有经验。没到夜里，鹿不会多。你学着点，遇到动物千万不能打方向盘绕过去。在高速上，只要方向盘打得稍大一些，肯定翻车。所以宁可让鹿撞上来。好的办法是，快撞上的一瞬间急刹车。这时车头会低下，撞上的一瞬间再猛踩油门加速，车头又会抬起，把鹿抛过前车盖和风挡玻璃，车子受到的损伤最小。”

单调的路开了挺长的时间，陈大川怕胡艳芳打瞌睡，不停地与她讲话，但他们都没有注意到要穿过一个小镇了。这种低等级的高速公路穿过镇子，都会要求车辆减速。

美国道路限速牌设立得很科学。如果某段道路需要减速，都是提前逐级减速。例如，最后要求降到时速 40 英里，在前方适当距离会分别放置 60、50 的限速牌。目的是让司机提前准备，而且只需踩一脚刹车。点刹后车子自己滑行，到了 50 的牌子地方，车速自然减成了 50；到了 40 的牌子地方，车速又自然减成了 40。

胡艳芳完全没注意到限速的变化，还是以 70 多英里的速度开。这时不知从哪里冒出个警车，闪起灯跟在后面。美国警车正常巡逻时不会闪灯，一闪灯说明有紧急公务，其他车辆必须靠向右边的慢车道避让。胡艳芳稍微减了点速，换到了右边的车道，让出左线快道，希望这个警车不是冲她来的。然而，警车跟着她也换到了右边车道。胡艳芳的幻想破灭了，知道警察是冲着她的。

胡艳芳进一步减速，找了个安全的空地停好车。警车也闪着灯跟在后面停下。

陈大川叹了声："唉，不听我劝，吃罚单了不是。"

胡艳芳不服软地狡辩道："闭嘴。我有经验，吃罚单又不是一次了。学着点，看我是怎么做的。"

胡艳芳坐在车内，放下自己这边的车窗玻璃，双手放在方向盘上。这是美国的标准程序。

胡艳芳小声教导着他："人要留在车内，不要轻易走出。让警察看到自己的双手至关重要，表示自己不会掏枪。不要忙着看手机、摸手机，不差这点时间更新 QQ 求关注。一低头没准也被认为是在找枪呢。"

警车车顶警灯向前照射的光停止了闪烁，变成了稳定的强白光，把肇事车辆照得十分清楚。而向后照射的光依然闪烁着，提醒后方来车注意。美国警察制服都是量身定做的，很合体，也很威严。腰带右边别着手枪，左侧挂着电筒、手铐等。警察下车后，手按在枪把子上，慢慢走过来。

胡艳芳冲着警察甜甜一笑："出什么事啦，先生？"

警察一脸严肃："你超速啦。"

胡艳芳的确没注意看限速牌，她用无辜的表情秀着自己的英语："啊？是吗？我没注意限速牌。啊哟，我有急事啦，急事。"

警察咧一咧嘴，模仿着她的表情和音调："是吗？那有没有急到要叫救护车？"

胡艳芳一时语塞，她知道在美国只有人命是大事，房子着火等皆为小。她要是再编下去，说是急到要叫救护车，那警察就会追问到底叫了没有。

她只好词穷："没有急到那样。"

警察："对不起，请出示驾照、保险、车辆登记。"

胡艳芳无奈，只好慢慢地将装有证件的小包递过去。她知道最好不要自己掏包，会被认为是掏枪，动作也不能太快，让警察感到威胁。她又从车手套箱里取出车辆年检登记纸，递给警察，同时还不忘解释一句："我不是故意的啦。"

警察只说了句："你等一会儿。"就拿着证件回警车里去了。

陈大川调侃道："你向警察抛媚眼，奏效了没？"

胡艳芳心里知道凶多吉少："谁抛媚眼了？女生都是装哭的，只要哭得伤心落泪，警察肯定放一马。要是今天正好是我生日，警察也会放一马。"

"这是美国的规矩？生日不开罚单？"

"对小小交通罚单，当然是啦，你连这点常识都不知道？"

"那今天不是你的生日，还不快哭。"

"你能不能少烦？人家就要破财了，你还起哄。"

美国警察拦停车后，不会看看司机的驾照开罚单了事，而是先打电话去警局或用车内电脑联网核查驾照的真伪和历史记录，看有无未付的罚单。如果有一张罚单逾期未付，警察就会把司机逮捕。

过了几分钟，警察回来了，客气地问她："我能否看一下你的后备厢？"

胡艳芳满口答应，按下开箱钮，走出车子，看着警察翻看车厢。车的后座和后厢都是放着两个人的行李，没有什么别的。

警察很快就看完了，又走回警车。

陈大川问："他为何要查看我们的车子？"

胡艳芳道："还不是没见过我这样的好车，想多看两眼呗。"

"人家警察那么没见过世面？"

胡艳芳乐了："哈哈。他想看看我们有无毒品，是不是贩毒的。这里离边境近，美国很多毒品来自墨西哥。"

陈大川道："美国警察就是文明礼貌，那么客气。"

胡艳芳解释："客气？汽车和住宅一样，属于私人区域。没有法官的搜查令或主人允许，警察是不能搜查的。"

陈大川惊讶了："不会吧，那你可以拒绝他的搜查。"

"你以为呢？我当然可以拒绝他，他必须先去取得搜查令。"

陈大川将信将疑："哦？"

"你刚来美国，还不懂。法就是法，高于一切个人与部门，警察也要遵守。国人的法制意识还是差点。"

"谁说的，现在中国法制意识强多了。"

正说着，警察回来了。他把证件还给胡艳芳，同时给她开了罚单。那是一式两联的，让她签字，一联给肇事者，一联由警察转送法院。

胡艳芳撒娇状求情："对不起，我真不是故意的。还是个学生，没钱，能不能这次就免了？"

陈大川偷笑地对胡艳芳小声说汉语："没钱还开那么好的车。"

警察板着脸还是让她签字，说："罚单只是个起诉，纸的反面有详细说明，你可以在规定的时间去交通法庭与我对质。"

胡艳芳冲着警察翻翻白眼，签好字，收起自己那联，开车走了。

陈大川问："那我们真的去法院辩护？你为何签字？"

"字是要签的，不是认罪签字，而是签收，表示收到了这张罚单。不签字，警察会把我铐走的。唉，谁会大老远再跑回来上庭？也不值得请律师，不就二百美元嘛。"

"我听说有罚单后车保险费会涨。"

"是的，那是额外的破财。别担心了，说不定警察会弄丢他手上那联。"

这一折腾，又耽误了些时间，他们只好先找旅社休息了。

陈大川说："别找太高档的，你是真千金，我可是真穷人。"

　　胡艳芳东张西望，说道："我也只好跟你将就着住便宜旅社了。不过你看看这周围，像能找到高档宾馆的样子吗？"

　　这是个荒凉的小镇，陈大川也注意看周围的招牌，看到"莫特6"（Motel 6）汽车旅馆。

　　陈大川故作惊讶："有哎，你看这不是六星级的酒店吗？"

　　胡艳芳指了另一家："那还有八星级的呢。"

　　陈大川一看，是"超级8"（Super 8）汽车旅馆。

　　他跟着抬杠："有啥稀罕，国内还有168旅馆呢，一百六十八星级。"

　　胡艳芳笑道："哈哈，那也太假了。跟你说吧，'莫特6'和'超级8'是美国最便宜的连锁旅店了，很经济实惠，而且都安全。"

　　"那我们今晚住那八星级的旅店吧。"

　　胡艳芳只好点头答应。

　　他们停好车，走进大堂。柜台后的胖大叔热情招呼："有预订吗？"

　　陈大川说："没有。"

　　"没关系，我们有空房。你们要可吸烟房，还是不吸烟房？要单一大床，还是两个床的房间？我可以给你们优惠，只收一个人的住宿费。"显然胖大叔把这两人看成是夫妻或情侣了。

　　胡艳芳对胖大叔打趣道："你会做好人啊，通常旅社收了房费，并不介意多住一个人吧。就算是按人头收费，两人住比一人住也多不了十美元吧。"

　　陈大川对胖大叔说："我们要两个房间。"

　　胡艳芳有点不高兴，对陈大川说汉语："你怎么一点护花精神都没有？你看这周围那么荒，也不问我一个人住怕不怕？"

　　陈大川有点尴尬："刚才还说这类旅店安全呢，而且你不怕我使了坏心？"

　　胡艳芳霸道地笑道："哼，谅你有贼心，也无贼胆。"

　　她对胖大叔说英语："我们要一个不吸烟的房间，两个床的。"

胖大叔：“好的，能先看看你的身份证件吗？这是重要的事，未满十八岁是不能订房间的，这是法律。”

胡艳芳听到自己看起来年轻，倒是高兴了许多，递上驾驶执照。

美国人通常不用额外的身份证，因人人开车，所以驾驶执照就是身份证件，上面有出生日期。对于未成年人的驾照，有的州用红字标出到何年何月何日满二十一岁。有的州用一条醒目的红线表示未满二十一岁，不能买酒；用一条醒目的蓝线表示未满十八岁，不能买香烟。这样一目了然，验看驾照时不必费心去计算持证人到没到年龄。

陈大川其实也想省房钱，就顺水推舟了。

果然房间里没有热水瓶。甭管是几星级的，都只有免费冰块，没有开水。胡艳芳看看房间内没有咖啡机，就让陈大川去前台看看。

陈大川拿着纸杯到了前台，看到了咖啡机。上面有个红色小水龙头，可以出热水。他接了半杯热水，又加了些冰块进去，总算喝到了温水。陈大川又给胡艳芳制作了一杯温水。胡艳芳放好行装，叫他出去吃饭。

美国很多旅店，包括一些高档星级旅店没有餐厅。客人需要自己出去吃，或者在房间里打电话叫外卖。陈大川二人外出寻觅餐馆，最后选了一家墨西哥餐馆。陈大川是第一次吃墨西哥餐，感到面皮夹肉末出奇得香，他心满意足。

回旅店后，两人先后洗了澡，就忙着上网。陈大川主要是看电邮和今天走过的奇异线路。他搜索了几个网站，读了几个美国驴友的帖子，才知道今天看到的狼形动物是北美郊狼，俗称土狼。他又看了看明天的路线，一会，就困得睁不开眼，赶快睡了。胡艳芳跟在国内的妈妈 QQ 聊天，向她汇报行程，也很快就困得不行。

第二天离店，陈大川忙着搬行装，胡艳芳结账。

胡艳芳坐进了车，陈大川问她税后多少钱，他好记下，到洛杉矶后一总结帐。

　　远　行

　　胡艳芳："五十五美元加税，共六十二，不过我忘了在房间里留下小费了，下次你提醒我。"

　　陈大川有点诧异："这也要给小费啊，给多少呢？"

　　胡艳芳笑了："你还有很多要学哦，这不像在餐馆里非给不可。清洁工看不到你，不会给你脸色看或追出门来索要，但还是每天留三四美元的好。小费是最后一天离店时给，客人还没结账离店，有小费清洁工也不敢拿，因为他不知道这是客人自己的钱，还是留下的小费。如果想每天留小费，就应该把钱装在信封里或用纸包着，上面写明是小费。"

　　车很快就开到了大弯国家公园。

　　美国与墨西哥的界河——格兰德河（Rio Grande）在这里急转了个近 90 度的弯，所以缺乏诗意的美国人就给它起了个俗名——大弯国家公园（Big Bend National Park）。河对岸就是墨西哥。和其他国家公园一样，这里地域非常广，有好几座山和一些森林，但大部分区域为沙土地、灌木、仙人掌，所以显得荒凉。河水不多，时不时露出一些沙质河床，倒是河边的大石壁给他们两个留下了深刻的印象。

　　陈大川说："我喜欢纯自然景色。但比起国内来，这里显得太单调了，或者说无聊了。难怪国内来的游客都说美国是好山、好水、好无聊。"

　　美国设立国家公园的目的是保护风景原貌。让现代与未来的人们看到亘古以来、天地玄黄时的大地原生态，最好不要有人类活动的痕迹。有的公园自然山火还不许人为去救，让它自生自灭。国家公园创始人之一的西奥多·罗斯福总统（即老罗斯福）说过：人类的任何建设不是改进，而是破坏。

　　随着国家公园越来越多，联邦政府专门成立了国家公园管理局统一管理，对亭台楼阁等新建筑的管理越来越规范。

　　美国国家公园里的游玩项目都类似，游客的活动是贴近大自然，主要有驾车观景、观赏野生动植物、徒步旅行（Hiking）、帐篷露营、泛舟、骑马、摩托车、公路自行车和山地自行车。现在是夏天，大弯公园里气温很高，所以难得看到游人。

胡艳芳告诉他："美国的五十八个国家公园，不是每一个都那么出名。比较著名、游客多的是黄石、大峡谷和优胜美地（Yosemite）。这个公园知名度不高，我们也是顺路来看看。美国人是土老帽，本来国家公园大多在人烟稀少的地方，他们还限制建人为建筑。说国家公园要去迪士尼化，也就是说谁想看人为建筑，谁就去迪士尼主题乐园，而不是来国家公园。你知道迪士尼乐园实际是私园，并不是公共的。"

陈大川恍然大悟："哦，是这样啊，那这里不可能再建索道赚钱了。"

胡艳芳点头："那是当然的了。美国人很幼稚，他们认为自然景观不能改动，哪怕是一点点，必须保护下来，而且传给子孙后代。你说这有什么嘛，我看那峨眉山顶建个大佛挺好看的，杭州西湖重修雷峰塔也不错啊。"

陈大川说着冷笑话："呵呵，重新把白娘子压了下去，赚钱比妇女解放重要啊。"

胡艳芳驾车驶离了大弯国家公园。开了三个多小时路，他们进入了新墨西哥州。这条去洛杉矶的线路与半年前陈大川从洛杉矶去休斯顿几乎一模一样，只不过当时是在天上飞，现在是在地上跑。一眼望去是沙石平原，公路两侧只有些仙人掌。

他们停车加油，看到远处一帮国民卫队站在那里，持枪荷弹。二个妇女坐在对面。

陈大川问加油站的工人："发生什么事啦？几个大兵挡在两妇女前面？"

工人："那是边界，旧墨西哥的人要进新墨西哥来生孩子。"

陈大川："旧墨西哥？"

远　行

　　工人微笑道："我们这里是新墨西哥州，他们那里当然是旧墨西哥了，呵呵，"工人开玩笑把墨西哥说成是旧墨西哥，"只要她们走过边界生下孩子，孩子就是小美国公民啦。军人、警察必须送母子去医院，免费护理。"

　　陈大川："这是什么嘛？分明是作弊、钻法律空子。"

　　工人："没办法啦，法就是法，任何人都必须遵守。我也不满这条法律。它给我们这个地区带来了很多麻烦，生孩子占用了我们的医疗资源。但在法律修改之前，没有商量的余地，必须执行。军人所能做的事也就是堵住那些人，不让她们越境。"

　　陈大川对胡艳芳说："瞧，这些孕妇来美国生子可比中国孕妇来美国近多了。"

　　换上陈大川开车，行驶了一长段笔直、单调的高速公路，两人都有点疲乏。路过一个休息站，就开了进去。

　　美国高速公路的休息站有两类，路牌标明是 Picnic Area（野餐区）的无洗手间。路牌标明是 Rest Area（休息区）的有洗手间。这两类休息站都很简朴，通常没有餐馆、商店、加油站，只有自动售货机，卖些饮料与点心。休息站建筑没有大理石、马赛克的外墙，也无镀金的门把，而是普通砖石或木质外墙。但整个休息站设计成自然的景观，有小花园或小树林，再放几个木桌木凳，甚至会有烧烤的铁架，还会留出专门的遛狗小径。休息站都是二十四小时开放的，都很安全。为了不影响夜里各自的休息，休息站将私家车与大货车的区域分开。那些大货车的驾驶室里床、微波炉等一应俱全，因为空调、冰箱耗电大，司机在里面睡觉也不关发动机，所以噪音较大。

　　美国的确有少数的收费高速公路，这类路的确有少数休息区里设有快餐店和加油站。

　　不过自驾不必担心服务问题。没有收费站，司机上下高速很方便。高速路两侧有繁多的加油站，里面出售地图、日用小百货和食品，所以每个加油站又是个便利店。加油站几乎都有洗手间。到了偏僻地区，如果下一个加油站过远，超过油料警告灯亮灯后距离（不少于 30 英里，48 公里。亮灯后在高速上至少可以再开 30 分钟），公路上会有警示牌提前提醒司机：下一个加油站有 xx 英里。所以司机等到灯亮后再找加油站都来得及，当然他必须留意警示牌，不能视而不见。一旦看到"xx 英里"，要及时审视一下车的余油。

陈大川与胡艳芳在休息站里活动腿脚。

他俩看到一对老夫妻互相搀扶着走上车。美国行动不便者，像是孕妇、腿受伤者都可以申请残疾人停车证，把车停在最方便的位置。

胡艳芳羡慕地说："多么幸福的夕阳红啊，你知道吗？有了车、有了无障碍通道，老人，当然也包括伤残人，可以像正常人一样自己游遍美国。那两位如果再老一点，还可以在汽车内放一个残疾人电动轮椅，照样玩遍美国呢。所以只要有能力下床，人就可以像年轻小伙子一样玩。连迪士尼的游乐项目，都可以直接把轮椅车开上去，固定住。"

两人说笑着走回自己的车。

这时两辆车一前一后冲进了休息区，戛然而止，把胡艳芳吓了一跳，拉住陈大川脱口说了英语"Watch out!（当心）"。第一辆车的司机看来憋不住了，直奔洗手间。

副驾位子上下来个男生，有点歉意地看着胡艳芳。觉得她像中国人，就用英语问："你们是中国人？"

胡艳芳看他相貌像华人，英语夹带着汉语调子，就直接说汉语了："你怎么看出来的？"

那男生也跟着说汉语了："只有中国学生才开那么好的车啊，哈哈。"

胡艳芳有点得意地谦虚："过奖啦。"

陈大川问："你们从哪里来，去什么地方？"

那男生回答："我们是克鲁斯大学的。准备去大峡谷，你们呢？"

陈大川回道："哦，新墨西哥州的。我们也是准备去大峡谷，然后去拉斯维加斯。"

在美国，大家都比较坦诚，没有那么多防人之心。

男生说："我们也是去那两处，一起玩吧？"

陈大川看看胡艳芳，让她表态。见她没有反对，便说："好啊，我们就一起开车玩。怎么称呼你？"

"我叫李虎。"

陈大川说："她叫胡艳芳，是车主。我就是个跟班的，叫陈大川。"

这两队人马休息完后，互留了手机号。

李虎还递给胡艳芳一个对讲机，说："已经统一好了频道，可以直接用了。按住这个主键就可以讲话，松开后，不需碰任何键，就可以听到群里讲话，比手机方便。但你不能同时听话又讲话，必须按住或松开主键来切换。对讲机通话不用话费，而且到了偏僻的地方手机没信号，它就非常有用了。大峡谷里很多区域手机就没信号。"

他们三辆车一起上路了。

刚上路不久，对讲机里就传来了李虎的声音："坚持一下，我们到凤凰城（Phoenix）吃晚饭吧。那里有华人区，可以吃到正宗的中餐。"

一句话，让胡艳芳和陈大川流下了口水，他俩好几顿没吃上好饭了。

胡艳芳指挥着陈大川："你好好开，我们要去大城市凤凰城。"

她按住对讲机主键说道："好的，我们跟着你们。"

陈大川点评着："他们车不错啊，都是新车嘛。"

胡艳芳说："像这样的长途，还是租车合算啦。我要不是为了把自己车开到洛杉矶，也会租车跑长途。所以他们的车肯定是租来的。租车公司都是新车，一天租金不超过四十美元。四个人平分，每人才十刀，而且不计里程，爱跑多远跑多远。"

胡艳芳一问李虎，果然他们两个车都是租来的。

三车人通过对讲机边开车、边聊天，很快就混熟了。

李虎问道："你们去了墨西哥没有？"

胡艳芳说："我们路过边界，但没出境，好玩吗？"

李虎告诉她："有几个地方风景挺漂亮呢，而且费用低廉。我去潜水过。很多远地的老美都飞过去玩，潜水特便宜，水温也好。"

胡艳芳："这次没时间了。我们要去洛杉矶报到，那里有很多好玩的地方，也靠着墨西哥的蒂华纳市（Tijuana）。"

李虎："行，看来你也是老美国了，什么都懂。我们以后去洛杉矶玩找你们吧。"

胡艳芳："那当然没问题了。"

不知何时已进入了亚利桑那州。依旧是满目沙石与仙人掌，但车轮下的奇瓦瓦沙漠（Chihuahuan Desert）变成了索诺兰沙漠（Sonoran Desert）。大地基本上是平坦的，一望无垠。高速公路上为数不多的车辆在飞驰。为了避开公路上流水般的车流噪音，本来就稀疏的居民小镇都远离了高速公路，所以路两边根本看不到人烟，一片荒凉。只有偶尔出现的加油站和麦当劳之类快餐店能带来一点文明气息。远处有一条铁路，三台老款式内燃机车车头拉着长长的货车在行驶，还不如汽车快。在美国人的脑海里，火车就是应该比汽车慢，因为它比汽车古老。铁路上看不到客车，货车也绝大多数是平板车，上面叠放两层海运的集装箱，或干脆直接把大卡车的车身放在平板车上。美国的标准大卡车是十八轮，车头与车身可分离，故而到了目的地后可由别的卡车头拉走。与中国不同，美国的几个铁路公司都是私营的。他们甚至没有全国统一的铁路信号灯标准，铁路基础设施远落后于中国。

远　行

陈大川倒是挺陶醉于这种空旷的感觉。因为路直车稀，他轻松舒适地开车，尽情欣赏窗外从未见过的苍茫景致。尽管外面的温度已是四十摄氏度，但车内却是舒适的二十几度。

三辆车的小车队接近了凤凰城。陈大川、胡艳芳终于又看到了都市，看到了高楼大厦。这个全美第六大城市居然建筑在沙漠中，令人叹止。这里的沙子不是沙丘那样松散的细沙，而是结实的粗沙砾，而且还算是有毛之地——有仙人掌。美国别处居民屋子周围都是草坪，这里的门前院后是沙石和仙人掌类植物。

对于大多数中国人来说，凤凰城的知名度来自 NBA 的太阳队。陈大川没想到如此贫瘠、炎热的沙地上会有这么多的居民。因为这里干燥无雨，既不像隔壁的加利福尼州多地震，又不像中部各州有龙卷风、洪水，再加上沙漠地区土地便宜——准确讲是沙地，所以凤凰城就成了各大公司的电脑数据中心、金融机构的结算中心以及高科技公司的研发、生产基地。

李虎带着车队来到凤凰城的华人区。和在中国国内一样，到了美国的华人还是喜欢往大城市里扎堆，美国各大城市都自然形成了华人区，都有正宗的中国餐馆。

李虎的学校在小城市，没有道地的中餐馆。胡艳芳、陈大川两人一路上也没吃到好的中餐。看到这么多令人眼花缭乱的中餐馆都兴奋不已，经过一番讨论，他们冲进了"老四川"。大多数人想吃重口味，况且四川餐馆也可以烧出不辣的菜。

在美国，除了快餐店，客人都需要在餐馆门口等待服务员带位，不能自己进去找餐桌坐下。快餐是为填饱肚子，正餐是为满足精神。大的餐厅有专门的带位员，负责引领客人。

不用说，这餐馆服务员全是华人。

带位的女服务员走上来："请问你们一共几位？"

李虎："我们十位。"

女服务员把他们领到一张大桌边。另一个服务员放上两壶茉莉花茶。

室内的温度宜人，大家放松着腿脚，都有归家感觉。众人人手一本菜单看着，很快点好菜，然后喝着茶聊天。一会，厨房里飘来久违的川菜的香辣味。胡艳芳、陈大川与其他人寒暄，互相介绍。

与李虎不同车的一女生对陈大川说："我叫宋倾城，也是刚来美国一学期。你为什么买了两门的车，而不是四门的？"

陈大川说："拜托，那是胡美女的车。我？别说两门，一个宝马车门都买不起。"

大家哄笑了。

宋倾城赶忙解释："我是看到你开车的，所以以为是你的车。美女买车让你坐，有点颠倒了。"

胡艳芳答了话："美国人很多是开两门车的，这样前排座位就可以宽大些。后排座位是留给小孩和狗的，可以窄一些，有门无门都无所谓。"

宋倾城问："孩子大了呢？"

李虎这个老美国笑着插嘴："大了还会坐父母的车？呵呵，又是国内观念。美国孩子刚上高中，就不愿意跟父母玩了，他们自己开车出行。父母车后排座位上只剩下狗了，两个车门还不足够？"

胡艳芳："对的，这是一人一车的社会，汽车像中国的自行车。"

他们聊了一会，菜陆续上席。大家稍微谦让，就放开来大吃一通。

饭局接近尾声，李虎问胡艳芳："你们计划在哪里住？"

"我们本来就没计划，走到哪，住到哪。"

李虎跟她说："哦，我们是计划今晚住喜多娜（Sedona），位置在凤凰城与大峡谷中间，从这里开过去两个多小时。因为那里海拔高，所以比凤凰城凉快多了。"

陈大川先表态："那我们还是一起走吧。"

他又看了一眼胡艳芳，征求着意见："你说呢？"

远　行

胡艳芳完全赞同：“好啊，我们也去喜多娜住。”

李虎说：“明智的选择，住那里是有道理的，你可知道为什么？”

胡艳芳疑惑着：“不太清楚呢，请教一下。”

李虎得意地笑了：“那里是‘灵气之乡’。不仅有红岩、森林、溪流，风景优美，还有世上少有的强大磁场，对人的健康大有益处。很多外国游客都特意在那里住上几天呢。”

陈大川道：“好啊，我正想沾点仙气，改改运呢。”

饭后，他们在金色的余晖里一路向北开往喜多娜，宽阔的州际公路蜿蜒爬升着。回头望去，大都市的轮廓越来越小，越来越暗。

三车学生在喜多娜住了一宿。起床后先在镇子上浏览闲逛，体验传统的西部生活，然后去了著名的磁场观景点：机场台地（Airport Mesa）、教堂岩（Cathedral Rock）、神圣小教堂（Chapel of the Holy Cross）。大自然的磁场慷慨无私地赋予了他们新能量，令学生们焕然一新、心神气爽。他们又开上 89A 景观路，一路纵览喜多娜的山山水水，兴致勃勃地向大峡谷进发。

快到大峡谷，他们看到一排众多的信箱竖立在岔路口的小便利店前面。这些是当地居民的家庭信箱。大峡谷周围土壤贫瘠，居民稀少，而且住得分散。为了方便邮递员，他们都把自家的信箱放在这个每日必经的便利店路边。每个信箱都附带个小铁制旗子，邮递员投递完信就把小旗竖起。居民开车路过，看到竖起的小旗就知道有新信来了，就会停车取信。美国的邮递员在送信时也负责收信。居民只需在网上或便利店里买好邮票、贴在信封上，把信放入自己的信箱即可，不必为寄一封信而专跑一趟邮局。

流经大峡谷的科罗拉多河是东西走向的，所以人们可以在南、北两岸（或叫崖、缘，英语叫 Rim）观赏峡谷。这群学生去的是游客最常去、也是最精彩的大峡谷南缘（South Rim）。

地球诞生不久，二十亿年前，在现在的亚利桑那州与犹他州一带，原始海洋与陆地发生了多次转换。每次转换都留下一种岩石层，多次转换也就留下了多层岩石，像三明治一样叠加。总厚度达两千多米。地壳的碰撞挤压又使得岩石层缓缓隆起，成为现在海拔两千多米的高原。令人称奇的是，这几层岩石并没有在隆起时断裂破坏，而是平整地、静静地躺着、躺着……

直到最近，五百万年前（相比二十亿年，五百万年实在太年轻了），诞生了一个能工巧匠——科罗拉多河，雕凿开这地下整齐排列的数层岩石，向人类展示了地球诞生以来的古老地质历史。

科罗拉多，在西班牙语是红色的意思。早期的西班牙探险家看到这一裹着红土沙石的河流，就命名它为科罗拉多河。

科罗拉多河起源于落基山尾部。它一路卷入大量泥沙。春天的融雪与夏天的暴雨更增添了它的活力。河水搅动着、奔腾着，如同液体砂纸一般切开、打磨着岩石。五百万年时间，终于冲刷出深达一千多米的峡谷。所以大峡谷（Grand Canyon）又称为科罗拉多大峡谷。

河水只是向下切割，又由于地壳运动及特殊的气候，峡谷向两侧扩展，形成地球上最大的裂缝。在这里，不同硬度的岩石分层相互叠加。软岩石石壁先被风化侵蚀，扩展速度快，而硬岩石石壁扩展的慢。这样河谷两壁就不是一个平滑的 V 字形，而是阶梯状。同一种岩石形成一个阶梯，一个阶梯有几十层楼高。不同种岩石，颜色也不相同，它们一道构成了大峡谷多彩的阶梯。

大峡谷的形成验证了地质学家的名言：给足时间，世界上没什么比岩石的变化更大。

一百多年前，美国总统西奥多·罗斯福（Theodore Roosevelt，老罗斯福）多次造访此地。他感慨地说大峡谷是每一个美国人都应该来看的奇迹，呼吁不发展它，保持原貌留给子孙万代，并提议设立为国家公园。

远　行

（Leave it as it is. You cannot improve on it; not a bit. The ages have been at work on it, and man can only mar it. ——1903 年老罗斯福首次到访大峡谷时在峡谷边做的演讲，it 指大峡谷）

（Let this great wonder of nature remain as it now is... You cannot improve on it. But what you can do is keep it for your children, your children's children, and all who come after you, as the one great sight which every American should see. ——1908 年老罗斯福在大峡谷做的演讲）

后来美国国会批准把大峡谷的最佳风景区域设为国家公园。在国际太空站，每个宇航员都能清晰地看到这个自然奇观。

大峡谷国家公园门口有个小镇叫图思妍（Tusayan），坐落着一个国家地理游客中心（National Geographic Visitor Center），向游客宣传、介绍大峡谷，并出售地图、纪念品。它附设一个超大银幕 IMAX 电影院（Grand Canyon Theater），是世界上第一座 IMAX 电影院，放映一部大峡谷的历史风景片。这也是世界上持续放映最久、观看人数最多的 IMAX 电影。

学生们毫不犹豫地冲进去看了这部不长的电影。它介绍了大峡谷风貌、印第安人历史、大峡谷的发现经过。特别重现了美国退伍军人、独臂探险家鲍威尔（Powell）1869 年率探险队考察大峡谷，并首次漂过科罗拉多河大峡谷河段的惊险历程。

进了大峡谷国家公园，看看快要接近黄昏。学生们赶紧在西边的停车场停好自己小车，迫不及待地转乘公园的免费巴士，赶往西头的褐密特路（Hermit Road）看日落。这段路春夏秋三季禁止私家车开上。他们一走到缘边，就感到了咄咄逼人的恢弘气势。

峡谷里岩石断面纹理清晰，层层叠叠。在夕阳映照下如同一条无尽的红绸带，在大地上婉转飘舞。举目远望，万里无云，绚丽的晚霞延伸到天际。四周传来各种相机的快门声和游客对大自然鬼斧神工的赞叹声。全队学生一直流连到最后一缕阳光消失在远方。

大峡谷 Grand Canyon 晚霞 （徐栩 摄）

胡艳芳对陈大川说："有何感觉？"

陈大川："像回到了地老天荒的远古，我们应该以敬畏的心情看它。天黑啰，明天再见真容。"

晚上，同学们一起来到南缘的露营地。李虎他们本来想预订峡谷下面的露营地，但下手晚了，那些位置早已订光，只剩下南缘上面的了。不过上面因为海拔高，气温宜人。现在正值盛夏，峡谷下面温度要高出许多。

胡艳芳、陈大川没有帐篷，就分享李虎他们的了。大家按美国的规矩分担费用。很快，两顶大帐篷支了起来，李虎队伍是有备而来，装备齐全。露营不光有帐篷、睡袋，还有铺在地上的气垫、晚上照明用的燃气灯、徒步用的头灯。

另有一拨人开车去了旁边的便利店，买来生牛排、蔬菜、水果、饮料、调料，还有烧烤用的木柴、烤炭以及引火油。

李虎麻利地整理好烤炉架，点火烧了起来。

大家围成一圈边烤边吃边聊，望着漫天星星叙说着往事、未来。

大峡谷南缘本来就高，海拔 7000 英尺（2134 米，一英尺约等于一市尺）。周围荒无人烟没污染，再加上空气干燥，星星显得格外明亮，而且连眨都不眨一下。学生们从没见过如此亮的星星镶嵌在如此黑的夜空中，他们都产生了幻觉，仿佛进入了童话世界。这些星星近在咫尺，伸手可摘。

后来不知谁带了头，趁着夜色讲起了半真半假的鬼故事。夜深了，高原降温并起了风，让几个女生不寒而栗。

宋倾城不敢听下去，借口上洗手间离开了。刚过一会，她又丢了魂似地一路小跑回来。但她远离说鬼者，靠近陈大川坐下。

陈大川笑道："遇见鬼了吧，还是在这里听故事安全。"

旁边的胡艳芳觉得这个女生纯粹是在装。

宋倾城受惊吓地说："你不知道，我刚从洗手间出来，外面黑灯瞎火的，差点撞上个大家伙。它悄无声息地低头吃草，反而更吓了我，那么大的个头呢。"她手比画着说。

陈大川说："那一定是个吃素的饿鬼。"

宋倾城道："去你的。那是个鹿，比马还要大，角就更大了。"

坐在篝火对面的李虎双手伸出头顶，模仿鹿角，吐舌头吓这边人："那是个哑鬼，呵呵。Elk，中文翻译成麋鹿或马鹿。体型大，但只要没感到人的威胁，它是不会攻击人的。通常，鹿没有声带，天生的哑巴，发不了音。"

宋倾城对陈大川悄悄说道："我不喜欢听那些鬼故事，他们真会吓人。我还不如了解些实惠的呢。你的新学校如何？去了后跟我说说，我喜欢大城市，也想转学呢。"

陈大川自然答应了："你们这样帮助我们，我当然应该提供信息了。上学后一定告诉你洛杉矶大学的真实情况。"

宋倾城说："那留个 QQ 号吧。"

大峡谷马鹿（或称麋鹿，Elk）　（徐栩　摄）

　　陈大川加了她 QQ，又索性给了她自己的手机号。旁边的胡艳芳不时用眼瞟着宋倾城，一脸不愉快。宋倾城则假装没看见。

　　吃完后，李虎要大家收拾好吃剩的东西，放入垃圾箱，并一再强调盖好盖子，不能让动物吃了。

　　宋倾城问："吃剩的为何扔了也不给松鼠、鹿吃？"

　　李虎说："那不是害了这些野生动物吗？这些动物对人有了依赖，如何提高自己的生存能力？美国人觉得让野生动物保持自己的野性，keep wild animals wild，才是真正保护它们。不是我们想象的，喂野生动物是爱护它们。美国人也不会给子女多少钱，给钱使孩子有了依赖性，失去独立能力、创造力、活力。而华人家长恨不得把所有钱都留给孩子。"

　　李虎道出了美国梦——独立自主，凭自己的聪明才智，辛勤劳动，白手起家而获得财富，这就是美国梦，这样的人才是美国式英雄，才能受到大众的崇拜。

大家钻进帐篷后又聊了会，睡得都晚。本打算第二天看日出，但一觉醒来，太阳已经老高。只好按照常规玩法，沿着缘边的小路走走，看风景。

为了鼓励少开私家车，降低空气污染，和许多其他国家公园一样，大峡谷公园里有免费巴士。它们往来于各个景点，并连接着食宿服务区。这些巴士都是以天然气为燃料，以保证大峡谷的大气成分不变，不会腐蚀到自然界的土石结构。所以尽管自己开车便利、所有观光点停车场都免费，学生们还是决定上巴士，把自己小车停在了服务区的大停车场。

胡艳芳听说大峡谷有个全透明的玻璃桥（Sky walk），桥体呈半圆弧状，伸出大峡谷的谷壁。人在透明的桥面上走，就像行在天上，能看清深深峡谷的两侧全貌。2007 年建成时轰动全美，所以她一上车就咨询起司机。

司机非常热情，详细介绍着："那里不是国家公园了，而是印第安部落的私人领地。玻璃桥位于大峡谷的西段尾巴上，俗称西峡谷。离我们这里远，离拉斯维加斯近。因为是私园，门票可比公园贵许多。我们这里风光最好，而且旅游项目也多。除了飞机游览，还有观光火车、骡子队。洛杉矶等大都市的游客可以坐火车先到威廉姆斯（Williams），然后转上观光火车，直接开到大峡谷缘边的古老旅店艾尔特瓦（El Tovar），途中还能碰到土匪劫车，呵呵。"

司机所说的"土匪劫车"，是观光火车的仿古项目，模仿西部牛仔骑马抢劫火车。

学生们在"灿烂天使"（Bright Angel）站下了巴士。这个景点丰富多彩，游客众多。靠近缘边有各具特色的小木屋，有的窗口朝着大峡谷，一开窗就是美景。附近还有几个有关大峡谷、印第安人的小型历史博物馆。但这个景点最大的特色是能体会到大峡谷的广、阔、深、远。

放眼平视看去，遥远的水平线是对面的北缘，仿佛看到了天尽头。通过大的投币望远镜可以看到北缘上的观景楼。

　　往下俯视一点，周围是笔直的谷壁，如刀切一般齐整。这些谷壁分成几层，有着不同的颜色，组成几个大阶梯降到科罗拉多河边。

　　视角再往下一点，就看到一个巨大的绿色平台，一条长长的笔直小道穿过平台，平台呈绿色是因为上面有植被。胡艳芳通过望远镜清楚地看到小道上有人在徒步行走，还有一支骡子队。笔直小道中止于平台的远方尽头，它实际上是拐进了内峡谷。由于平台的遮挡，无法看到内峡谷的谷壁，只有走到平台的边沿才能看见内峡和下面奔流的科罗拉多河。

　　因为南北两缘都为高原，所以气象变幻快。一会儿是蓝天、白云，一会儿突来一阵雷雨。这帮学生又被这一壮观的景色震住了，发愣了一会才忙不迭地摆出各种造型拍照。

　　胡艳芳不想再看见宋倾城围着陈大川转，想着法子要与他们的人马早点分开。

　　她突然说："我想去看看如何骑骡子，你们去吗？"说完就径自来到了咨询处。

　　大家原没这个计划，但还是一起凑过来看看。

　　一问才知道，各种骑骡游早已售罄，幸运的是半年前一个预定刚取消，空出两位。骑骡子一直下到谷底河边，并过夜，第二天回来。大家都觉得五百五十美元一人太贵，但这正合胡艳芳之意，她求陈大川一起去。陈大川架不住胡艳芳软磨硬泡，也想报答她的车载之恩，就答应了。

　　因为他们两人要跟骡子队在下面过夜，与李虎一伙的行程就差大了。

　　李虎说："我们到拉斯维加斯再一起玩吧。"

　　胡艳芳赶忙说："不用这样麻烦了，互相等挺耽误时间的。我们还是各自玩吧。"

　　于是大家惜惜相别。

　　等李虎一干人走远，胡艳芳对陈大川得意地笑了："呵呵，我问了细节，男女同行，男生打折，而且价格还包括所有的饮食和谷底的住宿费，你说这值不值？"

　　陈大川说："是第二个人打折吧。我反正是舍命陪小姐了，只是对李虎他们不太礼貌。"

　　胡艳芳也不分辩。总之，能离开宋同学就行。

　　两人来到骡队集合点。骡队由十匹骡子组成，九匹载游客，一匹坐导游。

　　导游给游客一人一件黄色雨披，醒目又遮阳防雨，一人一个盛水皮囊，那是仿古皮囊。大家纷纷上了骡，胡艳芳试了几次骑不上，在大家友好地哄笑中，导游扶她上骡。

　　导游自己也骑上骡子，给游客们讲了安全须知："1887 年，大峡谷成为国家公园之前，骡队就开始服务游客了。我们选择骡子而不是马上下大峡谷，是因为它们比马耐力好、腿脚稳，爬上爬下大峡谷这两点比速度更重要。我们的路会越走越陡，越走越窄，但不必担心，骡子都受过严格训练。在崖边小路如果与徒步者狭路相逢，骡子们会靠着崖外站立，让行人贴着石壁先行，你们可不要紧张。有恐高症的人不要往下看。"

　　介绍完，导游带头骑行，训练有素的骡子们一一跟随，扬起一阵尘土下了南缘。

　　"骑手"们终于有惊无险地一路下降到谷底的科罗拉多河边，越过吊桥，来到河对岸。这里有一小片难得的绿洲。1913 年西奥多·罗斯福又一次来大峡谷，打猎下到这一人迹罕至的地方露营过夜。正是经过他的努力，大峡谷才成为国家公园，所以此地被尊称为"罗斯福营地"。1922 年刚成立不久的国家公园管理局选定哈维公司承建大峡谷里的服务设施。公司聘用的、时年非常稀少的女性建筑师玛丽·寇特为此地设计了一组土气十足的小屋草图，小屋与周围景色融为一体。所有人都十分满意，要命名为"罗斯福农舍"，玛丽立即回绝了："这样，你们就得不到我的作品。"原来，作为完美主义的她已经想好了名称——"幻影牧场（Phantom Ranch）"。

幻影牧场是大峡谷下面的唯一旅店，旅客只能靠徒步、骡子、河中漂流筏到达。这里还有个世界上独一无二的"邮局"，信件是靠骡子送出去的。谷底的信件先被骡子送上大峡谷南缘，再由那里的邮局发往全世界。

任性的胡艳芳又想要漂流，询问起导游。

导游却说："这个河段属于探险漂流，水流急、距离长，至少需要三天时间，最好提前预约。你临时决定恐怕不行。"

他递给胡艳芳一张名片，胡艳芳接过来一看，上面是三个漂流活动的旅游网站。

Grand Canyon Rafting:

http://gcex.com

http://westernriver.com

http://oars.com

陈大川觉得太耽误时间，忙说："三天也太长了。"

导游见小女生失望且一副有钱没地方花的样子，又安慰道："逆流而上有个格伦峡水坝（Glen Canyon Dam）和由水坝形成的鲍威尔湖（Lake Powell）。水坝下游有悠闲的平缓漂流，漂过马蹄湾（Horseshoe Bend），只需半天时间，也不需要预约。你们在公园门口的游客中心看过 IMAX 电影吗？"

胡艳芳道："看过啊，很精彩。"

导游问："还记得那个独臂探险家鲍威尔不？"

陈大川回答："当然记得。不但探险了大峡谷，他还用独臂写了书。哦，以他的名字命名湖，实至名归。"

导游笑道："呵呵，不错。正是那本书，才让大峡谷为世人所知。"

胡艳芳一下子又对鲍威尔来了兴趣："怎样去那儿？"

导游：“先随骡子回到南缘上，开车出公园，再开到佩吉市（Page）。”

游客们在横跨科罗拉多河的吊桥附近玩着，抬头看南缘高高在上。由于内峡大台阶很高，挡住了视野，只有透过一个小缺口才能看到南缘顶部的一段。那一段就是大峡谷最佳观景点雅佤派（Yavapai Point），上面的人太小看不见，但他们也正是透过那个缺口看下面的河流与吊桥。

第二天，骡子队返回了南缘。

胡艳芳、陈大川又恢复了两人的单独行动，他们接着玩遍了大峡谷主要景点。

陈大川觉得资金、时间都紧张，就说服胡艳芳放弃去佩吉玩漂流。这样告别国家公园后，宝马车开上 40 号州际公路（Interstate 40），前往拉斯维加斯。

很快，红宝马又重新进入索诺兰沙漠，飞奔一小时后驶进北美洲最热、最干的莫哈韦沙漠（Mojave Desert），在国王市（Kingman），拐上 93 号美国国道（US 93）。

四周还是雄浑的景色，鲜有人烟，开车时间长了难免单调，两人都因单调而有些疲劳。

胡艳芳找了个刺激的话题：“你在国内真没结婚？”

陈大川反问：“为啥又问起老问题呢？”

胡艳芳说：“很奇怪你会是老处男呢。”

陈大川道：“没人看得上，自然是剩男了。喂，黄世仁，说话能不能文明点？”

胡艳芳看了看开车的陈大川侧影，五官布局合理、棱角分明，不解地说：“你马马虎虎将就着看丑得不离谱啦，怎么会剩？女朋友呢？”

陈大川淡淡地说：“在上大学时谈了一个，还坚持了好几年。”

胡艳芳说：“哎呀，说说浪漫史嘛，你们怎么认识的？”

陈大川觉得开车挺无聊的，初恋也算是一种美好回忆吧，就向她述说了他们的认识过程。

刚入夏，大学里。陈大川的血招蚊子，他早就戴上了一种避蚊手环在图书馆看书，效果不错，不像避蚊油那样伤皮肤。坐在陈大川边上一个女生正在受到蚊子的攻击，不时拍打着腿和胳膊。陈大川就叫那个女生坐近一点，解释说："这种避蚊手环有效驱蚊范围是一米，坐近点就在它的保护之下了。"

女孩半信半疑，但蚊子实在是嚣张猖狂，宁可信其言吧，于是靠近了陈大川坐下。不错，真的有效果。没了蚊子的袭击，她可以安心看书了。

胡艳芳："哟，的确挺浪漫的，后来呢？"

"后来就认识了呗。"

"那再后来呢？"

"谈上了呗。"

"那再再后来呢？"

陈大川陷入往事，脸色由晴转阴，越来越难看。

过了一会，他才说到："没有后来了。"

"为什么没后来了？"胡艳芳幸灾乐祸、心满意足地追问。

"飞了……"

"飞了？"

汽车在单调地直线匀速行驶。

陈大川不愿意再回忆下去，像是对胡艳芳、又像是自言自语："哼，谁能料到，口口声声有鸿鹄之志的北大荒大雁，还是挡不住铜臭和安逸，变成了安乐窝里的小燕，这究竟是动物的一种进化，还是一种退化？"

胡艳芳听不懂："什么北大荒？大雁？"

陈大川回过神来："哦，你不懂的。简单说，在爱情与金钱面前，人家选择了后者。"

胡艳芳恍然大悟："哦，你是说她后来嫁了个有钱人？"

陈大川纠正道："不一定是'嫁了个'，好像是'傍了个'。我懒得去追问她细节。从那时起，我就知道'感情'一词太虚无、太误人了。"

胡艳芳劝道："你早该忘了她，重新找。其实你也可以找一个有钱的女孩啊，气气她。"

陈大川苦笑了下："呵呵，从那时起，我就和钱过不去了。咱还是换个话题吧。"

"别啊。哎，你恨钱，但不讨厌美女吧。我跟你说，我爸的二奶可漂亮了。到洛杉矶后，跟我去看看如何？"

"为啥？"

"嘻嘻，你应该能把她拐走。"胡艳芳不怀好意地笑笑。

"咦，我为何要拐她？"

"你拐走她，我爸就安心和我妈好了。"

"你真是人小鬼大，想出这么个好主意。哼，我最讨厌那些给别人当二奶的。"

胡艳芳看他真生气了，一吐舌头，不吱声了。

宝马车接近拉斯维加斯了，他们又遇到了科罗拉多河。在这里，河流已经穿出了大峡谷，而且成为亚利桑那州与内华达州的界河。河流还是两个时区的分界，但因为亚利桑那州不实行夏时制，所以在夏天，亚利桑那州和内华达州的时间是一样的。

在这里拦截科罗拉多河的是著名的胡佛水坝（Hoover Dam）。两人下车参观了这一古老的水坝。它并不长，但坝高，蓄水后水位落差有二百多米。美国建水坝要考虑到生态问题、居民问题及效益等因素，如果只追求高大上，会增加不必要的成本。胡佛水坝选址在大峡谷的下游，这里是荒无人烟的沙漠地区，而且河道较窄。水坝建在这里可以节省成本，使得胡佛水坝能以最低的成本取得最大的收益。尽管如此，1936 年建成时它是世界上最大的混凝土建筑和发电设施。它的竣工给周边内华达、亚利桑那、加利福尼亚三州提供了强大的干净能源，特别是给旁边的拉斯维加斯提供了能源，使其迅速发展成国际大赌城。

胡佛水坝建成蓄水，还造就了美国最大的人工湖，也就是水库——蜜德湖（Lake Mead）。所以胡佛水坝带来了一个新的旅游景点：湖。不少拉斯维加斯的游客来这里湖上泛舟，湖边戏水。

科罗拉多河在大峡谷上游的水坝——格伦峡水坝，则造就了美国第二大人工湖——鲍威尔湖。两个坝一起协调着大峡谷里的水流。

进入拉斯维加斯（Las Vegas），他俩从苍茫荒原一下子来到了天上人间。

拉斯维加斯位于两大沙漠交界处的莫哈韦沙漠一侧，另一侧则是大盆地沙漠（Great Basin Desert）。在这广袤、荒凉的沙漠腹地，拉斯维加斯是唯一有泉水的绿洲，故而西班牙人用自己的语言命名了此地——Las Vegas，含义为"肥沃绿草地"，好让跋涉的骆驼队、马队记住这一风水宝地、中间补给站。但现在美国人常开玩笑，称它为"罪恶之城（Sin City）"，因为它汇聚了赌博、色情、酗酒三项常见的"罪恶"。当然也有人愿意用褒义词"世界娱乐之都"来形容它，只是它的旅游收入还是赶不上无"罪恶"的"娱乐之都"——佛罗里达州的奥兰多市。

胡艳芳在车上给陈大川叙说着手机搜索到的拉斯维加斯世界之最条目：

世界上最大的复合式旅馆是由"威尼斯（Venetian）"和"宝楼座（Palazzo）"组成。

世界上最大的单一旅馆"米高梅（MGM Grand）"，内有三钻以上的餐厅十二家，旅馆外铜狮重约十万斤，是美国最大铜铸品。

世界上造价最高和第二的旅馆都在这里，分别是"大都会（Cosmopolitan）"和"稳赢（Wynn）"。

"金字塔（Luxor）"旅馆有世界上最大的中庭（Atrium），2900万立方英尺。金字塔尖端向夜空发出世界最强光束315000瓦。

希尔顿家族的世界最大旅馆也在此，有着世界最大的招牌（Free Standing Sign），为纽约自由女神像的两倍高。

市中心 Fremont 街道顶上的"幻彩天幕（Fremont Street Experience）"是世界最大荧幕。同一条街上的"金砖卡西诺（The Golden Nugget Casino）"有世界上最大的金块——Hand of Faith。

……

早在路上，胡艳芳已经用手机从网上找好了他们要住的"卡西诺（Casino）"。卡西诺源于意大利语，现在常指赌场（用意大利语"卡西诺"代表赌场可能与过去意大利黑手党控制拉斯维加斯很长时间有关）。在拉斯维加斯，卡西诺是集住宿、餐饮、赌场、购物、表演于一体的室内场所。他们的车开进卡西诺的停车场，一推开车门就感到一股热浪袭来，干热的空气刺激着鼻子。此刻他俩的的确确地感受到了拉斯维加斯夏天的热度。

胡艳芳在房间里放下行李，对陈大川说："我知道为什么拉斯维加斯那么多大型的'卡西诺'了。"

陈大川问："为啥？"

胡艳芳说："出不去啊，这种温度只能在室内玩。我们先在室内转转吧，等到天黑再出去上街。"

拉斯维加斯的"卡西诺"确实都是超大型的。通常楼上是客房，楼下除了赌场，还有餐厅、商店、园林、人造河流、假火山等。不同的"卡西诺"有各自不同的主题，但都有两个共性：没有窗户，没有挂钟。让人们不见天色，忘记时间，只沉迷于赌桌上。

他们先逛了"稳赢"，大吃豪华自助。又去了意大利水城风格的"威尼斯"。看看自己的手机知道天黑了，才外出上街溜达。

赌城也是个不夜城，从太空看，是地球上最亮的城市。夜幕降临、气温略低，人们拥向街头。灯红酒绿下的人群熙熙攘攘、热闹非凡。

拉斯维加斯 （可人 摄并友情提供）

　　陈大川、胡艳芳沉醉于"百乐宫（Bellagio）"前的音乐喷泉。变换节奏的音乐与喷泉配合着，忽快忽慢，忽静忽转。不知是音乐指挥着喷泉，还是喷泉带动了音乐。他俩掩映在五彩斑斓的灯光下，置身于扑朔迷离的梦幻世界中。

　　两人然后进"宫"，在画廊里欣赏了毕加索、雷诺瓦（Renoir）等大师的名画。

　　第二天，胡艳芳与陈大川已经养足了精神，自然想试试手气了。他们在"卡西诺"选好赌项。胡艳芳玩着大转盘，但这种赌博游戏对陈大川来说是奢侈级，穷人不宜。他只敢玩投币式的老虎机，拉一下杆，或按一下钮，三个数字或字母会随机转出。如果对上某个结果就会中奖，老虎机吐出一大堆硬币。如果是转出 777，那就中大奖了。美国的吉利数字不是 8，而是 7。路上看到汽车牌照是 888 的，十有八九是华人的车了。

陈大川没能转出大奖，小奖倒是不时出现，只是远不足捞回本钱。一个小时后，二十美元花完了。他不敢继续投资，就看着别人玩。那边一桌人在玩扑克，赌客们表情各异、神秘，发牌员动作娴熟、有趣。胡艳芳告诉他那叫得克萨斯扑克。得克萨斯州是陈大川来美国的第一个落脚地，很有亲切感。他忍不住驻足观战。突然他感觉到这里面有概率论的原理，就默默观看着、思索着，忘了时间。

"哎，我们走吧。"胡艳芳的声音打断了他的思考，富家女玩够了大转盘，叫着陈大川往别处逛。

晚上，两人观看了著名的表演"水秀"—— O Show （O 来自法语，水的意思）。当然，这是胡艳芳在网上预先订好的票，想买到当场票几乎不可能。

胡艳芳还要再玩两天，陈大川却想早点去洛杉矶大学适应环境。

"还有太阳马戏团（Cirque du Soleil）的其它演出啊。"胡艳芳意犹未尽。

"都太贵，看'水秀'我就要破产了。"

胡艳芳又拿"威尼斯"的温泉水疗（Canyon Ranch Spa Club）、"恺撒宫（Caesars Palace）"的社交温泉（Qua Baths & Spa）来诱惑他。

陈大川说："唉，咱囊中羞涩，没多少钱可以玩。其实免费看看这纸醉金迷的赌场内外景就大开眼界了。我觉得那个得克萨斯扑克有点意思，是概率论，应该能总结出点规律。下次再来赌那个。反正洛杉矶离这不远。"

胡艳芳吓得一吐舌头："你敢玩得克萨斯扑克？输钱可厉害呢。当然赢钱也快。每年都有这个项目的世界大赛。"

最终，胡艳芳还是很不情愿地与陈大川离开了拉斯维加斯。

宝马车又继续驶进荒原沙漠，又变回单调的颜色，高速路两边少许的绿色是莫哈韦沙漠的标志物——约书亚树。周围车很少，路又笔直，连日游玩使得他们格外疲劳。

由于坐在副驾位置上的陈大川昏昏欲睡，不说话了，胡艳芳很快也打起盹来，方向盘偏了。远处一个车里的司机看到前车打偏，知道司机打瞌睡了，赶忙连按喇叭，提醒他们。

陈大川睁开眼："你困了？让我来开一会吧。"

胡艳芳嘴硬："没事，不小心松了下手，瞧那车大惊小怪的。"

哪知过了会，她又打起瞌睡，车子慢慢斜滑向路边。美国高速公路的车道外侧都刻有横向细槽，它的作用是防止司机因瞌睡等原因将车开出公路。一旦车辆偏离公路，车轮就会压到细槽而产生巨大的响声和振动。胡艳芳与陈大川同时被响声、震动惊醒，眼看着车子要滑出公路，就在陈大川大叫"哎呀"并用左手轻扶方向盘的同时，胡艳芳也轻轻使劲，将方向盘打左一点，宝马车驶回车道。

胡艳芳惊醒后有点后怕，但还故作镇静与陈大川开玩笑："不愧是我的徒弟，没有猛推方向盘。你要是推大了，这速度车子会横滚六圈，只是不确定停住后我们的头朝上还是朝下。"

陈大川心脏扑通扑通跳了好一阵子，慢慢才缓过神，惊魂未定地说："我们这是在鬼门关走了一遭，你还笑！唉，也怪我先睡了，没人和你聊天提神。"

他顿了一下又说："你歇会吧，这一路都是你在开，还是换我吧。"

胡艳芳在出口处将车开下高速，找了个安全地方停好，换了陈大川开。

胡艳芳松了一口气，将椅背往后放平了一点，舒适地半躺着。她喝了口可乐，又当起了师傅："考考你，如果是一个人开车，疲劳得要睡着，该怎么办？"

陈大川说："我看网上说的，把冷气开大，或把音乐开很响。"

胡艳芳纠正道："呵呵，那些方法效果不大。最好的方法是尽快找个安全的地方停车，然后下车散几分钟的步。这样就能消除睡意，让你再坚持开半小时到一小时，然后你就要大休息了。抽烟、喝咖啡也能提神。加油站有卖所谓的能量丸，让司机克服睡意，实际上丸子里也就是咖啡因。"

陈大川赶忙称谢："多谢，又跟师傅学了几招。"

驶过了一大片平地，开始爬山。胡艳芳看了看手机地图说："翻过这群山就进入大洛杉矶地区了。"

果然，路上车辆逐渐多了起来。公路绕着山转，路两边风光无限。坡度大，十八轮大卡车上坡爬不动，跑得慢；下坡防失控限速低，也跑得慢。如此一来势必挡住其他车辆，所以大卡车有它们的专用车道。沿途还能看到钻山沟的铁路。可以想象，当年没有汽车、没有大型机械，穿山修铁路是何等艰巨的工程。

宝马车向着终点洛杉矶疾驶，陈大川知道更精彩的人生即将开始。

Tips

1　开长途的最大敌人是瞌睡，凌晨、饭后是最危险的时间段。学生出游的回程因疲劳和无兴奋感，也容易瞌睡，请与司机聊天！夜晚开车打开车内顶灯也非常防困（美国合法的）。

2　大峡谷漂流都是惊险的激浪漂流（Whitewater rafting）。因为峡谷长，最短的一段漂流（位于相对缓和的大峡谷下游）也要3天时间，全穿大峡谷通常要6～7天时间；还有更多天数的漂流+游玩。漂流可选需要划桨的橡皮舟、木舟，也可选不需划桨的机动筏，费用从1300美元起，几乎全包。包含小飞机从拉斯维加斯接人送到峡谷上，再由直升机把客人送下河边登筏，几天的吃、住（帐篷、睡袋）、各种装备。漂流网站文中有提到，有时粥（舟）少人多，需尽早预订。

第6章　挑战新环境

在一抹晚霞中，胡艳芳、陈大川的宝马车驶进洛杉矶。

陈大川急切地期待与钱乐重逢，他们约好在洛杉矶大学附近的一个中餐馆相聚。

他与胡艳芳刚在餐馆里落座，门口就走进两个男学生，高个子正是钱乐。

陈大川赶紧站起来与钱乐打招呼："好久不见，多谢你的帮助。"

钱乐爽朗地笑着："真没想到这么快就重逢了。"

陈大川说："是吗？我怎么觉得恍惚如隔世一般，如此漫长。"

钱乐又笑了："哈哈，看来我这个洛杉矶大学第一名嘴得让位于你，不如你会说啊。"

陈大川道："哎，不是我会说，而是你没有我这半年的体会。"

他跟胡艳芳介绍说："这就是我的老友，钱乐。"

胡艳芳抢着说："幸会。早在得州陈大川就唠叨你了。你们是半年前在飞机上相识的，你还帮他联系了洛杉矶大学。"

钱乐说："相逢即是缘，一点小事，何足挂齿？"

胡艳芳自我介绍："我叫胡艳芳，是本科毕业了才来继续读硕士的，而某些人是从博特大学中途叛逃出来的。"

陈大川瞪了她一眼："拜托，是转学好不好。"

钱乐与胡艳芳握握手，对陈大川说："陈大川，你艳服不浅呢，和这样一位美女旅行。"

远　行

胡艳芳得意地笑了起来。她打量着两位男生：钱乐高高大大，很结实的身材，眼睛稍有点小，但对称且有神，算得上帅哥。另一个中等身材，戴着眼镜显得斯斯文文。

钱乐介绍着戴眼镜的男生："这位是宋雨林，计算机系的最顶尖高手，没有之一，毫无争议。"

宋雨林略一点头："暂时领先，你们也可以叫我英文名 Henry，亨利。"

钱乐："不少老生有英文名，这是让美国人叫起来方便。"

大家点完菜，钱乐又问胡艳芳："你是哪里人？"

胡艳芳答："我是广东的。"

钱乐笑了："还好，算是没越界，如果让别的中国学生知道我接了一位美女，他们就会说我以权谋私，哈哈。"

陈大川与胡艳芳都是一头雾水，不知所云。旁边的宋雨林在暗笑。

钱乐解释道："我校早年为争接女生发生过纠纷，所以为了保证公平竞争，学生会规定了以长江为界。令人欣慰的是这一优良传统一直保持着。"

陈大川有点奇怪："以长江为界？"

暗笑的宋雨林接茬："我们土政策规定长江以北来的新生，特别是女生，只能由江北的老生去接；长江以南的新生也只能是江南的老生去接。当然私下自己认识的不在此例。老大，噢，就是钱乐，是我们学校中国学生会的头，自然应该带头遵守啰。"

钱乐年龄较长，是洛杉矶大学中国学生会主席，又乐于助人，所以学生都叫他"老大"。他自己也得意这个外号，在美国这个金元世界，当然有"钱"就是老大了。

胡艳芳惊讶地睁大眼睛："还那么井水不犯河水呢。"

陈大川说："越界也没关系，我们是自己开车来的，只不过一起吃个饭而已。"

他们聊起了一路上的经历、见闻和天气。

胡艳芳说："这里的天气最好，比一路过来的所有地区都凉快。"

宋雨林介绍了加州的与众不同："美国差不多有六种气候类型，唯有加利福尼亚州是地中海型气候：夏天干爽无雨，冬季及前后有少量的雨水，与得克萨斯州是不同的气候类型。得州属于亚热带温湿气候，与中国主要区域相似。因为这里干燥，即使温度高到三位数（美国用华氏温标，常用三位数 100 度代表高温，100 华氏度约等于 38 摄氏度），往树荫下一站就不会出汗。太阳一下山气温就骤降。但洛杉矶实在是少雨缺水，不适合居住。后来因为修了引水渠，从旧金山附近引水过来，又赶上汽车大发展，人不必再挤在一起住。于是人们从旧金山等地涌入洛杉矶，这个天使之城才一跃而成大都市，规模迅速超过了旧金山。"

旁边一桌一白人男子窃窃私语的英语声传了过来："真的不明白那些华人家长为何要给孩子买豪车，尤其像是宝马……"

白人男子在"孩子"一词上强调了一下。

同桌的白人女子回答："是的，现在中国人有钱了，总得要体现一下啊。"

白人男子说："唉，只有傻家长才会这样做。对孩子而言，如果这车不是自己挣的钱买的，有何光彩？只怕不会在宝马里哭，只会在宝马里死。你说他们长大了是祸害社会还是贡献社会？还记得美国式富二代休斯？"

白人女子："当然记得。"

陈大川对胡艳芳笑了笑："听听，说你呢。"

胡艳芳一撇嘴："我还算节省的呢，没开我们家的保时捷。"

四个学生边吃边闲聊，听到门口有人说着汉语进来："妈，就门口那辆宝马还算可以，款式旧了些。这附近的美国人那么穷，没什么好车啊。"

胡艳芳不禁扭头看看谁说话那么狂妄。

　　走进餐馆的是三人，像是华人一家子，父母带着儿子。儿子挺高挺帅，约二十三四岁。刚才说话的正是他。

　　服务员把一家人引到一个桌边坐下，一人递上一本菜单。

　　妈妈小声劝导着："李宇，刚来美国你要先专心读书，不要尽盯着豪车。我们都希望你学到真本领、学到先进的管理知识。家里的产业终归要交给你，不要让父母失望，懂吗？"

　　那个叫李宇的男生是不耐烦地口气："好啦，好啦。妈，你都说了Ｎ遍了。吁，这里的菜很便宜啊，我们多点些麻辣的吧。"

　　钱乐看不惯那些狂妄的富二代，他压低声音对陈大川、胡艳芳说："看样子，这位也是我们学校的新生。洛杉矶大学的中国学生比你们原校要多得多，而且最近几年增加特快，不乏有钱的主。"

　　他又故意大点声对陈大川他们说："哎，你们知道吗？辣在美国可是穷人吃的。"

　　李宇抬头看看这边，接茬道："哦？那有钱人吃啥？"

　　钱乐头也不抬，答道："有钱人啊，人家吃可卡因。"

　　胡艳芳与陈大川都忍不住，偷偷笑了起来。

　　宋雨林对陈大川说："整个洛杉矶地区，华人太多了，你会觉得像回到了中国。"

　　胡艳芳说："太夸张了。比我还娇惯，我刚来美国上本科，也没有两个大人陪着。"

　　陈大川开她玩笑："嘿嘿，又在自夸了，说不定人家父母是顺便来办事的呢？"

　　钱乐继续小声嘲讽着："这几年中国留学生猛增，良莠不齐。有的富家孩子只会花家里的钱到处玩，不会用心学习，甚至连英语也没提高。可怜天下父母心啊，他们以为把孩子送到美国就自动学会英语了。"

　　陈大川却笑着说："来一些这样的人好，我就放心了。有他们垫底，我学习就不用那么玩命了。"

　　接着，陈大川对钱乐他们说了上学期博特大学激烈竞争的事。

钱乐说："哦，是有点惊心动魄啊。主要原因是你们就那几个人选同一门课，竞争到了白热化。我们计算机系热门，中国留学生很多，还有大量的印度学生、美国学生，所以不会像博特那样。我们倒是会因为选某门课的人数过多，达到了最大限额，以至于后面的学生选不上，所以热门课我都是抢先在网上注册。但竞争还是免不了的，比如各个博士专业的综合考试都很难，学生们各显神通去找旧考题。还听闻有中国女生献身于印度男生而得到旧考题的呢。"

宋雨林道："人家也可能是为了爱情而献身的啊。"

胡艳芳也笑了："Who knows？（谁又能知道呢？）"

钱乐道："好在我们计算机系没有中国人读博士，不用对付这一折磨人的综合考试。硕士毕业容易。"

陈大川说："上一学期实例告诉我，美国各个教授的风格、上课要求都不一样。对课程他们有完全的自主权。只有先了解教授们的特点，才能百战不殆。"

钱乐点头："是的，各校都是如此。有的教授要求非常严，有的要求非常松，学校不能随便解雇终身教授，这是为了保证学术自由。咱们系最麻烦的教授就是系主任老驴，最好说话的是奶牛。"

陈大川笑了："我怎么像进了动物园？"

钱乐一本正经的样子："外号都很科学啊，老驴的英文姓叫 Read，根据发音应该叫'睿'教授，但也像中文'驴'音，而他的个性更像犟驴，所以中国学生赠他雅号老驴。他对学生毫不留情，近乎是不合理的苛刻、变态地折磨学生、时不时发驴脾气，学生都怕他。奶牛的英文姓是 Koh，发音像英文的奶牛 cow，对学生，尤其是对中国学生非常宽松、友好。"

宋雨林补充道："奶牛是韩国人，会写几个汉字。他说自己的姓在汉语里是'高'。早期尽找中国学生的茬，后来中韩建交了，态度来了个 180 度大转变，对中国学生客气有加，手下留情。他有时会对中国学生搞个恶作剧，像个老顽童。但他有点瞧不起印度学生。"

钱乐又说："对中国学生最关心、最有帮助的当然是华裔教授张燃了。"

饭局快结束，钱乐询问陈大川愿不愿意住到宋雨林那里去，他那里是三个中国学生共享一个独立别墅屋，其中一人刚毕业离开，屋里留有必备的床和桌子。

钱乐说："雨林和另一个学生都是埋头读书的，不吵不闹。房东不住在一起，这也是个优点。一共三个卧室，一人一间。主卧室自带卫生间，稍贵点，现在是雨林住。另两个是普通卧室，每月七百刀，水电气全包，但两人共用一个卫生间，当然三个人共用厨房。"

宋雨林谦让着："如果你想要单独的卫生间，我也可以把主卧让给你。"

陈大川忙对宋雨林说："我哪有那么矫情，非住主卧？我想基本上就这么定了。住你那儿，不换主卧，换房间怎么着也麻烦。等会就去看看住处吧，以后还望雨林在学习上多多指点。"

钱乐说："这正是住他那儿的最大优点，雨林不仅成绩优秀，也乐于助人，跟着他你可学到不少知识。"

宋雨林对陈大川笑笑说："别那么客气，钱老大说过你是个好学之士，刚才一聊确实如此。我们还是共同提高吧。"

钱乐问胡艳芳："小美女呢？我可以利用权力帮你问问女生处有无空房间。你们一直没有确定到洛杉矶的准确日子，所以我没法提前帮你预订。实在不行可以在我那里将就一晚。"

胡艳芳说："谢谢老大，想得很周到。我爸在洛杉矶东区买了套房子，离学校远些。不过今晚我可以过去睡。"

那边桌上的三个华人有意无意听着这边说汉语。那儿子听到了"小美女"三个字，不禁又抬头看看这边。

妈妈听见钱乐介绍学校，不是一般地熟，就走了过来，对钱乐说："你们是洛杉矶大学的学生？"

钱乐客气地说："是的，看样子你孩子是新生？"

　　妈妈说："那太好了。我儿子是新生，叫李宇。你们可以认识一下，以后能够互相帮助。"

　　宋雨林介绍了："他叫钱乐，是学生会主席，专门负责帮助学生的。"

　　钱乐这才注意看了看李宇，觉得面熟。李宇也看着钱乐，他突然想起来了，说道："你就是冬天给宏图中介做宣讲的那个留学生？"

　　钱乐也想起来，李宇就是那个问飞机品牌的男生，调侃道："是啊。呵呵，看来我的宣讲卓有成效啊，有钱人都来了。中介肯定给我的酬金少了。"

　　几个人都笑了起来，李宇过来与钱乐互相交换了 QQ 号。

　　李宇变得客气了许多："到时候向您请教开飞机。"

　　钱乐："嗯，好说、好说。"

　　钱乐这桌吃完了。胡艳芳、陈大川说他们俩应该请客，钱乐连忙反对。几个人口角战斗了一番，最后还是按美国的规矩 AA 制了。美国刷信用卡方便，但小费还是留现金，放在桌上的好。钱乐打过工，说小费是留给服务员的，如果也刷卡，有可能被餐馆老板贪污。

　　走过李宇那桌，胡艳芳斜了李宇一眼："看来这位同学对车很有研究了。"

　　李宇看了看胡艳芳，感觉是遇到了知音："没错哦，各种高档车的性能我都了如指掌。"

　　胡艳芳："嗯，以后有机会再请教。"

　　出门他们走向各自的车。

　　胡艳芳的宝马车边停了辆刺眼的玛莎拉蒂车。

　　陈大川跟胡艳芳说："这车应该是他们的了。喂，他们可不是土老帽了吧。"

　　胡艳芳回嘴："那可不一定。"

　　餐厅内的李宇站起来透过窗户看了看，他评论的宝马车正是胡艳芳的坐骑。

陈大川住进了宋雨林的房子。

胡艳芳只在父亲买的豪宅里住了两晚上，她很快在网上寻了个学校近处的豪华公寓，搬了过去。美国是这样的，一个地区的安全、好坏完全取决于房价或房租的高低。这里不能有歧视，不能拒租给黑人或蓝领，只能靠租金高低来筛选房客。贵的公寓穷人、无业游民自然住不起，就安全、干净。有的族裔总体收入低，常常只能选择便宜的公寓。聪明的房产公司、房主宁可将房间空着也不降价出租，因为一旦降价就会引来收入低或素质低的人入住。周围的高收入房客会全数搬离，如此一来，小区所有的房子都要降价才能租出，又引来低收入的房客，形成恶性循环。一个高档小区一下子变成了差小区，所以小区的质变会很快。

像中国那样的高层公寓楼美国很少见，有的话那都是高档住宅了，不论是买还是租都是天价，有的公寓还只租不卖。当然这类住宅十分安全，进大楼的外人要出示证件，由保安通过内线电话与房主确认。有的大楼还规定必须由保安陪同走到房主门前，以确保这个外人不进别的门、不打扰他人。

中国新生陆续抵达洛杉矶大学，比上学期的新生又多了五十余人，学生会几个负责人忙得不可开交。他们安排老生接新生，人手不够，几个负责人只好自己多跑几趟。

钱乐这个热心人更是累坏了，走马灯似地往来学校与飞机场。但令他开心的是，白静要来了。半年前回中国，在留学中介那里钱乐认识了美丽的白静，在他的鼓动和帮助下，白静被洛杉矶大学录取了。

他当然亲自去机场接白静了。刚上路，手机响了。那边是宋雨林的声音："老大，你去照顾一下新来的戴春兰吧。"

钱乐说："喂，不是说好你去接她吗？"

"我当然接她了，那是昨天。今天我又带她去挑手机了。我先带她去了'全球通'那个店，她嫌小。又开了半个多小时车，去了

'世界通讯'。她挑来捡去，又是比价格，又是比款式，花了半天时间总算买好了。这不，她又嫌颜色不好，要我再带她去换。我可不愿意伺候了。我跟她说，我没时间，但可以帮她问问别人。怎么样，你有时间去帮她吗？可是个美女哦。"

钱乐说："不会吧？这也太极品了。我正去机场接人呢，很遗憾没机会见识美女啦，让她自己想办法坐公交车去吧。或者让她等等，iPhone 5 就要出来了，颜色更多。"

钱乐接到了满脸倦容的白静，白静要按照学生会的网站说明给钱乐汽油钱，钱乐说啥也不收。

白静说："我还要麻烦你帮我找个住处呢，要这样以后都不敢让你帮忙啦。"

钱乐嘻嘻笑道："钱我是不会收的，敢不敢、愿不愿让我帮忙是你的自由。到了美国，你能体会到最大的好处是自觉自愿。"

白静感激道："多亏你的帮助，我才能申请到洛杉矶大学。实际上我已经过了申请截止日期了。"

钱乐说："别客气，老生总有些优势的嘛。看上去你并不开心呢，是旅途太累了？"

白静能感觉到钱乐粗中有细，就解释道："倒也不是。这次出国，花了家里不少的钱，我是在想着如何省钱呢。听说住房是大头，我要麻烦你帮我找个最便宜的住处。"

"这便宜的地方倒是有，但不安全呢。你刚来又没车，晚上不论走路还是骑车，都不安全。"

"那白天呢？是否安全？"

"白天当然安全啦，基本上没事。美国的商品，包括房子，是一分价钱一分货。安静、干净、安全、大小决定了房租。中国学生现在多数住在学校东边，当地居民以白人或亚洲裔为主，是好区。所以我们学生或与他们为邻，或与他们合住，很安全。西边是便宜的旧住宅区，以老黑和老墨为主，不太安全。"

白静不解地问："什么是老墨？"

钱乐解释：“呵呵，就是墨西哥人啊。美国墨西哥人很多，说西班牙语。他们头脑简单，非法移民不在少数。但大多还算善良、乐观。愿意干辛苦而简单的活，除草、清洁。我们华人又称他们为‘劳模’。”

白静笑了起来。

钱乐又说：“不像当年了，现在来的中国学生不差钱，很少有人住西边。”

“那边的房租如何？”

“总比东边要便宜二百吧。”

“人民币？”

钱乐眉头一皱：“拜托，怎么新来的人总是要以人民币为单位？你都人在美国了，大家所说的数字以美元计算，OK？”

钱乐一急，冒出来了英语 OK。

还是和新来的学生一样，白静又开始在心里把美元换算成人民币。一算二百美元差不多是一千三人民币。想到每月会省下一千三，她央求钱乐带她看看西边的房子。

钱乐说：“啊哟，美女和美女还就是不一样啊。”

白静一愣：“什么？”

钱乐本来想说胡艳芳只选豪华级公寓，但又怕刺激了白静，就把后面的话生生咽了下去：“哦，没什么。咱们明早去看房，今天晚了。”

这夜，白静住在钱乐处。钱乐是两室一厅的房子，他和另一个男生合住。

钱乐提前已把自己的卧室收拾得干干净净，让白静住了进去，自己在客厅过夜。

天亮后，钱乐带着白静去西边居民区看看环境。白静注意到这里的确不干净，房子旧，路上有些小垃圾。

钱乐说：“有些黑人卫生习惯差，随地乱扔东西。你瞧，这哪像是在美国？”

钱乐在车内撇了下嘴。

白静看到一个黑人妇女，边走边拨开一颗口香糖。糖是扔进嘴里，包装纸却扔在了马路上。但想到能省钱，白静还是想在这里找找房子看。

两人回家又上了几个网站，找便宜的住处。最后他们选定了个墨西哥裔的家庭，离校园有十五分钟行走路程。实地看了房子，白静觉得房东挺友善的，房子也还算是干净，而且旁边有个小便利店。

钱乐帮助她放下行李，简单收拾了一下就走了。临走时钱乐再三叮嘱，晚上一个人不能太晚走回家。

计算机系新生戴春兰住在华人老张家。老张的职业是开大卡车，经常跑长途不在家。他有个上高中的女儿，所以希望招个女生房客。老张招呼着女儿张燕萍出来与戴春兰认识，戴春兰看到张燕萍正在自己的卧室里抹口红。

张燕萍今天恶心了好一阵。她们学校洗手间里有镜子，女生们，包括她自己，在孤芳自赏之余会把嘴上的口红顺势印上去，镜子上留下了许多不同形状的红嘴唇，形成独特一景。学校放学后清洁工擦干净了，第二天镜子上很快又印上新口红。今天女校长很生气，把女学生分成几批带进洗手间。

校长说："我也不要你们承认是谁干的，只是想请你们看看，清洁工清洗掉这些口红是何等不易。"

女清洁工拿刷子蘸着马桶里的水一遍遍擦洗镜子上干了的口红。女生们全感到了恶心，没想到这清洁工是用马桶水清洗而不是龙头水。校长和清洁工一直在忍住笑，默契配合，完成了这一"清洁示范"。

张燕萍出来与戴春兰打了招呼，互报了姓名，算是认识了。

洛杉矶大学中国学生 QQ 群里流传着新生中的两大亮点。

远　行

一个是国内男生请大家帮助寻找戴春兰，她的英文名戴茜（Daisy）。说自从她离开中国后，就失联了——这是个时髦的名词。

钱乐在 QQ 上毫不客气地留言：失联还是失恋？是你夫人还是女友？夫人也可以随时 bye bye（分手）。

另一个亮点就是新生中的豪车。

QQ（难忘故土）：谁见过学校里还有比玛莎拉蒂更好的车？如果没有，那新来的学生李宇就是车王了。

QQ（跨海占美国）：给中国学生争光啊，过去外国学生中一个非洲酋长的儿子最牛，整天牛哄哄的，说他们家光大象就有 10 头，应该把老外比下去。

QQ（难忘故土）：好像这李同学的家长是房地产开发商。

QQ（小歇）：嗯，应该不奇怪，现在有钱的也就是房地产开发商或山西煤老板。

……

胡艳芳看到"车王"称号，气就不打一处来，自语道："小子会在美国开车嘛，刚来就这么嚣张！"

她立刻打了电话给陈大川："喂，你不是要买车嘛？我的车就便宜卖给你了。"

陈大川说："你有没有搞错啊，我这样的土老帽只能买得起你的一个车轱辘。"

胡艳芳"讨价还价"道："我可以五千卖你的。"

"哎哟，怎么啦美女，和自己的爱车过不去？我还是买不起，我的预算只有两千呢。"

　　"得啦，真是麻烦，你在网上再找找吧，发现合适的我就带你去看车。"

　　胡艳芳本想卖旧车，再买新车。但也担心老爸不让她买高档新车，就又打主意与老爸二奶卢雁换车。她与卢雁接触不多，而且心里与这个二奶还有点抵触。

　　她小心试探着打电话："卢姐，能不能与你换车开几天？我有点社交活动。"

　　电话那头的卢雁大方地说："哦，没事，你拿去开好了，时间长也没关系。我最近在准备复习上学呢，很少用车。"

　　胡艳芳没想到卢雁那么好说话，一阵狂喜，立马开着宝马车换回了保时捷。

　　开学了，同学们都忙着选课、试课。洛杉矶大学对选课日期有着严格地规定：开学两周内可以自由退课（drop），成绩单上不会留下任何记录，学费全退。开学五周内也可以退课，但必须有适当的理由，由任课老师批准，成绩单上有退课记录（quit）。五周后就不能退课了。

　　开学后不久，按照惯例，中国学生会组织了一场迎新生兼贺中秋活动。钱乐总能拉到赞助商，准备些月饼等点心、饮料，邀请全体新生参加，当然老生也可以自由参加。计算机系的华人教授张燃、校方代表也应邀出席。

　　学生们三三两两，有的步行，有的骑自行车，有的开车或搭同学车来到小礼堂。

　　胡艳芳故意把自己的保时捷停到李宇的玛莎拉蒂旁边。

　　迎新会由学生会主席钱乐主持，他先发言："我叫钱乐，因为在美国多吃了几年汉堡，大家就尊称我老大。"

　　大家哄笑了。

　　钱乐接着道："预祝同学们新学期学习进步、中秋快乐。下面先请学校的国际学生办公室主任凯瑟琳女士讲话。"

大家鼓了掌。

有新生从一纸盒中取出一听可乐递给凯瑟琳，她有点犹豫。

钱乐赶忙说："这就不酷了，这酷字就来自英语'冷'cool。在任何季节美国人是不喝常温的可乐，只喝酷的可乐。所以一定要加冰块或从冰箱里拿出。记住美国的两个凡是：英语里凡是有 cool，'酷'的词，都是好词；凡是带'热'hot 的词，都是坏词。在热水里，in hot water，是个成语，表示遇到了麻烦。"

他从旁边冰盒的冰堆里取出一听可乐递了过去，接着说："你们女生生孩子可别忘了对护士说'不加冰'，否则她们给你们产后的第一杯饮料也是加一半冰的。"

女学生们笑了起来。

陈大川对边上的胡艳芳说："能想像吗？冰箱发明前，美国人如何喝饮料？"

凯瑟琳谢了钱乐："Thank you。"

她转过头来，面向学生发了言："欢迎来到洛杉矶大学。我们有着招收中国学生的良好传统。据统计中国学生来美国留学的，连续四年以 20% 的速度增长，而我们学校这学期的新生增加了 30%，还不包括从美国别的大学转学过来的。这说明我们学校良好的学习环境、多元化文化氛围吸引了中国学生。以往大多数中国学生都能勤奋学习，我们为你们的学业水平感到自豪，为有更多的中国学生加入感到骄傲。希望你们能很快地适应这里的学习和生活，取得学业、学术上的进步。如果你们有任何疑问和困难，不要犹豫，直接找我或办公室的任何一个职员。"

她简短的讲话一结束，又响起一阵掌声。

钱乐接着用汉语说："尽量不要找他们，因为需要找他们时多半没好事，是遇到麻烦了。"

大家哄笑声。

钱乐继续用汉语说道："新生到校，可以说想知道的事太多了。我今天只能讲最重要的，别的情况，大家以后慢慢了解吧。安全，我们学生会认为这是最重要的。你的学习成绩、你的豪车？相比之下，实在太微不足道。"

他喝了口可乐："大家放松，别那么紧张。吃月饼吧，边吃边听我说。这里没有国内军训时那样的训话，大家可以随时提问。"

新生又一阵笑声。

钱乐说："首先是治安。校园内是比较安全的，校警与治安员不停在巡逻。但也要提高警惕，有情况及时在报警柱按铃报警或打手机。晚上校园巴士停驶后，同样可以在报警柱按铃呼叫治安员，他们会开高尔夫球车送你们回到学校宿舍或校门口。"

讲到这里他顿了下："有两点特别重要，是针对我们华人的坏习惯。一是普通场所不要穿金戴银，二是不要在屋内、车内放大量现金。记住，预防犯罪永远比犯罪后惩罚更重要、更有意义。晚上走路回家要提高警惕，防止被陌生人跟踪。如果与黑人兄弟狭路相逢，建议礼貌地点头微笑，或主动打招呼说声 Hi。出门身上带 10 美元现金，碰到抢钱的就给他，破财消灾。"

有新生提问："为什么要对黑人微笑？"

钱乐不愿讲得太具体："有些黑人自尊心较强，所以对他们微笑可以增加友好气氛，化解敌对情绪，表示瞧得起他们。暴力行为并不都是因为钱，很多时候就是因为看着不顺眼。当然，我说的是突然狭路相逢，不要故意躲避，躲也躲不过。如果是远远看到有不善之人，当然要绕路走了。大家晚自习回家尽量结伴而行，如果不介意校内停车费，就开车来校，保平安。我们中国留学生有几个被抢劫过的例子，有一个女学生失踪快一年了还没有线索。那个女生喜欢独来独往，不太合群。所以希望大家别太孤单，出远门要和好友说一声。"

白静举了下手："买枪自卫如何？"

学生们一阵骚动，没料到女生会提这样的问题。

钱乐呵呵一笑，明知故问："这是个很好的问题，请问你是要买真枪，还是辣椒枪？"

白静说："当然是真枪了。"

钱乐回答："买真手枪不难，一百来美元。去枪店买是合法的，先要登记，背景调查合格后就可以拿到枪，去二手市场买更方便。但加州对携枪有很多限制，现在枪枝基本上只能放在家里或旅店屋内了。转运途中，枪只能放在车的后备箱，而且放在特制的盒子里，子弹夹必须与枪体分开。我们校园内是禁止带枪的，所以我觉得你买个辣椒水枪比较现实。"

新生们哄笑了起来。

钱乐又告诉大家："美国法律很多，也非常非常细，各州还不同。如我们州不许在室外晾晒衣服，大家都用烘干机。那么多的法律，新生肯定一时弄不清，一不小心就会违法。所以新生还需多请教，切忌把国内的坏习惯带来。"

钱乐接着介绍了学生会副主席宋雨林，请他发言。

宋雨林说："我来说另一种安全——交通安全。美国车祸猛于枪击，也就是说每年死于车祸的人数大于枪击。尽管美国的交通规则很明确，尽管绝大多数人都自觉遵守交规，但车祸还是第一杀手。开车出车祸有三大原因：第一，犯困。与国内驾车情况不同，这里主要是防止打瞌睡。美国高速公路路况好，当车匀速跑着直线时，特别单调。每个假期我校中国学生出游都有车祸，几乎全是司机打瞌睡的原因，所以跑长途副驾驶位上的人一定要与司机聊天。第二，追尾。要与前车保持距离。超点速并不可怕，怕就怕距离太短刹不住车。第三，换道。后视镜都有死角，换车道时一定要确保侧面无车。骑自行车的安全事项：要按规定戴头盔，晚上要有闪烁灯，最好穿上能反光的黄马甲。有的汽车道是不许骑车的，要看清楚路标。"

老生发言结束了，新生自由提问。

有新生问："不用现金，刷卡安全吗？"

钱乐答："刷卡要安全得多。美国有两种卡：信用卡 Credit Card，与借记卡 Debit Card。商场收银员会问你 'Credit or Debit'。

信用卡是先花发卡公司的钱，刷卡后签个字就行，理应核对身份证件，但许多商店对小额购物都免看了。"

那新生问："那别人捡到卡，模仿签名我岂不是倒霉？"

钱乐："呵呵，这不该是你操心的，我马上要讲到，这是商店或信用卡公司操心的事。他们会监督卡的使用情况，一旦发现可疑刷卡行为，会马上打电话给持卡人或停卡——因为所有损失由卡公司负责。如果你每月按时还信用卡钱，就不用付利息，还可以积累个人信用。借记卡就是储蓄卡，刷的是你自己的钱，刷卡前就需要输入密码了。这两种卡都安全，即便是你自己不小心弄丢卡或卡被盗，都不需要你赔钱，前提是你三十天内必须报案。信用卡每个月要结账，自然会看账单，借记卡要自己记得每个月查看余额。通过刷卡美国早在有互联网之前就实现了无现金。用信用卡还有一个好处：可以赖账，就是申请破产。所欠债务一笔勾销，不用还了。呵呵，当然我们不希望看到有人破产。"

新生提问差不多了，大家开始自由交谈，互相认识着。

老生邢海洋和王晨光混在人群中边吃边听。他们是住在一起的屋友，都学计算机专业。但邢海洋是全职学生，而王晨光是业余的，他在迪士尼公司做会计工作。美国政府为鼓励学习，凡是学与自己工种不相关的课程，学费、书本费等都可以用来抵消一部分工资所得税。王晨光学计算机每年就可以少交五千美元左右的税，他可以用这五千美元交学费或买笔记本电脑等学习用品。当然如果学与自己工种相关的课程，费用不能抵税，因为工作单位理当支付这类培训费用。王晨光正是利用这一免税政策学电脑的，他在为以后跳槽换工作做准备。

今天，他俩结伴来迎新会的目的不像只是品尝月饼。这不，他们被戴春兰吸引了，找个机会挤过去与她攀谈。

邢海洋问："请问你是哪个系的？"

戴春兰答："计算机。"

王晨光说："哦，很巧。我们都是同一个专业的。"

戴春兰热情地说："我叫戴春兰，英文名戴茜 Daisy。"

邢海洋夸她："好哦，英文名都取好啦，很有前瞻性。"

戴春兰说："不取不行啊，我在国内与外教自我介绍时就吓到他了。姓戴，跟英语'死'die 是同音，他以为我姓死呢。"

王晨光与邢海洋都笑了起来。

邢海洋说："我叫邢海洋。姓的拼音就是 Xing，不用另取英文名，满大街都是我的姓。"

看到戴春兰有点纳闷，旁边的王晨光解释了："美国很多路口都有'Xing'的牌子，表示有行人横穿马路。代表 X-ing, crossing。"

两男生以学长的姿态对戴春兰问寒问暖。他们很快知道了戴春兰家具不全，尤其缺个台灯。两人暗记在心。

这时，大家听到了著名的大款新生李宇的嗓门，带着讥讽的口吻："都说洛杉矶是大都市，什么地方啊？真是乡下，全是平房，还是木头做的，嘻，看上去整个就是一玩具。"

他旁边一个斯斯文文、戴着眼镜的瘦高个不屑一顾地说："你知道什么是地震吗？"

李宇有点不解地看了下那个新生，怎么会有如此奇怪的问题："怎么啦，谁不知道地震？自然灾害，容易死人嘛。"

瘦高个就更不屑一顾了："地震本身不会死人，并不可怕。"

李宇咧咧嘴，嘲笑开了："哎，新鲜啦，地震本身不死人？"

瘦高个说："你幼稚吗？对什么都感到新鲜。那你仔细想想，地震怎样把人震死的？把人骨头震断了，还是把五脏六腑震烂了？我是宁华大学建筑系毕业的，可以开导你一下。地震中死去的人很少是自然原因，不是自然灾害，而是人为原因，是被人害死的，被人盖的建筑砸死的。换句话说，地震一点都不可怕，可怕的是人类自己盖的房子。那不是安乐窝，而是活棺材。"

李宇被名校镇住了，稍微敬意了下："哦，名牌大学，厉害。你是说这里的木房子抗震？"

瘦高个说："对，只要人类盖真正的房子，而不是给自己盖棺材，地震的损害就很小。举个例子，如果我们都住蒙古包，谁还怕几级地震？木质矮房不易砸死人，故而容易达到抗震标准。如果要建混凝土的楼房，抗震标准要高许多，建筑成本高许多。美国的建筑法规就是这样，宁可不建，也不滥建，人的生命安全第一。何况洛杉矶还是在两个大地震带上。市中心的高楼，都是钢梁结构，真正能抗里氏七级以上地震。这个里氏就在这里呢，附近加州理工的里克特教授，是他和古腾堡制定了震级标准。"

李宇说："行，有道理。我叫李宇，MBA 专业。你呢？"

瘦高个鄙视的脸色缓和了些："高则仕，从达特斯学院转过来学计算机的。"

钱乐与白静坐在一起聊着，见到陈大川，向她介绍说："介绍一下，这是我的好友陈大川。刚转来计算机系，和你是同乡呢。"

白静觉得名字耳熟："陈大川？你好，是湖明县的？"

陈大川说："是的，你也是？"

白静说："是的呢。"

她突然高兴地说："我想起来了，你是不是我们县著名的陈家三兄弟？高考状元。"

陈大川笑了一下："三个理科县第一不假，但状元不敢妄称。旧时科举往往是三年一考，现在高考可是每年都有。状元可比高考第一难度大了三倍，再算上文理分科，难度大六倍，呵呵。"

白静对钱乐说："你的好友牛人多啊。陈家家境不好，但三兄弟努力学习。各自成为当年的高考状元，成为我们县的佳话。我中学老师经常提起他们，要同学们向三兄弟学习。"

她又调皮地对陈大川说："在国内没能向真人学习，在美国就让我膜拜吧。"

陈大川赶紧一摆手："不敢当，你太客气了。"

白静看着陈大川年龄有些大，就说："我以后叫你陈大哥吧。"

　　散会了，开车来的人都走回停车场。李宇发现一辆保时捷停在自己车边上。对车了如指掌的他知道保时捷牌子不如玛莎拉蒂响，但这款保时捷售价却高于自己的玛莎拉蒂。他有点郁闷了，等着看车主。

　　胡艳芳走了过来，拉开保时捷的车门。

　　李宇问："是你的呀，换了车？"

　　胡艳芳说："是啊，那辆不是款式旧了吗？"

　　李宇想起那天自己在餐馆里说的话："哈哈，你还记得我那天的臭嘴。嗯，有眼光，买了辆好车。不知美眉车技如何？"

　　胡艳芳说："一般般啦，也就在美国开了两年车。刚跑了个长途，从得克萨斯开过来。"

　　李宇说："哦，和我差不多的年头。是不是美国路况好，反而练不出水平？什么时候让我领教一下美眉的车技？"

　　胡艳芳斜了他一眼："哦？你是想比试比试？"

　　李宇说："不敢，只想切磋一下。"

　　胡艳芳一笑："好啊，你打算何时切磋？"

　　李宇挑战了："择日不如撞日，就现在，如何？"

　　胡艳芳说："行，就现在。按照你熟悉的路段输入目的地。"

　　胡艳芳是指在车载 GPS 里输入地址。

　　两辆车在路上一阵狂飙，结果胡艳芳轻松领先到达。

　　李宇没下车，在车里用手机对胡艳芳说："是我小瞧了美眉。"

　　胡艳芳很随意地说："承让、承让。"

　　李宇说："但一次比赛说明不了问题，我们以后再决高下。"

　　胡艳芳回他："哦？在这事上你还挺较真？瞧这差距你一时半时也赶不上啊，你还是多练练再来比吧。"

　　李宇不服地说："好！一言为定。"

　　白静刚安顿好，钱乐就主动开车带她去买日用品、米油盐肉菜，而且第一次就带她去了最大的华人区。看到这么多的中国人和中餐馆，到处都是汉字，真像回到了国内。

　　白静有点激动地说："这就是中国城吗？"

　　钱乐笑了："国内人只知道中国城。其实中国城的华人没这里多，中餐馆也不如这里好。这个城市叫圣盖博（San Gabriel），巴顿的家乡。你刚一落脚，我就带你来了美国最大的华人区——圣盖博山谷地区。这由圣盖博、阿罕布拉、蒙特利公园等好几个城市组成。"

　　白静："谁是巴顿？我知道有巴金。"

　　钱乐大笑："巴顿和巴金是一武一文的双胞胎。"

　　"你能不能严肃点，我就没听说巴金是双胞胎。"

　　钱乐自己笑着不停："哎呦，严肃不起来，笑神经失调了。呵呵，巴顿将军啊，唉，你们女孩子真不懂，是二战时美军的著名将领，极具争议而富有传奇色彩的军事家、战神。进西点军校的第一年就因数学成绩差而留级，后来有点改进，但学习成绩一直平平。他的擅长点是军事训练。他曾代表军队参加 1912 年的夏季奥运会现代五项，因裁判原因错失奖牌。誓言再闯奥运，也成功入围下一届奥运会，但那届奥运由于第一次世界大战爆发而取消了。他因救过溺水儿童而得过银质奖章，也因打士兵耳光而遭停职。他指挥的是陆军、装甲部队，却拥有飞行执照，在天上指挥训练。他坚信自己是古代武士，穿越到了近代。凭着军事指挥天赋，他横扫纳粹德军。仅二战后期他指挥的第三集团军三十万人就杀死杀伤德军十五万，自己的伤亡只是对方的十分之一。另外还俘虏了德军一百二十五万。"

　　白静敬佩地说："那真了不起，真正是以一当十。"

　　钱乐同意："全凭指挥得当啊，才会有如此战果，才会被德军视为最强对手。打完德军他要求来中国加入对日作战，但日本投降了。胜利后他却因大嘴巴，在纳粹问题上的不当政治言论而被解职。

解职后不久就因车祸遇难，因此车祸原因就有了阴谋论说法。就连他过世二十多年后拍的电影《巴顿将军》，也再现传奇，斩获七项奥斯卡大奖，含最佳影片奖。"

白静道："关键词——悲情人物、有血有肉。"

白静在华人超市里看到什么国货都有，而且价格很便宜，一口气几乎买全了日常用品。

钱乐说："食物就不要买太多了，你们那住的人多，冰箱会很挤的。反正我每周会来一次，可以带你过来。"

计算机系系主任老驴（Dr. Read）这一学期有门必修课。因为绕不过去，所以许多学生都选了。老驴高高大大，约五十的年龄。金黄稍白的头发始终是蓬松混乱的，五官分明，看得出他年轻时是个帅哥。但知道他底细的学生传言，他的家庭生活并不幸福，有个瞎眼的妻子。

第一节课，他心情不错，还露出点微笑，但不太自然，让人感到是笑里藏刀："这门课总成绩中平时作业（home work）、课程项目（project）占 1/4，四次小测验（quiz）占 1/4，期中考试（mid-term）、期末考试（final）各占 1/4。具体细则你们自己上网看大纲。"

他咳嗽了声，清清嗓子："凡是交上来的作业有相同的，我也不问是谁抄谁，一律不及格。如果作业是编程，我会抽查，让学生运行给我看。"

学生们都明白，如果是选修课不及格，尚可换修其他课程。但如果是必修课不及格，那就只有重修了，除非学生放弃文凭。

美国研究生是不分年级的，而是在导师指导下自由选课，修完规定的课程就可以毕业。没上过计算机本科课程的学生对研究生课程太陌生了，计算机系要求这些学生补五门本科的核心课，但这些核心课的开设顺序并非都先于硕士课程。为尽快毕业，改专业过来的学生在补本科课程的同时跳着学研究生课程，以致于很多中国学生上课像听天书。几节课下来，他们都感到一头雾水，十分吃力。陈大川也感到比上学期的安德鲁的课还要难学。

令陈大川欣慰的，同屋的宋雨林是高手，也乐于助人。从开学选课开始，宋雨林就建议陈大川尽量选与自己相同的课程，以便帮他。陈大川总能得到宋雨林现在和过去的作业、程序，但总不能一模一样地交上去吧。他自己连改都不会改，不知如何下手，还得求助于宋雨林的指导。

陈大川的另一个屋友也是华人，叫何明理，来自中国台湾。何明理说父母起名时想要他明白事理，但中国学生都叫他"和稀泥"，因为他是个嘻嘻哈哈的好好先生，很好相处，学习成绩也不错。唯一让陈大川不习惯的是他的台湾普通话。发音、词意与大陆不完全相同。如台湾叫的"房车"是指普通的小私家车。陈大川想他们大概是指能开进房子的车（美国独立屋都带车库，车子直接开进屋）。打印机他们叫"印表机"，计算机软件、硬件，他们叫软体、硬体。某人某事让人感到很"温馨"，他们叫"窝心"。而窝心在大陆是窝囊、窝火的意思。发音也有不同，常用字"和"他们发音成"汗"。"我和你……"就成了"我汗你……"。"曝光"他们发音成"瀑光"。"徘徊"发音成"排回"。弄得美国人学汉语也跟着学如此发音，所以一听就知道这个美国人的汉语老师是中国大陆来的，还是中国台湾来的。人名地名翻译也不同，老总统布什，他们叫布希。硅谷，台湾叫的是"矽谷"。最牛的是何明理使用繁体字。

何明理说："繁体字是祖宗留下的传统，是我们完整继承了中华文化就对了。"

他们的常用口头语"……就对了"，经常加在句尾。

宋雨林笑着抬扛："最早是用篆体呢，你写吗？况且中国古时的行书、草书中就有了简体字。"

陈大川也说："就是啊，用简体字可以提高效率啊。别的不说，就是台湾两字，繁体字'臺灣'要多写多少笔画？认、读还行，写呢？如何记得住笔画？想不写错都难。难怪老美一看这两个繁体字就吓得不敢学了，改学简体字。"

何明理嘻嘻哈哈着："你们说的也有点道理就对了。"

Tips

1 很有用的洛杉矶衣食住行中文网——洛杉矶华人资讯网，初到美国上学找房子找工作认识新朋友，帮助新移民摆脱无助感；在纽约、旧金山、西雅图等许多城市都有姊妹网站。

洛杉矶 www.chineseInLA.com，点击右上栏的"洛杉矶"城市名，可以显示、链接到美、加、澳的其他华人居住大都市，均为"华人资讯网"。

也可以直接输入网址，如：

旧金山湾区（含硅谷）www.chineseInSFbay.com

纽约 www.NYchinaRen.com

休斯顿 www.chineseInHouston.com

2 客户把钱存入美国银行时会受到询问与监督，以保证黑钱不进入银行。客户取钱则不受任何限制，而且在银行里的存款受法律保护，防丢失是银行的事。不论何种原因丢失了钱（如银行卡遗失、被盗刷），只要不是客户本人操作，都由银行负责赔偿，但客户必须在30天内报案，信用卡也是如此。信用卡不一定是银行发行，客户刷的是发卡公司的钱，然后每月还钱。如果按时还款，客户不用付利息，但一旦未全额还款，利息会高得惊人。

第 7 章　美国教授

陈大川赶到教室上韩国人奶牛教授（Dr. Koh）的课。

课前老生邢海洋在给围着他的几个中国新生解释着计算机术语："context 一词是上下文啊。计算机语言简洁，是为了让人少打几个字，但也造成了一词多意。究竟是何意思要看这个词使用的上下环境，也就是上下文了。汉语里也有类似啊。像凤字，在'凤凰'一词中，凤是雄性的。但到了'龙凤'一词中，它又变成了雌性。不同的上下文环境，有可能是完全相反的意思。"

邢海洋开玩笑地问一个中国女生："我说得对吧，李凤。"

李凤是一个从阿肯色州转学来的新生："完全对，说得太有道理了。"

奶牛教授夹着讲稿，踱着步进了教室。第一次见到奶牛时新生们差点笑出声来，因为与外号完全相反，他是瘦瘦的矮个子。今天，他本笑容可掬地进来，突然看到黑板上有上节课留下的粉笔板书，就皱了皱眉头。他先犹豫了一下，然后走到隔壁教室，做出小孩鬼脸，探头看看，没人上课。

他回头对学生们说："我们换个教室上课吧。"

刚来美国的新生还不清楚缘由，陈大川知道美国的规矩是自己弄脏自己清理。不光是租房搬离时要打扫干净，教授下课也要自己擦干净黑板，更不能让学生为老师擦黑板。上节课的教授可能是太匆忙，居然犯了大忌。奶牛肯定是因为这点而不满，他不愿意自己动手擦别人的黑板，就索性换了个教室。

接着他开始点名了，这也是常规。不少老师会抽查性的课前点名，以保证学生出勤率，没来的学生会扣平时分。点完名奶牛才开始上课，他一会仰着头，一会半闭着眼，来回踱着步，沉浸在自己的思路中。当他信步走近第一排桌前时，突然闻到一点酸臭味。他睁开了眼，确信是高则仕身上发出的。

高则仕是最早吸引奶牛眼球的新生，他总是坐在第一排，在征得奶牛同意后开始用一个小型数码录音机录音。其实高则仕已经来美国几年，英语不错。但奶牛的韩国口音英语实在难懂，他不得不用录音机录下，回家反复听。一般的学生都将就了，听懂多少算多少，大不了回去后自己看书或向高手请教。高则仕还与奶牛攀亲，说他们两百年前是一家，同姓高。

钱乐这时突然闹肚子。他本来就玩世不恭，看看这节课快结束了，奶牛在背着学生写黑板，也就不打招呼了，开了后门溜出去上厕所。奶牛很机敏，发现有人逃课了。

他狡狯地一笑，又拿起学生名册："我们再来点个名吧。"

点到后来，少了钱乐，他说："我要双倍扣除他的平时分。"

下课了，奶牛最后在黑板上写了几个汉字："勤奋 干净。"炫耀一下他的汉学功底。

他走到高则仕身边做严肃状说："你要洗洗澡、换衣服，否则下次课不许进教室。"

说完，他擦干净黑板，离开了教室。

陈大川在教室外找到钱乐，关切地说："嗨，老大，奶牛快下课时又点名了。查出你跑了。"

钱乐说："哎呀，我闹肚子了，内急。"

陈大川劝他："那你去跟他解释一下吧，他要加倍扣你平时分那。"

钱乐打着哈哈："奶牛不会的，他对中国学生只是说说而已，防止大家都来逃课。"

钱乐嘴上如斯说，心终究放不下。既然被奶牛查出来了，还是去认个错吧。

他小心翼翼地敲门，进了奶牛的办公室。

奶牛面无表情，明知故问："你有事吗？"

"高教授，我刚才肚子痛，忍不住就上洗手间了。"

奶牛瘦脸拉得挺长："那你为何不请假，说一声？"

"对不起，我看看快下课了，就先走一步了。"

"哦，你知道我要如何处罚你？"

钱乐做痛苦状："别啊，我不是知道错了嘛？向你道歉。这样如何，我告诉你一个好的下围棋网站吧。"

奶牛眼睛亮了一下，却作无动于衷状："什么网站？"

他是围棋高手，酷爱围棋，但苦于平时没什么对手。

钱乐赶忙讨好："哦，非同一般的网站，有许多围棋高手的。"

奶牛说："好吧，如果的确是个很好的网站，我就饶了你这一次。"

钱乐忙不迭地把网站地址写下递给奶牛。

奶牛说："好啦，等会我还有课，先这样吧。你们那个姓高的同学，为啥那么脏？"

钱乐答："哟，他可是我们中国数一数二的名牌大学宁华毕业的。他的使命是要为宁华争光，学习起来那可是个不要命，我知道他根本没时间洗澡、洗衣服。"

奶牛说："我已经要求他洗澡、换衣服了。如果不洗，就不许来上我的课。"

钱乐巴结道："那他肯定会听你的话。"

下一次奶牛上课了，高则仕穿着干干净净、但有点不合身的衣服进了教室。不过他这次没坐第一排，而是坐到了第三排。

中国学生与他打趣："哟，洗得干干净净，不错啊。"

高则仕一脸正色："我们宁华的学生，不应该把时间花在洗衣服上，而是要花在学习、研究上。"

李凤反问："那你不是洗干净衣服了吗？"

高则仕说："没洗，我是路过商店，顺手买了件新衣穿上的。"

大家又哄笑了。李凤又说："亏好你不在阿肯色州。我们那里有法律，三个月之内必须要洗一次澡。"

高则仕答："那我也没超过三个月啊。"

有位学生问："你夫人不帮你洗衣服？"

高则仕又答："她回国了。在这里我要上课，下了课也是在里屋看书编程，没时间聊天。她就自己在客厅里上网，觉得没意思就回国了。"

那位同学打趣道："你对夫人不错啊，比我强多了。我夫人一来美国，就被我赶到餐馆打工了。"

李凤又说："我一在达特斯学院的老同学给我发了QQ，说他们学校的著名肌肉男转来学计算机了。从达特斯过来的，就你一个人吧？"

高则仕瞥了她一眼，不屑地说道："肌肉男就是我。"

李凤看看文质彬彬、瘦瘦弱弱的高则仕乐了："你这样苗条，哪里有肌肉啊？我不信。你说说你的QQ名片。"

高则仕说："Pi与Pie不能兼得。"

Pi是圆周率π，代表着科学。Pie是派，一种食物，代表着世俗享乐。两个词的发音恰巧一样。

李凤一愣："还真是你了。"

高则仕道："有啥奇怪的？谐音都不知道。'肌肉'是指家禽'鸡肉'。我过去为方便省事，创了达特斯学院连吃鸡腿的纪录。"

"哈哈……"中国学生们又是一阵大笑。

李凤揶揄道："可惜你尚未超过牛顿啊。"

高则仕则认真地说："牛顿是因为站在了巨人的肩膀上，而我只站在了矮个子的肩膀上。"

美国教授

　　坐在边上的几个印度学生看到中国学生笑得那么开心，立马用英语问是怎么回事。不同于中国学生，印度学生一直都在说英语，即便是几个印度人之间闲聊，也说英语。而中国学生在一起私聊，都说汉语。

　　钱乐就用英语把高则仕挤时间学习的故事解说了一遍。

　　印度学生哈桑说："真不可思议。难怪我国内大学的印度老师说，'你们千万不要低估了中国的发展速度，如果我们不努力进取，再过五年中国就会赶上印度的。'"

　　听到这番话，全部中国学生都笑了，而且笑声更大。

　　李凤："笑话，我们啥时落在你们后面？"

　　哈桑："全世界都在用我们发明的阿拉伯数字，你们不用？难道我们科技不领先？"

　　李凤："那我们还曾是世界老大呢。"

　　几个印度学生愣了下，也说不清楚究竟谁领先谁落后。

　　还是哈桑反应快："印度、中国谁先进谁落后就算是不好说吧，但中国啥时是世界老大？你们啥时才知道地球是圆的？"

　　这会李凤愣住了，她是看 QQ 评论上的某些网友得出曾是世界老大的结论，但一细想唐宋鼎盛时期的确还不知道地球是圆的。

　　高则仕悄悄用汉语对李凤说："地球是圆的、地球绕太阳转，都是明末清初洋人来告诉我们的。那也是他们在烧死了几个学者后才接受的真理。"

　　哈桑又发问："如果连地球是圆的都不知道，就不知道何为全世界，不知道世界有多少个国家，何来老大之说？就像我们能不能说地球人是宇宙老大呢？可笑。葡萄牙的麦哲伦率船队最早实现环球航行，验证了地球是圆的。葡萄牙的势力范围跨洋越洲，可以说曾是世界老大。日不落的大英帝国可以算第二个世界老大。"

　　李凤白了哈桑一眼："是啊，那是你们的宗主国。"

　　高则仕提高点嗓门，用英语辩论："你说的不准确。麦哲伦是葡萄牙人，但他是为西班牙效劳的，环球的船队也是西班牙的。"

他改用汉语对中国学生说："葡萄牙、西班牙这两颗'牙'早年可是磕碰了好一阵子。"

高则仕改回英语说："世界尚未探明，地球还不知道长得是啥样，他们两国已经通过条约瓜分了世界，才是荒唐可笑。后来西班牙压倒了葡萄牙，称霸世界近三百年，算是第一个老大。澳门回归中国标志着葡萄牙殖民活动的结束。当然啦，美帝无疑是现在的老大，第三代核心。"

他又压低了声音说汉语："但我们可以争取做将来的老大。嘘，这一宏伟计划可不能让老印们知道。"

奶牛踱步进来了，他特意看看高则仕，满意地点点头。中国学生都埋头偷笑。奶牛纳闷地看看大家，不明就里。

陈大川课后问起了高则仕："你说得可真？谁最早知道地球形状的？"

高则仕说："科学来不得半点虚假，我从不说没有根据的话。古希腊人，主要是亚里士多德，两千五百年前就知道地球是圆的了。他死后两千年，麦哲伦率领的船队环球航海才直接验证了。"

钱乐也饶有兴趣地加入讨论："亚里士多德那么早就知道了？"

高则仕："是的，他与孔子同时代。预言越早，说明他越伟大。"

陈大川："我们当时有了成语：南辕北辙，就是不信地球是圆的。"

高则仕："东、西方的思维模式不同啊，同样是举头看了五千年的月食，亚里士多德在两千五百年前就低头推导出：我们脚下的平坦大地实际上是圆的；而我们呢？只得出个天狗吞月的结论。"

钱乐问："他怎么从月食推导出地球是圆的呢？"

高则仕："亚里士多德已经判断出月食是地球印在月亮上的影子。他又用了逻辑推理，既然黑影子是圆形的，那地球本身就应该是圆形的。"

钱乐笑着说："哈哈，在当时无疑是颠覆式的观点。人们要么不相信，要么不敢跑远，万一不小心从圆球上滑落可如何是好。"

陈大川佩服地说："厉害，亚里士多德未出希腊，已知天下。"

高则仕说："是啊，他的另外两个依据是：远处的海船只看见桅杆顶；人往北走，北极星变高，往南走，北极星变低，而且可以看到一些在北方看不到的新星。总之，大自然通过各种暗示早就泄露了地球形状之谜，遗憾的是洋人先解开了它。看了五千年月食，我们华人却熟视无睹，胡乱解释月食。我在想，如果西方人不告诉我们，现在，或再过两千年，我们是不是一直认为月食是天狗吞月呢？我们会不会沿着这个思路去验证天狗的存在？它啥时饿了想吃月亮，啥时又消化不良，吐了出来？"

钱乐又乐了："嗯，这是个很有趣的方向。"

高则仕进一步说："丹麦天文学家第谷靠肉眼天文观测，积累了大量的观测数据。他的助手德国人开普勒从这些数据中推导出了天体运行规律——开普勒定律，同时确定了日心说，所以开普勒被誉为'天空立法者'。同样是肉眼观测，我们中国天文学家得出了什么结论？我们有意识地观测并不比他们晚。看不见规律是我们的视力短浅？还是思想短板？牛顿又根据开普勒定律推导出了万有引力定律，揭开了物理学大幕。人家据此还测算出了天体质量和距离，当然包括了月亮离地球的距离。想想，如果连月亮有多远都不知道，谈何奔月？泪奔还差不多。"

陈大川对高则仕说："你的提问发人深省。我也想过类似的问题，同样是生活在空气里五千年，为啥中国人没弄明白空气是咋回事？而是西方人先弄清楚的？他们正确认识了空气，知道了空气的成分，还分离出不同的气体，并把这些知识传给了中国人。"

高则仕说："是该多问为什么。他们的逻辑思维、判断能力、科研方法值得我们好好学习。如果今后的发明、发现、学说还是由西方人统治着，那就是我们留学生的耻辱。"

戴春兰来美国后一直在忙碌着，但并不是在忙学习。她看到班上一半的中国学生原非计算机专业的，水平不高，就立马轻松下来，不必担心考试落在最后。平时作业有点烦人，主要是量大。戴春兰懒得自己做，她通常向别的同学要来作业，抄抄改改后交上去。

戴春兰现在知道了宋雨林是第一高手，想靠上他，宋雨林却说："让我多帮助那些换专业来的吧，他们一点基础都没有。你本科是学计算机的，稍微用点功就比他们强了。"

戴春兰有点懊悔当初买手机时过于麻烦了宋雨林，感觉是因为那事得罪了他，失去了个好靠山。在家里，戴春兰刚看了会书，中国国内的闺蜜又 QQ 她了。

闺蜜 QQ：怎么样？听说计算机系的中国男生超多，有多少人追
　　　　你了？
戴春兰回 QQ：嗯，有是有，但我是不会找华人的。他们要拼命
　　　　学习、拼命工作，运气好，工作 5 年后才可能拿
　　　　绿卡，太苦逼了。特别是跟白男们一比，他们都
　　　　是猥琐的。
闺蜜 QQ：那你只找白男啰？
戴春兰 QQ：那当然。
闺蜜 QQ：有所发现？
戴春兰 QQ：要多找找，越是宝物越是要花时间啰。

正在这时，她听到有人敲门，原来是同学邢海洋。

自从上次欢迎新生会上邢海洋认识了戴春兰，就有点魂不守舍，想法找机会接近她，知道戴春兰缺少台灯。可邢海洋一时半时没捡到免费的，看到自己家客厅的落地灯有点多余，想到这个可以当台灯用，就开车把它送来了。

戴春兰觉得这灯的样子确实不错，非常感谢他。削了个苹果给他，聊了一会天，才送他出了门。

与邢海洋同住的王晨光回到家，惊异地发现落地灯不见了，就问邢海洋。邢海洋喜形于色，说送给了戴春兰。

王晨光觉得挺窝囊的："这灯可是我捡的，放在厅里共用，但还是属于我的，你为何不说一声就送走了？"

邢海洋、王晨光合租一套公寓，各自有自己的卧室，共用客厅、卫生间和厨房。王晨光过去在垃圾箱边看到了这个没人要的落地灯就捡了回来，放在客厅，作为一个辅助光源。

其实王晨光也心仪美貌的戴春兰。他也在注意观察周围的垃圾箱，看看能否发现别人丢弃的台灯，这样就可以送给戴春兰了。但没想到让邢海洋捷足先登，送走了自己捡来的落地灯，能不感到窝囊吗？

王晨光马上就去了戴春兰家，跟她说："这灯其实是我的，邢海洋自作主张，没经过我的同意就把它送给你了。"

戴春兰有点发愣："哦，这是怎么回事，他没说啊。"

王晨光面露不满："你看看，这是啥人品嘛，当初这灯是我捡的，你说这算不算是我的。"

戴春兰真是感到为难了："对不起，我也不知道这是你捡的，让你们俩伤了和气多不好。要不，这灯我也不要了，你拿回去吧。"

王晨光说："哎，这是咋说的？我可不是要拿回去，只是想说明白这灯本来属于谁的。这灯其实应当算我送给你的。"

戴春兰哭笑不得，拿了一个旧灯，领了两个人情。但此时也不便硬退回去了。

王晨光说完话就走了。

戴春兰给邢海洋发了 QQ：你们屋的王晨光来过，你给我的灯是他的吧？

邢海洋回了 QQ：怎么，他真去找你啦？真是小家子气。不就一个旧灯嘛，他要回去了？

戴春兰 QQ：没有，他说应该算他给我的。

邢海洋就没再吭声。

远　行

戴春兰又给闺蜜发 QQ：刚才有两个男生争着给我送台灯呢。

闺蜜 QQ：呵呵，好福气哇……

戴春兰 QQ：我打算去学打高尔夫球，不过我要先买车，没车真的很不方便。

闺蜜 QQ：还是你聪明呀，那里不会少大款的，哎哟，姐真羡慕你。

这时邢海洋又来了 QQ：奶牛的作业你做了吗？

戴春兰 QQ：没呢。

邢海洋 QQ：我刚做完，给你传过去，你看看有无帮助。

戴春兰 QQ：OK，多谢。

她看了看邢海洋传来的作业，不禁点头称赞。心里盘算着：这家伙水平不差啊，送上门的靠山，不必求宋雨林，照样可以省下做作业的时间去融入白人主流社会。

在教学楼走廊里，戴春兰听到陈大川正与胡艳芳通电话。她听出大意是胡艳芳要带陈大川去挑选车，赶忙用口型加手势，像聋哑语似的，示意陈大川她也想跟着去看车。陈大川问了问胡艳芳，就让戴春兰直接与胡艳芳通话了。

胡艳芳说："我是已经帮陈大川联系好一个卖自家车的人，不能保证你选到所需要的车。"

戴春兰知道胡艳芳在美国生活多年，懂车，就说："没关系，我就跟你去看看，碰碰运气。"

第二天下午，三人上了路。洛杉矶的交通是全美国最拥堵的，没有之一。按人口，它是美国第二大城市，但不像第一大城市纽约那样有发达的地铁、公交。这里流行自驾，所以交通最堵。下班塞车始于 3 点，一直塞到天黑，学生们尽可能早走。胡艳芳还计划顺路看几个车行，期望能看到更合适的二手车。陈大川只想买三千美元以下的车，戴春兰经济好，可以买贵些的。

胡艳芳边开车边炫耀着她所知道的买车经："总体上，美国二手车一分价钱一分货。看三个方面：车的品牌、出厂年代、里程数。从私人车主手里买车通常是一笔付清。一手交钱、一手交货，一锤子买卖，没有保修，不能退换。买好买坏全凭买者的看车水平或运气。日系车只要没大撞过，发动机没泡过水，质量相当可靠，日本车跑不死。美国这里没有旧车报废的说法。只要年检尾气合格，刹车、车灯等安全合格就可以上公路一直开下去。日本车开到四十万英里（1 英里=1.6 公里）没问题，美国、欧洲品牌车就不一定了。老陈要买三千元的车，车龄肯定有六七年了，差不多跑了十万英里。跑到这个点上，美国车、欧洲车该出毛病了。这里修车贵，不是零件贵，而是 labor（人工）贵，一小时就要一百美元，不含零件费。"

戴春兰惊叹道："呦，那这样，人工要贵过零件费了。"

胡艳芳说："是的，客人的时间也很宝贵。所以修车厂会给客人一个同级车免费开着。"

戴春兰问："那买新车有毛病能退换？"

胡艳芳说："车是个比较特殊的商品，要上公路和别人共享道路，有安全要求。车商无法保证你回去后不偷换零件，所以只维修，不退换。除非修了几次，还是有同样的毛病，这样的车叫做柠檬车（Lemon Car），才可以退换。"

他们路过一个小车行停下来看看。刚一下车，一个西装革履的销售员就满脸堆笑地迎了上来。美国的车行销售员通常叫"滴乐（dealer）"，滴乐问他们需要什么样的车。

胡艳芳装成漫不经心的样子："我们先随便看看。"

那人还是陪着学生四处走，殷勤地说："我们有各种款式、各种价位的车。"

戴春兰一下子相中一辆很新的二手红色奥迪，她的眼神没躲得过精明的滴乐。

滴乐连忙说："这是辆好车。你看看，光亮的外表，没有一丝刮痕。不是跟新车一样吗？你不说，别人根本不知道是二手车。"

他小跑去办公室拿来钥匙，打开车门。戴春兰仔细看着内部。

滴乐坐到驾驶座，慷慨地一招手："光看怎么行？来，进来体验一下。"

三个学生钻进了车。滴乐开车上路，让他们体验乘坐感。

开了十来分钟，他又说："你们谁来开开？体验驾驶感、操纵感？"

戴春兰有中国驾照，但属于空驾照族，没什么实际经验，不敢在复杂的路上开。陈大川的经验多一点，也只是多一点，最后由胡艳芳试车。胡艳芳感到车在自动换挡时略有震动，不确定是否属于正常。她把车开回车行，停好车，尽自己的所学来检验二手车。她掀起车前盖，看到里面的发动机等部件洗得干干净净。前盖内侧贴有标签，上面是车的标识号（VIN），这样的标签一揭就撕坏了。

滴乐自豪地说："你看，我们的车保养得多好。"

胡艳芳默不作声，她要装作很老练的样子，给车子挑毛病好杀价。她打开四个车门，看了看贴在门框上的车标签，上面都有车的标识号。车门、前盖内的标识号都与车内仪表盘上方的车表识号相同，说明车门、前盖都没换过，因此可以初步判定这车没有发生过大的碰撞事故。如果车正面或侧面发生过大碰撞，前盖或车门肯定要换了，原始标贴就会不见。

滴乐又喋喋不休地在旁边说着车的优点，车空调效果很好、车轮胎全是新的等等。

陈大川用汉语对胡艳芳说："女孩喜欢红车啊。"

胡艳芳说："加州少有洪水，所以不必担心泡水车，但加州阳光灿烂，都是大晴天，深色车很容易晒脱漆。白色、银色等浅色车就不会。浅色车耐脏，不用常洗，是懒人车。更重要的是浅色车比深色车安全好几倍，因为在天气差、光线暗时它们醒目。"

红奥迪车窗上贴的售价是 7500 美元，加上税就要差不多 8400 美元了。

戴春兰对滴乐说道："车价六千吧，怎么样？"

其他不会，砍价她很在行。

滴乐连连摇头："这车的性能很好，年代也新。你可以查查蓝皮书上的价格。我可以给你最好的价格，七千。"

滴乐说的蓝皮书（Blue Book）是一个旧车销售的参考价格书。按车的里程数、生产年代等指标统计出的当地二手车的大致价格。

胡艳芳就说了："那我们再看看别的车吧。"

他们又看了其他几辆车，没有更合适的。胡艳芳要带两人去别家车行。临走时，滴乐给了戴春兰自己的名片。

路上胡艳芳说："我没挑二手车经验，只是从白人学生那里学到点常识。一开始滴乐把奥迪车倒出来时，我注意看了地上，没有油迹。说明没有漏机油的毛病。但我的确不敢肯定变速箱（transmission）是否正常。"

陈大川问："你不是有个网站，可以查私家车有无出过车祸吗？"

胡艳芳说："美国重视诚实，但现在诚实的人越来越少。这类付费网站可以查到车主的变更，但车祸记录就不一定准了。如果车主自己找个车铺修车，没有警察记录、没有保险公司记录，就会缺这个事故记录。不过车主变更也能说明问题，一个多次换车主的车肯定有疑难杂症。"

其他车行也没有戴春兰相中的车。陈大川想要的三千美元车更是寥寥无几，因为太廉价，大车行懒得做这样的小生意。廉价二手车大多是私人车主直接卖了。胡艳芳最后载着陈大川、戴春兰去了预约的那个车主家。车主是个老人，和颜悦色。他说这辆丰田车他开了好多年，没什么毛病。自己买了新车，就想把旧车脱手，留在家里还占个车位。

陈大川看看车外表，的确有点旧，银色已不鲜亮了。后面防撞杠还有点碰撞痕迹，老人说那是在停车场碰的，不会影响车的性能。

　　胡艳芳又按照上一辆车的检查程序走了一遍。他们看到发动机上有一层灰。胡艳芳说这种自然灰是好事，说明发动机是原装的。发动机内部干净就行，外面脏无关紧要。

　　车的三大件：发动机、自动挡变速器、空调看起来都不错。接着就讨价还价了，老人最后降到二千五百美元，还答应在合同单上卖价少写点，只写一千五，这样还可以帮买主陈大川省点税。

　　胡艳芳用陈大川提到的那个网站查车历史。输入车的标识号VIN，查出这车前面共有两个车主。没有大事故，也不是报废车（savage）。

　　戴春兰惊奇地说："这个网站很有用啊，你给我吧。"

　　胡艳芳给她看了手机上的网址：www.carfax.com，同时悄悄对陈大川说："这老先生看起来比滴乐诚实多。"

　　陈大川心动了，他觉得现在学习忙，不能再花时间到处看车，决定成交。老人也很爽快地拿出车主证（title）给他们过目。

　　数好陈大川递过来的两千五现金，老人说："我们就在合同单和车主证上签字吧，但不能反悔了。因为一旦在车主证原件上签字，再涂改修正就很麻烦，要办额外的手续。"

　　陈大川点头称不变了。老人验看了陈大川刚换不久的加州驾照，拿出买卖合同单，填上售价一千五，买方卖方签好字。接着他又很慎重地让陈大川在车主证原件上签好买方的名字。车主证下方有个小联，印有和主联相同的车辆信息。两人也在小联上签好自己的名字、日期。

　　老人撕下小联自己拿着，将主联递给陈大川："我会把这小联寄给车管局，这样我就免了车主的法律责任。你们必须拿着主联，在五天内到车管局去办理过户手续，同时交税和管理费。管理费不贵，别担心。"

美国教授

　　回到家后的戴春兰又在网上查看了一些二手车，没有发现像红色奥迪那样令她满意的。整个晚上，她的脑中放不下那辆奥迪。第二天，她终于忍不住，打电话给那个车行的滴乐了。

　　戴春兰："还记得我吗？就是昨天来看过车的。"

　　滴乐："当然记得，我能为你做什么？"

　　戴春兰："你那个红奥迪车有保修吗？"

　　滴乐："我们这里的二手车通常都无保修。你如果要加保修，我们的售价会高一些。"

　　戴春兰想了一下，就问车的标识号，滴乐在电话里告诉了她。戴春兰也上了那个胡艳芳看的网站，查了一下车历史，无事故记录。

　　她放下心来，就跟对方砍最低的价钱。滴乐最后降价到六千七百美元，他还释出善意说可以来接戴春兰去车行办手续。戴春兰彻底抵挡不住诱惑了，满口答应并准备好了支票本。

　　滴乐开车载着戴春兰到车行，他们就在办公室里办完了买卖手续。车行直接与车管局联系换车主证，新车主证会寄给戴春兰。

　　尽管戴春兰有中国驾照，她还是不敢在洛杉矶繁忙的公路上开。加州政府认可各国政府所颁发的驾照，但这一人性化的政策只照顾短期来访者——来加州玩几周不必麻烦去考加州驾照，直接用外国驾照开车。而学生属于长期居住，必须要参加笔试、路考以取得加州驾照方可开车。

　　经过几周的练习，戴春兰终于通过了路考，拿到了正式驾照。她现在可以随心所欲、自由行动了。

　　戴春兰先想到学高尔夫，觉得有可能遇到美国大款，说不定能碰上个喜欢中国女孩的老虎伍兹级别的人物。乒乓球、羽毛球？见鬼去吧，有钱人哪个去玩它们？

　　她在一个高尔夫球场学了一段时间，却未发现什么满意的有钱人。再仔细看看停车场，连宝马车都少见，打球的人群里以老年人居多。她问了白人同学后才知道，敢情不同层次的高尔夫球场服务不同的人群，她去的那一家肯定是低端的球场。还有个事实，美国最近几年打高尔夫的人数在骤减，这项运动的魅力已经大不如从前。

戴春兰明白过来，她迅速在网上搜索到一个高大上的高尔夫球俱乐部，兴冲冲地开车过去。看到她进了俱乐部办公室，身穿制服的服务员有点奇怪："请问小姐，你来这里是？"

戴春兰同样奇怪："我来这里当然是打高尔夫球的啊。"

服务员彬彬有礼地说："哦，你可能搞错了，我们这里只吸收男性进俱乐部。"

戴春兰一愣："怎么会这样？"

服务员看出她是个外国人，就好心地告诉她："很多高级俱乐部都有入会人数的限制，有的不招女性。当俱乐部人数额满后就不再吸收新会员，申请者要排队等候，等有人退出俱乐部后才会吸收新会员。"

戴春兰听完后一下子泄了气。

晚上，闺蜜来了QQ：怎么样，最近打高尔夫球有何收获？

戴春兰QQ：不打为好，都晒得跟 Redneck 一样，哪有大老板的样子？我也晒不起。（Redneck——红脖子，因为过去农民弯腰干活，晒红了后脖，所以红脖子代表乡巴佬。）

陈大川有了车，感觉自己真正独立了，可以不依赖别人去买菜，晚上可以在学校主图书馆多看书，不用担心夜里走路不安全。更重要的是，他可以去校外书店。学校图书馆的参考书不一定有那里的好，而且还经常被别人借走。美国许多书店都有桌子、沙发，允许客人自由地翻书看、抄书。有的书店设咖啡座，看书累了还可以买杯咖啡喝。周末书店经常有作者签名活动、小乐队演奏等，所以不少美国家庭是在书店度周末的。近来受网上书店的冲击，实体书店不景气，很多店关门了。

　　白静也喜欢往图书馆跑，但她住处周围不太安全，如果没有中国学生陪她一路走，她就不得不早回家。钱乐自然是很关心她，经常送她回家，只是——白静不想麻烦他太多。在图书馆里，白静常常能碰到陈大川，她总会产生一种亲切感。不仅因为是同一个县的老乡，还因为他是自己中学时代的学习偶像。陈大川有车后看书到很晚，白静就搭他的车回家。

　　在陈大川眼里，白静比胡艳芳内敛、成熟而且文静。可能与出生在小地方有关吧，不像大都市的人那么骄横与霸气。

　　陈大川曾有过一场刻骨铭心的初恋，全身心地投入，却轻而易举地毁灭。他伤透了心，一直未能愈合，再也不敢轻信"感情"二字。他仿佛是得了恋爱恐惧症，只能将自己破碎的心扉紧闭，慢慢地疗伤。况且现在开始学新专业，一窍不通，太多的知识要学，他更不敢奢侈花时间在感情方面了。

　　光阴似箭，时间飞逝。一转眼，奶牛的课要第一次小考了。戴春兰早早地来到教室，坐在了邢海洋的身边。因为中国学生都知道奶牛的考试选择题占多数，考试中间他还会去自己的办公室休息一会。学生们很容易看到旁边人的答案，抄下 ABCD 等选项。当然首先要确信旁边的学生是高手，还得确信这个高手允许别人偷看。

　　宋雨林、王晨光、钱乐等高手各自周围也是围坐了一群中国学生。印度学生也是如此，"各抱地势"。如有可能，群与群之间还交流答案，彼此借鉴。

　　考完试的下一节课，奶牛发回改好的卷子并讲解。他是按分数的高低顺序发还卷子的，分数高的先发还。但卷子是反扣着给学生，这样大家并不知道具体分数，只知道高低顺序。在美国，学生考试分数是隐私。

　　所有的学生都竖着耳朵，希望早听见自己的名字而上去领试卷。宋雨林首先被叫到，他毫无悬念地获得全班最高分。由于考试还有些问答题，要写许多字，旁边的同学不可能全抄下。所以尽管宋雨林让旁边的中国同学看，他们的分数也不会一样。

戴春兰焦急地等着自己的名字被叫到，这是她来美国的第一次考试。尽管是小考，但成绩是计入总分的。她的考试大部分是抄邢海洋的答案，她看好这个靠山。一来老生有经验，二来平时邢海洋的作业都是高分。

在焦急地等待中戴春兰不时看看邢海洋，像是在询问：怎么啦？为什么还没有叫到我们的名字？

可是今天，奶牛报出了王晨光，还有几个不熟悉的老印（指印度学生）名字后，才说出邢海洋的名字。看到王晨光那一圈子人兴高采烈，戴春兰很是郁闷。邢海洋也纳闷，这次考试有旧试题参考啊，而且几乎没有什么变化，自己觉得答得不错。听着奶牛讲解卷子，邢海洋才发现奶牛很狡猾地改变了有些题目的前提条件，有的与旧考题只差一个词，非常不易察觉，就像是玩文字游戏一样让学生上当。但所谓差之毫厘，失之千里，题目的结论完全不同了。邢海洋当然理解这些原理，只是没有注意到细节，一连错了好几题，所以分数就掉了下来。

但戴春兰管不了这么多了，她觉得抄邢海洋的卷子自己错了这么多，真冤枉。还是王晨光水平高，她就不太搭理邢海洋了，转而投靠了王晨光。

系主任老驴的作业，尤其是程序作业，奇多无比。基础差的学生连抄都来不及。他们向高手讨来作业，连夜理解、修改。早上都睁着通红的双眼，在上课前一刻围着系里的高速打印机，急得跳脚等着它吐出打印好的程序，因为一到上课时间，老驴就不收作业了。那可都是平时分数啊。

老驴看见这帮印度学生、中国学生你争我抢急急忙忙打印程序，拖着长长打印纸冲进教室，就仔细看了作业上的名字，恶狠狠地劈头一顿呵斥："我记住你们几个人的名字了。谁要你们在最后一刻赶着打印作业，嗯？早干啥了？我要通知系统管理员，以后走廊的打印机在课前要关停。"

戴春兰投靠王晨光后，接下来的几次小考，邢海洋成绩又反超了王晨光。她后悔不迭，但脸皮再厚也不好意思转回去，只好将错就错了。王晨光倒是挺开心的，时不时与戴春兰一起去买菜，一起去逛街。

但是，戴春兰的男友目标还是锁定美国人，只是她不会把自己的心思告诉王晨光。她在不断扩大自己的白人朋友圈。智商颇高的戴春兰看了一场学校的篮球比赛，就和球队的助理教练、同样也是智商颇高的尤金搭上了腔。

几番交谈后，爽快的尤金就请她吃晚饭了。

晚上，戴春兰把车开出家门不久，车身就突然抖动了几下，慢慢减速了。不论她怎么踩油门，车子就是不提速。她慌了神，打了双闪灯靠了边，车最终停了下来。第一次约会可不能迟到，她本能要打电话给王晨光，但又一想，可能还需要送自己去餐厅，要是让他知道自己与别的男人约会可不明智，就打电话给钱乐了。钱乐很快赶到，他是个热心肠，尽管嘴上不饶人。

他先试了试发动起车子，但车子还是不动，就判断应该是变速箱之类的大毛病，一时弄不好。戴春兰要急着去约会，就央求钱乐："帮忙，先送我去布法罗餐厅吧，不远。"

钱乐问："那你的车怎么办？吃饭那么重要？"

戴春兰说："我们先临时找个地方放一放吧。"

旁边有一个很大的商场停车场。在美国，这类停车场都属于私人地盘，虽然通常给客人免费停车，但各商场都有权利拒绝任何人入内。钱乐只好在后面使劲，把车推进去暂放一会。

戴春兰上了钱乐的车。在路上，钱乐问："什么重要的饭局？"

戴春兰说："刚认识我们篮球队的助理教练尤金，今晚他要请我吃饭。"

钱乐说："你不简单哦，他可算是个名人了。"

戴春兰答:"是的,我想和他学点正宗英语,他也想学汉语呢。"

钱乐直言快语:"呵呵,你以为白人是傻瓜呢?你一开口,人家就知道你肚子里是什么蛔虫了,还学外语呢。"

戴春兰道:"哎呀老大,别这么说嘛,我们总得要融入主流社会啊。我在国内就和外教处得很好。"

钱乐继续损她:"人家要你融入干啥?别忘了我们是黄种人,是有色人种。生活习惯、语言、传统理念与人家差的不是一点点。一个正常的、好的白人男青年,会在自己的国家里放着这么多白妞不泡,费劲地和一个不同种族、有语言障碍的外国人谈感情?"

戴春兰问:"你是说尤金不正常?"

钱乐说:"You never know! 世事难料。你要分清楚美国和国内的情形。在国内嘛,外教举目无亲、人生地不熟。他不得不依赖中国人,交个中国人朋友,而在美国他还有这个必要吗?除了个别真要研究汉学的。难不成他尤金想研究中国篮球?在中国,老外稀罕,傍个老外还是挺让人羡慕的。这里,满大街跑的都是老外,傍洋人有啥得意的?那些洋人嘴上不说,心里还不怀疑你的动机、防着你?"

戴春兰不解:"动机?"

钱乐觉得她实在幼稚,就科普美国常识:"也就是出发点啰。我们与人家的生活习惯、文化传统、法律差太远,并不好处呢。这里杀死一个人不必偿命,欠债也可以不还,看成人裸照合法,看婴儿裸照非法,通奸合法,捉奸违法。如果老婆发现丈夫有外遇,警察不会过问,法官的忠告是老婆与丈夫离婚。如果老婆有行动或过激言论干扰了小三倒是触犯法律。唉,太多了……"

戴春兰有点惊讶:"还真这样?"

"还有更不一样的理念呢,我怕说出来你的小心脏受不了,不说罢了。"

戴春兰降低了声音,嘟嘟囔囔:"我也只是试试看,看看我们是不是彼此合适。"

钱乐不屑听她多解释："总之，如果不是真为过日子，只为好玩、图个绿卡、图个美元，都很危险，你精不过本地人。"

戴春兰被钱乐一阵抢白，但也没法，还要请他开车送自己。老驴的课她还要靠着钱乐，因为王晨光没选这门课。她只能求钱乐别把约会这事声张出去。

钱乐大大咧咧地说："嘿，我什么事没见过？你这点小事还值得我告诉别人？上学期刚来个女生，立马泡上了白人。可人家说了句'Up to you'，就把她吓回来了。问我，我说'Up to you'不是要上你的意思，而是由你决定、随你的便的意思。就这水平，还泡什么白人？也不先练练英语。"

路不远，一会儿车到达了目的地。

西餐厅的环境很好。悦耳的音乐，柔和的灯光，奢侈的装饰，整洁的地毯，一切都是那么豪华上档次。餐厅里的绅士、淑女们轻声慢语地说话、聊天。不同大小的盘子熠熠生辉，有生菜、花椰菜、紫包菜、西红柿等混合组成的蔬菜沙拉，绿、白、紫、红色形成一道秀色可餐的食物；有草莓、蓝莓、芒果、猕猴桃组合的水果沙拉，红、蓝、黄、绿色让人眼花缭乱；更有圆碟上的牛排香味扑鼻而来，让人食欲大开。尽管西餐让戴春兰吃着不如中餐舒服，但餐厅的氛围、菜肴种类还是让她眼界大开、面子大增。

尤金很善解人意，说话尽量用简单的英语词汇，语速也像是对幼儿园孩子说话一样慢。晚餐结束后，尤金又送她回了家。

现在戴春兰有空照顾她的坏车了，她求房东去看一下。房东老张是开大卡车的司机，懂一点车。

老张仔细查看了一番，说："看来是大毛病，我也没法修。你和商场保安说一下，将车停一晚。明天早上联系个修车厂来拖车吧。"

戴春兰："刚买没多久，就这么麻烦了。"

老张："买二手车就是碰运气。"

回到家，老张又说："美国人做生意大多比较诚实，但总还是有不老实的。各行各业中，二手车商滴乐是最滑头的。他们表面穿着很正式，装出很诚实的样子，车子外观也弄得漂漂亮亮像新车，看到中国学生都是人傻钱多的主，还不趁机把坏车卖出去？"

戴春兰愤愤不平道："那我不能去找他们赔？"

老张："这很难的，都是一次性交易，不好告的。"

说完，老张提醒戴春兰放在厨房水池中的碗要及时洗出，因为他们一家人以及别的房客都要用水池。戴春兰只好把中午的碗洗干净，放在碗架子上。她又群发 QQ 打听哪个修车厂既便宜、技术又好，得到了一个电话号码。

第二天早上上完课，她立刻打了电话过去。对方说可以派车去拖，如果在他们那里修车，拖车费一百五十美元可免。戴春兰想了一下就同意了。她让王晨光载着她先到停车场等拖车，然后他们的车跟着拖车一起到了修车厂。

这个厂不大，只有一个车库大小的车间，里面有个吊车架。旁边是个小办公室。技术员简单查了一下，认定是自动变速箱的毛病。但这里无法修好，只能换个变速箱。由于是欧洲车，零配件没有现货，还要等两周的时间。新变速箱加上工钱三千五百美元。

戴春兰一听脑袋就大了。这钱完全可以新买一辆二手车。她马上打电话给那个卖车滴乐，追究责任。

滴乐很惊讶、很夸张地口气："怎么会这样？那太不幸了。"

戴春兰气愤地说："你明明是把有毛病的车卖给我，还在装模作样，我要退货。"

滴乐坚决否认车原来就有毛病，对她的遭遇表示同情，但不能退货，因为这不符合卖车的规矩。他所能做的是，如果回他们车行的修车厂修理，他可以给戴春兰一个很好的折扣。

戴春兰无奈，只能气得骂了滴乐一顿。她根本不想让车行再赚一笔修理费。

但车还是要修的，总不能把它扔了，但戴春兰觉得三千五也太贵了，就继续在网上搜寻便宜的修车厂。王晨光辛苦又陪着她看了几家，花了不少时间后找到一家合适的修车厂，修了两次，总算让红奥迪不淘气了。

　　洛杉矶大学的中国留学生还是劳逸结合的，他们利用学校良好的体育设施进行各种锻炼。有些博士生或是被导师压着毕不了业、或是看看就业形势不好，索性自己拖着不毕业，更热衷于体育活动。体育馆内可以打羽毛球、乒乓球、篮球等，健身房、温水泳池都是免费的，室外的网球场、田径场几乎 24 小时开放。

　　计算机系的同学都想早一天毕业去赚钱，所以体育活动不太积极，但一些人还是坚持一周活动一次。邢海洋、王晨光一直喜欢玩篮球，他们和其他中国学生固定周末打球。本来两人很要好，总在比赛的同一方。自从落地灯事件以及戴春兰倒戈后，邢海洋就不爽王晨光了，他们站在了对立面。这个周末打球时，王晨光还是以往的球风，小动作多些，拽拽衣服、打打手背。

　　戴春兰与尤金交往密切了。尤金有着美国人特有的坦诚，见面几次后就向戴春兰和盘托出自己的家庭历史。

　　他与妻子离婚后，一次性付给了她一笔钱，并还坚持每个月付给前妻的孩子三千美元。他说他一直会供到那孩子大学毕业。尤金强调那不是他的亲生孩子，而是前妻和其他男人的孩子，但他希望孩子能受到良好的教育。既然自己收入不菲，何妨花点钱在孩子身上呢？不论孩子是谁的。

　　戴春兰被感动了，她认为尤金是一个充满爱心的人，值得信赖。在交往中她丝毫不掩饰对这个三十多岁的英俊男子的好感。她经常去看篮球赛，为校队和尤金喝彩。球队的队员和教练组对戴春兰也很友好，与她经常说笑，戴春兰几乎成了球队的一员。她的英语口语，尤其是日常俚语（也就是俗语）进步飞快。

　　但尤金也有自己的隐私和怪癖。当然这些他是不会告诉戴春兰的。

　　戴春兰还会带着尤金与中国学生见面。尤金总是和善、耐心地纠正着中国学生的英语。他很潇洒，也很幽默，而且好学，对电脑、互联网饶有兴趣。时不时问钱乐、陈大川一些很细的网络安全问题，如：何为 IP 地址、网络标准协议，能否知道谁在上网等。

　　他问钱乐："警察是否知道我在上网？是否能知道我在哪里上网？用的是哪台电脑上网？"

　　钱乐说："警察如果有心要查，应该可以找出 IP 地址，顺藤摸瓜找到上网的电脑。当然警察不会有事没事去调查一个 IP、追踪某人的电脑。"

　　钱乐、陈大川和大多数中国学生一样，学习很忙，没时间陪戴春兰、尤金一起浪漫。这学期陈大川是新生，有着太多的新名词、新概念需要理解，他像个老黄牛一样默默无闻地学习着。在图书馆里，白静看到他总在一隅学习。一会儿埋头阅读，一会儿发呆思索。

　　白静不解地问陈大川："你当年可是小神童啊，高考状元，还学得那么累？"

　　陈大川叹了口气："没有基础啊，少了四年本科的基础直接念研究生，的确感到很费劲。"

　　白静问："那为何要改学计算机呢？可以学个与物理相近的专业啊。"

　　陈大川告诉她："我也没料到那么难学，低估这门学科了吧，但这是我当年的梦想。"

　　白静问："你当年本科就想学计算机？"

　　陈大川答："是啊，当年计算机正在兴起，我的高考第一志愿是计算机专业。觉得高考成绩那么好，应该能如愿上第一志愿啊。可惜咱来自农村，没背景，不知是被谁顶去了。结果按照服从志愿原则，我是被第一志愿学校录取，但分到了地质系。啊哟，别提当年有多窝火了。所以我的四年本科根本就没好好学。你想没兴趣如何学得好？毕业就随便找了个工作。没去搞地质，而去教物理了。"

"噢，原来是这样。看样子你对计算机真有兴趣，几乎天天看到你在图书馆。"

"常来吧。我们图书馆星期天上午不开门，书也不是最新的，所以我会去巴诺连锁书店。那里环境很好，读书的氛围真让人享受。柔和的灯光，优美的轻音乐，种类繁多的新书。唉，可惜现在不少书店被网上售书挤垮了。"

白静说："听说以后连纸质书都没了，直接网上交钱、网上看电子书了。不过书店听上去挺不错的，下次你去的时候记得叫上我哦。"

陈大川答应她："好的，有机会一起去。"

胡艳芳的父亲胡董事长又来洛杉矶谈生意了。他在罗丽岗有个豪宅，里面住着他的情妇卢雁。胡董是个成功的企业家，当年起步靠的是副省长岳父。他好不容易让夫人对小三睁只眼闭只眼，却又发现岳父大人也觊觎卢雁，觉得还是把卢雁转移到美国安全。反正他经常跑美国，明的是做生意、看女儿，暗里当然可以会情人。

罗丽岗市在洛杉矶市中心的东面，因为有几个小山丘，所以叫"岗"。这里有许多开发不久的高档住宅区，风景迷人，环境优美。一幢幢别具一格的别墅依山势而建，宽敞的院落边停着豪车。家家四周都是修剪平整的草坪、生长茂盛的树木、万紫千红的花朵，屋顶红瓦在阳光的照射下熠熠生辉。早年有经常往来美国做生意的台湾商人，悄悄在罗丽岗购房置地，把情人藏在里面。这样台湾的原配就不会察觉。从法律上讲，台湾严禁二奶，而美国没有法律限制。所以越来越多的台湾商人把二奶安置进来，华人就称这些小区为二奶村。华人一多，华人超市、中餐馆也逐渐形成规模。这里不用说英语也可以生存。后来大陆有钱人也在罗丽岗买房，养二奶。

胡董自然又给卢雁和胡艳芳带了不少礼物。这次他还要求胡艳芳多指点一下卢雁的学习，因为她在复习英文，准备读个硕士。

远　行

看到胡艳芳极不情愿的样子，胡董说："你不要怨恨她，我和你妈的感情早就名存实亡了，后来才认识的她。她人算是厚道，不奸不滑。现在你们两人既然同在一个城市，应该互相照应。这房子大，你可以随时来住，她一个人住也很无聊啊。"

"谁让你的房子离学校那么远了？我只能没课的时候来住住而已。"

"呵呵，马后炮的话。当初谁知道你会去哪个学校？罗丽岗比你学校周围环境好多了，又是华人区，购物吃饭都方便嘛，还不用懂英语。"

胡艳芳临走时，卢雁谦让着让她先挑走一些礼物。

一转眼，一学期又快过去了。不少学生在计划着寒假挣钱或旅游。

钱乐在美国时间长，人脉广。有人给他介绍一个在阿拉斯加州上班的机会，是很不错的工作。但钱乐一直在洛杉矶的一个保全公司半工兼职，寒假他要干全工了。保全公司就是帮客户安装安全监控系统的。早年这些公司是安装防盗门窗、警察局警铃连线装置，后来开始安装有科技含量的监视摄像机、红外线报警器等设备。这些设备与家里电脑连接，甚至可让主人通过手机远程监控。更重要的是这些新、旧报警装置都可以直接连线到警察局。一旦有人擅自进门或进入监控区域，警察局的警铃就会响起，警局的警察或事发附近的巡警会及时赶去。钱乐的这份工作比餐馆挣钱多，而且外出安装调试，老板不在身边，人很自由。

钱乐想到陈大川可能需要工作，他打电话问陈大川："一个寒假工作很省时省力，收入和打餐馆差不多，唯一的缺点是在很寂寞的阿拉斯加州，你想干吗？"

"具体干什么呢？"

"当司机。"

"可我只会开小车啊。"

　　"就是开普通的小车。中国海华航空公司有个货机中转站在安克雷奇。每周有几次货机降落，你只需开车接机接待就行了。别的时间全是你自己的。"

　　电话那头的陈大川大喜过望："老大你真是了解我，我正犯愁如何既能在寒假里恶补计算机，又能打工挣钱呢。"

　　钱乐也很高兴："哈哈，我当然知人善任了，但一定要耐得住冷清，上一个华人就是受不了寂寞跑了。你要在那里过圣诞、元旦。公司包住，一个半月，共三千五百。学期一结束你就要去，机票可得自己买哦。"

　　陈大川说："好的，一言为定。"

　　10月31日万圣节是西方国家的传统节日，但并不放假。这一夜是一年中最"闹鬼"的一夜，所以也叫"鬼节"。源自古代凯尔特民族的新年节庆，也是祭祀亡魂的时刻。那时人们相信，古人的亡魂会在这一天回到故居地，在活人身上找寻生灵，借此再生，并且这是人死后能获得再生的唯一希望。而活着的人则惧怕死人的魂灵来夺生，于是人们就在这一天熄掉炉火、烛光，让死人的魂灵无法找到活人，还要把自己打扮成妖魔鬼怪把死人的魂灵吓走。之后，人们又会把烛光重新燃起，开始新一年的生活。这天晚上，小孩子们会穿上化妆服，戴上面具，挨家挨户讨糖果，一口一声："Trick or Treat（糖果款待或捣乱对待）"。由于这天很多人都身着奇装异服，甚至有的公司高管也是如此装束来上班，商店等处都布置成鬼城，所以万圣节成了最具特色的西方节日。洛杉矶的西好莱坞市万圣节活动是世界上规模最大的，每年都有五十万人潮。除了妖魔鬼怪，还有许多经典电影的场景与人物。众人观赏有组织的文艺表演，参与自发的化妆游行。

　　李宇在中国国内每年万圣节都要疯狂一番，现在到了美国，更要大玩特玩。他早早和胡艳芳等学生策划好了活动，组织了一大帮中国学生，万圣节晚上先是"鬼餐"和化妆舞会，然后去西好莱坞狂欢。

胡艳芳装神弄鬼玩得很开心，洛杉矶的节日的确比博特大学所在的小城热闹多了。她在"鬼餐"中喝多了，感到浑身难受，不想再玩下去，打电话叫陈大川来接自己。

陈大川说："小姐，我在忙着编程呢。你们那么多人，没人送你回来吗？"

胡艳芳舌头有点发硬："他、他们也喝过量了，不、无法开车。"

陈大川只好开着自己的二手车接她回家。

胡艳芳身上确实酒气很重，到了门口，陈大川帮她开了门，就要离开。

胡艳芳半醉半醒地靠着他说："怎么我脚软？扶我进去。"

陈大川只好扶她进卧室，然后告辞。

胡艳芳眯缝着眼盯着陈大川："是不是我这个牛魔王的化妆吓坏你了？"

陈大川笑道："你这小玩意能吓了谁？"

胡艳芳问："那你为啥要急着走？"

陈大川愣了一下，赶忙改口："是、是，你太像牛魔王了，吓坏我了，赶快要逃。"

胡艳芳瞪了他一眼："什么吓、坏、了，我看你不吓也够坏的。"

说完，把陈大川推出了房门。

美国所有的节假日都只有一天假期。不论是圣诞节还是元旦，都只放一天，没有放两天假的。之所以会有三天连假，是因为加上了周六、周日。有的节日特意规定是在周一或周五，这样就形成三天假，叫长周末（Long Weekend）。美国感恩节是 11 月份的第四个星期四，不少单位星期五也放假，作为自己单位的福利。即使星期五不放假，员工也常用自己的年假，星期五请假，这样连上周六、周日就有了四天的长假。所以感恩节实际上形成了美国最长的公共假期。

对学生而言，这是大考前的最后一个节日。陈大川和一群中国学生在华人基督教会里过了一次感恩节，品尝了火鸡大餐——这一久违的美味盛宴。感恩节后，陈大川他们开始了最后的学习冲刺。

大家都没日没夜的看书、复习。一学期的内容要融会贯通，还要背下来。中国老师大考前一个月就停止上新课了，学生可以用一段完整的时间专门复习。美国不少教授考试前一周才停课，作业也布置到最后一周。如果学生不会利用时间、管理时间，早就忙不过来了。

有的学生连夜修改向高手讨要来的作业，有的学生在系里计算机上的垃圾箱中找线索，发掘别人遗留下来的答案。老驴在图书馆看到自己的学生慌乱地翻书复习、紧张地分组讨论，心满意足地偷笑了，他幸灾乐祸地自言自语："panic（惊恐了）。"

Tips

1 美国也有电话诈骗。有的是恶作剧仿冒移民局驱逐学生，要外国学生到机场集中，准备被驱逐；有的冒充中国领事馆打来电话，说有个属于你的包裹、挂号信，你已卷入某个案件，正被调查，你必须向官方账户打入多少钱……

提示：美国税务局、移民局等不会用电话方式让人转账、令学生离境。

2 交通罚单，或其他任何形式的罚单、罪名，哪怕是一分钱的罚款、赔偿要求，哪怕是来自政府机构，都只是一种起诉，不是定论。只有一个机构有权定论——法院，所以不要在马路上与他人或警察争辩，法院是唯一的辩论场所。

第 *8* 章　北极光的启示

终于放寒假了。陈大川按照钱乐的指令，乘飞机飞到了阿拉斯加州的安克雷奇。

这里与洛杉矶的天气、风光有着天壤之别。洛杉矶几乎四季如春，这里是严寒冰冻，一片洁白。阿拉斯加的一部分处于北极圈内，所以相当寒冷。它不与美国本土大陆相连，中间隔着加拿大。阿拉斯加幅员辽阔，是全国最大的州。美国有一句谚语是：如果把阿拉斯加一切为二，那么得克萨斯就是第三大州。也就是说阿拉斯加比得克萨斯大两倍多，得克萨斯州可是美国的第二大州啊。阿拉斯加的海岸线比美国其余各州的海岸线总和还要长，她还拥有北美洲最高峰——迪纳利（Denali，曾叫麦金利山）。

机场边的旅社几乎全被各个航空公司包下了。

陈大川住进海华公司的一个常包房，当然还有一辆公司提供的小公务车。他的隔壁住着一位五十来岁的美国人，看到陈大川是新来的，像华人，就主动用英语打招呼："How are you doing?（你好），我叫爱德华。你是中国人？"

陈大川说："谢谢，我叫陈大川。你可以叫我 Big River（英语大江、大河的意思），是中国人。"

爱德华开心地笑了，更是一见如故。他用不太流利的普通话说起来："我父亲年轻时在中国住了好几年，他去世前还带我去中国旅游过呢。伟大的国家，善良的民族。"

陈大川很好奇地说："谢谢赞美。那他很早就去中国了吧，干啥呢？"

爱德华说："飞虎队，和中国人一起抗日。"

陈大川一脸崇敬："哦，是二战老兵，可敬可敬。"

两人的距离一下子拉近了，站在那里聊了起来。爱德华看到陈大川还拉着箱子，就关切地让他先进屋休息，改日再聊。

陈大川打开行李箱。里面的衣物并不多，但书不少。有自己买的二手书，有图书馆借的，还有复印的。当然还有个笔记本电脑。他准备利用这个假期在这个世外桃源恶补一下计算机知识。

他的工作的确不忙，每周只需接待货机的机组人员几次。每次也就是载着他们买点日用品，找一个中餐馆解馋。陈大川平时可以自己在旅社里做简餐填肚子。没有考试、交作业的压力，他倒是可以按照自己的进度系统学习了。

其他中国留学生都有自己的打算和安排。有的在校外做兼职，有的外出旅游，还有的回中国度寒假。

圣诞节要到了，在美国这无疑是最重要的节日之一。圣诞节又称耶诞节，因为是把耶稣的诞辰作为节日的。广场、街区早早都装扮起来，商场的橱窗设计人员也动足脑筋，将节日主题发挥得淋漓尽致。圣诞树、圣诞老人当然是节日的主角。对于很多家庭而言，圣诞节意味着家庭团圆。他们会提前买好圣诞树放在屋内或室外，再用彩灯和圣诞饰物把它点缀起来。

人们也常常用彩灯把整个房屋装扮起来。节日期间，到处流行着优美、温馨的圣诞音乐。平安夜北美防空司令部还煞有介事地追踪着圣诞老人，向孩子们做实时报道。为防止酒驾，圣诞节当天洛杉矶的地铁、公交车从晚上 9 点到凌晨 2 点提供免费服务。

由于尤金要与家人一起过圣诞，所以他没法陪戴春兰。但戴春兰还是打算买个礼物送给尤金，可又不知送什么好。她咨询钱乐，为外国人买什么礼物好，既能让他开心，又不能太贵。

钱乐先数落了她一番："看不出嘛，你还真有手段，真和他好上了。"

戴春兰有点得意："不靠上个有钱人，我不是白长那么漂亮了？"

钱乐接着损她："上帝是公平的，给了你美貌，不一定会给你爱情。"

但他还是给戴春兰提了好建议："圣诞节给人买礼物，不如给他的宠物送礼品。你想他那么有钱，你给他买礼物得要花多少钱啊。可以给他的狗买个狗衣，不贵，但比给他本人买礼物还令他开心。"

戴春兰怀疑："真的吗？"

钱乐说："那当然，这就是所谓的衣冠禽兽，人模狗样嘛。"

戴春兰嗔笑骂道："你才是狗嘴里吐不出象牙来呢。"

她觉得钱乐说得不错，真买了个狗衣送给尤金，尤金果然非常开心。

王晨光今年请钱乐一起到迪士尼乐园庆祝圣诞。迪士尼对自己的员工有很好的优惠，一年里让员工带人免费玩乐园二十四次，每次可以带三个人。

王晨光对钱乐说："在园子里过圣诞很有意义，去了你就知道了。你再找一个美眉吧，我已经叫了戴春兰。我可以免费带三个人进去。"

钱乐心中一喜，当然想到了白静。她早说过向往迪士尼了，因为迪士尼乐园被人们誉为地球上最快乐的地方。

一个椭圆形广场连着迪士尼的两个主题乐园："迪士尼乐园"（Disney Land）和"加州冒险乐园"（California Adventure）。因为主题乐园是地地道道的私园，所以门票较贵。美国真正意义上的公园，如国家公园，门票十分便宜，而州立公园、县立公园则不收门票。

洛杉矶的"迪士尼乐园"是世界上第一个主题乐园，是世界各地迪士尼乐园的鼻祖，也是它们的模板。园内分成不同特色的主题区：童话城堡、未来世界、冒险世界、西部开发、米奇卡通城等。

每个区各有切题的游乐项目，如未来世界有"太空山（Space Mountain）"、"星际航行（Star Tours）"；冒险世界有"夺宝奇兵（Indiana Jones）"；西部开发有"大雷山铁路（Big Thunder Mountain Railroad）"。

"加州冒险乐园"是以加州历史、地理为主题的乐园，适合青年人玩的剧烈项目多一些。它也分成几个主题区：神鹰中队、好莱坞世界、汽车总动员、天堂码头等。最吸引人的项目有"飞越加州（Soarin Over California）"、"好莱坞塔（Hollywood Tower，或叫 Tower of Terror）"、"4D 打靶（Toy Story Midway Mania）"。

钱乐殷勤地给女生介绍各游乐项目的特色、背景故事，帮着挑选游乐项目。钱乐特别照顾白静，但他每次买饮料给白静，白静总是推脱不要或者还他钱。东道主王晨光则跑来跑去拿免费的 fast pass（快速通道票）。这种票两小时内可以拿一次，只要在规定的时间内返回此游乐点，就可以进入快速通道而少排长队。

洛杉矶地区气候很好，温度适宜，阳光明媚。只有深秋至初春才不失时机的下几场雨，市区、海边都不冷，但东北边山高有降雪，恰好给都市人民创造了滑雪场。所以洛杉矶号称开一小时车，可以上山滑雪，开一小时车，可以下海游泳。

此时迪士尼的各种童话般的建筑上布满了假雪，园子也以白色为主调。这是因为西方人并不强调五彩缤纷的圣诞节，而是喜欢白色的圣诞，这与他们来自有雪的欧洲故乡有关。园子主街上装饰着一棵巨大的圣诞树。

城堡里的一个巫婆出来了。披着斗篷，面色铁青，表情阴冷，相当瘆人。虽然很多孩子排起队要与巫婆合影，但他们都怯生生，有点害怕。家长自然是鼓励孩子上前与巫婆合影了。冷不丁有个小孩胆子大，小跑上前，一把抱住巫婆的腿，仰起小脸对着巫婆傻笑，引发了大人们的一阵欢乐。巫婆扮演者也没料到会有这样的场景，差点笑出来。

绝地剑术学院（Jedi Training Academy）是培养绝地武士的。这里的场景是星球大战，绝地武士大师随意挑选小朋友或让孩子们自愿加入。他先让孩子们朗诵绝地武士誓言：用学到的技能除恶扬善。然后发给每个孩子棕色的武士战袍和光剑。孩子们一招一式跟着大师学舞剑。在练到差不多时，突然恶魔的音乐响起，同时伴随着妖雾，从地下升起一个平台，平台上站着黑暗世界的魔头黑武士和他的同伙。

魔头劝说孩子跟他们去黑暗世界，孩子们不但不答应，反而一对一用所学的招数与恶魔打斗。有的孩子还现场自由发挥，用了自己的新招式。当然孩子一对一是打不过成年恶魔的。最后大师让孩子们联合起来，集中所有的光剑指向恶魔，终于把恶魔赶回黑暗世界。孩子们欢呼着胜利，家长也在一边开心地拍照、录像。

钱乐他们主要花时间玩了几个大人项目，"飞越加州"、"夺宝奇兵"、"太空山"等。晚上，他们来到位于迪士尼中心的睡美人城堡广场，准备看焰火。这里已是人山人海，在静静地等待时、在优美温馨的圣诞音乐背景中，突然夜空飘下雪花，给人群一个极大惊喜，因为洛杉矶从来不下雪。这雪花当然是人造的。

白静突然收到李宇的 QQ 短信。他问候白静，并传来几张滑雪的相片。

李宇之前邀请白静圣诞一起去滑雪，还包一切费用。白静知道他是著名的土豪，风流倜傥。只是已经答应了钱乐，不想让钱乐失望。她的直觉感到钱乐更有责任心。

此时的李宇正和一个漂亮的女生小菲一起滑雪。李宇上学期只在混日子，没怎么认真读书。尽管上学期的几门功课都还比较容易，但学期结束后，他上网一查分数，还是有一门 C。这并没有影响到李宇玩的心情，他带着小菲去了洛杉矶边上的大熊湖滑雪场。大熊湖是一个高山湖，湖水清澈透明。湖周围是雪山和森林，雪水融进湖里，即使夏天湖水也冰冷刺骨。整个地区有着十分美丽的自然风光，连度假屋也是木制小屋。冬季这里是滑雪胜地，别的季节是垂钓、野营、赏枫叶的天堂。

他俩先在初学班里跟教练学基本动作，能在缓坡上慢慢滑行、并学会停住之后，才坐升降机到山头上，沿着最简单的坡道下滑。他们跌跌撞撞地滑回起点，女生说有点累了，要歇一会。

李宇说："那我们去吃饭吧，我饿了。"

小菲说："好。"

李宇指了指远处一个建筑："我网上查过了，滑雪场边上没什么高档餐馆。只有那边有一家，算是最贵的。我们就将就着吃吧。"

到了餐馆，李宇抱着滑雪板、雪杖就往餐厅里走。餐厅里人挺多，大家都用异样的眼光看着李宇。跟在后面的小菲觉得不对劲，进屋前她看到一排滑雪板、雪杖竖靠在外面的架子上，就对李宇说："是不是该放在外面那，里面人多，而且……"

李宇头也不回："傻了你，放外面还不让人偷了？这滑雪板、雪杖有好几百美元呢。再说滑雪板外观都差不多，不偷也会拿错啊。"

室内暖气温度高，李宇的滑雪板上的粘雪开始融化，水滴滴答答落在地上。

一个老美实在看不下去，上前很有礼貌地对李宇说："先生，能不能请你把滑雪板放在屋外？那里有专放雪具的地方。"

李宇愣了一下，仔细看看周围，大家都没有把滑雪板之类带进室内，才领悟过来这的确是一个规矩。他有点不自在地和小菲一起走到门外，把滑雪板、雪杖靠在专门的架子上。

在有信用的社会，大家不用互相防贼。

"砰砰砰"几声响，夜空中依序绽放出一组扇形烟花，打断了白静的思路。焰火表演开始了。迪士尼乐园的焰火表演独具匠心，它根据时节设计出不同的故事情节，有不同的卡通形象配合演出。万圣节有小鬼、巫婆；平常日有仙女小叮当、小飞象；圣诞节则突出祥和与温馨。

　　烟花的图案、城堡的灯光色彩、激光背景都随着故事情节、音乐旋律变幻着，给人以极大的视听享受。

　　此时空中飘来仙女般的声音："心里盛载着假日的梦幻？超多的美好回忆急待重温？此时此刻，打开你的心扉，相信那珍藏心底、珍贵无比的幸福时刻正等待着又一次激发，相信那所有梦幻今夜成真。一起来吧，进入这魔幻时空。"

　　伴随着音乐节奏，时缓时急、五彩缤纷的烟花繁华了自然、点缀了夜空、美丽了心情。当烟花在夜空中升腾和绽放的那一瞬间，所有的星星都黯然失色。夜的帷幕，被染上一层如梦如幻的颜色，那是吉祥的颜色、温馨的颜色。呼然的释放、须臾的弥漫，将霎时夺目的美化为人们对圣诞节的永恒记忆。

　　最后密集的、各种造型的烟花齐放把全场气氛推向高潮。焰火表演一结束，城堡所有的光线全都凝固。游客们久久不愿离去，他们依然沉浸在优美的圣诞音乐和神话般的静景中。

洛杉矶迪士尼焰火表演　（徐栩 摄）

洛杉矶迪士尼焰火表演 （徐栩 摄）

　　陈大川与邻居爱德华一起庆祝了圣诞。

　　爱德华是美洲豹航空公司的高级电脑工程师，在阿拉斯加当技术顾问。他已经在此住了快一年，很喜欢这里的奇特风光。有极光，有极夜极昼现象：圣诞节前后，白天天亮时间不超过四小时；而夏天夏至前后，天基本不黑，不必开灯照明。

　　在北极点人们会惊异地发现，日出、日落是在同一个方向——东西方真正重合，所以无问西东。

　　绝大多数餐馆都在圣诞节打烊，爱德华知道有一家还开门，他提前预订了座位。

　　这是陈大川在美国过的第一个圣诞节。他的体会是太冷清，还赶不上中国过圣诞节热闹呢。中国圣诞节，大家手中还传递着苹果——"平安果"，这里也没见大家抢购苹果。

远　行

坐进餐馆，陈大川带着这些疑问问起了爱德华："是不是阿拉斯加人太少的缘故？"

爱德华："美国大多数城市也是如此，除了纽约，那里世界游客多。圣诞节主要是家人、好友的家庭聚会，公共活动很少。圣诞节当天大多数商店也都关门，所以不热闹。节日的主要标志是圣诞树、彩灯、圣诞老人、鹿车。"

陈大川说："噢，你可不知道，在中国可热闹了。尤其是大学生、年轻人在庆祝、在狂欢，商店里苹果都卖出天价。不过，也有反对的声音。有的高校规定不许学生过圣诞节，说是你们西方文化的'入侵'。"

爱德华有点糊涂了："不许过？你们不是用西方日历？"

陈大川说："是啊，是用公元纪年。"

爱德华开玩笑地说："那就有趣了。用了西方的日历，但不许过日历上的节日。新年、星期日也在日历里啊，也不让过？不放假？"

陈大川道："我们过公历新年，也过农历新年。农历新年现在叫春节了。农历也有日、月、年的概念。但我们古人星期的概念不强，过去有五天或十天为一周的。后来随西历改七天为一周了。"

爱德华告诉陈大川："星期日休息原本有宗教含义啊。"

陈大川说："过去我们只星期日休息，后来跟着西方改，星期六也休了。"

爱德华聊道："节日是社会和谐、家庭和睦、民众幸福之时。现在我们越来越多的人过中国农历新年了，莫非这是东方文化的'入侵'？哈哈。现在美国总统每年都会祝贺中国新年，有的公立学校还放假呢。"

"我也觉得应该多些文化包容。"

"其实西方文化之间也会互相'入侵'呢，当初迪士尼在法国巴黎建乐园，遇到不少阻力，骄傲的法国人说他们灿烂、古老的文化受到美国粗陋文化的'入侵'。"

"哈，现在呢？"

北极光的启示

　　“现在？他们发现去巴黎迪士尼的游客比去艾菲尔铁塔、卢浮宫的人要多，给他们带来了巨大的旅游收入，你说还会有人反对吗？”

　　“看来，文化交流带来实实在在的好处。”

　　烛光下，爱德华、陈大川边吃边分享了各自家乡过节的温馨事。

　　两人吃完圣诞宴，账单递了过来。陈大川要请客，老人笑着拿起手机，说：“我们还是 AA 制吧。”

　　他要用手机上的计算器算出加小费后，两人应各付多少。

　　陈大川问：“加 20%的小费？”

　　爱德华说：“是的。”

　　他用计算器还未按出结果，陈大川已经报出两人应各付的金额。爱德华十分诧异陈大川的心算速度。

　　时间尚早，他又热情邀请陈大川去他屋里坐坐，聊会天。

　　进了温暖的房间，爱德华一边脱大衣，一边道出阿拉斯加的缺点：“这里天气太冷，人烟稀少，住久了可有点寂寞。再干一年，我就要回温暖的加利福尼州了。”

　　陈大川看着桌子上的爱德华全家相片，爱德华指着一个老人道：“这就是我父亲，飞虎队的飞行员。他原本是美国军人。日本入侵中国，美国开始并未与日本宣战。飞虎队的成员是以私人志愿者身份参战的。我父亲先要办理退伍手续，然后跟着陈纳德去打击日本人。刚开始战斗很艰苦，我们和日本军机比例为 1:50，日机占绝对优势。他们的零式等飞机性能也优越，飞虎队大多驾老式的 P-40 迎战。好在我们的飞行员个个是高手，不少人以前是飞特技的，你就知道他们的水平了。飞行员们肯动脑，发现日军飞机的俯冲性能不如 P-40，就多制造这种战场局面，让日本人吃够了苦头。中国抗战期间，飞虎队打掉了一千多架日本飞机，消灭了六万多日本人。”

　　陈大川发自内心的赞叹：“真了不起，打得过瘾啊。”

爱德华说：“日本人偷袭珍珠港后，美国与日本宣战。我父亲又恢复了军籍。那些原非军人的飞虎队成员，后来也被美国政府承认军龄。”

陈大川感到与爱德华的心理距离在缩短。

爱德华接着说道：“我父亲说，我们的经济制裁和飞虎队志愿者惹恼了日本，是他们偷袭珍珠港的重要原因。”

陈大川：“你们一开始就帮助了中国。”

爱德华连忙纠正：“不，不，我们是帮助了正义。我们不是生来要打击日本的，我们是打击邪恶。日本是邪恶方，而中国是正义方。我们不后悔惹恼日本向我们开战，尽管当时美国的海军并不比日本强，不少美国人还是忌惮日本海军实力的。我们痛恨的是偷袭，是不宣而战。这就不遵守战争规则了，也没有绅士风度。”

陈大川连连点头：“中国人也讲究打明仗，痛恨暗器伤人。古时两军对垒都讲究‘来将通名’。”

爱德华说：“不假，从小我父亲教了我许多中国的传统文化，知道你们有优秀、辉煌的传统。我们都遵从战争规则，也就是公约。国际公约不光有优待战俘，更重要的是先宣后战。这点我们的盟军英军就做得很好，当时德国潜艇在公海上袭击英国的渔船，那些潜艇浮出水面后，向渔船开火。英海军就装扮成渔船，等德国潜艇上钩。当潜艇浮出时，英军总是先升国旗、露军徽，再抢在潜艇前开火。这样做当然自己有风险，但这就是战争规则，不能隐藏身份而开火。乔装可以用于侦察，但不能用于正式作战。不遵守国际法则最后必败，像德国的闪电战、日本的偷袭，都是不宣而战。不管他们的军力有多强，不管他们得逞一时，但最终必会灭亡。追求军力，不追求公平正义，是本末倒置。人类历史上就没有靠军力最终取胜的。西班牙的无敌舰队、法国拿破仑、二战时日、德，军力不谓不强。”

陈大川赞同：“对，一开始他们的军力不可一世。”

"但他们的结果都是惨败。当德国举国欢腾送子送夫上前线，以强凌弱，可曾想到几年后受到惩罚，自己被炸平？这不是偶然，而是规律！因为不追求公平正义，就是想不劳而获，本质上就是懒惰与腐败，有这种思想的人怎会持久、最终获胜？"

陈大川理解出爱德华话语的含义。一个人、一个民族只有靠自身勤劳才能真正致富，只有靠公平、正义才能持久。靠发展军力或其他不良手段，即使致富，也只是昙花一现，很快财富就会归零。

一聊起二战，爱德华话就多了："美中两国在二战时并肩作战，堪称楷模。像杜立德轰炸东京、中国远征军打通滇缅公路。你知道不，老布什总统当年也在太平洋上空与日本人作战。他的轰炸机被击落，本人跳伞逃生，幸亏我们的海军抢在日本人之前把他从海里救起。"

一席话把陈大川带到那浩瀚的太平洋，那个他年初来美国时飞机下浩瀚的太平洋，当年发生着多么激烈的海空大战。

他说道："如果日本人知道布什的未来价值，就会尽全力抓他，让美国少一个总统。"

爱德华笑了："哈哈，是少两个总统。"

他看陈大川纳闷的样子，就解释："他战后结婚生的儿子小布什也当上了美国总统。"

爱德华又说："老布什一直喜欢跳伞，85 岁过生日还跳。而我父亲带着我学飞行，他们都忘不了那个战争年代。"

陈大川看到墙上挂着猎枪，就问道："喜欢打猎？"

爱德华说："我是狂热。唉，可惜现在不是季节，阿拉斯加大多数地区只允许秋天打猎。"

"哦。我知道在美国连钓鱼也需要执照，license，我叫它'来生'。打猎就更需要'来生'了吧？"

"那当然。我来这儿的重要原因是容易获得猎熊执照。发执照有两大作用，一是控制野生动物数量。执照数是根据当地野生动物的数量来发放的，让打猎者去控制某种动物的数量。别忘了，打猎是一种体育爱好，着迷者很多。二是让打猎者在领执照时知道具体规定。如打鹿时不能打小鹿、母鹿，要等到公鹿长大，鹿角分叉了，才可以打。加州现在规定猎熊时不能带猎犬了。"

"哦？那么具体？猎犬追熊？"

"在美洲大陆，熊是最大、最猛的动物了，因为这里没有狮子、老虎、大象。你看到了吧？加州州旗是熊。猎犬们可以及早发现猎物，并且围攻、骚扰熊。熊很烦猎犬，就爬树图清净，这时猎人才出现，对着在树上行动不变的熊开枪。但这不符合体育的公平精神，也容易让猎犬受伤，呵呵。"

陈大川也笑了："美国不但强调人人平等，还要人兽平等呢。"

"弱者优先。执照不够时，要根据武器的强弱。拿弓箭打猎的最优先，其次是用黑火药老式猎枪，而现代猎枪排最后。"

陈大川想象着："打猎光规则就那么有趣，看来真打起来一定很好玩。"

爱德华还是提醒野外有风险，有时不知道是谁猎谁。他讲解安全常识："任何动物，不管打得过、打不过，绝对不能掉头逃跑，必须与它对峙、直视它，然后慢慢后退。灰熊体型大，人可以装死，因为它不吃死物。黑熊好奇心强，会咬装死者，人应该伸展身体、大喊大叫把它吓跑。"

陈大川最后请教了爱德华几个电脑领域方向性问题，他们就互道了圣诞晚安。

圣诞过后，元旦紧跟着来了，这时倒有不少公众活动。

纽约时代广场的新年倒计时、洛杉矶附近帕萨迪纳玫瑰花车游行都是举世闻名的。花车游行是由五十多个马队、五十多辆花车、二十多支管乐队组成的大游行，来自世界各地的观众甚至会提前几天在游行行进的科罗拉多大道旁边搭帐篷占地方。

进入了新的一年，陈大川又和爱德华在咖啡馆里聊天。

　　他们现在已经是无话不谈了。结账时，爱德华又说 AA 制，笑着问："你这次还能比得过我的计算器？"

　　陈大川有点卖弄："计算器还能有我快？我们比赛一下速算。谁输谁付咖啡钱，不用 AA，如何？"

　　爱德华笑道："好啊，怎么个赛法？"

　　陈大川说："先比四位数之内的乘法吧，我心算，你用手机计算器。"

　　于是爱德华用笔在账单背面任意写两组数字，他按计算器。结果是陈大川的心算快一点，爱德华看看计算器的结果，居然一点不差。他又连试了几组数字，陈大川都是先报出准确的结果。

　　爱德华惊讶了，点头赞赏："Amazing（惊奇），难怪中学里华人小孩的数学成绩普遍高。大学里的理工科，更是中国和印度学生的天下。好，我请客。"

　　陈大川有点得意地说："我们家几个兄弟是通过勤学苦练，打下了数理功底，我们都上了中国的名牌大学。"

　　"中国孩子刻苦，我也知道中国大学的教育水准提高得很快。"

　　"你觉得中国会赶上美国吗？尤其是教育、科技。"

　　"一个国家只要勤奋努力、方法正确，就会稳步发展，这是颠扑不破的规律。美国如果不努力进取，当然会被中国超越。我觉得美国再不改进，不用中国赶超，光是胖子就把自己压死了，呵呵。"

　　"你能预测趋势吗？多少年会赶上美国？"

　　"具体时间可就难说了，你提到的教育、科技，是强国的最主要的基础和指标，实际上它们真正代表了国家的强大。你还是有头脑的。人们常说，科学技术是第一生产力，一个科技排第二的国家不可能是世界头号强国。从历史上看，一个国家的崛起，是因为科技的崛起；一个国家的衰败，也是由于科技的衰败。美国实际上是利用了世界各国的科技人才。嗯，我们可以这样预测一下，什么时候中国的大学、科研机构吸引了世界各国的顶尖学生、学者去，再过十年，中国肯定是世界第一了。"

远　行

陈大川领会道："对，教育、科技是基础，要先行，综合国力会滞后十年时间。"

爱德华并不鼓励陈大川的那种速算，他说："教育理念很关键，知识不等于智慧，学问不等于创新，分数不等于能力。把知识当成智慧就是愚蠢。计算机已经发明出来了，你为何还热衷于速算？"

陈大川有点不解地看他。

爱德华启发着："这样的任务完全可以交给计算机去完成。如果十位数、一百位数的乘法，你能比计算机快吗？"

陈大川摇摇头。

爱德华："你花时间学编程让计算机计算，与花时间训练人的速算，哪一个省时间？"

陈大川有点明白了："当然是学编程省时间。"

爱德华问："你得到我的要点了吗？时间。"

陈大川眼睛亮了一下，跟上了思路，回答："得到了。马克思也说过，一切的节省归根到底是时间的节省。"

"说得非常好。机械扩展了人的四肢，而计算机扩展了人的大脑。人脑可贵之处在于智慧和创新，人脑要避免死的重复运算，甚至要避免死记硬背。把死算、死记的东西交给计算机好了。"

"嗯，有道理。"

"过去说，知识就是力量，这种说法已经过时。"

"这又是为何？"

"全人类有史以来所有的知识即将放在、储存在互联网上，甚至存在一个小小的手机中。任何人都可以在 10 秒钟内获得想要的知识，已经不存在你的知识比我多的情况。既然大家的知识一样多，还说什么'知识就是力量'？"

陈大川沉默了。

爱德华："过去知识储存在人脑中，现在储存在手机、互联网中，需要时可以随时取出来，速度不比人脑慢多少。人脑的作用是分析、判断、预测、结论。知识可以说是大数据，人脑呢，是要从大数据中找到规律。现在应该说'学识就是力量'，'智慧就是力量'。"

陈大川思考了一会，才说："其实，我也一直有疑问，为何中国学生理工科普遍都好，美国很多人数学很差，但为何顶尖的科技人才、科技创新绝大多数还是美国人，或者是华裔，而不是中国培养出的？"

这不但说了陈大川自己的困惑，也说了不少其他华人的困惑。

"那就是方法问题啰。你们从中学到大学是不是统一考试、统一教学、统一进度？"

陈大川点着头："嗯，差不多，很多都是统一的。"

"那是一种简单化的教学模式。好处是易于批量生产，低成本用一个模子压出一堆数理人才，个个水平都不低；缺点是扼杀了独创性。你想想，都统一了，一个模子出来的，哪来独创性？所以中国、印度两国容易涌现出平庸人才。注意，他们也是人才，只是平庸而已，难以出现顶尖高手，难以获得诺贝尔奖。美中两国的教育差异可能就在灵活性上。美国注重灵活性、个性化发展，不逼着缺乏数理基因的人一起学数理，也不限制有这方面天赋的人自由发展。鼓励学生思想的自由交流和碰撞，这些才真正是发明、创造的土壤。"

陈大川在静静地听。

爱德华看到他听得入迷、出神，笑着说："很新鲜吗？呵呵，其实这些理念不是新东西，都是孔子提出的，因材施教、有教无类。"

停了会，爱德华又说："我们很欣赏'有教无类'，对 18 岁以下的未成年提供免费中小学教育。即便他们是非法偷渡来的，即便是非法居住在大都市，都可以免费上公立学校。一是人道主义，二是通过教育，他们都会成为有用之才。教育是一本万利的社会投资，可不能以为教育只是花钱、开销。他们中有的会成为水电工，有的会成为爱因斯坦或体育明星，贡献全世界。来自贫困地区的孩子大脑不一定贫困，他们很可能有爱因斯坦一样的超常天赋，这就是孔子的理念。美国的个性化灵活教育从初中就开始了，没有统一的选课要求，学生根据自己的水平、能力、爱好来选课。如代数（Ⅰ）、代数（Ⅱ），生物（Ⅰ）、生物（Ⅱ）。所谓同学只是同上一门课而已。许多中学的统一必修课是体育和音乐，每天必上一节体育、一节音乐。一个人的体能无法传播给他人，所以人人要锻炼；而一个数学天才的发明、发现却可以传播给他人，所以我们只需少量数学尖子，其他人会利用他们的成果即可。"

陈大川说："看来是这个原因。"

"美国到了大学阶段更可以换校、换专业了。"

陈大川想起自己一进大学就不能换专业的痛苦："对于一个不懂事的 18 岁高中毕业生而言，很难选准学校与专业。一考定终身，一入校门定终身，太容易埋没人才了。"

爱德华问："听说中国有个严格的统一高考？"

陈大川有点自豪："是的。"

爱德华笑着说："呵呵，废除统一高考或许会真正提高教育水平。"

陈大川不由惊讶地睁大双眼："啊？为什么？高考可是公认的选拔人才的好办法。"

爱德华解释着："唉，你不要那么吃惊地看着我。世界上最著名的华人孔子，他可称得上地球上教育界的鼻祖、先贤。他可有提倡全国统考，或类似的科举制度？"

陈大川想了想，摇摇头。

爱德华评说道："我倒觉得统一高考与'不拘一格选人才'背道而驰。统一考试是一种激励、一种选拔，也是一种刻板、一种桎梏。与其把好入学关，不如把好毕业关。统一入学成绩就是逼着学生走上同一起跑线。我们的目的是赢在终点，不是吗？你管他起点干啥？统一起点是图个教学方便吧。但是，学生进入大学后至少要度过人生中最易变化的四年呢，什么事不会发生？入学成绩高的人，可不一定赢在终点。"

北极光的启示

“呵呵，我当年就是对专业不满意，大学四年没好好学，整个在混日子。”

“大学就是大学，别把它太当回事。很多学问本来就没有标准答案，所以美国教授鼓励学生独立思考、发起挑战。对年轻人而言，大学是一种体验，比较适合交朋友、谈恋爱什么的，呵呵，真正人才可不依赖大学。”

“那科技人才呢？也不依赖大学？”

“哈哈，那就更不依赖学校了，最新科技、最新创意大学里是学不到的。真正的科技巨匠，是不靠大学的。像当年改进蒸汽机的瓦特、发明电灯、留声机的爱迪生、发明飞机的莱特兄弟都没上大学。莱特兄弟中的兄长，本来计划上大学，后来他自己放弃了。瓦特的蒸汽机引发了工业革命，让英国成为世界霸主。他没上过大学，但入选人类历史最有影响力的 100 人，有好几所大学都以他的名字命名，他还是英国皇家学会院士、爱丁堡皇家学会院士、法国科学院外籍会员呢。”

“院士不需要本科文凭？”

爱德华惊奇了：“怎么？中国的院士必须要文凭吗？”

陈大川说：“是的，中国的院士没有大学文凭是不可思议的。”

爱德华顿悟道：“懂了，难怪中国孩子死活要上大学呢，可爱迪生连中学都没上啊。他的中学老师说他怪、傻，母亲就把爱迪生领回家自己教了。莱特时代，很多著名科学家都用理论与公式证明了比空气重的机器飞不起来，他俩要是上了大学，还能让人类实现飞翔梦？”

陈大川表示不服：“那些都是古代的例子，out（过时）了，现在还是要上大学的。你有近一点的实例吗？”

爱德华反问：“怎么？在当年，那些不都是高科技吗？电灯、留声机？更别说飞机了。好，就讲近一点的。富二代、飞机大王霍华德·休斯是进了名牌大学后自愿退学的。休斯研发、驾驶的飞机破了许多飞行纪录，是不是比破奥运会纪录更有意义？他创建了医学研究所，后来还从黑手党手中买下了拉斯维加斯的很多资产，使拉斯维加斯摆脱了黑手党的控制，成了正常的城市。这才是大手笔啊。你还要再近一点的例子吗？”

陈大川准备开开玩笑、抗战到底：“有的话，我想听听啊。”

爱德华说：“乔布斯、比尔·盖茨可算近？可算高科技？比尔·盖茨从哈佛辍学，要是他毕业了，还真不好说能否创办微软呢。乔布斯也是上了大学，但觉得浪费金钱、浪费时间，他休学后再也没返回校园，但有几个大学生、博士生超过了他们？把宝贵的青春花在校园里，实在太可惜了。我说的是不是有些道理？哈哈。”

爱德华爽朗地笑着。

陈大川沉默良久，他不得不承认爱德华的话有道理：“我们可能把大学看得太重，统一考试又几乎成了唯一的入学标准。家长、学生、新闻媒体都把进入名牌大学当作成功，甚至当成了人生终点；而你们是把出实际成果当作成功，当作终点。难怪中国学生会考试，但后续乏力。我也是庸才，处心积虑地考高分、上大学，死读书。”

爱德华：“是啊，你们国家需要 100 个高考状元呢，还是需要一个乔布斯？他可是没有本科文凭的。”

陈大川突然想起一则报道：“我看过一个追踪报告，从高考制度恢复以来的三十多年里，一共有三千多名高考状元，但没有一个是在行业中当领军的。我曾是个县级理工第一名，也没什么成就。这样的结果已经不是偶然性的了，看来高考选才方式存有缺陷，你说得有道理。我们至少可以减少高考分数的比重，如高考分数只占 50%。那你说的那些高才有何过人之处？无师自通？”

“不上大学不等于不读书。那些技术大家无一不是疯狂读书、勤于思考之士。现代书籍当然也包括互联网、光碟、电子书了。美国的发明还不算多。第一个现代蒸汽机、火车、汽车都诞生在欧洲；第一颗卫星、第一个太空人，苏联抢了先；美国是第一个空调、第一架飞机、第一个电子电视、第一颗原子弹、氢弹、第一个登月，哦，还发明了寒暑假，能让我们在这里碰面。美国还在不断完善教育方法，以保持世界领先地位。"

"你对学好计算机有何建议呢？如何创新？如何在科技领域留下自己的足迹？"

爱德华答道："关键在于自己，不在学校。要主动学，不是被动被逼着学。"

"我们国内的教育还是蛮赞成逼学的，一天一顿打，孩子上宁华。"

"哈哈，不错。18 岁之前靠主动学的提法是谎言，18 岁之后靠主动学就是真理了。时间，或年龄段是关键啊。逼学对年幼学生还是有用的，可以逼进名牌大学。进大学后呢？继续打？大学里的高手肯定是主动去学的，"爱德华重音强调了'肯定'，"所以学习迟早要成为自发的、主动的。"

陈大川领悟道："也就是说狼爸虎妈可以打出一个大学生，但打不出顶级科技高手。"

爱德华说："当然啦。高手需要创造性、自觉性、独立思维，怎么打出？打可以打出死记硬背与模仿。你不妨读读图灵的书，他是我们这个领域的鼻祖。上帝给了英国瓦特，蒸汽机使英国成为世界第一。天佑英国，又给它图灵，本来计算机可让英国再次强大。但英国保守了，或者说愚昧了，逼死图灵，计算机中心跑来美国。是英国人自己把世界第一拱手让给了美国。你的话题很广，今天该回去了，以后我们再讨论。"

王晨光与邢海洋住在一起，本来关系很好，因为上次"台灯事件"开始变得不和谐。

上学期戴春兰靠着王晨光抄作业、混考试，但放假后她常与尤金约会，冷落了王晨光。王晨光以为是邢海洋背地里又搞什么鬼。邢海洋也是一肚子气，因为他知道戴春兰寒假里与王晨光一起出海看鲸了，心里愤愤不平。

两个男生照例周末打篮球。

邢海洋的转身投篮让王晨光没防得住，但王晨光顺手从后面下意识拉了一下他的手臂，邢海洋的球投飞了。这在打球中也就是一般的违例，却激起了邢海洋的"新仇旧恨"。他一时性起，忍不住回过身狠狠地打了王晨光一拳。王晨光本能地还击，却被邢海洋躲过，反倒又挨了邢海洋一脚。

众学生不知道他们之间的过节，没料到会发生这么大的动作。因为中国学生在异国他乡说着同一母语，还是有认同感的，很少会动真格互殴。现在大家回过神来，连忙拉开两人。

王晨光大怒道："邢海洋，你怎么动手打人？"

邢海洋喊道："怎样啦？像你这样总是背后耍小动作的就该打。"

众人劝阻邢海洋："打球总会有点碰撞、摩擦，不应动手伤和气。"

"哼，我最讨厌的就是背地里干坏事。"邢海洋另有所指。

"你以为你好得很？你犯规还少了？我都让你好多次了。"王晨光道。

众人还是拉开着两人，继续劝架。

"你要对你的行动负责，你要是不道歉，我就只有求助法律了。"王晨光最后说道。

当天的打球不欢而散。

王晨光咨询了学校法律顾问，等待邢海洋的道歉。

然而邢海洋并没当回事，他一向认为王晨光有点娘娘腔，不屑搭理他。王晨光很快向法院申请了保护令。因为邢海洋曾打过王晨光，为了保护受害人，法院禁止邢海洋接近他，禁止距离是 100 米。也就是说如果邢海洋进到王晨光 100 米以内就是违法，就会被警察逮捕，就是刑事犯罪。这样一来邢海洋不自由了，他到体育馆时必须先看看王晨光在不在，如果王晨光在里面，他就不能进入体育馆。王晨光也搬出不与邢海洋同住了。

北极光的启示

北极圈附近漫天大雪，陈大川的屋内亮着灯到很晚。透过结霜的窗户，可以看到他一会翻书，一会运行个程序，一会又陷入沉思。

陈大川的收获是巨大的，他时常与爱德华聊天，聆听爱德华的启发。听他讲电脑、聊打猎、谈冰川，享受着阿拉斯加的大自然。

陈大川又一次问道："如何才能在科技领域留下自己的足迹？"

爱德华答非所问："你不是没看到过极光？"

陈大川说："我一直想看，但没看到。"

爱德华对他说："上车，我带你去碰碰运气。"

爱德华驱车前往郊外的一个度假村。

路上陈大川看到了锃亮的大型金属管道，这是他在得克萨斯州和加利福尼亚州都没看到的，估计是输油管道。

他问道："这是输油管道吧？"

爱德华说："是的。"

陈大川啧啧称羡："壮观，阿拉斯加丰富的石油宝藏啊。"

爱德华却不以为然："石油是宝藏还是垃圾，得看你在什么时间说啦，目前还算是个宝。"

陈大川奇怪："石油会是垃圾？不是宝贵资源吗？"

爱德华反问："有不随时间变化的价值吗？"

陈大川迟疑了："这……"

爱德华说："离开具体时间我们无法谈论一个物品的价值、一个人的优劣、一个行为的好坏，因为商品价值、道德标准、法律条文都是随时间改变的。"

他看到陈大川还有疑问，进一步解释："汽油机、柴油机等发明之前，石油有何用呢？谁要石油？它实际上就是垃圾。"

陈大川想了一下："哦，也是呢。"

"沙漠产油国自己没有发明出汽油机，并没有变废为宝，是别国发明家发明出汽油机的。你说沙漠国家的繁荣是要感谢上帝给了他们石油？还是要感激那些科学家、发明家？如果电动车、太阳能车先于汽油车发展了，沙漠国家还有没有现在的繁荣？"

"没有汽车、飞机、化工，粘糊糊的石油白送都没人要。"

"嗯，你感觉到了科学技术的影响力了？"

"科学技术真是第一生产力。"

"是的。当沙漠国家故步自封、安于现状、不思进取，不努力发展科技，而靠哄抬石油价格发财，会否逼出下一个科技突破呢？如果电动车等产业有了大的技术突破，都不依赖石油，二十年后石油是不是没人要了，又沦为垃圾？"

陈大川惊异着："真的呀，那可是又没人要了。科技发展的后果实难预料，坐拥石油未必能永远致富，坐拥智慧却能。"

爱德华引申出："当地球上资源紧张、土地不够用时，聪明人会开发、移居火星，而愚昧人只会互相残杀来争夺资源。"

度假村远离市区，没有人造光线干扰，才能更好地观看极光。到了度假村，两人下了车。爱德华没有直接走进温暖的室内活动中心，也没带陈大川走在马路上，而是走进一片雪原。

这时夜已深了，爱德华指着建筑物对陈大川说："那里是度假村的活动中心，主要目的就是让游客们等着看极光。外面也站着一些人，他们可以照出更好的相。如果嫌冷，大可以在室内观赏。里面有椅子、沙发，可以隔着大玻璃窗，喝着热咖啡看极光。"

陈大川望向活动中心，隐约看见有人站在室外。

爱德华说："外国游客中日本人居多，他们很喜欢极光。"

爱德华回头看看陈大川亦步亦趋跟在后面，就说："你老是踩着我的脚印，怎么留下自己的足迹呢？"

陈大川有点领悟，紧走几步，又茫然，不知迈向何处。

这时活动中心室外的人群有点骚动声。

夜空中开始缭绕着诡异的绿色光线，陈大川心里一阵欣喜。

爱德华说："这才刚开始。"

北极光的启示

　　他指着北方示意陈大川继续前进。

　　陈大川深一脚，浅一脚。突然活动中心方向传来一片欢腾，原来横跨苍穹的极光开始飘逸舞动起来。寂静的夜晚听到了远处夹带日语的唏嘘惊讶声，相机的咔嚓声。

　　那极光，高不可测而又仿佛伸手可探，神秘、妙曼、缥缈如同神话境界。有时千变万化、婀娜多姿，有时又静止天际、纹丝不动，像要摆出 pose（姿态）让人拍照。陈大川赶忙掏出手机对向天空。其实在这巨幅天然水彩画前，任何文字、任何相片、任何 PS（图片加工）都显得苍白无力。

　　爱德华对陈大川说："要想在科技领域留下自己的足迹，有四个决定性要素，前三个取决于你自己。首先，你要学会独立思考，另辟蹊径，不能跟着别人的脚印走。科研带头人就像走在这荒野，靠自己判断方向。你知道什么是独立思考？"

　　陈大川答："唔，独立思考就是自学，自己学习。"

　　"不准确。独立思考就是不受他人思考的影响，独立思考不是自学，独立思考就是端杯咖啡冥想。"

　　"呵呵，难怪你们西方人那么喜欢咖啡。"

　　爱德华也笑了："哈哈，很不错的理由啊。所以星巴克也开在了中国。从时间纵向上看，独立思考就是不盲信先人的话；从时间横向上看，独立思考就是自己与全世界开个辩论会，试着反驳现代所有人的观点。第二个要素，耐得住寂寞，潜心钻研，不辞劳苦。只有在艰苦的室外你才能看到室内人所看不到的天地。还要坚持下去，因为不是每天都有极光，只有坚持你才能看到别人所看不到的美景。"

　　"哦，对。太有道理了。"

　　爱德华说出了第三个要素："第三，要克服世俗压力，忍受世人的白眼，不怕被视为疯子。"

　　"世人的白眼？疯子？"

"是啊，活动中心里的众人看到我们两人在野外乱窜，恐怕以为我们是疯子呢。在过去还要勇于牺牲。"

"牺牲？"

爱德华解释道："每次发现、发明、创造都是对人类现有理念、直觉的挑战，要求我们痛苦地自我否定。发现越伟大，否定就越痛苦。数千年来大家都觉得是太阳绕地球转，东升西落，地球是中心。突然有人发现地球是绕太阳转的，这颠覆了人们的理念；还有人说发现了数学里的无理数，在当时都是大逆不道的。当人类不愿意自我否定时，就会烧死、淹死那几个发现者。你说会不会牺牲？"

"哦，的确是的。人类的每一次进步，都要经过一次思想痛苦。"

"人类如果想继续进步，我们现有的理念就会被不断推翻，不管我们愿意不愿意、自觉不自觉，这是必然规律，除非我们想停滞不前！"

两人驻足仰视天空，观赏着变幻莫测的半透明夜空。过了一会，他们开始往回走。

爱德华接着说："最后一点非常重要。可惜，你无法控制。"

陈大川问："哦？什么要素？"

爱德华说："运气。"

陈大川一听乐了："嗯，是的。"

爱德华说："运气由各种偶然条件构成，不以你的意志为转移。就像我们能看到极光一样，靠运气。不要以为、也不要指望相同的努力会得到相同的收获。"

寒假里钱乐照例还是带着白静去买菜。作为答谢，白静偶尔会在家里做饭请钱乐来吃。钱乐看到白静的居家用品不全，要带白静去 Yard Sale 买旧用品。Yard Sale 又叫 Garage Sale，是美国人清理居家旧物，或因搬家而进行的大甩卖。通常在自己家前院或车库内进行，故而得名。白静谢绝了钱乐的好意，一方面她不想太多地麻烦钱乐，另一方面旧用品还是要花钱的，不如在自己小区附近等免费的，捡别人扔掉的。

白静这天路过垃圾箱，又留心看了看。发现一幅带相框的油画，画挺旧而且有点脏，所以主人清除了它。白静不太懂艺术，但这幅画色彩很别致，整个画面有一种说不出的美感。那落日夕照下的沙漠，色泽艳丽，层次分明，近处有棵枯树和一些仙人掌。帆布颜料上不知为何有细砂颗粒，画的落款处有些模糊的文字，像西班牙文。白静犹豫了一下，还是决定拿回家。反正不花钱，先挂起来暂时装饰一下房间也好。

陈大川利用寒假刻苦钻研，又有爱德华的指点，电脑水平有了飞跃。不知不觉，假期就要结束，陈大川要返校上课了。爱德华送他到了机场，办完了值机手续，陈大川又抓紧时间问了几个问题。

爱德华说："我需要再思考一下，总结总结美国科技发展的独特方法和规律，下次见面时告诉你。"

"那太好了。"

爱德华又诡谲地笑了笑："我再给你出个难题。"

陈大川摊开双手，做出两手空空的动作："请出，我还是不用手机。"

爱德华："不是计算题，网上也搜索不到答案，呵呵，是思考题。一颗钻石和一个玻璃球，谁更值钱？"

陈大川一下楞住了："这还要想吗？"

爱德华只顾继续说："或者说一个玻璃球应该换几颗钻石？"

陈大川觉得这里面有玄机："这……"

爱德华轻咳一声，认真道："我不要求你现在回答，你回去以后独立思考一下。中国人很勤劳，这点从早年来美国修铁路时就可以看出。"

他们走到安检口，爱德华无法进去了。陈大川看看时间尚早，就回送爱德华到大门口，两人又一起往回走。

陈大川开着玩笑："现在华人不来帮助修高铁了，我看到美国铁路实在落后。"

爱德华摇了摇头："时代不同了，需求也不同。当年可没有汽车、飞机，铁路是陆地唯一的机械化运输。也还没有电话，人们交流、谈生意多靠坐车去面谈。电话、传真的出现与普及逐渐减少了人们对出行的需求。实际上，半个世纪前横跨美国大陆的铁路就因乘客太少，客运不得不停了。互联网的发明更进一步减少人们对出行的需求，所以美国对建高铁十分谨慎。没有市场需求的建设会造成浪费。历史上，第一颗原子弹、开凿巴拿马运河、登月、横跨美国大陆铁路，是美国曾经的四大工程成就。横跨大陆铁路连通了世界第一和第二大洋：太平洋、大西洋。华人最早成规模来美国，是到加州淘金的，追溯到一百六十年前的清朝。很快，他们赶上美国开修第一条连接东、西部的跨大陆铁路。三个铁路公司分别从东、西两边往中间修路，最终要在犹他州的盐湖城附近会合。东线多是中部平原，土壤地带，修铁路容易许多。而西线则要翻过高山地区，山岩坚硬无比，打炮眼时几大锤下去，钢钎只在石头上打了个白点。山区荒无人烟、单调寂寞，人高马大的爱尔兰工人不愿干活，开始游山玩水混日子。眼要工期一再延误，工头只好找来几个瘦小的广东人试试。"

陈大川："怎么样呢？"

爱德华说："中国人听话、勤劳，而且在施工中会动些小脑筋，改进一些方法，大幅度提高了进度。铁路公司大喜过望，叫这几个广东人多找些华人来。后来铁路公司干脆和远洋船公司说好了，凡是中国工人来，铁路公司先帮他们预付来美的船票。"

"那是会招一大批华人来的。"

"是的，主要来自广东。当然，他们付出的也不仅是汗水，施工中不慎坠崖，被坏炮炸死，甚至冻死的有不少。"

"怎么会冻死？"

北极光的启示

爱德华话语慢了下来："是这样的，那年西部山区正好赶上百年一遇的大雪，可怜的广东人从没见过雪，不知道它的危险。有时碰上雪崩，整个施工队没了；有的白天干活累瘫了，回到帐篷倒头就睡，再也没醒过来，冻死时手里还握着镐头……"

陈大川黯然："啊，真凄惨。"

两人沉默了一会。

爱德华又说："有了华人的贡献，这条长达一千九百英里（约三千公里）的铁路线才能如期在犹他州会合。新铁路线连上东部的铁路网后，乘火车人们就可以一周内从东海岸的纽约到达西海岸的旧金山。"

"当年的火车也真够慢的。"

"呵呵，是的。但你要知道铁路通车之前只有骑马或马车。从纽约到旧金山可没有柏油路，要沿着土路，一路颠簸、翻山越岭，还要面对可能出现的土匪、野兽，你知道要花多长时间？"

"我猜要两个月。"

"不，通常要走半年啊。"

陈大川惊讶了，他沉浸在过去的场景：马车艰辛的颠簸迁徙和火车平稳的高速前进，多么鲜明的对比。一个国家的物资流通、人员流动，由六个月的时间缩短到一周，华人的贡献对西部经济腾飞起了何等重要的作用。

爱德华感慨道："可惜大多数美国人一直忽略了华人的历史贡献，过去有很长一段时间对华人歧视，包括各种歧视性法律。直到第二次世界大战，美中两国结为同盟才彻底废除了各种排华法案。"

他们两个光顾着讲话，不知不觉又转回到了安检口。看到同一块安检提示牌和安检员奇怪的目光，两人都忍不住笑了起来。

爱德华最后说："中国人一直是吃苦耐劳，难怪现在中国又成了世界工厂。如果这种吃苦耐劳只停留在体力上，就是愚昧和落后。孔子两千多年前就说，劳心者制人，劳力者制于人。他那么明智地指明了脑力劳动的重要性。而我上次去中国，居然依然看到和两千年前一样的牛耕地、人挑水。人们是不是太安于现状了？一味地赞美体力上勤劳，会阻止科学技术的发展和应用。你说的那一句话很有道理：一切的节省归根到底是时间的节省。科学进步就是要省时、省力、提高效率。当中国人想着要体力上偷懒、像拥抱面包一样拥抱新技术，中国就有了希望。"

陈大川坐在飞机上，耳边一直回响着爱德华的话语。

Tips

1 如何买到中美往返、美国国内的便宜机票？在美国买最便宜，上谷歌主页，直接在主搜索栏里输入：Flight tickets："出发、到达的城市名或机场代号"，如：Flight tickets Nanjing to Los Angeles 或 NKG to LAX，通常会迅速找到最便宜的机票。

洛杉矶最高峰——圣安东尼奥山 Mount San Antonio （徐栩　摄）

第 9 章　　另类学生

　　美国学期制的大学寒假通常不长，一般是从 12 月中旬到来年元月中旬。元旦过后的新学期称为春季学期，会有学生在 12 月份毕业，也有新生在春季入学，只不过没有秋季入学的规模大而已。

　　卢雁入学了，她学的是金融专业，与白静同专业。卢雁开车到了学校，和胡艳芳碰了头，然后胡艳芳带着她去见老生白静。白静打量着卢雁：中等身高，小圆脸很精致，平直的眉毛，浅浅的双眼皮，明亮大眼略带忧郁，配在一起形成典型的江南女孩，看上去年龄略大些，二十七八的样子，透露着成熟美。

　　胡艳芳快人快语："白静，这是 Juliet（朱丽叶），我的好友。是刚入学的新同学，你们同专业。学习上你多帮忙吧，她来美国有段时间了，也可以帮你忙。"

　　通常来美国时间久的人都愿意别人叫他们的英文名字，所以胡艳芳特意提到卢雁的英文名。胡艳芳并不待见卢雁，觉得她无非就是看上了爸爸的钱，但老爸的命令总要应付一下。

　　白静晚上在图书馆见到了久违的陈大川，开心地和他打招呼："听说你寒假远行赚了大钱？"

　　陈大川说："呵呵，何止是银子？我可是收获满满。"

　　陈大川眉飞色舞地向白静介绍了阿拉斯加奇特风光、自己计算机水平的提高，还特地聊到了爱德华。

他说："在回来的飞机上，我在反思，我们的教育真是叫揠苗助长。高中的后两年为了高考，拼命地人为拔高、催高，但上大学后四年又放任自流，无人浇水无人施肥。都说我们的教育方法培养不出人才，这样的揠苗助长能成才才是怪事呢。我们应该放宽进大学的标准，提高毕业的门槛。"

白静想了一会，赞赏道："嗯，不错，有道理。"

陈大川接着说："他还给我出了一个题目。"

"什么题目？"

"一颗钻石，和一个玻璃球，谁更值钱？"

"当然是钻石值钱了，太浅显了。"

陈大川摇着头说："越是浅显的常识，越是蕴含着深奥的原理，往往越值得深思。我想过了，这是个科技发展命题。当初，玻璃球就是高科技。当欧洲人来到非洲，整个非洲没有一个玻璃球，却有许多钻石。而当地人也不认为钻石有什么价值，就和普通石子差不多。用一个高科技的玻璃球换一颗大钻石完全应该。如果说玻璃球比钻石坚硬，那是欺诈；如果说五彩斑斓的玻璃球比钻石值钱，完全可以、完全合理。但随着高科技变成低科技，人人会做玻璃球了，它的价值就一落千丈，那一颗钻石就要换一万个玻璃球了，这也是完全合理。"

白静楞了一下，仔细一想，觉得确实是这个道理，就点点头："嗯，分析得对。"

陈大川又说："这就是科技产品的特点，高投入研发、高利润、高速贬值，离开具体年代讲价值、价值观是荒谬的。"

白静佩服地说："的确如此。"

陈大川转而询问起白静："哎，你假期过得如何？"

白静："我嘛，收获可没你多。最大的收获是和王晨光、钱乐他们去了趟迪斯尼，的确终生难忘。还有一个，如果能算得上收获的话，是在垃圾箱捡了一幅旧画。"

陈大川笑着说："呵呵，跟着钱老大你学会幽默了。"

白静："不过，假期里我有了一个主意，想具体论证一下，电脑时代与电子货币，可能的话，写成毕业论文。"

陈大川鼓励她："哦？我觉得新主意才是最大的收获。"

"可是我一点不懂电脑，到时少不了向你请教。"

"那容易，反正我常在图书馆。"

老驴的高级网络原理课程本来就很难，他还测验多、作业多，学生们无不怨声载道。

有一天他突然发电邮说外出开会一周，正当同学们额手相庆之际，第二封邮件紧接着来了，布置了自习内容和一堆作业，还说将要布置更多的作业，叫学生天天看电邮。中国学生 QQ 群里一片叹息：他人虽不在，但阴魂不散啊……

第二天，果然有了具体看教科书的进度。又加了好几题作业，与前一堆作业算同一批，都在三天后截止。学生必须在规定的截止时前通过电子邮件交作业，逾时一分钟都不收了，此次作业以零分记算。第五天，第一次作业还没到截止时间，老驴又布置下来了第二次作业，比第一次作业更多、更难。

本来学生看看电邮是件挺愉快的事，但现在都怕打开邮箱了。

中国春节来临，美国大学不放假。不管是年三十，还是大年初一，该上课的上课，该考试的考试。但是中国学生总是要忙里偷闲庆祝一番的，大家常选择靠近大年初一的周末举办庆祝活动。

计算机系的华裔教授张燃几乎每年都邀请几个熟悉的中国学生去他家过年。

陈大川坐上钱乐的车去了张教授家。这是一个开放式小区，所有的住宅都是独立屋，或一层或二层，在中国叫作独立别墅。美国的住宅小区各自规划成不同的风格。开放式是指小区没有围墙，刻意追求早年的牧场风格，也说明这片地区很安全。这小区里每个独立屋占地面积都类似，主体也都是木结构，但式样绝不雷同。唯一的相同点是房前都有自家的车道。主人回家不走正门，按下车里的遥控器打开车库卷门、开车进入，然后从车库里的内门进家，不惧刮风下雨。

钱乐的车开到了教授家门口。陈大川刚开车门就听到一阵悦耳的鸟鸣声。他看到一群小鸟在几行电线间上下飞落，像是在五线谱上自弹自唱。美国的中、高档住宅区都不许有商业活动，所以宁静干净。

这是个二层楼的独立屋，四周用篱笆围起。楼前有草坪，屋后有绿树，四周是鲜花。张教授的父母早年为了躲避旧中国军阀混战，侨居泰国。父母一直注重培养孩子的中国情结，讲汉语、包水饺。泰国在那个时代有些排华，限制中文教育，小学四年级以后学校就不许教中文了。好在新中国已经成立，他父亲索性把张燃送回国以便多学汉语、不忘本，并贡献祖国。可惜的是，后来赶上了"文化大革命"，张燃这个华侨身份受到了比在泰国更大的冲击，不得已他又返回泰国。再后来，张燃赴美留学，并成为大学教授，一直留在美国。

钱乐、陈大川和戴春兰等几个计算机系同学与张教授、张夫人一起包着水饺，听着中国的传统音乐。

戴春兰忍不住抱怨起系主任老驴："张老师，老驴为何那么变态，以折磨学生为乐呢？那么不近人情。上学期末他在图书馆里走过，看到我们临考急得要死，却一脸坏笑、幸灾乐祸的样子，一点同情心都没有。"

她降低了声音，神秘地问："听说他家庭不幸福导致变态，说是娶了个黑人瞎子？"

张教授微笑着说起老驴的往事："我给你们讲讲他年轻时的故事吧，他可是风度翩翩。"

戴春兰点头："这我相信，高白帅呗。"

张教授："嗯，不错。大学毕业后他去非洲做志愿者，碰到一个病重的黑人女孩。当地的生活、医疗都很差，女孩后来命是保住了，但双眼却失明。他查遍了各种资料，发现只有洛杉矶一个医院可以医治这种眼病。这个女孩家里贫寒，无财力证明，一直无法拿到来美国的签证。Dr. Read（即老驴）气不过美国政府，索性与她结婚，给她办了结婚绿卡，接来美国看病。黑人夫人后来能用微弱的视力看东西了。Dr. Read 其实与她并无爱情，但没有提出离婚，一直照顾她，相敬如宾。你说 Dr. Read 不近人情？"

张教授平淡直叙，几个中国学生却感到了震撼。戴春兰不由睁大了双眼，她没想到老驴还有过这样的经历，如此善心助人。

张教授说："有压力并非是坏事。不给你们加压力，你们就不会拼命学习，说不定都上网聊天了。运动员想出成绩要靠严教练，研究生想出成果要靠严教授。"

陈大川完全同意："是的，寒假里我在阿拉斯加，一个老美和我说过中美教育方法很不相同。"

张教授说："呵呵，这里是小孩要一直要盯着，大人片刻不能离，但 21 岁就完全放手了。该严管的时候严管，该放飞时放飞。中国很多家长恰恰相反。"

戴春兰疑问："哦？21 岁放飞？"

张教授："18 岁开始负法律责任，与父母无关了。21 岁完全成人。你会发现美国有流浪汉、乞讨者。但你见过未成年流浪、要饭的吗？"

钱乐想了一下，说："这倒是真没见过。"

张教授道："流浪汉是成年人，他们应对自己的道路、选择负责，而孩子不是自己选择来到这个世界的，体力、智力上无法自理，也不会判断对与错。所以法律要求 12 岁以下的孩子每时每刻不能离开大人的监护。如果没人看着，政府一定会让父母失去监护权，把孩子收容到儿童福利所，管吃管住，还免费上学。"

张夫人下的饺子熟了，陈大川、戴春兰帮助捞出，分发给张教授和其他学生。

屋子里一下子充满了饺子香味，真正有了过中国年的气氛。

　　白静与卢雁有相同的课程，一起上课。白静觉得她朴实、谦虚，也很低调。虽然开着宝马车，但一点也不张扬。她还不知道卢雁本来开更好的保时捷。白静就是喜欢这样的个性，对她很有好感。卢雁在学习上也有灵气，她们互相帮助、互相交流，一起做项目。

　　罗丽岗别墅的网络出了问题，胡艳芳求陈大川帮忙修理，她开着豪车接陈大川。

　　坐在保时捷车里，陈大川问："你家用的是哪家网络公司？"

　　胡艳芳："不知道，反正是最贵的那家。"

　　"那你家用的是哪种路由器呢？"

　　"不知道，反正是最贵的那种。"

　　"哈哈，钱乐说，满足富二代的条件有三，我觉得你有两个了，但还缺一个。"

　　"三个？哼，别说三个，就是三十个条件我都符合。"

　　"这可是你自己说的啊，可别改口。富二代前两个条件是'有钱'、'显摆'，你都符合。最主要的第三个条件是'脑残'，你符合吗？"

　　"去你的，你才脑残呢。"

　　"哈哈哈，你还争条件不？我不是脑残，而是钱残，地地道道的穷三代。"

　　这是陈大川第一次来到胡艳芳的罗丽岗家，他算是见识了豪宅群及其周围优美的环境。红顶白墙的小洋楼星罗棋布于半山腰，掩映在绿树花丛中。进入户内，从客厅的大落地窗可以看到山下的远景，视野非常开阔。

　　客厅里，陈大川忙活了一阵子，把路由器修好。

　　胡艳芳嬉皮笑脸对陈大川说："哎，要不要见见美女？不骗你，我爹的二奶真的很漂亮，完全比得上西施。"

　　在楼上自己卧室里的卢雁听到两人谈话声，觉得男生的声音很耳熟，拉开门，正想下楼看看，就听到男生在说："早就跟你说过，我可不想见什么二奶，最烦抵挡不住铜臭、出卖灵魂和肉体的。她就是西施、貂蝉、林黛玉的总和，我也不会正眼看她。"

卢雁感到当头一棒，愣住了，立马停住了脚步。不仅是因为男生说话的内容，更因为卢雁听出来了，那声音正是她久违的初恋情人的。她轻轻关上门，过了片刻又悄悄开了个门缝，仔细望了一会，看到楼下陈大川的侧影。没错，就是他。

十年过去了，当年情景仿佛就在眼前。

他们是同一所大学的，她比陈大川低两级。有一天在大学边上的公园里玩耍，卢雁故意躲起来，看到陈大川非常着急地到处找自己，躲在树后的她偷偷地笑起来：当时的陈大川是那么在意自己。

关门声响，卢雁回过神，胡艳芳与陈大川已经出了门。

在回去的路上，胡艳芳对陈大川说道："还不错，二奶知道巴结我。我老爸给我们买的名牌包，她都让我先挑，还答应与我换车开，我这个保时捷原来是她开的。"

"哦？这二奶有点另类，物欲并不强，莫非和你爸有了真感情？呵呵。"

"胡扯，有你个鬼。"

"你并不希望看到他们真有感情。"

"她要钱呢。每次我爸给她钱，她都小心翼翼地收藏好，一副小财迷的样子。哼，真没见过大钱。"

白静住在墨西哥裔的家里。美国是个移民国家，有来自世界各地不同人种，肤色不同。他们有的只是临时在美国学习、工作，有的则是土生土长的美国人，甚至在美国已经是好几代了。所以虽然有的是黄皮肤、黑皮肤，但是老美国。有的是白皮肤，但可能刚来自俄罗斯、乌克兰等国家，并不会多少英语。在没弄清他们的国籍前，用"裔"一字是最好的方法。黑人通常称为非洲裔，来自亚洲的人通常称为亚裔。

美国最大的两个少数族裔是拉丁裔（也有称做西班牙语裔的）和非洲裔。拉丁裔中主要是墨西哥人。墨西哥相对贫穷，且紧邻美国，很多人通过合法或非法的方式涌入美国，使得拉丁裔人数迅速增长。现在他们已经超过非洲裔，成为最大的少数族裔，他们所说的西班牙语也成为美国最常用的外语，是美国两种官方语言之一。

白静觉得她的房东以及墨西哥裔邻居比较勤快，愿意动手，不愿意动脑。难怪中国人给他们起了个绰号：劳模（老墨）、阿蜜哥（西班牙语、英语中"老朋友"的意思）。他们任劳任怨地干简单劳动，修草坪、剪树枝、做清洁，不计较工作环境差、工资低，属于没什么"野心"的一类人。他们会生很多的孩子，但不逼着子女考高分、上大学，所以老墨们整天乐呵呵的。由于收入不高，他们很少外出旅游，尤其是很少坐飞机，但他们可以一家人开着旧车去海边沙滩度一天的夏日，也常常一家人在院子里聚会、烧烤，或再请几个家庭，一起有吃有喝有笑，同时放着高分贝、快节奏的墨西哥歌曲。

白静走进了学校主图书馆，又看到了陈大川，向他点头示意。陈大川假装回头看，看到后面有个白人男学生，开玩笑地说："我还以为你和我打招呼呢，原来是我身后的帅哥啊。"

白静笑道："你就装吧，要不我就直呼其名？"

陈大川经常在图书馆里见到白静，他欣赏白静的美丽端庄，更喜欢她文静的性格。有白静在图书馆的时候，陈大川觉得心情像加州的阳光一样灿烂。

白静说："你整天泡在图书馆里，到这里总能找到你。明天下午4点可有空接我？钱老大送我去听个财经报告，但他下午要工作，无法接我回来。"

陈大川说："当然可以，我下午没课。"

第二天下午，陈大川接白静回家，在路上，两个人闲聊起来。

白静说："上个周末我和李宇听了场音乐会。我一句也听不懂，一开始还埋怨自己的英语怎么那么差，后来才明白过来。人家唱的是意大利语。"

陈大川一下没忍住，笑了起来："哈哈。"

白静道："是一个轻歌剧。难得看到美国人个个穿得那么正式，平日里他们穿着太随意了。"

她又叹息了一声："唉，感到李宇对音乐一点兴趣都没有，音乐会前后、中间休息，一直都在评论着豪车。"

"人家是真土豪，豪车的玩家，可不是纸上谈兵哦。"

"的确，他很在行，对各种车的性能、参数了如指掌，可惜我对此一窍不通。"

"人家是豪车鉴赏系的博士，如果有这个专业的话。你还未入门，那些学问对你来说当然太高深了。"

"得承认，我的知识面太窄，高雅音乐听不懂，这次去就是想体验一下的。你知道吗？票价不菲。"白静说。

"怎么？他那么有钱，还不请客？"

"他是要请我，但我还是觉得不随便花别人钱的好。他先买了票，我是硬把钱塞给他的。他开车接我，已经很感谢他了。"

陈大川微微一乐："你有点傻气。"

陈大川难得发现一个不爱钱的女孩，与自己的前女友简直是天壤之别啊，不禁怦然心动。

洛杉矶车堵得厉害，陈大川的车在一点点地挪动。沉默了一会，白静找了个话题："听胡艳芳说过，你曾有过一个女友？"

陈大川承认："是啊，应该说很漂亮，性格也很像你。"

他下意识地用了个"也"字。

白静注意到了也字。她沉默片刻，又问："哦，那你们怎么分手了？"

陈大川说："很简单，我没钱，她傍上大款了。"

白静没有再继续追问。

226

她改了话题："不知老美的正装为何都是深色衣服，以后上班我都无法穿国内带来的漂亮衣服了。"

陈大川笑道："人家老美都是死喝咖啡的，穿深色衣服是为了咖啡洒在衣服上不显脏。"

白静咯咯笑出了声，知道他在开玩笑，但还是说道："呵呵，有道理。"

车到白静家门口，她下了车。陈大川目视她走进家门才开车离开，这是不安全地区送人回家的标准程序。

钱乐有空就去图书馆接白静，偶尔能看到白静在与陈大川讨论。他直觉感到白静与自己在一起时，眼神没有与陈大川在一起时那么亮，他还觉得白静找陈大川讨论电脑网络问题有点"别有用心"。尽管白静说她在写网络与金融货币结合的论文，钱乐心里还是酸溜溜的。钱乐的优点是乐观，他说服自己，只是因为自己太在意白静，才会疑神疑鬼，不该那么小心眼。况且他知道，陈大川过去曾受过巨大的恋爱创伤，现在又拼命学习，不会卷入谈情说爱中。

卢雁属于宅家的人，平常不来学校。除了上课、偶尔去图书馆借书还书，她一直在家里学习。在校园里，她既期望能碰到、又怕见到陈大川。

有一次图书馆里陈大川走出电梯，卢雁从侧面往电梯里走，她看到了陈大川，楞了一下，不敢打招呼，而是低头进了电梯。陈大川却一点未察觉，两人擦肩而过。

李宇除了对上课不感兴趣外，对别的任何事都感兴趣，特别随时关注着美女的出现。为了出勤率他才在教室里坐着。这天他低三下四地向胡艳芳打听："听说你跟新来的学金融的朱丽叶很熟悉，她姓卢吧？"

胡艳芳问："是的，有什么事？"

李宇说："啥时叫着一起开 party（聚会）吧，一切由我来准备。"

胡艳芳瞥了他一眼："怎么，你又想姐弟恋啦？"

李宇说："认识一下，社交嘛，怎么一定是谈恋爱呢？"

"你自己去找她吧，我可不想掺和这类事。"

"和我们一起入学的金融美女白静已经是精品了，听说那个朱丽叶的颜值还要高。怎么金融专业尽出美女？早知道我应该去学金融的。"

胡艳芳本打算再数落他一番，想想把话咽了回去。

晚上李宇回家，接到了小菲的电话。她是寒假李宇交的女友，李宇带着她滑了几次雪，两人很快就如胶似漆，但李宇热情来得快、去得也快。两个月后，他又与小霞好上了，冷落了小菲。

小菲直接打了电话问李宇："怎么你现在不回我的 QQ 啦？"

李宇一本正经说道："我现在学习很忙呢，我们以后再联系吧。"

小菲说："学习忙？我看到你车里载着别的女孩。"

李宇这边顿了一下，然后才开了腔："那个什么，我有了更合适的朋友。我们还是友好分手吧。"

小菲问："你不是说真心爱我的吗？"

李宇干咳了一声："咳，在那一时刻是真心爱你的，绝对是真实的，不骗你。斗转星移、万事在变。你应把那一时刻当成永恒的、美好的回忆。不在乎天长地久，只在于曾经拥有，对不？"

电话那头火冒三丈："姓李的，变文青了？跟谁学的？别那么花心还找借口，你以为有点臭钱就可以随意玩弄别人吗？看你将来有什么好下场！"

紧接着，那头挂断了电话。

洛杉矶大学平时学习、考试，学生们都在较着劲。不但中国学生之间比，中国学生与印度学生、美国本土学生也在比高下。

这学期奶牛教授开了一门课——人工智能，学生们选课踊跃。课程后半段是做课程设计，设计一种叫反棋的游戏。为了凸显竞争性，五个人一组，每组独立地设计出反棋下棋程序，然后各组互相比赛，最后看谁是冠军。奶牛的课程设计有时会指定谁与谁一组，故意将不同国籍的学生分在一组，让大家学会与不同种族的人相处。但这次是自由组合，在这种情况下，往往是相同国家的学生自愿在一起。

反棋像围棋或五子棋，所以爱好围棋的奶牛选定它。棋的规则很简单：当任何一直线两端有对方棋子占踞时，两端中间整个直线上的所有棋子都"叛变"成了对方棋子，反棋由此得名。最后双方谁的棋子多，谁就赢了。

印度学生中的高手库马得意地说："Song 没选这门课，"他吹了声口哨，"你们没 Song（歌曲）了，哑巴了，还能赢不？哈哈。"

他所说的 Song 是指宋雨林。Song 是宋的汉语拼音，但在英语中是歌曲的意思。印度学生知道宋雨林是他们的强有力竞争对手，水平很高。有宋雨林在，他们赢的可能性是零。

陈大川、高则仕在一组，他们总体实力不错。根据分工，大家编写不同的程序段。陈大川进展顺利，但他总觉得算法不够优化，就想和高则仕探讨。高则仕却一向崇尚单干，总是找借口不参与讨论。

戴春兰现在与尤金已经打得火热了，整天忙得很，连抄作业的时间都快没了。她风风火火地开车往来于学校、球场、租屋、尤金家。

戴春兰晚上来到尤金家里，她今晚一定要让妈妈通过视频见见尤金，分享她的幸福。

戴春兰打开笔记本电脑，把尤金拉到摄像头前。

戴春兰先伸伸头，得意地说："妈，这就是尤金，大教练。"

尤金很礼貌地用学来的汉语问候戴母："你好，我是尤金，是戴茜的好朋友。"

戴母有意说得很慢："你好，尤金，非常感谢你照顾春兰。"

戴春兰抢占镜头，笑着说："哪用他照顾，我照顾他还差不多。"

尤金："So nice to see you（很高兴能看到你），你最近身体好吗？戴茜与我们大家相处得很好，她是个好学生。"

戴母："好，好，谢谢。"

戴春兰还是听进了一点钱乐的劝告，对尤金有点警惕，不管多晚都回到自己的家里。

戴春兰回到自己家后又与妈妈通了电话。

戴母说："尤金看上去不错，但是不是年龄大了些？"

戴春兰说："妈，没事的。外国人看上去都显老。我们有感觉最重要。而且你知道吗，我要是和他结了婚，就立刻有了美国户口，比嫁给上海人得到上海户口还要快。"

她没提绿卡，估计她妈也不懂什么是绿卡，还不如说户口好理解。

"我有了美国户口，就不是国际学生了。不必每学期非上三门课不可，而且学费便宜很多，还可以合法工作呢。"

她看到了房东老张在冰箱门上给她留的纸条。美国人很喜欢用冰箱贴，这些磁性的冰箱贴常印有风景画、美术字，功能是夹贴字条、留言。因为美国人频繁使用冰箱，如喝饮料一定要取冰块，所以在没有智能手机的过去，冰箱贴是非常有用的交流工具。

老张纸条子上写着：戴茜，请你下次要及时洗碗，别人好用水池。

戴春兰心里嘀咕，老张最近老是在家呆着，所以经常挑房客的不是。她不乐意地匆匆把留在水池里的碗洗好，碗口朝下放在碗架上。碗倒扣在碗架上，可以滴干水以保证碗的清洁。碗架下部有个带坡度的塑料底盘，可以将滴下来的水引导回水池。

第二天早上，老张气呼呼地跟戴春兰说："你怎么那么晚还在用水龙头？害得我都没睡好。"

戴春兰反问："你不是要我赶快洗碗吗？"

老张说："那你也可以等到今天早上洗啊。"

戴春兰说："我早上忙着要出门赶上课，怎会有时间？而且说不定有人也抢水龙头用呢。"

说完，戴春兰嘭的一声带上大门，走了。老张气得直摇头。

老张的女儿张燕萍下午在家里，突然接到一姐们的电话，让她陪同去一个诊所。一会儿那姐们开车来到老张家，张燕萍上车才知道，她要去堕胎诊所。

张燕萍："你啥时怀上的？他是谁？为何不陪你去？"

姐们："啊呀，姐是第一次怀孕，根本没有经验啦。有一次开车突然呕吐了，才想起是不是怀孕。去医院一查，果然是。"

张燕萍："你不想生下来？那你去堕胎诊所，男生也不陪你？"

姐们："我问医生具体是哪天怀孕的，医生说无法精确到天，我没法确定他是谁？想想还是自己做掉吧，省得将来有麻烦。"

堕胎诊所门口站着几个反堕胎人士，他们举着牌子，宣传自己的理念，有的还和进诊所的准妈妈交谈沟通。

有的说："堕胎违反道德，是在杀生。"

也有的说："堕胎对母亲身体不好，你生下来吧，婴孩交给我们养。即便是畸形儿或有其他生理缺陷，你都可以不养，交给政府或给我们，你不用花一分钱的。"

一个人看到张燕萍这两人很年轻，就说："怀孕是隐私，保密的，甚至对自己的丈夫，不必担心。"

张燕萍困惑了："对丈夫也保密？那如果他问起来了呢？"

那人说："医生是绝对不会泄密的，他们的标准回答是：你自己去问夫人。"

在中国影视里，医生高兴地对先生说"恭喜你当爸爸了"，而这在美国是不会发生的。

美国人堕胎往往去专门的堕胎诊所，诊所们当然非常讨厌反堕胎人士，因为这些人是在毁诊所的生意，所以几个诊所曾联合起来对他们起诉，要求反对者离诊所门口远一些，有个 100 英尺（约 30

米）的距离。但法院的裁决结果是，100英尺太远，反对者完全可以站在诊所门口发表反堕胎言论，只要不用行动阻止人们进诊所就行。

进了诊所，张燕萍对姐们说："美国结婚与生子根本就是毫不相干的事。没有结婚、没有男朋友可以人工授精生孩子，而结婚的也可以没有孩子。你是不是再考虑一下？"

晚上戴春兰刚回到家，关上自己的房门，就听到老张敲门："戴茜。"

戴春兰以为又是洗碗的事，没好气地打开门，见到的却是老张一张笑脸。

他笑嘻嘻地说："我不懂英文，麻烦啦。能不能帮忙翻译这封信？好像是学校来的。"

戴春兰懒洋洋地接过信，看了起来。

看着看着，戴春兰神色不对了，紧张地说："信上说，燕萍缺课多，考试又不及格，被开除了。"

老张大吃一惊："啊？怎么会这样？还、说开除、就开除？"

戴春兰说："过去学校来过一封警告信，学生家长并未按要求到校。"

老张说："警告信？我从来不知道啊。像我们这样听不懂英语，去学校也无用啊。哎呀，这可如何是好。我们来美国就是为了孩子的将来，没想到会发生这样的事。我就感到这两天她有点反常，才想到要看这封信。"

戴春兰觉得他够糊涂的："那怪你大意，第一封警告信你就该找人看。"

老张气得头晕："唉，你有所不知。早就……晚啦……不该开卡车的。"

戴春兰不解："什么？早就……晚啦？"

老张说："我们的确管她少了，没时间管她。但她学坏也不是一两天了，肯定都是因为她认识的那几个朋友，唉。"

老张没再与戴春兰多说，觉得她太年轻，说了她也不懂。

他们一家三口几年前才移民美国。夫妻二人几乎不懂英文，纯粹是为了女儿着想才来美国的。在美国开长途卡车挣钱多，又不需要多少英语，老张就当上了司机。这个工作经常不着家，难得回到家里，他也要忙家务。别的不说，就是草坪不及时修剪，邻居都会告到警察那里，所以老张顾不上监督女儿。老张夫人在别人家当保姆，也是早出晚归。他们以为美国老师会管教孩子。其实公立中学，尤其是高中，老师根本不过问学生的事，上完课老师就回家了。张燕萍的英语有限，上课吃力。成绩好的学生不太搭理她，她颇感自卑，顺风顺水就与差生成了好友。

老张开了一瓶啤酒，自己喝着闷酒。

一周前，老张与另一个华人司机老王一同驾车去纽约。回程时在一个测重站（Weigh Station）被警察抽检了。高速路边上的测重站只查营运的卡车，不查私家车，目的是称所有轮胎的承重，以防止爆胎。一旦某只轮胎承重过载就必须重整平衡或减少货物以达标，否则不予放行。个别州会在测重站里收燃油附加费。警察通常也会在测重站里抽查车辆、司机，看看有无其他违规。

美国法律对商业运行的大卡车、客车有着严格的规定，卡车司机上车就要记下行车日志，几时开，几时停。一天开车不能超过十一个小时。开这些车的驾照种类也不同于普通驾照。老张为了多拉快跑多挣钱，经常超时驾驶，并在行车日志上做手脚，以显示未超时。有道是常在河边走没有不湿鞋的，这次警察仔细查看了提货单上的时间、几次加油站发票的时间，慧眼发现了他超时驾驶，于是老张吃了张超时罚单。警察还说他们必须停车休息六个小时，才能继续开车。

老张、老王与警察半比画、半理解，知道必须在测重站的停车场里休息。

在车头的双层床上，两人根本睡不着，发起了牢骚。老王打开驾驶室内的小冰箱，拿了一听华人超市买的加多宝递给躺在上层的老张，自己也打开一听。

老张："美国真是死规定，十一小时根本不累，非要大白天睡觉，睡得着吗？"

老王："可惜我的驾驶时间也满了，否则我们没必要在这里呆着了。"

过了两个小时，测重站要下班了，工作人员开始锁办公室的门。

他俩觉得可以不用继续休息了。

老王的英语好一些，他去问那个警察："都下班了，我们还要留在这里吗？"

警察说："What do you think？（你们认为呢？）"

老张问走回来的老王："怎么样？警察怎么说？"

老王："好像警察没有反对的意思，但也没明说我们可以走。"

一会儿，工作人员和警察全都开车离开了。空旷的停车场里只剩下他们这一辆车。

老张说："要不然，我们也走吧。"

老王："还是老实点吧，我可不敢开。"

又过了一小时，天快黑了，周围什么动静也没有。

老张憋不住了："又没人看着我们，谁知道我们走没走？我来开车。"

老王也不好再阻拦。哪知老张刚开车上路，不知从后面什么地方窜出一辆警车，闪起警灯紧跟着。老张知道是冲着他来的，只好靠边停车了。

警车里钻出一个警察，正是刚才给老张开罚单、后来老王向他询问的那个警察。这时两人明白过来，警察一定是躲起来暗中监视着他们。

这会儿警察不像上次那么有礼了，立即变脸暴怒地对老张吼道："你又违反强制休息，而且是故意的。这次就不客气了，我要吊销你的驾照。"

警察拿走老张的商业驾照，最后警告说："你驾照吊销后再开车就是刑事犯罪，要进监狱的。"

所以老张最近无法开车了，他只能待在家里，请律师早点讨回驾照。

快到期末考试了，校园里的气氛有所紧张，学生们都行路匆匆。图书馆的人也多了起来，但座位并不像国内大学的图书馆那样拥挤。白静常发短信请陈大川帮自己留个位子。

陈大川感到很温馨，但故意回短信：位子并不紧张啊。

白静回：你坐的都是好位子，而且有你这个偶像在，我能提高学习效率呢。

学期临近结束，奶牛反棋的课程设计也到了见分晓时刻。几个小组捉对厮杀，库马这组人工智能功能比较强大，电脑本身可以在比赛中根据对手的技巧随时学习、随时改进。结果最后他们组的电脑以 3：2 险胜了陈大川、高则仕组，获得第一名。库马开心地向高则仕扮了个鬼脸。

看到印度人得意忘形的样子，高则仕气不打一处来："我们中国人又上太空了，怎么样？你们印度不行吧。印度理工还是比不上中国航天大学，呵呵。"

库马狡辩道："我们不花那个冤枉钱，我们的中小学为所有学生提供免费午餐，你们有吗？不是有很多小学生吃不饱吗？"

高则仕说："上不了太空就上不了，找啥借口？我们大部分孩子比你们吃得好多了，正愁胖子多呢。"

大家也都跟着笑了起来。

远　行

　　春季学期大考终于结束了。洛杉矶大学的学生有传统的自发庆祝仪式，就是晚上 8 点在校园中心广场举行狂欢活动。住在校内和校外附近的学生从四面八方成群结队、大呼小叫地奔向校园中心。他们绝大多数是半裸的——均打扮成夏天海边沙滩的装束。男生穿着短裤，提着冲浪板；女生身着泳装，套着游泳圈，人人手中拿着荧光棒。

　　李宇的父母一年后又来到美国，一家三口在校园里逛。李父过问了李宇的成绩，李宇没敢隐瞒，嘟嘟囔囔地说了三门课成绩："Theory of Finance—B，Global Economy—B，Elements of Marketing—C。"他说到得 C 的那门课时语速快、声音低。

　　李父有点生气："你不能说汉语？欺负你爹不会英语是吧。"

　　李宇说："老爸，有的课程不好翻译的，国内又没有相应的课程。我大概给你翻译一下，'财经理论'、'全球经济'、'市场元素'。"

　　他们看到了毕业典礼的热闹场面，两家长流露出羡慕的眼神。

　　李父问道："我听到有一门是 C，对吧？"

　　李宇小声应道："嗯。"

　　李父拉长了脸："我听说研究生课程 C 是不及格，你上学期有一门不及格了，这学期又是一门不及格，能按时毕业吗？"

　　李宇嘟囔着："啊呀，爸，这美国大学可不像中国。中国大学是讲究一同进校，一同毕业。人家这里讲究的是个性、自由，不要求所谓的按时毕业，而且这学期的三门课都特难，老师特 tough，哦，就是特严厉。我已经很用功了，熬夜是家常便饭，真是累死了，要不我不念了，还是回国算了。"

　　李宇熬夜不假，但并不是学习，而是熬夜在网上看花边新闻、聊天和灌水，还是上的中文网站，所以连英语也没提高多少。白天时间他也是多用在交女友、练车技上，但李宇却深谙家长望子成龙的心态，就将了他爸一军。

李父被击中要害，只好缓和了点口气："回国你以为我就会让你轻松了？到处玩耍？你还是在这里用功吧，无论如何要毕业，拿到文凭。"

李宇妈打着圆场："好了，别太逼他了。他英文不好，你就送他出来留学，还是给他个学习过程吧。"

李父在毕业人群中看到了宋雨林的母亲，不禁愣住了。他连忙上前讨好地打招呼："这不是宋主任夫人吗？没想到在这碰到了。"

宋母有点想不起来，迟疑地说："哦，你是？"

李父道："我是李福义啊，房地产公司的。我得到宋主任的不少帮助和指点呢。"

宋母想了起来："原来是李总，久闻大名。你的孩子也是这所学校的？"

李福义说："是的，让孩子学点先进的经验，回去好帮助我管理公司。"

李福义指着宋母边上身穿黑色毕业服的宋雨林说："这是你家公子了？"

宋母说："是的，我就是来参加他的毕业典礼的。"

李福义惋惜地说："啊呀，学成毕业了，我那孩子没机会向他学习、请教了。"

李福义招呼李宇、自己夫人过来与宋雨林母子见面。

宋雨林在学校一向低调，所以李宇不怎么熟悉他。既然老爸招呼，只好走上前来向宋雨林点点头，说了声："嗨，你好，恭喜毕业。"

宋雨林点头称谢："谢谢。"

宋母对李福义说："你也真客气，应该说是互相帮助。"

宋雨林对着李宇父母说："李宇在学校可是鼎鼎大名啊，可惜我们不是一个专业的，没法帮上忙。"

他们分开后，李宇埋怨说："那穷瘪三有啥好打招呼的？听说是学霸，但车还是二手的。"

李福义呵斥道："胡说，你小子知道天高地厚？那是省建委宋主任的夫人。宋主任是我们的顶头上司，巴结还来不及呢。"

李宇这下愣住了，收起了些狂妄劲。

陈大川参加了室友宋雨林的毕业典礼，看到好友毕业，他既高兴，又有点遗憾，说："你这一走，印度学生可要占上风了。"

"不是还有你吗？这么没信心？"

"我的起点太低了，听那些老印说起理论来头头是道，都是大牛啊。"

宋雨林："别听他们瞎掰胡，英语是他们的母语，当然个个能说会道，但技术层面没多大优势。"

"好吧，那我再拼一把，但还需要些时间，才有把握胜过他们。"

"嗯，这还像条汉子。不论是将来留在美国，还是回国发展都要把真本领学到手。在美国吧，印度人在 IT（信息）领域扩张很快，他们靠着语言优势过去占据了许多中层领导岗位，现在又向着高层 CEO（执行长）进军了。我们除了要胜过他们的技术，还要胜过管理技巧。"

"我们既要拼技术，又要拼语言了。"

"是如此。回国发展，那就更应该多学点技术和方法。我们现在还只是世界工厂，在为掌握高科技的国家打工。只有我们掌握了更高的技术，才能反过来，让美国为我们打工。"

"嗯，还是你有气魄。不过，你也太另类了，一毕业就回国，移民局给的毕业实习 OPT 机会可就一次，多难得啊？"

宋雨林很坚定："我知道，不用就浪费了，但我觉得发展时机更重要。我和我妈会在美国旅游一个月再回国。我在国内等你，希望你也能早日回来，我们一起合作。"

Tips

1 美国是私有制国家，几乎所有地方都是私人的，所以在美国游山玩水一定要留心告示牌，不要误闯私地。我们能看到的公共场所只有公园、公共图书馆、公立学校、政府建筑、公路。加州的海边沙滩大多是公共的（有的沙滩上有免费使用的公用烧烤架，但加州公共场所不许饮酒，所以沙滩上不能喝酒），有些州沙滩多属私人。

第*10*章　欢乐自驾游

戴春兰与房东老张又闹起了矛盾，还是因为日常琐事。她还会将碗留在水池里，有时从尤金那里回来很晚，一洗澡就得把别人吵醒。老张看她屡教不改，就婉转地劝她搬出。刚好宋雨林毕业离校了，戴春兰就搬过去做陈大川的屋友。她早就发现了陈大川的潜力，靠上这个新高手，可以独立于王晨光，就不必装模作样骑墙于王晨光与尤金之间。

陈大川依然需要假期打工，补贴一下学费。他在中文《新世界日报》上看到一则招聘司机的广告，出自一家职业介绍所。

陈大川打了电话过去："我有一次当司机的经验，能胜任。"

对方讲汉语，很爽快："来面试吧，我们当面谈。"

职业介绍所在一个公寓的出租房里，四十多岁的老板笑嘻嘻地对陈大川说："我叫比尔，我们这个工作不累、能挣大钱，还可以游山玩水。只是开车跑长途，安全最重要。"

陈大川问："职业介绍所为何需要司机？"

比尔一副爱国的语气："我们介绍所主要是介绍中餐馆的工作，中国人嘛，当然要为同胞提供服务了。你可能不知道，现在中餐馆遍布美国各地，所有五万人以上的城镇都有中餐馆。有些小镇上的餐馆的确招不到华人，我们给他们介绍员工并提供交通。美国太多的地方没有公交了，出租车奇贵，长途客车灰狗不可能停在餐馆门口。很多打工者需要我们提供交通。"

"哦，是开车送人，那要开什么样的车？"

"就开你自己的私家车，一次不要多，送三四个人就很赚了。"

"那油费回来报销吗？"

"我们根据路程远近核定车费。这车费是乘客出，直接付给司机，我们介绍所不提成。因为车费已经包含了油钱，所以司机自己花钱加油。我们还有规定，路程远时，司机要为客人路上买吃的。不用吃贵的，麦当劳就可以。"

比尔看到陈大川有点迟疑，马上又说："不必担心油钱、饭钱，你是稳赚的，跑一趟就知道了。"

陈大川跑了第一单，车内坐进了三个中国打工者。他们去三百公里外的两个相邻的中餐馆打工。一个女服务员、一个年长些的男厨师，去同一家餐馆。还有一个青年厨师，去另一家餐馆。他们每人给陈大川 60 美元的车费。

陈大川边开车边与他们聊天："我吃过乡下的中餐馆，不正宗。"

老厨师看上去走南闯北过，很有经验："嘿，都一样，反正华人是不愿意吃的，那都是骗老美的，甜酸口味就行。美国最著名的中国菜是我们国内没有的左宗棠鸡，乡下中餐馆最后都会送上国内也没见过的小幸运饼，里面夹着食客的幸运签。"

陈大川说："美国特色的中国菜？不过他们一去中国，就知道上当了。"

老厨师笑着说："哈哈，也用不着出国，只要去一去纽约、洛杉矶华人区，就知道啥是正宗的中国菜了。"

陈大川问："你们为何不自己开车去餐馆？到了那边不需要开车吗？"

"小镇上的中餐馆招不到本地人，老板往往是包吃包住从大城市招人。当然餐馆本身不愁吃，只是美国不允许餐馆里住人，所以老板就在餐馆附近租下或买下一个大房子。反正小镇的房子很便宜。餐馆的员工，服务员啦、大厨、打杂洗碗的老墨都住在一起，用不着开车，大不了餐馆老板接送。"

"平时不要开车四处逛逛吗？"

老厨师笑容消失，叹了口气："哪有什么平时？一周工作六天，甚至七天，每天十二小时。况且荒凉的小镇就几条街，有什么好逛的？另一个原因是许多打工的老墨、华人没有合法身份，没资格考驾照。"

"哦，是这样的原因。那里的餐馆真辛苦，难怪招不到员工。"

"餐馆老板也愿意招非法移民，省工钱啊。荒村野店的，移民局根本不会来查。你不懂，哪里的中餐馆工作都一样辛苦。小镇的缺点是寂寞，除了餐馆的几个员工，方圆百里无华人。但优点是挣钱多，包吃包住你就没有什么开销，每月总能净挣三千美元。如果不想交税，还可以全拿现金。"

"净得，的确不少了。"

"现在移民局有时到灰狗长途汽车站查非法移民，所以才需要你们司机送啊。"青年厨师插言道。

"哦？比尔倒是没说这个原因。"陈大川说。

陈大川送他们到达了餐馆，果然镇子很小，两个中餐馆也很小。

陈大川后来送的几批人，就几乎全是老墨了，像是非法偷渡的。他们干的工种是打杂，如洗碗、扫地或切菜等不需要技术的活。陈大川直觉到比尔是故意这样安排的，先稳住自己，然后再让自己送非法移民。这些老墨自然是没钱给车费和介绍费了。到了餐馆后，由餐馆先为他们垫出车费和介绍费，然后餐馆老板从老墨的第一个月工钱里扣除。陈大川要代收这些介绍费，回洛杉矶后交给介绍所的比尔。

陈大川对比尔抱怨了："他们像是没身份的非法移民，我会不会有危险啊？"

比尔说道："不要怕，我们会把关的，他们都有合法身份。"

陈大川说："上次一个小老墨一上车就死睡，手里捏着个蛇皮。我问他怎么回事，他用简单的英语比画着：刚翻过边界的沙漠，累得要死，途中靠杀了这条蛇充饥。"

比尔尴尬了一下："呃，这，在美国的老墨有几个是合法的？我们只能是尽量把关了。所以我要求司机注意安全，不要超速，以免麻烦。跑长途的人最耐不住性子，美国的路况又好，很容易让人开快车。你是新来的，我就告诉你一些与警察做斗争的经验。"

陈大川来了兴趣："好的，这要听听。"

于是，比尔给陈大川支起歪招。

介绍所其他司机都买了"雷达波"探测器，装在车上专门发现警察的雷达测速枪。因为测速枪靠发出雷达波来测定车速，司机的探测器反侦测这种雷达波。一旦侦测到，就会"滴滴滴"发声提醒司机减速。当然警察也在盯着测速枪看，这就比谁的反应快。介绍所司机个个都比警察机灵，只要不是开得太快，都来得及刹车减速。为应对警察可能用激光测速，市面也有"雷达-激光"两用探测器出售，这类商品在大多数州都合法，而且"雷达-激光"探测器不贵，四十美元左右。

如果高速路有超速车，是其他司机的福音，只要跟在后面狂奔就行。但不能跟得太近，要有个二百米安全距离，当然不是怕前车急刹车撞上。因为前方埋伏的警察一旦探测到有车超速，就准备亮灯追上去。后面的车跟的远，就能看见被诱出的警察，及时减速。如果跟车跟得近，警察会看到两辆超速车。他通常先拦停一辆，告诉司机跟着警车往前开，然后警察再追上拦停第二辆车。警察们很喜欢这样的高效率，一次抓两个。

陈大川觉得确实挺有意思的，又问："那警察会埋伏在什么地方呢？"

比尔感到很满意，因为陈司机好学啊，他就详细地揭秘。

警察打埋伏的地方，要看什么样的公路。美国"高速公路"，翻译成 Highway，定义比较广，有的高速公路路段还是有交叉口、红绿灯的。其中没有红绿灯的路段叫做"无忧路"——Freeway，因为司机可以无忧无虑、自由开车。高速公路警察常埋伏在进出口匝道或桥墩后，尤其是下坡处，因为容易超速。没有哪个傻警察会守在上坡处。另外，下雨天也不会有警察抓超速，他们怕下车开罚单淋湿自己，雨天雷达测不准，而且司机雨天也不敢超速。

到了市区路——local，要特别留心限速牌。当进一个 town（小镇）时，限速逐渐变低，一定要减速。警车、摩托车专躲在低速限速牌后面或树后面。一方面司机容易忽视限速变化，一方面警察存在的目的就是要保护 town 里居民的安全。

陈大川感叹着："看来开车的名堂还真不少。"

比尔说："其实你开车多了，自己也能总结出这些规律。白天你看到了房子出现，就知道要进 town 了。夜晚看到了灯光，也知道要进 town 了，肯定要减速。那些警察基本都是当地警察，拿的是当地居民税收，保护当地居民安全，对当地车辆较宽容。有的地区没有几个居民，大家都认识，开啥罚单？但对外地车辆绝不手软。况且本地人会上法庭与警察对质，找理由让法官免掉罚单。外地人谁会为这点罚款再跑几百公里回来上庭？不值这功夫钱、汽油费。"

陈大川又想起一件怪事："前一次在高速路上，车辆较多，一个警车在我们周围窜来窜去，像要找什么人。"

"嘿嘿，那一定是警察的雷达发现有车超速，但追上时司机已经减速，警察不确定刚才是哪辆车，他在看谁心虚。此时司机不能紧张，要像不知道警车存在一样，不理会，照常开车。"

"哦。"

"总之，交通违规，像闯红灯、超速都是小事，不是刑事罪。但出车祸逃逸，即便是停车时刮蹭了他人车，车主不在场而你又没留下联系方式就走了，就会变成刑事罪，那可麻烦大了。"

"嗯，我是不会这样干的。"

"对，完全没必要。你看这么多非法老墨在美国待得好好的，你怕什么？我们加州有规定，不在国境线附近，警察无权盘问民众有无合法身份。警察是狗，不会狗拿耗子、管移民局的闲事，你还担心送老墨吗？"

欢乐自驾游

  洛杉矶大学校篮球队的助理教练尤金已经和戴春兰的关系很稳定了，但他依旧喜欢未成年的女孩。美国有心理怪癖的人比中国多很多，如有恋童癖、暴露癖等。美国为保护儿童、少年制定了严格的法律。除了大家所知道的电影分级外，如果持有、传播儿童裸照，都是重罪。

  半年多前，尤金在网上和一个叫凯瑞的女孩聊得甚欢。凯瑞是个自称 16 岁的少女，思想开放，身材丰满，她还主动展示了几张半裸相片。没聊几次女孩就直接说到了性。她说喜欢成熟的男人，喜欢做爱，当然希望对方能付点钱，小女孩总是需要些零花钱的。

  尤金很高兴，连忙表示可以付给她可观的零花钱。

  女孩在网上用了一个调皮的图案，然后打出字：你有 1500 吗？

  尤金回复：你太小瞧了我的实力。

  这下女孩迫不及待了：明天下午 4 点如何？

  尤金：当然可以。

  凯瑞：金玫瑰汽车旅店 208 房间等你，这家旅店我熟悉，很安全，别忘了带现金。

  尤金第二天下午兴冲冲地赶到旅店，一找到 208 房间就迫不及待地推门而入。门一开，他愣住了，哪里有什么美少女，全是几个胡子拉碴的彪形大汉。原来那几个人是警察，正是他们装作少女与尤金在网上聊天的。警察网上钓鱼执法，把他抓了个正着。

  根据法律，引诱未成年发生性关系是一种犯罪行为，警察们给他戴上手铐，押至警局。法官念其是初犯，又是"未遂"，给他一个悔改机会，从轻发落。罚款三百美元，三个月内禁止上网聊天。

  惊魂未定的尤金回到家里，想起这事本来就漏洞很多。如未满 21 岁的人不能单独开房间，即便是青年旅社，也要满 18 岁……都怪自己一时大意，轻易上了钩。更可气的是那些可恶的钓鱼警察。

245

远　行

　　尤金自信自己的智商颇高，上次是大意，他不会吃一堑不长一智的。他现在认识到深入了解电脑知识的重要性，所以他上学期常向戴春兰、钱乐、陈大川等电脑学生请教问题。

　　三个月后尤金上网聊天，一遇到自称少女的人和他聊性，就觉得是警察装扮的。尤金心里说：我不会再上当了。

　　高智商的他灵机一动，觉得少女的家长应该在四十岁左右，不妨先找这样的家长聊天，看看能否曲线了解一下他们子女的情况，与他们的子女交友。

　　尤金在网上找到一个四五十岁的家长社团聊上了。胡乱聊过几个人后，他发现了一个经常埋怨高中女儿的单亲妈妈，就有意识地与她多聊。

　　单亲妈妈聊道：我的工作收入低，日子过得紧巴。指望露茜好好学习，将来找个好工作。可惜她不上进，才 17 就管不住了，动辄很晚才回家。

　　尤金：你作为家长，不知道她为何很晚回家？

　　单亲妈妈：她又不跟我说，瞒着我。不过看她打扮得那么性感，就知道怎回事了，小小年纪，唉。

　　她还给尤金看过女儿露茜的相片。尤金更频繁地与单亲妈妈聊天了，还表示自己是大款级，可以赞助她们家的生活。

　　又过了一段时间，尤金与单亲妈妈无话不谈了，他有点露骨：我很喜欢小女孩，可以给你们一笔可观费用，不要让她荒费青春时光。经过一番讨价还价的协商，他们达成了共识。

　　单亲妈妈：明晚 8 点就在威斯酒店停车场碰头，我是白色福特车。你带 2500 现金。

　　尤金：OK。

　　尤金如约到了酒店停车场，他这次机警地开车在附近逗了几圈，没发现警车，这才停好自己的车，坐进单亲妈妈的福特车内。单亲妈妈审视了尤金，觉得他文质彬彬又英俊，不像坏人，就放心了。问他："带钱了吗？"

尤金把钱递上，她也警惕地看看车外，接过钱、数好，指着酒店二楼说："露茜就在 222，门没锁。"

尤金大胆放心、兴高采烈地推门而入，又是撞见几个胡子拉碴的彪形大汉。

那个单亲妈妈也跟进了屋。尤金明白了，又是警察网上钓鱼，单亲妈妈是由女警察装扮的。尤金再次被捕，因为是屡犯，就要蹲监狱了。

洛杉矶大学的校篮球队名气太大，连续五年的大学生联赛冠军。助理教练入狱，可不是个小新闻，各报记者起劲地深挖。有记者抖出五年前尤金的一场官司。当年尤金一个偶然的机会发现自己养了四年的儿子并非他亲生，实为妻子外遇与别人所生。他一怒之下与妻子离了婚，孩子自然判给了前妻。尤金过去每个月大约花在孩子身上不少于两千美元。他天经地义地认为不应再交抚养费，而且还要前妻退赔过去所花的抚养费，两人打起了官司。但尤金没料到加州有个法律，是否亲生只有两年的认定期，过了两年就必须当成亲生的来养。尤金非但不能要回过去的抚养费，还必须继续承担抚养费。他有收入而且颇高，所以法官没有同情尤金。根据他的收入比例，裁决他要多交抚养费。从裁决之日起，每月要交三千美元，一直交到孩子大学毕业。

过去尤金告诉戴春兰给前妻孩子抚养费不假，但不是自愿的，而是法院强制执行的。

还有记者挖出尤金一直有性骚扰未成年的恶行。球队的名声给尤金带来了声誉，不少中小学生找教练、队员签名、合影。球队成员都是学生们的心中偶像，家长也放心孩子们与这些公众人物在一起。尤金就利用这样的机会骚扰女孩。警方也跟进深入调查尤金的往事。

钱乐看到了新闻，连忙打电话给戴春兰："你看新闻了吗？尤金出事了。"

远　行

　　戴春兰说："我知道的比新闻早，因为有记者先来找我挖料了，真是烦死了。"

　　钱乐说："我早跟你丫说过吧，你不会了解到美国人的深层，好好的白男为何融入你？哼，到头来你没吃大亏就算是幸运的了。"

　　戴春兰此时共同声讨着："那个十足的骗子，浪费了我的时间。"

　　陈大川暑假开车跑长途还是挺开心的，可以趁机领略美国各地风光，见识各种风土人情，更重要的是——收入不菲。有一天，因餐馆急着要人，陈大川的车正好有一个空位，职业介绍所老板比尔就让陈大川的车跟在他车后面，一起去接一个老墨。到了目的地，前车的比尔打手势叫陈大川跟他一起进建筑内。但陈大川看到房子周围有几个可疑人在逛，这几个人眼角还警惕地瞟着来车，他判断这里是人贩子据点，比尔是要进去买老墨。陈大川感到头皮一阵发紧，将车停在了远处，死活不敢下车。

　　大圆环（Grand Circle）是美国西南部旅游圈的统称，是美国最多的国家公园聚集地，是美国最大的纯自然风景区，是地球上最奇异壮观的地质地貌带，水、风、时光雕刻出美艳绝伦的峡谷、石林、方山、拱门、石桥。

　　大圆环以亚利桑那州的佩吉（Page）市为中心，涵盖了犹他、科罗拉多、新墨西哥、亚利桑那四个州的接壤地区和内华达州的边缘，这个三十四万平方公里、人少烟稀的高原包纳了大峡谷（Grand Canyon National Park）、拱门（Arches National Park）、锡安（Zion National Park）、布莱斯峡谷（Bryce Canyon National Park）等十二个国家公园、众多的国家森林公园（National Forest）、国家纪念区（National Monument）、州立公园，以及美国第一、第二大人工湖（水库）——蜜德湖（Lake Mead）和鲍威尔湖（Lake Powell）。圆环内还有马蹄湾（Horseshoe bend）、波浪谷（Wave）、羚羊峡（Antelope Canyon）等举世闻名的旅游点。大圆环的西部

欢乐自驾游

边缘上有内华达州的赌城拉斯维加斯、胡佛水坝、大峡谷的西端——西峡谷。

钱乐组织自驾畅游大圆环的一小部分，在 QQ 群里召集志同道合者，当然他先争取白静。

白静说："要去的，早就听陈大哥说过大峡谷非常壮观，十分向往。"

钱乐听白静老是提到陈大川，心里有点醋意，但还是开玩笑："得，你是冲着老陈的话才去的。他要说不好，你是不会去的。"

钱乐更新了招人帖：现剩两个名额，最好一男一女，因为已有一男一女，住旅社好分摊。出游一周，大峡谷国家公园，包括南北缘、羚羊峡、布莱斯峡谷，核心是波浪谷 Wave。

王晨光回帖：去拉斯维加斯和大峡谷的西峡谷吗？

钱乐：时间可能不够，最多回来时路过拉斯维加斯。西峡谷属于印第安私人领地，这次没时间了。

王晨光：遗憾，我去过南、北缘了。

高则仕跟帖：老大，没人理我，我也只能和你玩了，报个名。啥时私聊，谈谈计划细节？

钱乐：可以，有美女同行，能注意仪表美吗？

高则仕：傻子，像我这样仪表不美才能衬托你的帅啊，嘿嘿，笑话了，难得一玩，我会注意的。

戴春兰现在没人玩了，很是无聊，要出去散心，也很快跟帖：我可不想做行程计划功课，太头疼，傻跟，可以吧？

钱乐：你是傻根就傻跟吧，哈。

最后确定了四人行，钱乐、高则仕、白静和戴春兰。

远　行

　　出发当天，钱乐开着租来的体育休旅车 SUV 逐个去接人。当车最后到戴春兰、陈大川家时，停在门口的玛莎拉蒂里钻出李宇。他手里提着双肩包，脖子上挂着高档单反相机，走向休旅车。

　　李宇高叫着："老大，我来入伙了。"

　　钱乐皱着眉头："李宇，你打电话问我，不是和你说过了？你晚了一步。我们已经招满了四个人。五人挤一辆车跑长途实在辛苦。"

　　李宇央求道："老大，好事带着我吧。我已经说服了戴茜，她不去了，换上我。我都准备好了，还带了高档卫星导航仪 GPS。"

　　钱乐说："这倒不打紧，但白静怎么办？她本来说好与戴茜share（平分）房费的。"

　　李宇回话："嘿嘿，这不打紧。她只管一个人住单间，房钱我全包了。我也是一个人住单间。"

　　高则仕流露出不屑："瞧瞧，有钱就是任性。"

　　上车时主动坐在后排的白静说："这倒不必了。你最多付戴茜的另一半房钱就行。"

　　钱乐说："那好，上车吧。因戴茜临时改变主意而产生的费用应该由李宇承担。反正他是真土豪。"

　　李宇欢天喜地地上了车，也坐在后排："多谢老大，嗳，还是老大说话在理。"

　　美国旅店都有洗衣机、烘干机，一小时就可以把脏衣服洗干烘干熨平，必要时还可以让服务员拿去洗，自己不出门，所以李宇带的衣物很少。他从包里拿出大屏幕的 GPS，让钱乐固定在风挡玻璃下方。

　　钱乐启动了车子，接着补充规则："我们还有协议，自愿轮流开车。白静不会开，我和老高开车兴致很高，你不开没关系。但谁开车吃罚单，谁自己付。过去就有同学不听劝，一意孤行超速。想必你也同意。"

　　李宇说："这点小事，我完全同意。我当然要开车了，万一吃了罚单，我也罚得起。你们两个可不要吃罚单哦。"

钱乐："呵，我经验十足，而且，早过了吃罚单的年纪了。"

高则仕则说："我是绝对不会违章的。"

晴空万里、阳光灿烂，洛杉矶的夏天绝少甘霖，而且一年中，数夏天的太阳最勤劳，值班时间最长。钱乐事先准备了遮阳帘，他知道女生怕晒黑。前门的车窗交规不许遮阳，他叫后座的白静、李宇把这种卷帘式的遮阳帘吸在车窗上。

高则仕很诧异地问李宇："戴春兰原很想来玩啊，你是如何说服她的呢？"

李宇："用钱说服她的。"

高则仕："原来你是高价收买了她。"

李宇："鄙视我了？"

高则仕："有钱不是错，我只能鄙视戴春兰了。"

李宇："才三千刀，这哪叫钱啊？都说洛杉矶最不缺的是阳光，我最不缺的是钱。"

钱乐心里觉得李宇挤进这次活动一定是冲着白静的，但不便点破。

一向对车挑剔的李宇对休旅车倒挺满意："老大想得很周到，我们跑长途，休旅车才舒服。"

钱乐说："美国租车公司全是两年内的新车，性能都安全可靠。租个休旅车，主要还是我们计划去 Wave 波浪谷，要走一段不平的土路，休旅车底盘高，更可靠。"

白静看到他们开的车道地上画有菱形钻石图案，就问钱乐："老大，为什么有这个钻石图案？有什么特殊规定？"

钱乐说："哦，这是给运钻石的车留的专用车道。我们托李宇的福，他包里藏着大钻石，所以可以走这条车道。对吧，李宇？"

白静知道钱乐又在取笑，俏骂一句："就你懂！没句正经话。"

"哈哈。"大家笑了起来。

李宇笑后认真地解释道："这是共乘车道的标志，全国统一图案，菱形。"

“看，路边不还有牌子吗？”他又指着的标志牌，“写明几个乘客以上才能走这种车道。一般两个人就可以走了。政府鼓励拼车，减排、减少堵车。”

刚开过市中心，高则仕指着北边的山说：“其实我们洛杉矶本地好地方就不少。看那边，天使国家森林公园里的威尔逊山天文台（Mount Wilson Observatory），哈勃在那里工作了一生。”

白静问：“现代的哈勃太空望远镜是以他命名的？”

高则仕说：“没错，那是个老天文台了，现在免费对外开放。台里曾经拥有世界最大的天文望远镜，并保持了三十年之久。哈勃证明了银河系外有其他星系的存在，还提出了宇宙大爆炸理论。”

钱乐：“但人们更常去的是另一个格里菲斯天文台（Griffith Observatory）啊。”

高则仕说：“是的，两台建于同一历史时期。但格里菲斯先生建台的目的是科普、开启民智。所以他买下了靠近市区的山，建了天文台，方便民众前往。当然山与天文台都捐给了民众，也免费开放，还可以俯瞰都市风光，看好莱坞标牌。”

李宇感叹着：“美国跑长途真爽啊。路好，不用开一会就进收费站。现在国内的人工景物和美国很像了，购物中心、娱乐中心、电影院、主题公园，连校园都是照抄美国的，只是尺寸放大或缩小些而已。只有大自然没法搬过去，所以要体会中美不同景致，只剩下自然的国家公园了。”

白静挺欣赏李宇的观察力：“说得不错，确实如此，国内大城市的娱乐设施不比美国差。”

李宇以前和白静听过一场音乐会，现在又趁此机会与她多聊了起来。同时入学倒为他们带来不少共同话题。

坐在前排的高则仕与钱乐讨论起来学术。

高则仕说：“上学期我们组输给了印度，好郁闷呢。”

钱乐说："你老是一个人独来独往，不注重交流、团队合作。一个人能有多大能量？学学宋雨林，人家水平那么高，还和大家一起讨论问题呢。"

高则仕抱怨道："唉，你不知道。我们组那些人真是笨到家了，他们的智商真是急死人，合不来。"

钱乐说："他们肯定也有自己的长处、独到的见解的。如果他们真是笨，你帮一帮会死人啊。"

高则仕说："我知道你是好心人，考试都会用高科技帮助大家。"

白静插言："什么高科技？"

高则仕笑道："真天真，用 QQ 群聊啊。考试有很多选择题，ABCD 答案，太容易用手机传递了。"

钱乐侧了一下头，对后排的白静说："像上学期的网络原理，老驴的考试太难。我会把自己的答案发出去，供大家参考。当然也有别的好心高手发答案。"

李宇又叹道："我们专业怎么就没有这样的活雷锋呢？否则我也不至于……"

本来他想说"不至于得 C"，但想想白静在边上，不能自揭其短，就把话咽了回去。

白静瞧了一眼李宇："计算机系的中国学生多啊，高手也多，才能形成团体优势。"

高则仕说："我是不参与的，何况传的答案不一定正确。"

钱乐说："知道你是个单干户，还认死理。我们这也是互相帮助，尤其帮那些基础差、刚改行过来的中国学生。"

高则仕说："我也知道，但改不了了。我就是认死理在国内才呆不下去的。一次公路招标，一个报价低的单位没有拿到标。我去跟局长反映，他说不能改了，理由竟然是时间紧，来不及改了。那局长肯定是拿了别人的好处，用了一个报价高的施工单位。而且后来还知道那个施工单位克扣工人的工资，为此我跟局长吵了起来。唉，来了美国我才知道，敢情这里即使发包，工人的工钱还是不能转包出去的。施工方必须报花名册，由发包方直接发工资。还有税务方面，美国不让个人、企业去找税务局报税。目的就是防止拉关系、行贿受贿。所有报税表都直接寄到一个全国或全州的统一信箱，然后这些报税表被随机地分配给税务局人员审核。他们如果有所怀疑，会派人上门来稽查。一旦上门，就会把多年的财务状况查个底朝天。所以当企业看到税务局工作人员时，一定是来上门查账的。"

这时钱乐把车从 15 号州际公路转上 40 号州际公路了，他开车很稳健。李宇开始吹起自己车技和在美国公路上撒野的经历，并嘲笑那些开车中规中矩的人。

高则仕忍不住打断李宇："你常开车兜风，是否知道美国高速公路的分类和编号规律？"

李宇答："知道，有州际公路、US 美国国道、州道三大类。"

高则仕："嗯，不错，具体数字和方向规律呢？"

李宇说："那就不清楚了，反正我有 GPS，操那心干啥？"

钱乐不同意李宇的说法："你可知道有的偏僻地方，像不远处的死亡谷国家公园里，靠手机基站接受的 GPS 信号不好？"

李宇问："还需要自己认路？"

钱乐说："没错。地图、指南针。去死亡谷需要这两样，否则真可能会死。"

李宇看看车外，荒原一片，只见零散的约书亚树、灌木，并无人烟。这里已是著名的莫哈韦沙漠，方圆十二万平方公里。

钱乐解释着："车内舒服得很。外面的莫哈韦可是北美最热、最干的沙漠。就现在这温度，一旦迷路烧干汽油，没了空调，很快就热死。"

高则仕心里瞧不起没有真才实学，又爱显摆的富二代，嘲笑道："哼，美国高速公路编号、出口编号都很科学，这早在 GPS 发明之前就已规划好了。谁还依赖 GPS？"

车里气氛有点尴尬。

白静打破沉默："高兄给我们科普一下呗，我以后也要开车的。"

白静又央求了一遍，高则仕这才说了起来。

美国高速公路看起来错综复杂，路牌看起来眼花缭乱，其实很有规律。一旦掌握，新马也识途。

州际高速公路（Interstate）是美国高速路的主干。路标图案是蓝色盾牌，路的编号全国统一。此路为最高等级路，路直车快，同一方向不少于两车道，全程都是 Freeway——无忧路，也就是无红绿灯。当年规划时还考虑到了战备，可以起降飞机。州际公路在全国形成东西走向和南北走向的格子型网状，东西走向的州际公路用双数编号，从最南边起是 I-2，I-4，依次往北，I-10，I-20……直到最北边 I-96。I 代表 Interstate。南北走向的州际公路用单数，从最西边起， 依次为 I-5，I-15……直到东海岸 I-99。

Interstate 州际公路的编号一般不超过两位数，但到了大都会地区，为解决车多路堵问题，会修多条支路，这些支路是三位数编号。他们与州际公路规格相同，无红绿灯，同样使用蓝盾牌图案。如果三位数的头位数是双数，表示此支路与后位数的州际公路相连，形成环路绕过市中心。如 I-405 后两位数 05 表示与 5 号州际公路（I-5）相连，头位数 4 是双数，所以这条支路是环线，绕过市中心，再接上 5 号州际公路。I-210 表示与 10 号州际公路（I-10）相连，头位数 2 是双数，所以也形成环线。如果头位数是单数，表示此支路虽然与州际公路相连，但不形成环线，而是终止于市中心的街区。如 I-105 与 5 号州际公路相连，1 是单数，故这条路不是环线。I-710 与 10 号州际公路相连，也不是环线，它们都止于市区。这样的规律让外地司机一目了然，知道哪条路绕行，哪条路进市区。三位数的州际公路支路不是全美国统一编号了，也就是说编号不唯一。如洛杉矶有一条支路是 I-210，绕城洛杉矶。路易斯安那州查尔斯湖还有一个 I-210，绕城查尔斯湖。它们都与 10 号州际公路相连。

远　行

　　州际公路出口号码也很有规律，是一英里一个编号。如果下一个出口超过一英里，则采用跳号，如果不足一英里内有两个出口，则在编号后加字母以示区分。譬如，当前出口号码230，下一个出口在五英里远，那下一个出口号码是235，而不是231。实际上231、232等号码没用上，留给将来增加出口时用。如果一英里内有三个出口，则用231A、231B、231C加以区别。地图上均标有各出口的号码，司机开车对目的地的距离一目了然。譬如，现在开到了230号出口，我们要去的地方是430号出口，那就是还有200英里的路要走。州际公路车速通常是一分钟一英里，也就是还要再开200分钟，很好计算时间。

　　第二等级的高速公路系统是美国国道（US Route）。路标图案是白色盾牌，全程不一定是Freeway，会有红绿灯，而且到了偏僻地区同一个方向可能只有一条车道，造成超车困难，影响车流速度。美国国道是最早的全国高速路系统，当然也是全国统一编号，如US 101。因为此公路系统已经使用"国道"一词，所以后建的更高等级公路只好用"州际"一词了。

　　说到这里，高则仕看到一个路牌，就提醒白静："你看，"他指着闪过的路牌，"那个路牌指向历史66号路，拐上去是旧国道——66号公路。"

　　高则仕所说的66号公路被称为美国的历史路、母亲路，命名于1926年。早年还是土路，汽车性能差，车速慢。66号公路起点是芝加哥，终点在洛杉矶。它在西部开发和二战时军用物资运输中发挥了重要作用。但1960年代兴起的、更快捷的州际公路取代了它的重要性，66号公路逐步被遗弃，不被使用。1985年66号公路令人悲伤（或应喜悦）地从国道系统中除名。除少数路段被列为历史景观路（Historic Route 66）或并入州道系统外，其余大部分"退休"了——不再维护，任其荒废。

　　第三等级的高速路是州道——州属高速公路。州道相当于中国的省道，由各州自行编号，路标图案也是各州各异。加州的州道，图案是绿色三角，编号前有加州的缩写 CA，如 CA 60。相对而言，这级路弯道多，车速慢。

钱乐对高则仕有点刮目相看了："行啊，大家把你的'肌肉男'绰号进化成了'书呆子'，看来进化得有理。你平时读书不少，比我这个老美国知道得还多。"

高则仕说："这有啥奇怪的？我原本就是研究这个方向的书呆子嘛。通盘考虑、留有余地，是美国的规划思路。在城市规划时，房屋的门牌号码也是根据房屋在城市网状中的位置点而定，不是连续的。如这个门牌号是 122，下一个房子距离较远，门牌会是 128。空着 124、126 号码不用，留给将来。这样的另一个好处是邮递员知道 128 号住户的路程和位置。"

高则仕谈起公路的好处："真正的交通时间是计算点对点，或叫门到门的。铁路、地铁都做不到门到门。比如说南京高铁到上海很快，一两个小时，那其实是南京站到上海站的时间。人要从具体办公点或家门出发，先到高铁站，候车，再出高铁站，转别的交通工具，最后才能到达目的地的门。这总时间恐怕差不多要四小时，更别说抱孩携物、风吹雨打时的中转辛苦。所以计算南京站到上海站的时间没什么实际意义。我自己驾车从南京去上海门到门，可能也是四小时。"

李宇说："高铁还是省钱的，自驾贵。"

高则仕反驳道："请不要和我谈钱。高新技术只解决省时间的问题，不解决省钱的事，当技术成熟了、普及了，自然会省钱。所以美国客运短途靠汽车，远程靠飞机。"

人生确实是以时间为计量单位的，不是以金钱为计量单位的。

钱乐同意："对，时间更重要。金钱丢了，可以再赚；时间走了，不会再来。"

高则仕又说："如果按照中国的地域面积来看，美国差不多是乡乡有机场、通飞机了。航空的技术含量总要高于高铁，维护两公里长的飞机跑道也远比维护两千公里的铁路线容易。向郊区发展，美国可以说是大农村，也可以说农村就是城市，这里消除了城乡差别。"

　　钱乐开累了，李宇按捺不住，抢着要开。

　　摩拳擦掌、气势高昂的他一坐上驾驶座，就开得飞快。钱乐连忙制止他。

　　李宇满不在乎："没事的。你看这路上没什么车，又平又直，会出什么事？"

　　钱乐提醒："小心 Bear（熊）。"

　　熊和 Cop（源于铜制警章 Copper）都是美国警察的绰号。

　　李宇问："会有吗？这沙漠地区，荒无人烟的，警车开到这里不得好几个小时？"

　　钱乐反问："你看到路边牌子上有飞机图案没？"

　　白静说："你是说飞机查超速？"

　　钱乐道："不错，真聪明。上面写着'Speed Checked by Aircraft（飞机测速）'，警察是开小飞机执法。你小心点吧，别开太快。"

　　李宇表示不信："啥？飞机降下来抓超速？"

　　钱乐笑了："哈哈，难怪胡艳芳说你是土老帽，飞机当然不会降落了。看那。"

　　他指指远处一盘旋的飞机。

　　飞机在低空盘旋，不容易被察觉。路上有一辆车开的飞快，这时飞机突然绕到了那辆车的后面，逼近、降低高度，又拉高飞走了。

　　钱乐说："看到没，警察飞机在后面把车牌拍了下来，那倒霉鬼就等着收罚单吧。"

　　到了加油站，高则仕体验到偏远地区的民风淳朴，因为他自带杯，省了纸杯钱，加油站让他免费加咖啡。

　　SUV 车下午 5 点开到了大峡谷的南缘，他们买了三十美元的门票。这票是按一辆私家车收费的，包括整个大峡谷国家公园，含南、北缘，可以游览一周时间，进出公园次数不限。如果是以教育为目的的团队进园，还有优惠。其实再晚一点，公园门口下班，大门不关，自由进出，全凭游客第二天自觉去游客中心补票。每年有几个节假日，大峡谷国家公园还免费开放。

四人看完晚霞，住了一夜，第二天沿着崖边小道欣赏着大峡谷壮观美景。李宇围着白静转，不时看看自己的劳力士手表，晃晃手中的尼康相机。

白静和大家虽然觉得他有点炫富，但并不讨厌，也乐于用他的高档单反机多拍几张人物和风景相片。

中午时间，李宇早打听到了最好的餐厅叫艾尔特瓦（El Tovar），就说："我们去艾尔特瓦吃饭吧，是这里最高档的餐厅和旅店。"

白静说："是不是太贵了？我等穷学生消受不起。"

钱乐、高则仕也不赞同去。

李宇说："喂，那旅店可是列入国家历史地标的（National Historic Landmark），历史古迹。就在我们要走过的路上，何不进去看看？据说餐厅、客房就在崖边，一不小心叉子会掉下大峡谷。大不了我请客了。"

白静笑了一下，想不到李宇也有点幽默。钱乐、高则仕抱着看古迹的想法也走去艾尔特瓦。

艾尔特瓦旅店旁边有个火车站。在火车之前，人们只能坐马车、骑马或徒步沿着山路来大峡谷。新发明的火车替代了颠簸的马车，载着富人来到大峡谷，并方便地入住豪华的艾尔特瓦。这条古老的铁路作为旅游特色线路保留了下来，目前还在使用。

三学生看着旅店历史介绍：建筑融合了瑞士小屋和挪威别墅风格……美国密西西比河以西最优雅的旅店……入住过无数名人：总统西奥多·罗斯福、克林顿、物理学家爱因斯坦……

李宇早就冲进去找餐厅了，但一会儿又沮丧地出来了。

大峡谷南缘 （徐栩 摄）

钱乐打趣地问：“怎么啦？档次不够高？”

李宇气呼呼地回道：“要预订，靠。说是位子一个月前已订光。我说多给些小费，加个桌子椅子，居然还说 No，傻帽 waitress（女服务员）。”

白静有点吃惊：“哟，这么热门的餐厅啊。”

李宇不服气：“有什么了不起的，土乡下。洛杉矶有的是好吃的。”

高则仕调侃他：“那你是饿一饿，回洛杉矶再吃？还是委屈下肚子和我们一起吃快餐？”

李宇没了脾气。

他们匆匆在一个快餐厅（Food Court）吃了中饭，又继续玩了南缘几个景点，然后沿 89 号国道逆科罗拉多河而上。

欢乐自驾游

　　在马蹄湾（Horseshoe Bend）四人又高高在上俯视了科罗拉多河，这次看清了河的全貌，它被迫绕着对面马蹄状巨崖做了个大迴转。四学生战战兢兢、一步一挪慢慢靠近自己这侧崖边，巨大的落差令人头晕，不敢站立，李宇索性趴在崖边用广角镜头照全景。

　　白静感叹道："过去也看过马蹄湾的不少相片，但只有身临其境才能真正体验到它的恢弘气势。"

　　钱乐道："我们这次只玩了大圆环的一小部分。大圆环所有景点的底色都是雄浑，气势磅礴，都应身临其境看。相片是二维的，没有纵深，所以不可能有现场这样的震撼感。"

　　四人夜宿佩吉（Page）市，准备第二天早起去波浪谷（Wave）抽签。

　　波浪谷，因岩石像大海起伏的波浪而得名。为保护这一奇景，留给子孙后代，也为了让里面的徒步游客有荒无人烟的大自然体验，每天只允许二十个人进入。十个名额提前四个月在网上抽签获得，另外十个名额提前一天在波浪谷旁边的游客中心抽签获得。

马蹄湾及河中船　（徐栩 摄）

钱乐事先做过功课，他对大家说："这个波浪谷想去的人很多，所以很难抽到签。这也是我不想太多同学加入的原因。我的计划是抽两天试试。"

李宇问："如果我们两天都抽不到呢？"

钱乐坏笑着："据说查得不严，我想试试，看能否混进去。来之前我已查好波浪谷的入口处，才知道土路不好走，才特意租了 SUV 啊。"

白静有点担心："没票进去合适吗？"

李宇抢着回答："能进去就行，大不了罚个款，我来付了。"

晚上睡前，他们都调好闹钟，确保明天上午 9 点能赶到游客中心去抽签，这次游玩的核心可是波浪谷啊。早起，他们 8 点准时出发，沿 89 号国道往西北开，很快就看到了犹他州的界牌。四人的座驾休旅车由亚利桑那州驶进了犹他州，游客中心就在犹他州那一侧。

钱乐开车进了游客中心停车场，他看了看车上的时钟，8：40。四个人下车走进游客中心，发现人不多，心里一阵雀跃。

高则仕开心了："谁说人很多的？看这样子，我们都能抽到签啊。"

钱乐问服务台的工作人员如何抽签。

一位工作人员微笑着："今天抽签已经结束，我们是 9 点准时抽签。"

钱乐愣住了，拿起手机看看，9：45！

怎么回事？刚才时钟 8：40，怎么手机一下子跳到了 9：45？

钱乐不相信自己的手机和眼睛，他怪异的眼神朝向其他三人。三人都掏出手机，眨巴着眼睛，没错，9：45。他们同时"啊"了一声。

白静说："穿越了？刚才桥上要过州界时手机 8 点半啊。"

那位工作人员听不懂他们的汉语，但根据表情猜出了几分。

他笑着说："你们是从亚利桑那州过来的吧？"

钱乐："是啊，时间差？不是同一个时区吗？"

工作人员："是同一个时区，但他们不实行夏时制，所以比我们犹他州晚一个小时，故而你们迟到了。你们越过州界时手机时间自动跳了。如果你们冬天过来，就会发现我们的时间是一样的，手机时间不跳。"

高则仕恍然大悟："疏忽了。我们加州，还有很多州都是夏时制，忘了亚利桑那州不搞夏时制。"

李宇气得抱怨道："你看看，美国就是麻烦。分几个时区不算，还有的地方有夏时制，有的地方无，害得我早起没睡好，还白跑一趟。"

钱乐只好叹口气："罢了，罢了，我们明天再来吧，今天先玩别的地方。"

另三人听从了钱乐的建议，往回开，先玩羚羊峡、鲍威尔湖。

车上，高则仕跟李宇科普着："时区是根据自然光亮而定，比如太阳升起定为当地时间 7 点。这样全世界都知道当地人在当地时间 8 点上学、上班了。地球自西向东转，所以光亮变化——也就是时差，只在东西方向上有。美国恰恰是东西向跨度大，所以分时区有好处。如果全美国一个时区，以纽约时间为基准，早 8 点纽约天亮了，学生去上学了，而洛杉矶天还未亮、漆黑一片，不可能去上学啊。那大家需要查询洛杉矶人是几点上学、上班。那么俄克拉荷马州的一个小城几点开始上班呢？又要查询了。不如分好时区，查俄克拉荷马州在哪个时区快捷，大家都是当地时间 8 点上班上学。因为时区之间差几小时是已知的，所以纽约人很容易算出俄克拉荷马州人在纽约时间几点上班。至于夏时制嘛，现有争议，讨论有无必要继续实行下去，实际上每次调时间对人体生物钟都有所伤害。"

白静赞同："对啊，最起码它伤害了我们一次抽签机会。"

上午四人在鲍威尔湖（Lake Powell）边逛了逛。湖是由格伦峡水坝截住科罗拉多河蓄水而成，湖水像蓝色水晶，深邃透明。岸边是层次分明的绚丽岩壁，湖岸线极其曲折，长达三千公里，超过整个美国西海岸的长度。美景应该坐船开进湖区内部欣赏，但大家好像心情不佳，没坐船。

两个精巧玲珑的羚羊峡——上羚羊峡（Upper Antelope Canyon）和下羚羊峡（Lower Antelope Canyon）靠得很近，都十分神奇。它们属于印第安人纳瓦霍部落（Navajo）的私人地盘，非许莫入，通常还要换乘印第安人自己的高底盘四轮驱动车进去。钱乐一行下午去了上羚羊峡。印第安人越野车在河谷厚厚的沙层上吃力爬行，扭扭拐拐才慢慢接近峡口，一不小心还会陷入沙子里。两个羚羊峡都是摄影者的天堂，业余爱好者信手一拍都能拍出惊人的专业效果：布满线条的岩石、鲜红夺目的峡壁。最佳光线出现在晚春至初秋的中午前后，太阳光柱射入峡谷，色彩格外明亮绚丽。

纳瓦霍向导手持当地的乐器——直笛，不时吹上一会，峡壁内回荡起神秘的旋律，像在叙述远古的故事。跟学生们混熟了，向导说："你们或许是最后一批随时可来的游客了。"

通向羚羊峡之路　（徐栩　摄）

羚羊峡 （徐栩 摄）

羚羊峡 （徐栩 摄）

羚羊峡（徐栩　摄）

白静："为什么？"

"因为随着羚羊峡扬名，游客数量呈指数型暴增。我们 1997 年开放羚羊峡时就约定了每天的最大游客量，所以以后游客要在网上抢先预约了。"

看到大家吃惊的样子，向导又说："我们在改变思想，准备多开放些地方。下次你们来，会看到我们新开放的后院——其他峡谷、山丘。"

第二天，四个人计算好时间，又早早出发，满怀希望地冲进波浪谷游客中心。

此时他们发现里面已有不少人在等待抽签，心里顿时感到没底了。

李宇很积极："我来代表我们组写名单吧。"

白静赞同："好，看看你的手气。"

工作人员对李宇说："你要清楚，当天所抽的签，是发给第二天进波浪谷的，为的是让探险者做好充分准备。因为波浪谷是荒野，要有一定的野外探险知识。你们只有抽到签，我们才卖给许可证，每人 7 美元。"

大家眼睛盯着小圆笼转动，掉出一个签；又摇，又掉出一个……

听到别人的欢呼声，李宇他们始终没有等到自己的名字。

李宇对白静说："真不爽，要是论钱买，我倒是不怕；碰运气，我可没辙了。唉，上帝是公平的，金钱与运气不可兼得。"

工作人员给抽到签的人发放波浪谷的地形图和第二天的停车证、许可证。

钱乐过去也想要一张图。

工作人员昨天就认识钱乐了："抱歉，因为你们没有抽到签，所以不能给你们波浪谷的地形图。但别难过，你们没有白跑，这周围有太多的世界级自然景观，远超美国其他地方。我可以给你那些景点的线路图，进入那些地方不需要许可证。"

白静在旁边静静地听钱乐与工作人员谈话，高则仕在看室内墙上的图片和文字说明。

钱乐说："你不是说鲍威尔湖和羚羊峡吧，我们昨天玩过了。"

工作人员："不，不，我是给你们类似波浪谷风格的野外徒步线路图，游客很难有这样的图。为了保护原始地貌和增加野外探险的乐趣，我们不希望太多的人涌入，所以很多区域没有设立指示牌，没有线路图你们找不到。"

钱乐说："那好，请给我们一些图吧，我们选几个点玩玩。"

工作人员边拿出几张图边说："再说，鲍威尔湖一天哪能玩够？你们去过彩虹桥（Rainbow Bridge）吗？那是世界上最高的天然桥。你们还可以自己租船玩几天，船里有厨房、有卧室，自己钓鱼自己做着吃。就算什么都不想干，晚上躺在舱顶上数星星也很浪漫啊。"

看到白静有点困惑，钱乐就说："这里可以自己租船自己开。"

白静问："自己会开吗？没有船工？"

钱乐："很容易，一学就会。请人开就贵了，人工贵。自己租自己开很便宜，游艇、小飞机都是如此。美国硬件过剩，便宜得很。"

工作人员继续介绍说："水坝下面的科罗拉多河，有漂流项目，是逍遥漂，适合所有人。"

李宇在门口小声地和一个抽到签的美国人商量："可不可以把你们的签卖给我们？"

美国人笑道："这怎可能？我们也是老远跑来的，抽了好几次才得到。"

李宇说："我可以出高价。"

美国人有点不快，摇摇头："抱歉，你可以找别人试试。"

Tips

1 美国许多特色旅游点，如专门博物馆、特色探险游、保留地野游是需要提前预约的，有的要提前一年全球人靠传真机或互联网抢名额。如果不是私人地区，这些景点门票不贵甚至免费，预约是为了控制人数、保护自然。举几例：印地安保留地哈瓦苏地区（Havasu Falls, or Havasupai），有导游带队的 4 天探险 1400 美元/人起，含印第安部落费等所有费用；攀登美国本土 48 州最高峰惠特尼山（Mount Whitney）的抽签申请费为 6 美元，如果运气好抽到许可证（Permit），再交 15 美元；南加州最高峰三股高牛山（San Gorgonio Mountain）也要预先取得许可证，周末较难获取，平常日容易。平常日因经常有剩余许可证，爬山者当天可在山道起点（trailhead）的办公室里获得，许可证免费，但停车费一天 5 美元。

2 黄石国家公园冬季有雪很美，但普通车辆无法开进。可以参加特色游，旅行社、旅游网站有特种车辆，如履带车、雪橇车。

第 *11* 章　绝境

　　钱乐拿着几张工作人员给的线路图，和高则仕、白静商量。他们决定先去最近的蘑菇石（Toadstool Hoodoos）看看。

　　不远的徒步旅行让四个人见到了几个巨大的蘑菇状石头，这些蘑菇石都有同样的色彩层次，而且色彩分界线都处于同一水平线。再看石头后面的平顶山，也有相同的色彩层次，与蘑菇石的色彩分界线也完全等高，说明它们是同一个地质构造，经历多年的腐蚀才被分开。学生们看得直呼过瘾。钱乐提醒大家，不要偏离规定好的步行道（trail），以免压实步行道外的松土，这是美国爬山的普遍规则。况且这里的土壤还是极具特色的、界线分明的彩色土，更要注意保护，不能弄乱。

　　这个地区干燥，太阳升起后气温就直线上升。回到车上，钱乐赶快启动发动机，打开空调。

　　李宇问钱乐："我们明天还来抽签吗？"

　　钱乐也在犯嘀咕，说着："是啊，即使我们明天抽到签，也要等到后天才能进波浪谷，耽误我们的总行程。"

　　李宇建议："你不是做了准备？不如我们现在就去看看，如果巧了门口没有人管，我们就溜进去。"

　　高则仕反对："我们还是自觉守法吧，这是美国的风格。"

　　钱乐看了看白静，见她没反对，就说："好吧，二比一。我开车，去碰碰运气。"

走向蘑菇石 （徐栩 摄）

蘑菇石 （徐栩 摄）

李宇兴奋地说："老大威武！"

白静也觉得挺够刺激的，但只是暗中偷乐。

钱乐拿出手机，查看早在洛杉矶时就存好的地图相片，又在李宇奉献的 GPS 里输入所知的波浪谷坐标，然后开车上路了。

他们在游客中心附近拐上了土路。本来这段 89 号国道就没什么车，进了土路就更加没有其他车辆了。荒芜的路两边只能看到起伏不平的小丘岭和一些低矮树丛。钱乐小心地驾驶着，土路颠簸的厉害，根本无法开快，车后扬起一阵尘土。

开了不长时间，到了 GPS 坐标目的地。看到一个小土质停车场，几辆私家车停在那儿，边上有个简易房子。

钱乐环视着四周对众人说："估计这就是波浪谷的门口了。这几辆车应该是进波浪谷游客的。我的经纬度坐标也只标到这里，没有更具体的大门位置了。"

高则仕推开了车门，大家感到了一股热气扑来。此时刚过午后，是一天中最热的时间。只是因为这里近乎于沙漠地区，空气干燥，倒是不觉得出汗。高则仕走近那几个车辆，果然看到车内后视镜架子上挂着波浪谷停车证。

高则仕大声说："没错，这是游客的车，人肯定进去了。"

钱乐、白静、李宇也在四周走走，没发现大门，更没看见看门人。只有几根桩子和三块说明看板，其中一个桩子上有个大铁盒，盒子里有一个本子，像是签到簿。那个简易房子是洗手间。

正在这时，远处有三个游客风尘仆仆地走过来，他们头戴软边遮阳帽，背着不大的背包和单反相机。

钱乐忙上前问他们："你们是从波浪谷回来的吗？"

游客的表情都很兴奋："是的、是的。"

李宇跟上来问："里面有无工作人员或警察？"

一个游客回答："没看见，里面只有几个背包客。"

钱乐问："好不好找到波浪谷？我知道不远，对吗？"

另一个人回答说："很轻松的徒步旅行，一小时就到了，值得去看一看。"

他还热情地回过身，比画着方向："先往那里走一会，再一直往南就可以了。你能看到一些背包客的。不过，天很热，要多带些水。"

四个学生回到有空调的车里商量。

李宇说："没人管，我们溜进去吧，明天鬼知道能不能抽到签。"

钱乐同意："倒也是，我们来都来了，不进太可惜。"

白静也跃跃欲试。

高则仕说："要自觉守法，我可不想违反规定。要去你们去好啦，我不阻拦，但不同去。我就在车里歇息，看看书。"

白静劝他："还是一起进去吧，我们是一起出来玩的嘛。"

李宇说："我说过了，被抓住罚款，我来全付。"

高则仕仍然不同意："啊哈哈，这是美国，入乡随俗吧，守法靠自觉。即使不罚款，也不能进啊。"

钱乐也劝他："书呆子，要有团队精神，不要那么死板，一起去吧。"

高则仕摇着头："算了，你们也别劝我，劝也没用。我还是呆呆地做个良民。"

钱乐只好说："也罢，我看别的车都挂着保护区发的停车证。我们都进去了，不定啥时会有人过来查看停车证。如果发现我们的车没有停车证，也会察觉有人擅入呢。书呆子，你可不可以把车开走呢？"

"那当然可以。"高则仕说，他拿起手机看看，"瞧，这里手机已经没信号了。我们约个时间吧。我三小时后回来接你们。"

三个人匆匆抹好防晒霜，戴上遮阳帽。先往肚子里灌足水，又各自从车上拿了三瓶带着。

钱乐对白静说："你就别背包了，水就放在我包里。"

　　李宇觉得这是个献殷勤的好机会，抢着背水，也对白静说道："我玩起来有的是力气，可以帮你背。"

　　白静笑着说："不用了，就一小时，我能行。"

　　李宇坚持着："那怎么行，要来回呢，天又热。我们大男人怎能让你受累？"

　　白静也就没再坚持，她递给钱乐两瓶水，李宇一瓶。

　　李宇积极抢回了一瓶，说："多给我一瓶吧，难得有机会为美眉效劳。"

　　三个人开开心心地走上砂石野径。

　　高则仕三小时后开车回来了，没见到三人。

　　高则仕试着打三人的手机，根本没信号。他只好在车里看书等人，心想如果有工作人员过来查岗，他再把车开走。天热要开空调，不能熄火。为了防止车内缺氧，高则仕把车窗留了个缝。

　　过了两小时，车上时钟显示 6：32，停车场上其他车都已离开，只剩下他孤车一辆。高则仕心里骂三人贪玩。天色渐渐变暗，一缕不安掠过高则仕心头，他心里纠结，想去游客中心求助，可如果他们自己能安全返回呢？叫了工作人员岂不是自投罗网、自求罚款？再等会吧。他静下心，继续看起书来。

　　那么，钱乐三个人跑哪里去了呢？

　　他们去波浪谷时，大方向走得对，而且时不时看到返程的游客。

　　一对瑞士夫妇与白静热情聊了会；还有两个来自挪威的人与钱乐他们三人合影留念，这些返程游客像接力一样给他们指路。

　　白静说："在停车场入口碰到的三个游客也像欧洲口音呢，没想到那么多欧洲人来这里。"

　　天热，他们很快喝完了一瓶水，李宇要把空塑料瓶扔了。钱乐连忙喝阻，提醒李宇按美国规矩办事，野外徒步、爬山等如果没有看到垃圾箱，要把剩下的垃圾背回去。

李宇并不服气："行啊，老大，你都违法进来了，还在乎这点小事？"

钱乐说着不同点："我进来是不得已，带空瓶子回去却是力所能及的。你看这一片都是自然风光，虽说只有荒土、砂石、茅草，但没有丑陋的人造物啊，扔个塑料瓶在此多煞风景。美国人 hiking（野外徒步旅行），就是要看纯自然。这样吧，你本来就多背了一瓶水，我来背空瓶。"

李宇这次没争抢了，说道："那就谢谢老大了。"

李宇和白静喝完的空瓶子都放在钱乐的背包里了。

他们三人只顾欢天喜地地往前快赶，却犯了个致命的错误！忘了回头看路，记下返程路段的特征。反方向看地形与正方向看的地形会大不相同。

三人走了一个多小时，相当轻松地发现了波浪谷。面对着奇异的红色大浪形岩石，他们用手机、单反机狂照了一番。

钱乐评说道："都怪该死的互联网，这类相片网上太多了。我们拍得再多也没有什么新意。"

不管怎样，他们还是开心地大呼小叫，等到宣泄够了才往回走。这时却对线路产生了疑惑：这里四周都是沙石茅草的丘陵，都是似曾相识，没有显著的地理特征，更无路标。想找人问路，但游客全走光了。三人还徒劳地时不时看手机，打手机，却一点网络信号都无。

现在他们只好凭着感觉走了，不时还呼喊几声，但始终听不到回应，更没看见熟悉的停车场。后来三人变成了慌不择路地快走，却是越走越糊涂，不知是离停车场越来越远，还是越来越近。时间已流逝到了黄昏。因为疾走，汗出了不少，水也喝了不少，人都已疲惫。他们开始紧张，心理要崩溃了。

钱乐喘着气说："我们走慢点吧，万一是越走越远，偏离了路径，明天也不会看到其他游客，他们也看不到我们。就算是有人想救我们，也找不到。"

波浪谷 （徐栩 摄）

波浪谷 （徐栩 摄）

李宇连吓带累，颤抖地说："什、什么？明天？你是说我们要在这里过夜了？"

钱乐没搭他的茬："我们看看还能找回波浪谷吗？"

三人驻足，环视四野，完全迷了路，根本没有把握走回波浪谷了。

钱乐开始真担心了："待一夜，明天被人发现已属幸运了。这里实在太荒凉，很难发现别人或被别人发现。"

白静更是气喘吁吁："老大说的……有道理……我们没带够……食物和水，现在应该保存体力，等游客发现我们……老高找人来救我们。"

钱乐苦笑着："唉，真是世事难料，幸亏书呆子没跟我们进来，现在成了我们的唯一希望。如果我们四人都进来，走迷路了，外界根本就不会知道有人在里面，那可是一点希望都没了。"

白静心细，想起大门口铁盒子里的签到簿，说道："我看到门口有个签名簿，是让每天进来的人签名的？"

钱乐说："嗯，进来时留个名，出去时再签个字。管理员就知道是否都安全返回了，但我们也没敢签名啊。"

白静后悔连连："唉，全都错一块了。偷偷溜进来，名字不敢留，外界确实不知道有人在里面迷路了。还是老高守法的好。"

李宇叹道："只怕那个书呆子只懂遵纪守法，明天去抽签呢，等抽到签才肯进来救我们。"

高则仕一直在车内看书，天黑得很快，7、8点钟气温骤降。他把车发动机和空调都关了，四周死寂、空无一人、漆黑一片。高则仕坐在车内都感到有点害怕。心想，天都黑了，他们不可能去看什么景致，一定是迷路了。他又突然听到远处有野兽的嚎声，感到不妙，救人要紧，顾不上罚款了。他在一张白纸上写了八个汉字：在此等我，我去叫人。然后把纸放在地上，又压了个大石子，上车猛踩油门，奔向游客中心。车转弯时，前灯照见四个凶狠的亮点，是两匹狼！高则仕吓出一身冷汗。

　　荒野里，夜幕降临，风声乍起。钱乐神色严峻地说："看不清地面了，我们不能走了，原地休息，要做最坏的打算。"
　　李宇不死心，扯着嗓子又喊了："Hello，有人吗？Hel……"
　　"呜……嚎"远处回应了一串长音，野兽的叫声。
　　吓得李宇赶忙压低声音："哇，那是什么野兽？"
　　白静打了个寒战。
　　钱乐脸色也变了："像狼。"
　　白静问："它们会过来吗？"
　　钱乐心怦怦跳，但还是强作镇静安慰着白静："别怕，我们两个大男人可以搏一下的。"
　　李宇带着哭腔："这、这里连个棍子也找不到，怎么搏？"
　　钱乐鄙视地看了一眼李宇，说："我可以对付两三只狼。你就随便吧。"
　　李宇小声嚷着："要是群狼呢？哎呦，早知道就和书呆子一样，不进来了。唉，他干啥去了呢？快设法救救我们啊。"
　　钱乐指着一个小丘说："我们坐在高处一点吧，视线好一些。只能先休息，保存体力了。"
　　他让白静坐在最高处，对李宇说："我们两个坐在两侧吧，保护女生。"
　　李宇连声道："好、好，应该的。"
　　钱乐又摸黑去捡石头，听到地上沙沙响，没敢跑远，只捡了几块小的，放在自己的脚下，准备当武器。他轻声说道："好像有蛇，别乱动，希望我们没坐在蛇窝边。"
　　李宇一听，忍不住往上挪。
　　钱乐刺了他一句："怎么，你是不是要与白静换位置？替你挡狼挡蛇？"

波浪谷 （徐栩 摄）

波浪谷 （徐栩 摄）

白静渴得厉害，她记得自己还剩一瓶水在李宇包里，就对李宇说："我的那瓶水呢？我要喝一点。"

钱乐提醒着："水要节约了。我们即使能躲过今晚的野兽，没了水，我们也躲不过明天白天的干热。"

李宇打开背包，在里面翻看了一会，停顿了下，然后吃惊地说："啊，怎么都没了？你没喝完吗？"

白静说："我记得还有一瓶没有开哪？"

李宇说："那是我把水给喝了？啊呀，真是对不起。我这里没水了。"

钱乐打开自己的包，仔细查看还剩多少水。他也有点发愣，说道："那真是有麻烦了……我这里只剩下大半瓶了，你可以喝一点。"

白静很小心地喝了一口，将瓶子还给钱乐。

高则仕把车开到游客中心，已快9点钟，中心早下班了，门关着。他叫了几声，里面没有人应。不像中国，美国办公室晚上不许留人值班。

这里手机有信号了，高则仕心一横，硬着头皮打紧急报警电话911。

美国法律规定，只要有手机，不管有无入网，欠不欠费，都能打通911。而且规矩是接通电话后，要一直保持连线，直到接线员让你挂断为止。当然911的费用由所有电话用户平摊，每个月费用约为一角钱。

911接线员："什么紧急情况？"

高则仕："我们有三个人进了波浪谷，一直未出来，我想他们是迷路或出事了。"

911："他们进去了多长时间？你最后一次是什么时候见到他们的？"

高则仕想了下："他们是下午约 1 点钟进去的，也是我最后一次见到他们。本计划是 4、5 点钟出来，我去停车场接他们，结果一直没有看到人。"

911："哦，你没跟他们一起进去？知不知道他们的具体位置？"

高则仕："我没和他们一起进去，不知道他们的具体方位。"

911："很可能是迷路了，夜晚我们无法展开救援，明天一早我们就派人搜索。"

高则仕急得结结巴巴："明、明天？我听到有野兽的叫声，明天不就只剩下一堆骨头啦？"

911："我们是照章行事，天黑无法进行搜索。我们现在就准备好人手，明天天一亮就出发。你如有他们的新消息请随时通知我们。请挂断电话。"

荒野中的三人坐了有一阵子，大家都感到万分沮丧和疲劳。而且入夜后风越来越凉，他们越发体力透支。

钱乐说："我们要轮流值班，提防着野兽，你们先睡会吧，我先值班。"

李宇说："我好累啊，先躺会。"

白静也打起盹来。

高则仕很不情愿地挂断手机。死等明天天亮？让那三个人自生自灭？他心里觉得不踏实，愣在那里琢磨着下一步。看到远处的灯光，他突然有了主意，请当地印第安人帮忙，那亮光应该是印第安人的家。高则仕赶忙驱车过去，停在了一个房子前，下车敲门。

开门的是一个褐色皮肤的中年男子："你好，有事吗？"

高则仕着急地讲了下三人进波浪谷的经过。

中年男子礼貌地把高则仕让进屋，中年男子说："波浪谷里面还算安全，野兽不多，最凶猛的动物是郊狼，还有响尾蛇。"

高则仕心稍安了："郊狼不会吃人？"

波浪谷 （徐栩 摄）

中年男子说："三个人只要在一起，郊狼通常不会主动进攻的。"

高则仕说："哦，那还算好。我已经报了警911，明天一早他们去救人。我的三个朋友都是没有许可证就进去的，会有多大麻烦？罚多少款？"

中年男子："那的确挺麻烦，听说会罚到上千美元，而且还可能进监狱。"

高则仕刚放下的心又悬了起来："啊？"

中年男子问道："你是韩国人还是日本人？"

高则仕觉得被鄙视了，提高了点音量："我们都是中国人。"

那人立即改了态度，友好许多："那我带你过去看看，尽量今晚把他们救出。"

中年男子找出一个指南针、两个手电筒、两根很轻的金属合金登山杖。高则仕接过手电筒、登山杖拿着。男子又从冰箱里拿出一

282

包面包、几瓶水。高则仕登上他的皮卡车，把器具放在车后排，男子启动了发动机。

在车上高则仕感激地说："太谢谢了，您尊姓大名？"

中年男子熟练地开着车，微笑道："不客气，我们是战友，叫我雅思好了。"

雅思（Yas）是纳瓦霍部落语言，"雪"的意思。

高则仕有点奇怪："战友？你不是印第安人？"

雅思说："都是。我是纳瓦霍人，我们的祖辈参加了太平洋战争，打击共同的敌人日本，不也是战友吗？当年军队编译了我们纳瓦霍语言，成了纳瓦霍密码，所以有很多纳瓦霍人参军，成为密码口译员。我们的纳瓦霍密码是史上最强大的密码，从未被破译过。"

高则仕明白了："难怪你问我是哪国人呢，要分清敌友，呵呵。"

波浪谷 （徐栩 摄）

雅思说："但你可不像中国人哪。现在全美国都知道中国人是流动的钱包，来美国都是忙着到处扫货，不肯花时间躺在沙滩上晒太阳，怎会来此荒郊野岭？"

高则仕说："哦，我是例外，是没有钱包的穷学生。"

雅思爽朗地大笑了："哈哈，例外得好。我们两人就一样了，我也是穷人。我鄙视日本人，是因为他们不宣而战。搞偷袭后，在美国的日本人，包括他们的后裔，一直抬不起头来。现在要我们为原子弹道歉，笑话，当年就没有国际公约禁止使用原子弹，我们有什么好道歉的？"

高则仕说："就是，他们倒是在中国使用毒气，还没反省呢。"

雅思又说："华人、韩国人与日本人不易分辨，当年在美国可待遇相反。华人怕被误认为日本人，特意在衣服上写着：我不是日本人。而韩国人在衣服上写着：我比你还恨日本人。"

高则仕笑道："哈哈，还是韩国人有才。早在侵华之前，日本就占领了韩国，韩国人当然恨日本人了。"

又到了波浪谷的停车场，高则仕今天跑这个停车场可是太多趟了。雅思从车里抓起一个背包，把食物、水等放进去，背好。他和高则仕各拿一个手电筒、一根登山杖。

高则仕问："我们是不是分头去搜索？"

雅思说："不，野外旅行最忌讳的就是两个人分开，也希望你的朋友们没有分开各自找路。"

他带着高则仕往波浪谷方向走去。

"现在最好的办法是我们尽量走附近的制高点，给他们发信号，神灵保佑他们没睡着。"雅思边走边说着。

高则仕手撑登山杖感到省力不少，小尖头可以刺入沙土地面，站得稳。他心里想，真要是狼来了还能当剑用。

他们登上一个又一个的制高点，然后挥着电筒，画圈圈、上下左右晃动、闪烁一阵子，不时呼喊几声。然而并无人的回音，只有郊狼的嚎叫，听得高则仕心里发毛。

就这样走了大半夜，两人都相当疲劳，嗓子也有点哑了，他们坐下歇一会。高则仕有点泄气。

雅思说："看来他们偏离正常路径挺远的，我们再找一会吧。没人回应就只好往回走了。唉，看来今晚运气不好。"

高则仕迟疑地发问："不会他们已经遇难了吧？"

雅思沉默了一阵："希望不会。"

再来说说迷途的三人。

黑夜里，白静眯了一阵子觉，看到钱乐辛苦值班，就说："我来换班吧，你歇一会。"

钱乐悄声对白静耳边说："你如果困了就叫醒我。他是个娇公子，靠不住，你要盯紧他。切记，不要让他一个人值班。你值班不但要防野兽，还要留心救援人员的动静。他们同一个地区只会搜索一遍，如果错过一次机会，就意味着我们上新闻：三中国留学生因逃票，成沙漠木乃伊。"

白静不由得心一紧。

钱乐看看闭目休息的李宇，更压低声音说："要提防所有的怪事。"

白静有点迷惑，但她相信钱乐，认真点点头。

不知又过了多久，无精打采的白静突然发现遥远处有微弱的一闪一闪的亮点。她揉揉眼睛，不像是幻觉，一阵狂喜，连忙推醒钱乐："老大，快看那边闪亮，是不是人的信号？"

钱乐睁眼看了一会，大喜过望："不是星光，是人光，书呆子叫的人……"

两人赶忙用手合成喇叭状，对着亮点大喊起来。绝境求生的潜力是巨大的，他们自己都不敢相信竟会有那么大的能量，声音震耳欲聋。

李宇也惊醒，他们三个人调整节奏同时发声高喊。

　　远处出现了第二个光点，对着三人方向闪了闪，又画圈子，三个人知道有了回应，他们有救了！

　　白静一下子流出眼泪。

　　灯光在变近，突然又没了。

　　钱乐说："别担心，他们在绕路，我们只要不停地喊就行。他们会找到我们。"

　　三个人每隔一段时间喊几声，给对方指明方向。

　　灯光又现，远处有沙哑的声音传来："是——老——大？"

　　钱乐也拉着长腔："是——的，我——们——在——这——里。"

　　灯光越来越亮，白静忍不住往坡下跑去，迎上灯光。

　　钱乐高叫："慢点，别崴了脚。"

　　白静一下子拥抱了走过来的高则仕："你这个书呆子，真的是你救了我们！"

　　高则仕一下子蒙住了，连忙说："哎哎，别，感谢雅思。"

　　三人一一与雅思握手致谢，雅思分别给了他们一瓶水，领着大家往回走。

　　雅思边走边说："这片区域是沙石荒地，没人居住，也没人管理。不久前才被探险的摄影师发现，是美国最后一片野生生态区，1984 年被设为保护区，连我们本地印第安人都不能随便进了。我们对此很有意见，但国土局说这里之前没人住、没人管，所以不属于我们的领地。为了保护原貌、增加野外探险真实感，故意不设路标。抽到签后，游客中心才会给个简易地形图，但依然需要野外旅行经验才能找到波浪谷。你们没做好准备就进来了，难免不会发生意外。"

　　白静说："我们以为是一个很简单的旅行，匆匆进来了，没想到会走迷路。"

　　白静咕咚几口很快就喝完了雅思送来的水，自己没有包，只好还将空瓶子递给钱乐。李宇也喝完了水，要把空瓶子放回自己包里。

　　钱乐对李宇笑着说："拿来吧，别不好意思。"

李宇依旧把空瓶子递给了钱乐。

雅思笑着说："为啥都把空瓶子给了他？"

白静说："他要帮我们把空瓶子背出去。"

雅思依然笑道："这位先生与我争瓶子呢。"

高则仕忙说："他叫钱乐，是我们这次活动的头。"

钱乐理解雅思的话，跟大家解释："空瓶子可以回收的。我们加州是消费者先预交空瓶回收费，这样大小的塑料瓶子是五美分一个。钱数印在瓶子上，卖时加在了零售价上。也就是说买者多花五分钱买一瓶饮料，如果他或任何人将空瓶子送回回收点，可以将这五分钱拿回。可我们学生大多图省事，把空瓶子扔进了垃圾箱，挥霍了五分钱。当地居民往往收集一大袋空瓶子，送去回收点换钱。"

他对雅思说："雅思，别急啊，我先帮你背一会瓶子。"

雅思竖了拇指："嗯，好样的，知道环境保护。我们的回收方式不同，但环保意识相同。"

钱乐又对学生们说："美国回收旧汽车轮胎、旧蓄电池也是类似的方法，卖新的时一律加价几十美元，顾客先付。当你换轮胎、换电池时，把旧的送回，店家就会把这笔钱返还给你。"

高则仕找到空挡，讲述了先报警、后请雅思来救援的经过。

李宇靠近白静走着，讨好地说："大难不死，我们要好好庆祝。回洛杉矶我请你吃大餐如何？"

白静沉浸在脱险的喜悦中，来了美国半年的确还没有体验过西式大餐，就很乐意地答应了："好，那我可要痛宰你这个土豪。"

李宇感到这次旅游他与白静的距离在拉近，很是开心。

走在前面的钱乐回过头来，说："土豪，这次书呆子可是我们的救命恩人，你不请他？"

李宇略有尴尬："当然要请的。"

白静提议："我们能不能给人家换个雅号？人家不是呆子，叫书虫好不好？"

高则仕说："嗯，这个好，我也该进化一下了。"

大家开心地笑了。

白静问雅思："很奇怪，为什么很多欧洲人来这里玩呢？"

雅思说："因为电影，他们那里放过波浪谷的 IMAX 电影，所以波浪谷在欧洲广为人知。你写个游记吧，传播开来，中国人也都知道了。"

雅思这个当地人靠着指南针和经验很顺利地带着大家走出荒野，回到停车场。

雅思、高则仕还是坐皮卡车的前排。钱乐等三人挤坐在后排，李宇靠着白静坐着。此时东方现出一缕淡淡的红光，雅思迅速启动车辆，加速往回开，他们终于赶在警察行动前离开了波浪谷。

车一颠，白静下意识地用手扶了下车座，正好撑在座位上李宇的包上，她一惊：里面有一瓶水！她又仔细压了一下包，没错，确实是一瓶瓶装水！车内黑，李宇并未察觉白静的小动作。白静仔细回忆着李宇的话，他说过包里没有水了。她又仔细一想，那瓶水应该是自己的。明白过来，白静的脸变得苍白。

原来当时傍晚李宇看见自己包里只剩一瓶水，那确实是属于白静的。他本想拿出来递给白静，又突然意识到水现在是无价之宝，很可能走不出荒野了，还是留给自己保命吧，就改口说全部喝光了。

车开上柏油路手机才有信号，高则仕给 911 打回电话，告知三人已安全返回。

很快，车到了雅思的家门口，学生们又谢了这位好心的印第安人。钱乐问李宇："你带的现金多吗？多拿点过来，回去我们平摊。"

李宇走向学生自己的 SUV，打开车门，从小包里掏美金。他不在乎钱，但还是怕雅思趁机狮子大开口，就笑着问高则仕："你有没有与人家说好多少救援费？"

高则仕说："当时我都急糊涂了，哪里还顾得上问价钱？"

钱乐快人快语："即便是事先问了价，如果雅思说了高价，书虫还能放弃救援不成？你拿出个千儿八百吧，不算多。"

李宇说："嗯，的确不算多，我这里有一千。"

他把钱递给了雅思，雅思连忙摆手，说："我不富裕，但不是为钱而活着的。"

钱乐打开自己的背包，问雅思："我包里还有额外的空瓶子，你要不要？"

雅思笑了："这个要，都给我吧，我有钱赚了。"

白静懂事地说："你不光是为钱吧，更为保护好自己的家园。"

李宇见雅思死活不肯收钱，就又把钱递给了高则仕："谢谢书虫救了我们大家。"

高则仕说："我就更不会收了，我们是一起出来玩的，还要彼此收费不成？"

雅思还请几个人屋里坐会，四个学生怕打扰他的家人，自己也要赶快找旅社休息，就告别了雅思，上了自己的车。

天已放亮，四人吃了快餐，就近找了个小旅社，又惊又累的他们只想好好休息，白静还忘不了先上网更新自己的 QQ 相片。

大家醒来已近黄昏。他们好好吃了顿正餐，还在附近小店补充了零食和水，又向大峡谷北缘出发。

李宇看到白静坐在前排，就抢着开车。

他在自己的 GPS 上输入目的地地址，开动了休旅车。李宇的心情特别好，不但是因为刚脱离险境，更因为觉得进一步俘获了白静。

车子在大路上开了一会，在 GPS 的指引下拐上了土路，车速也慢了下来。天已黑下，大家先是享受着颠簸，慢慢他们察觉有了上、下坡，路况也变差了，颠幅变大，令人不舒服。高则仕看看手机，又没了信号，发起牢骚："这个地区是什么环境，怎么手机老是没信号？"

又开了一会，路况更糟。钱乐提醒李宇："路对不对？不要跑冤枉路。"

李宇自信地说："没错，放心吧。"

钱乐说：“我们租车时，租车公司再三强调，车不能开上土路，只能在柏油路上开，否则保险不包含。我们已经是违反规定了，要格外小心，万一碰坏车，我们可要全赔的。”

李宇有点蔑视穷学生：“这车有什么值钱的？出事我全赔好了。”

再往前走，路的坡度变大，路面坑洼不平。

钱乐说道：“不能再走了，你的 GPS 对不？不像汽车路，倒像是给拖拉机走的山道。”

李宇不服：“我这是顶级的 GPS，怎会错？别瞎操心，一会儿路就会变好。”

高则仕也劝说：“我看还是掉头往回开吧，找个人或加油站问问路。”

李宇不耐烦道：“我们已经开到这里啦，掉头回去多耽误时间？重要的话我要重复两遍，GPS 不会错。”

钱乐说：“那你开慢点，安全第一，要不我来开吧。”

李宇很不悦：“怎么？不相信我的技术？”

他正想利用这个机会向白静炫耀一下自己的车技呢，非但没有减速，反而踩了油门。车上下猛颠着。

突然眼前出现一个大坑，李宇感觉不妙，连忙挪转脚尖踩刹车，但为时已晚，车头下部重重磕到了地面。车内的人都猛地向前冲，安全带把他们紧紧拉住。

李宇停住车，听到漏气的嘶嘶声。透过车灯的反射，大家看到车头下有些白气冒出。李宇、钱乐先跳下车，高则仕与白静也跟了下来。

车前杠已经变形，钱乐蹲下细看车头下方，在滴着灼热液体，液体蒸发形成了白气。他对李宇说：“完了，估计是水箱或冷水管漏了，一会冷却水流光，发动机过热就没法开了。”

李宇也懂车，灰头土脸地又上车，看着仪表盘，果然刚过一会儿发动机温度已经超过红线，他只好关了发动机。

钱乐叹了口气，自言自语：“脑残啊，果然是富二代的特征。”

大家都返回车里，白静改坐了后排，小声地问："怎么样？没法让车开起来？"

钱乐坐到前排副驾，说："估计不行了。"

李宇说："我过会再试试。"

等了一段时间，他又启动发动机，温度又猛升，发动机停了。

李宇无可奈何地说："是碰坏了，走不了了。"

高则仕摇摇头："这下惨了，我们要自己花钱拖车、修车了。"

李宇说："好啦，有什么了不起的，车是我开的，我自己出钱好了。"

高则仕说："可这里没信号，我们无法叫拖车啊。"

李宇哑了。

钱乐只好安慰大家了："等过路车吧，让他们帮我们叫拖车。"

白静担心地说："可我们上了土路以后，就没见到别的车啊。"

钱乐调侃道："看样子上帝让我们四个死在一起，谁叫昨天缺了书虫呢？"

他回头看看高则仕，说："是吧？"

高则仕哑然一笑："我很荣幸，能有这样殊荣。"

钱乐看到大家不吱声了，气氛沉闷，就又说："别担心，会有车路过的，而且现在不是昨天，在车里，安全。"

白静突然想起什么，赶紧扭头看看车箱后面的水和食物，还好都在。

她说："我们有一箱子水和好几包零食。"

李宇问："这野外会有狮子、老虎？会有熊？"

钱乐道："美国没有野生狮子、老虎，熊就难说了。"

高则仕埋怨道："刚还让你开慢点，你偏逞强。"

李宇争辩道："这不是我的技术问题，OK？这根本就不是路。"

高则仕说："不是路？你的 GPS 怎会把车往这里引？老大还提醒你来着。"

远　行

　　李宇说："谁知道呢？我一直都在用 GPS，我自己车的 GPS 是内置式的，从未带错过路。这个 GPS 是新买的，最高档。看来是它有问题，回去要告厂家，向他们索赔。"

　　他们在车内足足待了两个多小时，远处一条道上，有个车灯出现。李宇倒也反应快，猛闪大灯，钱乐从侧面伸过手死命按喇叭。那车发现这里有人求救，就拐了过来。驶近后学生们看出是辆皮卡车，里面有一男一女两个白人。

　　大家都下了车，白人先生拿着电筒查看车况，白人妇女则和学生们说着话。学生们知道了那先生是她丈夫，叫罗伊，她自己叫贝蒂。

　　一会儿，罗伊过来说："这车没法修好，冷水管撞坏，冷却液都流光了，只能叫拖车。"

　　他看了看手表，说道："过了 12 点，太晚了，不知拖车能否赶过来。我可以载你们去镇子上，叫拖车、找旅店，但修理厂天亮才开门。嗯，你们是四个人，我的车只能再带三人。"

　　李宇对白静说："我们先去找旅店、叫拖车吧。"

　　白静还未说话，钱乐就说："你们三个都随车走，我留下来等拖车。"

　　高则仕说："我留下陪你吧，遇到野兽还可以一起搏斗。"

　　钱乐对高则仕说："不至于啦，你还真呆，车里安全。真是熊来袭击，我们两个还打得过？多搭上条人命罢了。我是觉得没必要多留一个人在此受罪。你们要联系租车公司换车、找旅社，有很多事要做，他们两个未必搞得定。"

　　钱乐从 SUV 前座手套箱里找出租车单，上面有租车公司的服务电话，递给高则仕。

　　三个学生都上了罗伊夫妇的皮卡车。

　　贝蒂对钱乐说："你锁好门、窗就行了，别担心，我们这里的动物都很友好。"

　　罗伊启动了车，往前驶去。白静突然说："停一下。"

她推开门下了车，对罗伊和别的人说："你们先走吧，我留下陪老大。"

李宇妒火中烧，但他没有勇气留在荒郊，只好眼睁睁地看着白静小跑回休旅车。

罗伊很有经验地小心开车。开了好一会才上柏油路，他说："你们注意看手机，一有信号，就可以先叫拖车了。"

钱乐看到白静跑回来，刚开始以为她想拿什么东西，后看到皮卡车开走了，大概猜出了缘由，但还是将头伸出车窗故意发问："拉了钱包？"

白静说："让你一个人留下，太残忍，我来做个伴。"

钱乐心头一热，却佯装不领情："你犯什么傻？我一个人正好睡一觉。"

白静也故意拿一手："你要不稀罕，我就走了。"

她扭头向远处黑暗中走去，钱乐连忙推开车门："我知道你不敢走夜路的。算啦，既来之，则安之吧。"

两人把椅背往后倾斜，半躺着休息。

四周静极了，只听到一些虫鸣声，从天窗看去，能清晰地看到繁星点点。

白静犹豫了一会，决定还是告诉钱乐。她缓缓地说："老大，在波浪谷遇险后，我摸到了李宇的包……"

钱乐说："没摸到大钻石，却摸到了试金石，对吧？"

钱乐在出游第一天走共乘车道时曾经开玩笑说，李宇包里有大钻石。

白静一愣："你知道了？他偷藏了我的水？"

钱乐平静地说："我当然知道。"

白静问："你怎么会……"

"你当时问他要水时，他说没了。我也翻看了我的包，有八个瓶子。包括我的半瓶水和七个空瓶子。我们一共带出九瓶水，还差一个，不在他包里在哪里？他喝完的空瓶子全都在我这里，所以后来我特意叮嘱你，不要让他一个人值班，要提防着。”

沉默了一会，白静说道：“哼，他是怕没人救我们，藏我的水保命呢，真令人寒心。你当时为啥不揭穿他？”

钱乐反问：“揭穿他有什么好处？在那险要的环境我们还要内讧？当时我们先要团结一致对付野兽吧。本来就没体力、急需水了，还要花精力、费口水吵架？你又如何证明那水是你的呢？”

停了一会，钱乐接着说：“没到关键时刻，我想就让他先替你背着水吧，看他自己如何收场。怪我计划不周、行动草率，让大家陷入了绝境。如果第二天我们走不出波浪谷，天又那么热，后果确实不堪设想。”

深夜有点凉，他俩又听到了熟悉的郊狼远嚎。白静不禁打了个寒战，说话有点气短。钱乐从车后箱里拿了一件外套给白静盖上。白静感到了温暖，她现在真佩服钱乐，虽然头脑里还有点陈大川的影子。两个人在车内轻谈着，小车内充满了温馨。

罗伊的车也行驶在黑夜里，除了前面两个光柱，四周黑乎乎一片。

他边开车边问两个学生：“你们为何会把车开到那条路上？那路很难开，我们本地人都避免走。”

李宇说：“我是按照 GPS 的指示走的，不知为何越来越难开，不像路了。”

高则仕数落着李宇：“他说 GPS 不会错。”

罗伊说：“他没说错。GPS 接收器是不会错的，除非卫星信号被干扰。如果信号弱，接收器不显示自己位置，无法为你指路。”

高则仕问：“那这次是怎么回事？”

罗伊说：“你要会用它。”

高则仕思索着罗伊的含义。

李宇不假思索，坚持道：“我当然会用了，我一直在用 GPS。”

罗伊问："你检查了 GPS 的出厂设置了没？"

李宇不解："什么出厂设置？"

罗伊并没有直接回答李宇的问题，反而问道："你过去在什么地方用 GPS 的？"

李宇说："在洛杉矶啊。"

罗伊一下子知道了原委，就跟李宇讲解如何正确使用 GPS 接收器。

生产厂家在接收器出厂时都有个预先设置，叫出厂设置。这个设置是包括土路的，也就是说它在计算最短或最快路径时，土路也是候选路径之一。各种设置的解释都包含在说明书里。李宇买来 GPS 接收器后应该先修改设置，路径不要包含土路，这样 GPS 接收器就不会指挥他们开上土路了。

李宇还是不解："过去 GPS 从未指引我走过土路。"

罗伊笑了："那是因为洛杉矶没有土路，所以你感觉不到这种差别，你甚至还不知道有这种设置。"

高则仕恍然大悟："对对，是这么回事。"

罗伊忠告着："如果不改原来的出厂设置，最起码有个心理准备，走上土路要小心开车。像你们那条没有把握的路，就应该及时掉头回去，不应该冒险。开车如此，人生又何尝不是如此呢？"

贝蒂估计学生们不明白危险性，就补充道："冬天一下雪，那条小路不会有车进去，因为有积雪。要等两三周雪化了才可能有车经过，如果你们的车陷在里面，会怎样呢？"

高则仕描述着场景："车坏了，手机没信号，无法求救，会冻死的。看来野外活动随时会有危险，大自然不敬畏不行啊。一段看似寻常的旅行，会让人丧失性命。"

贝蒂抽空给两学生补课，介绍一些自驾安全常识。比如手机没信号、恶劣天气都只能走大路。路越大越安全，而且一旦车出故障，人要尽量留在车内等待救援，不要轻易弃车步行。

这时手机有了信号。他们分头忙着打电话，叫拖车、叫租车公司换车、找旅店。

到了小镇，这儿只有两三家小旅店。罗伊送他们去了已经选好的旅店。拖车、租车也都搞定。拖车要等到早上才出发开过去，租车公司中午可以把新车送到旅店。

罗伊对两位男生说："你们先在旅店休息吧，我再跑一趟接他们两个回来。"

高则仕嘻嘻一笑："罗伊，那个坏车点附近有危险动物吗？"

罗伊："怎么会？我们这里的动物比某些人都善良。"

高则仕笑道："那我看你不必辛苦了，明早让拖车去接他们。"

罗伊也会意地笑了："你的意思是让他们两个罗曼蒂克地露营？"

李宇的英语不太好，但"罗曼蒂克"却听得很真切。

他一下子怒向高则仕："你怎么这么说？万一女生被欺负了呢？"

罗伊说："我倒是看到那个女孩是自愿留下的。"

李宇对罗伊说："万一有别的意外呢？你不了解她，那女孩胆子很小的，会吓坏的。"

高则仕不以为然，对李宇直接说汉语："你怎么知道她会被吓坏？她就是想多陪老大一会。"

李宇也用汉语急着说："你要再这么说，可别怪我不付修车钱。"

高则仕用汉语毫不相让："凭什么？当初就是说好的，谁开车、谁负责。"

罗伊看他们用汉语激烈争吵，也不明白是咋回事，想想安全为重，还是开车返回去接人了。

钱乐为了打消狼声对白静的惊吓，在车里轻轻放起音乐、说一些笑话。

钱乐说："我小时在农村，和另一个野孩子偷偷爬上卡车，车里满是石子，到了一个地方，我站起来看看，走到车厢后面。没想到我的脚太重，一下子把车厢踩翻，眼看着车厢前部翘起，后部着地，石子倒了出来，我赶快叫伙伴快跑，人家要找我们赔货了。"

白静笑出了声："自卸车，不跑就埋进去了。"

钱乐开心地听着白静的笑声和话语，真想在车里和白静一直待下去，拖车不要来。

车灯、车声打扰了两人的温馨。钱乐定睛一看，来的不是拖车，而是罗伊。

钱乐问罗伊："他们找好旅店了？没找到拖车？"

罗伊说："他们已在旅店休息了，拖车要天亮才能开出，我先带你们回旅店。"

白静问："那我们不用留人在此等拖车？"

罗伊反问道："为何要留人？除非你很享受当下。"

白静有点脸红，不好意思地看了一下钱乐："我是怕没人看着，车被拉到别的地方了。"

罗伊说："拖车司机自己会将这坏车拖到指定的修车厂，你们把车钥匙留在车内，把车内物品带走，没必要再操心这辆车了。"

三人忙着把行李物品都转到罗伊的车上，罗伊准备开车。白静不放心："人都走了，门又没锁，钥匙还留在车内，没有人会偷吗？"

罗伊有点奇怪白静的想法："被偷怕了？我们这里夜不闭户，就是好车也不会有人偷，何况坏车呢？"

钱乐对白静解释说："美国的法律是如此，即便是车没坏，停在某处留有钥匙，别人也不能把它开走，否则都属于偷车，盗窃罪。何况这里民风淳朴，我们完全可以放心。"

破损车最终被拖去指定的修理厂，新车也被按时送到。四个学生又重新上路，继续玩了大峡谷北缘。

　　北缘比南缘高出 1000 英尺，达到海拔 8000 英尺（2438 米）。因为位置偏僻，游客少了许多。它比南缘少了些雄浑，多了些清秀。缘下野径有绿树花草、瀑布溪流，所以是步行者的天堂。因为又高又北，北缘的气温低，冬天积雪多。公园里的服务设施会关停，甚至通往北缘的唯一一条险峻的公路也会关闭，游客无法依靠汽车拜访北缘。这点不像南缘，那里公路、服务设施四季常开。钱乐他们匆匆看过北缘，接着向布莱斯峡谷国家公园进发。

　　车窗外又出现了火星般的景象，荒凉大地上矗立着奇怪的红土壁、红岩石。他们没时间一一停车观看，只在珊瑚崖（Coral Cliffs）、红颜峡（Red Canyon）两处停车拍照。

　　在红颜峡，高则仕边拍照边对钱乐说："这 Red Canyon 翻译成红岩峡好吧？红色岩石。"

　　钱乐显然不赞成："那美国不少于十个红岩峡、红石峡了，因为红色巨石太多，太重名了。我看就叫红颜色的红颜，红颜峡。"

　　这里的岩石确实是惊人的大红一片。

红颜峡　（徐栩　摄）

红颜峡 （徐栩 摄）

高则仕故意给白静、钱乐照合影，接着茬，话里有话地说："还不如叫知己峡呢。"

李宇有点不悦。

大家上车，李宇说："美国当地人真傻，马蹄湾、这个峡这么好的地方也不圈起来收费，这要在中国不知能赚多少钱呢。"

钱乐回他："那是因为美国穷人多啊，一收费他们就不来了。"

闲聊间，新车开上了布莱斯峡谷，这里又上了一个台阶，高达9000英尺（2743米）。因为这大片高原明显分层，形成了比大峡谷更大的阶梯，所以被称为"大台阶"，正在申请成为新的国家公园。四个学生在布莱斯看到了另一个人间奇迹——高山之巅的、巨大的天然兵马俑。

布莱斯峡谷 （徐栩 摄）

布莱斯峡谷 （徐栩 摄）

　　白静打从和钱乐在车里独处小半夜后，就不太搭理李宇了。李宇看到白静和钱乐一路上有说有笑，气不打一处来，他认定钱乐一定是那天夜里使了手段让白静远离了自己。

　　返程的路上，大家随便聊着，高则仕看着手机。突然他大声说了声："这些小孩该被杖杀了。"

　　白静吓了一跳："杖杀谁？"

　　高则仕反应过来，放下手机说："哦，我是说如果在过去，这样的逆子肯定要被杖杀了。"

　　开车的钱乐侧了一下脸："看了什么古装剧？"

　　高则仕说："国内在讨论要不要放开生二胎，家长询问独子，想不想要个弟妹。结果有个孩子说'你敢生，我敢死'；还有个孩子说多生一个妈妈会累，我以后可以照顾父母，保证一个顶俩'。"

　　白静说："哦，还有这事？那么反对有个弟妹？"

　　李宇反驳着高则仕："那也不必杖杀吧，他们也就是想要独沾父母的光。"

　　高则仕冷笑道："只想沾父母的光、不想给父母养老，这样的人还要养大吗？"

　　李宇问："你怎么知道他们不想养老的？"

　　高则仕："这不是明摆着吗？如果是给父母养老，孩子就要付出精力、 时间、自己的金钱，强调一下，是孩子自己挣的钱，与父母的财产无关。如若如此，当然是兄弟姐妹越多越好，可以分担养老的费用、陪伴时间啊。当然，要是琢磨着如何分父母的财产，那兄弟姐妹越少越好。独孩不想要弟妹，说明脑子里没有半点为父母做贡献的意识，而是下意识地一直要啃父母。父母活着，他要独享关爱；父母死了，他要独霸遗产。当然他已经假定父母必须有遗产，遗产必须留给他，而且遗产还必须大于医疗护理花费，才有得赚啊，才不能有弟妹来分享这个赚头。放在社会也一样，他会啃社会，而不是贡献社会。这样的逆子在过去怎会留下？"

李宇：“有个独孩不是说了以后会照顾父母，一个顶俩吗？”

钱乐提醒高则仕：“哈哈，我们这里可是有两个独生子女哦。”

钱乐指的是李宇和白静。

高则仕道：“这正是独孩的可怕之处。现在的小孩都猴精，但心机没用到正道上，学会要挟或空头许愿了。如果说是‘怕多个弟妹来与我抢玩具、分苹果’，那还是天真，怕就怕学会了找借口。那么多一个弟弟，照顾父母不就两个顶四了？再多个妹妹，三个顶六，岂不更好？你说，说那话的独孩潜意识里究竟是啃老还是养老？”

李宇语塞了，大家在思考着。

高则仕又说：“就算是独孩确有孝心，但他自己能否活得过父母还是个未知数，何来‘一个顶俩’？那不是张空头支票，又是什么？”

李宇又问：“怎么会活不过父母？”

高则仕白了他一眼：“怎么会？现在有战争、疾病、交通事故、自然灾害、刑事案件，谁又敢保证孩子能活得过父母？”

李宇说：“那可能性太低，很少有人会往那个方向想。”

高则仕问他：“刚刚才发生，你进波浪谷，不就差点回不来？活不过你父母？”

“这……”李宇又语塞了。

高则仕接着说：“很不幸，历史经常朝着人们想不到，或者说蠢人想不到的方向发展。十年前，是不是很少有人想到房价成倍涨？当然是多一个子女给父母多一份保障。这本来就是造物主安排好的。”

李宇不吱声了。全车人都沉寂，只听见车子发动机单调的嗡嗡声。

过了好一会，钱乐开口了：“可怜天下父母心，把关爱、财物想着留给孩子。但有些孩子却很少想到要给父母奉献，当然更想不到为社会奉献了。书呆子，哦，不，书虫看问题有独到的地方。大人应告诉独孩，不要短视。多个弟妹，小时有个玩伴，老时多个帮手。独孩自己也会老，弟妹比他年轻，当然可以照顾他。这就是合作精神啊。中国父母也要学西方，死后财产干脆捐给慈善组织，孩子们的心态才会正常。”

高则仕开着玩笑："你反过来又在开导我，要有团队合作精神，哈。”

白静说："虫哥这次可是立了大功，救我们出险境。”

高则仕咧嘴笑了："我又进化了？可够快的。”

因为白静将书虫改成了虫哥。

远　行

Tips

1 美国排名前 10 的自驾游线路（道路曲折优美，自然风景无边，路上少有商业车辆）：

Big Sur, California 加利福尼亚州（加州 1 号公路，从旧金山往洛杉矶方向开为佳）

Blue Ridge Parkway, North Carolina and Virginia 北卡罗来纳和弗吉尼亚州

Going-to-the-Sun Road, Montana 蒙大拿州

Hana Highway, Hawaii 夏威夷州

Million Dollar Highway, Colorado 科罗拉多州

Red Rock Scenic Byway, Arizona 亚利桑那州

Sea Islands, Georgia 佐治亚州

Seward Highway, Alaska 阿拉斯加州

Sonoma and Napa Valleys, California 加利福尼亚州

U.S. Route 1, Maine 缅因州（美国 1 号国道）

美国最佳自驾游线路—— Big Sur 大苏尔，加州 1 号公路 （徐栩　摄）

第 *12* 章 情斗

戴春兰很快走出了尤金的阴影，重新振作精神。

正好她得到一笔意外之财，因为李宇用高价替换了她去波浪谷，所以戴春兰有了本钱可以在暑假里继续投资。

她听说有些娱乐夜店，是喝酒、跳迪斯科的场所，美国年轻人常去那社交，这类活动英语叫 Clubbing。

第一次，戴春兰拉着李凤一起去了一个叫"维多利亚夜总会"的夜店，昏暗闪烁的灯光下她俩喝着鸡尾酒，后又随着音乐走到大厅里跟着领舞者和众人一起疯狂跳舞。年轻人穿着都挺清凉的，手像抽筋一样一会指向这，一会指向那。戴春兰在国内就会跳迪斯科，久违的节奏让她兴奋不已。回到座位上，她发现有个男人在盯着自己看，戴春兰也不回避，反过来回盯那人。

李凤笑着说："他在挑逗你呢。"

戴春兰回答："我可不在乎，等着鱼儿上钩。"

然而电影里的情节没有发生，那男人看了她一阵子后并没走过来搭讪，这令她很失望。

才隔一天，戴春兰又在 QQ 上动员李凤去夜总会。

李凤回 QQ：怎么刚去过又要去了？谁钓谁啊？

李凤实在对这类夜总会提不起兴趣，里面的音乐又太吵，就不再去了，戴春兰只好自己去。虽然戴春兰没有邂逅富豪，但去的次数一多，认识了看门收票的黑人青年杰克。杰克是个土生土长的美国人，对他人，应该说是对戴春兰很热情。很快，两个人混熟了，杰克看到她就让她免票进门。其实这类夜总会往往优先让女生进，常会给她们打折票价，甚至免票。

再说钱乐等四人，顺利回到洛杉矶，但白静不愿意搭理李宇了。

李宇见自己的QQ白静懒得回，就索性直接打电话了："啥时有空一起吃个大餐？"

白静回："谢谢，不用啦。"

"为啥改主意？你不是答应了吗？"

"现在我没有胃口了。"

"是不是那天晚上钱乐与你说了什么，或是……做了什么？"

"哪天晚上？你在说什么？"

"就是车坏的那个晚上啊。自从你们单独过夜后，你整个变了个人，不会无缘无故吧。"

白静本想揭穿他偷藏水的劣迹，但最终没能说得出口，只是气愤地回答："原因你自己还不明白？别把污水往好人身上泼，什么人品！"

李宇觉得她难以启齿，更加相信了自己的判断："你不想说原因就算了。你不要和他谈恋爱，他只是个穷学生，有什么好谈的。现在的社会，有钱最现实。"

白静："首先，我没有和老大谈恋爱，你是怎么知道我们在谈恋爱的？第二，老大比你善良百倍，你自觉比得过他？"

李宇："嘿嘿，如此护着还不叫谈恋爱？善良？哼，当年他为中介公司服务就冒充博士。还有他考试作弊呢？我正准备去告发他，你是不是认为我很正直？"

白静突然想起出去玩时，钱乐说起他在考试中用QQ发答案的事，不禁吃了一惊。

远　行

　　李宇听到电话那头沉默，以为她在犹豫、摇摆，说道："你考虑清楚，考试作弊是要被开除的。你是不是还要继续和一个被逐出校门的穷瘪三好？选择我这样一个富二代才是明智的，可以衣食无忧、吃喝玩乐，我也可以保证不去告发他，放他一马。用一句外交辞令：大家和平共处。"

　　白静愤怒直至："卑鄙，我再说一遍，我和钱乐并无恋爱关系，跟你，更无可能。"

　　李宇阴阳怪气地说："那就别怪我不客气了。"

　　新学期前夕，计算机系的系主任老驴收到了举报电邮。

　　电邮英语水平不高，但情况也大致说清楚了。上学期考试中中国学生用 QQ 作弊，主谋是钱乐。他把答案传发给很多中国学生，要老驴严肃处理，否则继续往上举报，告到校长那里。

　　开学第一天，老驴把钱乐叫到了办公室，铁青着脸严厉地说："有人举报你们上学期考试作弊，你是主谋！到底有多少学生参与了作弊？你把考试答案都给了谁？"

　　钱乐一下楞住了："啊？谁说的？"

　　"这你不必知道，但你必须说出全部实情，这是个严重的事件。"

　　"我不知道。"

　　"你不知道？我已经调看了所有试卷，很明显有一些中国学生共同作弊，你们用 QQ，对不对？"

　　"我实在是记不清楚这件事了。"

　　"那好，你回去好好想一想，都把答案给了谁。你知道吗？我可以开除你。如果你交代那些参与者，我会减轻对你的处分，明天再过来，准备接受处分。"

　　钱乐要说出参与作弊的人很容易，他的 QQ 群里记录着这些人的名单，但他不想连累大家，回家后就把这个群的信息全删了。

　　第二天，钱乐按时到了老驴的办公室。

　　老驴："怎么样？想起来了？都有谁？"

钱乐："对不起，我真记不起来答案都给了谁，你处分我好了，我是主谋，不关别人的事。"

老驴表面上非常严厉，他不能任由作弊现象蔓延，但心里还是佩服钱乐好汉做事好汉当、不连累别人的个性。他依然是十分生气的样子，对钱乐严肃地说："那好，我给你个改错的机会，不开除你，但你的这门必修课成绩由 A 变成 C，必须重修。"

钱乐知道这就意味着要晚一学期毕业，晚一学期挣大钱了。

老驴又说："你必须保证不再犯，否则立即开除。我要学校考试期间屏蔽 QQ、禁止使用手机。"

钱乐回家后闷闷不乐，与白静通了电话，倒了被人告密的苦水。白静马上猜出是谁干的了。

她连忙安慰钱乐："是很气人，算啦，还好没被开除。我来请客吃饭，为你压惊。正好陈大哥也有话说，好像他暑假当司机也有惊险。我们一起聚聚吧。"

钱乐说："怎么能让你请客呢？他碰上什么事了？"

"不清楚，他没说，见面一起聊吧。你喜欢去哪家餐馆？"

"我是最怕动脑筋选餐馆的，你们看着定吧，我都可以。"

钱乐打定主意到时还是自己来掏钱付账。

钱乐载着白静到餐馆，与陈大川见面了，三人边吃边聊。

钱乐先问了陈大川暑假经历："你给职业介绍所开车，常在路上跑，是不是交通违规吃罚单了？"

陈大川调侃着，放松气氛："介绍所老板教了我许多对付警察的窍门，我是不会吃罚单的。"

白静问："什么窍门？教教我，我以后也要开车的。"

陈大川卖着关子："这些窍门还是有危险的，不告诉你更好。"

白静嗔怪着："你怎么也跟老大学的油嘴滑舌了？"

陈大川笑道："近墨者黑嘛。"

钱乐狡辩说："啥？我啥时油嘴滑舌了？我是最正经的人。"

另两人笑了起来。

钱乐问道："那你究竟遇到什么惊险事？"

陈大川说："看样子那个职业介绍所经常为偷渡客介绍工作，让我们送他们去中餐馆打工。有一次介绍所老板带着我一起去一个地方，像是蛇头的据点。"

白静惊道："哎呦，那可不能进去。"

陈大川："嗯，他是让我跟进去，我可不敢，远远地停了车。他就自己进去了，带出一个老墨。老板叫我别担心，说缺劳力时才偶尔来这看看。"

白静关切地问："可有什么意外？"

陈大川颇感幸运地笑了："还好，没发生什么事，有惊无险。我这个假期可是赚足了钱，哈哈。"

三个人埋头吃了会饭，白静看看钱乐，他没有反应。

"陈大哥，老大是倒霉了，被人举报考试作弊了。"白静替钱乐说了。

陈大川一愣："什么考试作弊？"

钱乐吐槽着："唉，我们不是都在用 QQ 传选择题的答案吗？鬼知道谁把这事抖出去了，说我是主谋，把答案发给了大家。"

陈大川说："谁那么缺德？我们都是受益人呢，印度学生也不会知道啊？"

钱乐说："我也不清楚谁向老驴告的密。"

白静问："老大没有怀疑对象？"

钱乐道："我想了一阵子，实在想不出来呢。"

白静："我倒是很肯定一个人。"

钱乐问："谁？"

白静道："李宇。"

钱乐说："不会吧，我没得罪他啊。这次自驾游他藏起你的瓶装水我都没戳穿他。"

白静看到陈大川一头雾水，就把这次旅游遇险，李宇藏水的事一五一十说了一遍。

陈大川直皱眉头："居然还有这样的人品？"

他问钱乐："你是不是说话没遮拦，得罪了富二代？"

钱乐很肯定地说："应该没有啊，宁得罪君子、不得罪小人，这次出去玩我很克制的。"

白静犹豫了一会，红着脸，把李宇追自己，回洛杉矶后打电话威逼自己离开钱乐，否则就告密的事叙述了一遍。

钱乐生气了："呸，脑残的癞蛤蟆也想吃天鹅？"

白静听到钱乐把自己比作天鹅，脸更红了："别这么说。他原本是花钱取代戴春兰出来玩的，一开始就别有用心。"

陈大川因为原女友跟大款跑了，对有钱人一向无好感："嘿嘿，原来如此。人家花了钱，却没有收获，当然恼怒了。老大的点评入木三分，他貌似白马、心如蛤蟆，肯定是他告密的。"

钱乐气得骂开："这个混蛋，害得我差点和大家说拜拜。"

陈大川忙问："怎么啦？"

白静又替钱乐说了："你们系的老驴一开始要老大交代所有作弊者，否则就开除他。"

陈大川吃惊了："那事可闹大了，真要说出来，会牵扯到几十个人呢。"

白静说："老大不是那种人。"

钱乐缓和了语气、文明了用词："还好老驴念我旧情，网开一面。我没有说出其他同学，他也没开除我，只是让我重修这门课。嘿嘿，我还可以继续做你们的同学。"

陈大川佩服道："好样的。白静也不早说，今天应该找个有酒的餐馆，敬老大一杯。"

钱乐难得不好意思："别敬我。老驴通人性啊，要多谢他。"

陈大川感慨着："毕竟是老大，真哥们。比那富二代强太多倍了。唉，他也痴心妄想，怎能和你比？"

钱乐说：“老陈，你也不比我小，跟着后面喊啥老大？”

陈大川解释道：“我现在可不仅是口头恭维。中国传统风俗，敬称对方时，都称兄，不论年龄的。除非对方是自己的学生，才道弟。”

白静补充说：“对富二代，我们大家要防着点了。”

钱乐点着头：“对，提醒得对。以后还不知他咬出啥事呢，回去我就发个帖子，让全体学生防内奸。”

陈大川也赞同：“嗯，不错，要提防着，”他又建议，“现在国内开始玩微信了，我们自己人以后用微信聊。”

吃完饭，白静抢先拿出信用卡：“老大的无妄之灾是由我而起，所以你们也别争，今天我来请客。”

钱乐连忙否定：“哎，即便真是那个蛤蟆告的密，也和你没有关系，是我命里犯冲，得罪小人了。这个结果已经比我想象的好多了，否极泰来，当然是我请。”

陈大川说：“我化险为夷，况且收入颇丰。跑长途见多识了广，还是我来请吧。”

钱乐又否定：“哎，这么说，我也有半工收入呢。”

三个人来了个中国式的你争我抢，最后三个人平分了账单。

无孔不入或“无恶不作”的新闻媒体，继续深挖校篮球队助理教练尤金的往事。尤其是小报记者，觉得这是振兴报社的好时机。他们发现了校队主教练、名人欧内斯特，早就察觉尤金有骚扰、猥亵未成年小球迷的行为，但未报警或上报学校，这就违犯了校规。因为校规明文规定如果发现有性骚扰现象，必须立即上报学校或直接报警，不得隐瞒。欧内斯特名气太大，这一消息迅速被炒遍全国。经过一段时间的媒体鞭挞，欧内斯特被迫辞去主教练的职务。辞职后一个月，这个美国英雄的雕像被拉倒了。

冠军校队、桃色新闻、名牌大学都是吸人眼球的题材，“教练门”事件自然持续霸占着主流媒体的头条，跟踪报道、读者访谈铺天盖地。尤金、欧内斯特被挖完后，受害者家长和读者的矛头又直指洛杉矶大学校长，痛批学校管理混乱，校长有不可推卸的责任。经过几个月的辩解与挣扎，洛杉矶大学校长凯特还是被迫辞职了。

"教练门"事件并未就此结束。又发酵一段时间，美国大学篮球联盟仲裁委员会对校队跟进处罚，这个冠军球队被禁赛三年。

因为整个事件在美国被追踪报道了近半年时间，影响巨大，所以它后来被评为年度的美国国内第一大新闻。

戴春兰早已不再关注这类新闻。她今天第一次去了在夜总会工作的杰克家，这房子算得上豪宅了，在周围老旧的房子中很显眼。

戴春兰很羡慕他的房子，说："想不到你能住这么大的房子。"

"那是。别看我现在的工资不高，几年前我和朋友一起做生意，可赚了不少钱呢。"杰克颇为自豪地说。

晚上，戴春兰收到李宇的短信，请她当裁判。

原来，李宇一直没忘与胡艳芳的赛车之约，他苦练了很久，觉得完全有把握战胜胡艳芳了，就下了战书，并特约戴春兰做个裁判和见证人。胡艳芳欣然应战。

李宇开车去赛车起点。刚一上路，一辆车就紧紧尾随着李宇，贴着很近。李宇心里堵得慌，他最烦有人跟他争高下，索性一脚刹车，后车差点撞上来。吓得那司机也赶紧刹车，他觉得遇到一个精神不正常的人，因为美国人开车，不拐弯、没红灯，司机是不会踩刹车的。那司机只得保持足够的车距。李宇瞟了后视镜一眼，看那车不敢靠近了，才解气地说："叫你跟，跟啊！"

保时捷和玛莎拉蒂并排停在了学校停车场，这里作为赛车的起点和终点，戴春兰站在两车中间前方。两车手调好各自的GPS，并不是怕迷路，回不到学校，而是留下行车轨迹，防止耍赖、偷绕近路。

戴春兰模仿着赛车场发令员，手拿花毛巾转着，然后一挥，两辆车冲了出去。

　　开了十来分钟，拐了几个弯，胡艳芳略占优势。李宇按捺不住，抱着必胜的信念死命加速。一个右转弯，他的车速过快，车子失控，斜刺里冲向对面车道。只听一声巨响，他的车头猛地冲上对面车的驾驶座侧面，那车整个翻了滚，李宇自己的车车头也瘪了进去。他这下吓傻了，踩住刹车的腿肚子一直打颤，下不了车。

　　祸不单行，一个准备过街的老人被这一幕活生生地吓瘫在地。他本有心脏病，一下子复发了。路人和别的司机都忙着帮打911。

　　胡艳芳听到身后巨响，知道是李宇出事了，连忙掉头回来帮助李宇下车。她看到那个受害司机在车里昏迷着，另一侧地上还躺着一个，真不知道李宇是怎样撞上的。

　　很快，警车、救护车、消防车都呼啸而至。两个伤者都被紧急送往医院。

　　警察勘察了现场，询问了李宇和目击者，做了记录，然后给李宇开了个交通罚单。被撞车里只有一个司机，是位中年妇女，她在医院里经过大手术及加护病房才救了过来。被吓倒的老人，经过急救也没事了。老人不想找麻烦再添乱子，用了自己的医疗保险。但中年妇女的医院账单却有二百多万美元，加上预计的后期康复费、精神损失费、误工费共计三百四十万美元。她请了律师代理索赔。这是重大经济赔偿，交由法庭裁决执行。

　　李宇看着医疗账单和法院文书，大概明白意思。他总共要赔偿对方三百四十万，在未付清赔偿前，不能随便离开美国。他感到一阵头晕，觉得事态严重，只好告诉了在中国的老爸李福义。

　　李福义一听也头晕了，觉得要么是李宇自己在美国闯了大祸，要么是给别人骗了，急急忙忙飞来洛杉矶。李宇的车还在修，他开着修车厂借给的车去机场接老爸。一上车，李福义就问了事故的详细过程，并质问李宇："不是买了车保险了吗？怎么还会冒出个巨额账单？"

　　李宇说："是有买保险。"

李爸问："那为何还要赔那么多？你开车那么莽撞，急着啥？急着去找死啊。"

李宇小心翼翼地说："我是不小心拐弯过猛，正好撞到了对面来车。"

李福义决定去找华人律师。因为他几乎一句英语都不会，只有找华人律师来处理了。

父子二人最后选了大东律师事务所。约好时间，范律师接待了他们。

范律师一边听李宇讲述事故的来龙去脉，一边翻看着李宇的车保险、事故调查报告、账单等。

听完、看完，范律师对李福义说："根据情况判断，车祸全是你儿子的原因，他要负全责，给对方造成的损失自然就应该赔偿。人们通常买的车保险是有理赔上限额度的，常为五万到十万美元。这在买保险时都有文字协议。理赔额度越高，客户交的保费当然就越多。只有一种'雨伞险'，保险公司才会帮客户赔到数百万。但那种保单保险公司卖得很慎重，通常要客户的驾驶记录很好，而且是和房屋保险捆在一起卖的。我看了，你们不是那种'雨伞险'，你们的保单上限是三十万，这已经是很高的上限了。我可以与你们的保险公司核实一下，看他们到底能理赔多少。"

李福义问："那超过保费上限怎么办？要自己赔吗？"

范律师答："很遗憾，是这样的。依照你们的例子，保险公司赔足三十万，一共损失三百四十万，所以你们的自付账单是三百一十万。"

李宇惊得口大张、脸苍白；李福义气得血上涌、脸通红，他举手要打李宇。

范律师赶忙阻止："不能动手，这里打人可犯法呢。"

李福义音调发颤，指着李宇痛骂："真是个败家子，车修好就赶快卖了，不能再让你开车了。"

范律师劝解李福义："静静气，事已发生，再发怒也没用了。"

　　李福义喘了会粗气，平静了些，又问律师：“这医疗费也太贵了，没宰我们吧，律师？”

　　范律师说：“人身伤害赔几百万是正常的。这还有个大手术，看上去合理，你要知道救护车跑上几公里就会收费上千美元。美国的医疗费是天价，人伤不起。所以一出车祸，保险公司也好，警察也好，都先问有没有人受伤。要是没有人受伤，估计警察都不来事故现场，车才值几个钱？不过你也别太担心，美国的医疗账单是可以讨价还价的，这就是我们律师的作用了。你和我签好代理协议后，我就会和对方当事人、律师及医院联系。”

　　李福义问：“哦？那能省多少钱呢？”

　　范律师说：“大约能减免掉四分之一到三分之一吧。”

　　李福义沉吟道：“那还是要不少钱呢。呃，要是撞死人呢？”

　　范律师揣摩着他的含义：“你说的是，如果，假如……撞死了？那赔的可远不止这个数了。我得解释一下国情。中国撞车后先看看车刮伤得如何，美国先问人有没有受伤。在美国人体金贵。在超市里顾客打翻了货架上的酱油瓶、醋瓶，店家根本不会让顾客赔，而是赶快先看看顾客有无受伤。这不仅是以人为本的道德理念，更因为是金钱原因，人体伤害赔偿可是天价。”

　　亏得是李家啊，真土豪，能赔得起，只是伤了不少元气。

　　李福义要回国了，问李宇以后怎么去学校。

　　李宇还不死心地反问：“老爸，真不让我开车了？”

　　“你以为我是开玩笑？”

　　“那我住得离学校远呢。”

　　“你就搬到近处住，今天就找房子。”

　　“学校周围不安全，走路或骑自行车就更不安全了。”

　　“安全？我宁可让别人杀了你，也不让你再闯祸，你这个典型的败家子。”

　　戴春兰回到住处，跟陈大川叙述了赛车事件，陈大川叹道：“唉，李宇不知天高地厚，胡艳芳在得州练特技，磨坏了八十个轮胎。”

戴春兰现在对车有了些概念，她睁大眼睛惊奇道："四只新轮胎不是可以用十年吗？她开什么车？"

陈大川笑了："当然是四轮车，你以为她开蜈蚣车？她在得州跟着美国同学练车、玩车，换了二十套，也就是八十只轮胎。你想，她车技能差吗？"

说完，他赶忙打了电话给胡艳芳："以后不能这样闹了。洛杉矶不是得州乡下，这么多车，你自己的安全也不顾啦？"

胡艳芳不耐烦地回嘴："是他自己非向我挑战的，我有什么办法？好啦好啦，以后不玩这种游戏还不行吗？"

李宇租住了学校边上的一个高级公寓，总算安分了些。

陈大川依旧每天花大量时间看书、上机，但他已经改了学习习惯。现在很少熬夜，保持头脑高效率；读书注重理解，不拘泥于文字；每天拿出一定的时间冥思。随着对计算机原理的深入理解，他越学越有兴趣，一点也不觉得学习是件苦差事。

陈大川的成绩在显著提高，越来越多的考试得第一。奶牛课考试结束时发卷子，几乎总是第一个报陈大川的名字。中国学生欢呼宋雨林有了接班人。

戴春兰近水楼台得了陈大川不少的月。她过去常向钱乐要作业抄，钱乐会给她，但免不了奚落、戏弄她一番，笑她为何不向洋人讨要。现在好了，陈大川给她作业，但不嘲弄她。一天下午戴春兰很难得地跑到图书馆，请教陈大川问题。结束后她讨好地嗲声说："我试做了一个新菜，回锅肉，很正宗的，你晚上回家尝尝不？"

图书馆里要安静，陈大川小声说："怎好意思让你辛苦呢？"

戴春兰也轻声："嗨，咱俩谁跟谁啊。"

白静在图书馆，隔着两排，还是听到了戴春兰的话，心里一阵不爽。

　　胡艳芳回罗丽岗家里会忍不住与卢雁谈到陈大川，说这个博特大学的老校友神速般成了计算机系的新星，她热情洋溢地褒奖勾起卢雁对往事的回忆。卢雁拐弯抹角地向她打听陈大川的选课，路过计算机系楼时，忍不住多徘徊一阵，多望望楼前的小路。但真看到陈大川出现时，她却没有勇气走上去，只是悄悄地看着陈大川的背影。

　　洛杉矶突然出现大范围的网络中断，包括了洛杉矶国际机场，航班一片混乱。几家著名大银行也受影响，被迫暂停业务。

　　大洛杉矶地区的网关就在洛杉矶大学内，联邦调查局（FBI）探员会同几个电脑专家匆忙赶来。

　　专家们忙乱了一阵，查明黑客的攻击方式为DoS的改进型DDoS，他们还发现并堵住了五个被黑客绑架的服务器。服务器也称为电脑主机，是功能强大的企业级电脑，处理和运算能力远大于我们普通百姓所用的个人电脑。那些被绑架的服务器在技术上称之为傀儡机。专家们虽然堵住了几个傀儡机，但网络并没有明显改善，时间一点一点过去，机场、银行等重要机构网络还是时好时坏、很不稳定。电脑专家忙得满头大汗，万般无奈，只好向系主任老驴求救。

　　老驴知道现在计算机的高手是陈大川，就带他们去了机房："看看有谁在机房吧，如果我的学生陈大川在……"

　　他透过大玻璃窗看到了陈大川："……你们真幸运。"

　　白静正在一个大银行实习，也受到了影响。她不懂是哪里出了问题，还以为是自己银行的电脑故障，发短信把故障的现象给了陈大川，向他请教。

　　陈大川正在忙着和FBI专家讨论大网络的故障，匆忙回了短信：

　　FBI来了，我们正在讨论。

　　白静一惊，连忙又回信：FBI？怎么啦？

　　陈大川太忙，就没再回。

他与专家们讨论完，也认同攻击模式为 DDoS，但陈大川认为黑客所调动的傀儡机远比想象的多。

他说："网络、服务器、路由器都比往年扩容了十倍，光是几个傀儡机不会对网络完成饱和攻击的。"

所谓 DDoS 饱和攻击是指用大量数据包，同时发向被攻击的服务器，消耗其可用的中央处理能力、带宽资源等。简单地说黑客利用傀儡机将超多的数据包发给网络服务器，超出其处理能力，最后导致网络服务瘫痪。

陈大川仔细验看了各种系统文件和系统进程，发现许多可疑地方，有的系统文件被篡改或毁损。他设法恢复了这些文件，又研究了系统日志，发现了黑客更多的蛛丝马迹。其中一个黑客程序冒充正常进程，混在路由器中，它的名字用数字 1 来混淆英文字母 l（小写的 L）。从运行时间上来看，黑客早在一周前就入侵了这个主路由器，但当时并未发起攻击，而是预留好后门，扫清了足迹，等到今天和其他傀儡机一同发难。

黑客一般都是先突破某个服务器，进入内部局域网络服务器，然后调动网络内的几台服务器作为傀儡机向别的主服务器或路由器发起攻击。但这个黑客居然调动了上百台傀儡机，等待时机成熟，同时攻击主路由器、网关等，难怪那几个专家无法解决问题呢。陈大川找到了原因，不禁露出了一丝得意的微笑。他一一化解了傀儡机，夺回主路由器的控制权，先让机场、银行等重要网络恢复，然后再接再厉，让其他网络也恢复正常。

这时陈大川才想起来回白静短信：你们银行恢复了吧？

白静回：你怎么知道的？

陈大川回：是我恢复网络的啊。

白静看到银行同事们欢庆的样子，心里由衷地钦佩陈大川。

FBI 探员关心的是罪犯，问陈大川："能查出是谁干的？黑客在哪里？"

陈大川回答道："这就比较困难。但可以肯定黑客隐藏了自己的互联网 IP 地址，他用几个服务器做跳板，分多级跳跃，再发起攻击。所以我们能看到的是一个个主机的 IP 地址，真正黑客的地址肯定被隐藏了。我可以试试，但需要一两天的时间。"

FBI 探员："可以的，我们可以等。"

黑客的地址加密了。陈大川运用密码学知识，先查出黑客用的加密方式是 K 型不对称加密法，这是一种很新的加密方式。他又经过一番解码，终于破解出加密前的真正 IP 地址。原来黑客一共用了三个主机，三级跳，最后才跳到被攻击的目标主机和路由器上，难怪 FBI 的电脑专家一时都找不出真正的 IP 地址。

第二天，陈大川把黑客的真实 IP 地址发给了 FBI 探员和他们的电脑专家，并问道："这个信息能找出黑客来了吧？还要我再查查 MAC 地址什么的？"

FBI 的电脑专家本来就感到让一个学生解决了问题，被狠狠羞辱了一番，这时赶忙说："不必了，有了这一信息，我们可以找出真正黑客。"

白静一直想在自己家里做顿好饭，请陈大川尝尝自己的手艺，这次黑客事件成了由头。她说为庆祝陈大川帮助银行恢复网络、找出黑客，准备了家宴。

陈大川推辞道："我那是为了大家，不是专为你，岂敢有劳于你？"

白静说："不许推辞，你过去还帮过我好几次呢。"

陈大川见她心诚，说道："好吧，恭敬不如从命。"

他带了一瓶葡萄酒登门。

显然女主人做了充分准备。桌上很快摆上了红亮油润的糖醋排骨、雪白嫩滑的清炒虾仁、碧绿爽脆的豉香苦瓜、香味扑鼻的大煮干丝和清雅精致的炒什锦菜。陈大川看呆了，这都是平时很少看到的菜色。

白静看着陈大川吃惊的样子，有点得意："陈大哥，这些菜看得可眼熟？"

一席话提醒了陈大川："对呀，这都是咱江南家乡菜啊，真是久违了。"

白静说："陈大哥，你这次可是为中国人争了光，我当然要用拿手的家乡菜款待你了，还有一个冷盘。"说着，她走向冰箱，拿出一小碟。

陈大川眼尖："不会是南京盐水鸭吧？"

白静一乐："怎么，眼见还不为实？"

陈大川道："你会做？真了不起。"

白静："这我就不行了。做起来很复杂，还要有原料。这是昨天跟他们去买的，我也是第一次知道洛杉矶还有盐水鸭卖。"

陈大川知道这个"他们"应该包括钱乐。他觉得太敏感，还是不点明为好。

陈大川给白静倒了半杯葡萄酒，自己还要开车，只能少倒一点。两人开始品菜。各种菜都很正宗，什锦菜虽然少了荠菜、茨菰，但依然有着很浓的家乡味。

白静不无遗憾地说："有些美味的家乡特色蔬菜洛杉矶还是买不到。"

陈大川笑着说："我已很满足了，这三个菜：干丝、什锦菜、南京盐水鸭我没见它们已有两年了，我要像扑到书本上一样扑向它们。我屋里的戴春兰问我要作业，有时会进贡一下美食，但品质真没法和你的比。"说得白静心里美滋滋的。

他们品着家乡菜，聊着家乡事，回忆着童年、少年。

最后陈大川撑得饱饱，白静离席，说："最后给你做个汤醒酒。"

几分钟后，她端上一碗汤，更令陈大川吃了一惊："鸭血粉丝汤？"

白静又一乐："山寨的，这里没有鸭血卖，只好用猪血代替了。"

品尝起来，味道很接近鸭血做的，陈大川不禁直夸白静手巧。

远　行

回家的路上，他脑子里摆脱不了白静的影子，总是浮现着她优雅、诚挚的笑脸和含情的明眸。数年前的爱情心理创伤正在逐渐抚平。

白静还是经常由钱乐送回家，但她对钱乐的感情一直没深入发展，钱乐暗自着急。这天回家路上他故意往爱情话题上引，白静却有意岔开，与钱乐扯些不着边际的话，到家时也只简单地道声谢。

钱乐苦恼了，看白静进家后，就走出车子，坐在门口的路边抽闷烟。白静没听到车子开走，就透过百叶窗看了看，看到了独坐的钱乐，她忍不住出门劝慰他，叫他少抽烟，早点回去休息。

期中考试全结束了，陈大川的各科成绩都是班上第一名。

陈大川心情很好，破天荒地主动邀请白静，用自己的旧车载着她去了一趟海边。海里的冲浪、帆船，远方的落日都成了两个人的陪衬。陈大川在海边小礼品店看中一个风筝，买来与白静同放。他是放风筝高手，三下两下风筝就飞了起来，白静开心地直拍手。陈大川让她双手抓住风筝线根据风力轮流收放，让风筝越飞越高。两人的手碰到了一起，又害羞地分开，但两人的心灵都有了感应。

考完没过几天，陈大川接到了学校国际学生办公室主任凯瑟琳的电话，让他去一趟办公室。

陈大川很纳闷地走进办公室，看见有两个警察站在边上。他感到气氛不对劲，突然有了不祥之兆，想起新生入学迎新会上钱乐说过的话，到国际学生办公室时多半是遇到了麻烦。

凯瑟琳严肃地对陈大川说："你被指控在夏天参与人口走私，这是严重的刑事指控。"

陈大川脑子轰的一声，突然反应过来，一定是因为暑假为比尔的职业介绍所开车送非法移民的缘故，惊得脸色苍白，渗出细汗。

本来那个职业介绍所并未引起警方的注意，陈大川开车送人的整个暑假也平安无事，但不久前发生了一起意外。介绍所一个华人新司机送三个西语裔非法移民去科罗拉多州的中餐馆打工，司机并不知道这三个人究竟是哪国人。因为美国邻居墨西哥、危地马拉、洪都拉斯等当年都是西班牙的殖民地，都说西班牙语，所以统称西语裔，这些邻国都有人偷渡来美。可怜的新司机不太懂英文，也不了解美国环境。深夜开车有点迷路，看到高墙边一处路灯比较亮，就停车在那里借光查看餐馆合同上的地址。哪知那是一所联邦监狱的高墙。看守看到深夜一辆孤车停在墙边，担心有越狱行动，就会同警察驱车上前盘问。这原本是一项普通检查，只要他们不是威胁着监狱安全就会放行，但车上三个非法西语裔青年沉不住气，突然下车四处逃窜。于是警察开枪追捕，全部抓获还打伤一人。事情闹大了，警察就通知了移民局。执法人员从车上搜查出三个签好字的工作合同，上面有中餐馆和职业介绍所的地址、电话。移民局怀疑这是一个有组织的偷渡集团、人口走私，就顺藤摸瓜搜查了职业介绍所，逮捕了比尔。又从比尔的手机通话记录里发现了陈大川的许多通话记录。

陈大川大脑此时一片空白，下意识地跟着警察往外走。

凯瑟琳说了声："请等一下。陈先生，你应该找个律师，在与律师联系前不要乱说话。我问过你的系主任 Dr. Read，他说你是个优秀的学生，如果可以，他愿意保释你。这样在正式定罪前，你依然可以回来上课。"

经过华人律师的努力和老驴的保释，陈大川暂时得以返校上课。但他知道案情不容乐观，因为律师说了，即便陈大川最终开脱与人蛇集团的关系，但他非法打工是坐实的。很可能先入狱，服完刑再被遣返中国。律师争取的最好结果就是让陈大川免于牢狱之灾，但无法阻止遣返。陈大川沮丧无比，现在也只能上一天课算一天了，多学点知识为回国做准备。

远　行

陈大川对白静态度发生急转，他不想连累白静。再也没有图书馆内读书间隙畅快地聊天，再也没有图书馆门前轻松地散步。为了躲避白静，陈大川索性跑到图书馆最顶层人不常去的地方看书。

白静很快察觉到了陈大川的变化，她十分纳闷，试探着给陈大川发开玩笑的短信：为何不来二楼了？轮到我为你占位子了，你不来我看书效率可低了。

陈大川只是简单地回短信：我最近要忙着查资料。

戴春兰已经和维多利亚夜总会的黑人青年杰克谈恋爱了，杰克常豪爽地请戴春兰一起去酒吧喝酒。这天有点醉意的杰克让戴春兰开车载他去酒吧。

戴春兰疑惑地说："你已经喝了不少酒了，还去酒吧？"

杰克半睁着醉眼："你、你、不知，为了去酒吧显摆、感受嗨的气氛，又、省钱，我常在家里喝个半饱。呵呵，酒吧酒贵多了。"

钱乐对白静感到气馁，他觉得两人的感情温度始终没有升到恋人的热度，反而觉得她对陈大川挺在意。钱乐是个直性子的人，心里有疙瘩就想解开，一合计他与白静相识有两年了，密切相处也有一年多了，下学期白静就要毕业离校，应该有个结论。他决定套一下陈大川的口风，如果陈大川与白静真有感情发展，自己索性收回对白静的想法，只做普通朋友得了。

两人聊天时钱乐对陈大川半开玩笑地说："白静是个很不错的人，暑假出游富二代那么追她，她都没动心，莫不是对你情有独钟？"

陈大川也半开着玩笑："我怎么没感到？嗨，我们不过是老乡。她过去听说过我的高考事迹，孩子气敬重我，算是盲目崇拜。其实我们只算普通朋友。不过你说的对，她的确很优秀，好学、勤俭，最关键是心地善良。你应该继续追下去啊。"

钱乐叹了一声："唉，……也有些时日了。你相信电影、韩剧所描写的那样，死缠滥打就能追到？我觉得双方第一眼就决定了缘分，如果第一眼看上去没有感觉，再追也没有用。"

陈大川鼓动着："好事多磨，好的女孩哪能轻易追到手？她愿意与你来往，就没关死这扇门。她的生日快到了，不好好准备一下？"

接近期末考试，陈大川心神不宁，期待出庭又怕出庭。

他忍不住又电话询问律师："我那个案子有什么进展？"

律师说："你急啥？能拖到你毕业最好，正好遣返你回国，说不定连机票钱都省了。现在警方与移民局还在调查取证，你保证能随时出庭就行了。他们有你暑假全美国跑的电话记录，对你很不利。不过检方表示如果你能提供比尔职业介绍所、人蛇集团的其他线索，他们将从宽处理你。"

"我压根就没介入他们的集团，如何有他们的线索？"

"那你有没有发现他们的蛛丝马迹？譬如电话线索，地点线索？"

陈大川回忆着："我倒是有一次跟比尔到了一个神秘的地点，像是蛇头窝点。唉，我是开车跟着比尔车的，也没有进去，早忘了地点。"

"可惜，那是个非常有用的线索，无疑可以帮警方的大忙，也可以救你自己。"

期末大考刚一结束，白静就来找陈大川："后天我过生日，有同学准备为我庆生了。我不想人多，那样太麻烦，也让人家破费。"

陈大川道："我也觉得过生日人多就杂乱了，你希望找哪几个和你一起过？"

白静深情凝视着陈大川。

陈大川回避她的目光："钱老大不错啊。"

白静说："他是个好人，可是太油嘴滑舌了，你有什么计划？"

　　陈大川心里极度矛盾，他的确很喜欢白静，但自己命运未卜。他有点慌乱，犹豫着、说着莫名其妙的话："我可能，可能，会早点回国，早点离校……"

　　白静奇怪了："下学期我们不就毕业了吗？再怎么早法？你以前说过想毕业后先实习一段时间。我也打算工作一段时间，长点经验，把学费挣回来。噢，莫不是你国内有很好的机会？也不在乎几个月时间啊？"

　　陈大川看到白静急切的样子，有点黯然神伤。

　　不过很快，他就坚定了自己的决心，说道："钱乐是嘴上不饶人，心眼却很好，不像那个富二代，口是心非。现在你上哪儿找这么好心肠的人？像他这样的人才会为所爱付出一切，甚至生命的。"

　　白静愣了会，涌出眼泪，赌气一转身走了。

　　第二天钱乐高兴地发了个微信给陈大川：看来，你的看法是对的，白静答应我给她过生日了！

　　钱乐带白静来到洛杉矶国际机场附近一个特色餐厅，为她庆祝生日。

　　吹过生日蜡烛，吃完生日蛋糕。

　　钱乐故作神秘地问："你不是说过，很想去旧金山吗？"

　　白静说："对啊，你还记着。我早就听说那是个浪漫城市，一直没机会去呢。"

　　钱乐扮个鬼脸："那我们现在就走。"

　　白静有点吃惊："现在？"

　　钱乐说："怎么，不想要这个生日礼物？"

　　钱乐得意地展示了手机里的机票订单。

　　白静高兴地一拍手："说走就走的旅行。"

　　钱乐高兴地纠正："不是走，而是飞，比翼双飞。"

　　原来，钱乐早就预谋好了庆祝生日活动，他要给白静一个惊喜。

他拉着白静出门上车前往机场，在长时停车场（Long Term Parking）停好车就直奔航站楼。夜航班机腾空而起，飞往旧金山。

当天晚上，陈大川在自己房间里独自给白静点了个生日蜡烛。

陈大川若有所失，烛光中飘动着过去的卢雁、现在的白静，都是那么虚无缥缈。

Tips

1 一个很靠谱的美国旅游网站：途风旅游网（携程旗下旅游平台）http://www.toursforfun.com 或 http://www.tours4fun.com（英文版），有中、英、西班牙文三种语言服务，是赴美旅游的第一品牌，也经营全球各大洲的旅游。不仅有美国旅游大团，还有私人定制的个性化游：小众游、名校游、购物游等；不仅有豪华游轮游，还有开私人飞机等项目。

2 在美国租房车（RV）旅游很方便，有很多的房车休息点，但总费用未必比普通自驾游便宜。请留意，老的华语媒体（常为中国台湾同胞主办）将普通私家车称为房车。

第 *13* 章　旧金山之恋

旧金山——太平洋与旧金山湾环抱的半岛上的明珠，音译为三藩市，或圣弗朗西斯科。但华人更喜欢称它为旧金山，有金子就能发光，吸人眼球。1849 年这里发现了金矿，被追求黄金梦的华人称为金山。1851 年南半球墨尔本也发现了金矿，也被叫成金山。后来为避免追梦者跑反方向，墨尔本被华人改称新金山，北半球的金山则加了个"旧"字。美国人却从不叫它什么"金山"，城市名字来源于天主教的圣人圣弗朗西斯。不过中国人给它起的名字很名副其实，因为这里曾是淘金热门地，现在已无金可淘，故称之为旧金，城市完全建在几个小山上，当然应该叫旧金山。

华人的文学修养的确名不虚传，对得起五千年文明史。随便给美国几个州、市起名都是那么的到位、传神。从过去起的"满山秋色"州（马萨诸塞州）、"旖色佳"市（Ithaca，据说发明权属作家冰心，康奈尔大学所在市），到现在网民起的"博士屯"（波士顿，名校太集中，博士多如麻，哈佛、麻省理工等等等等都在那里，美国就是个大农村，自然都是屯子），"花生屯"（首都华盛顿很土，不像我们的帝都那样繁华），"死丫头"（西雅图，有少女般的多姿），"扭腰"（纽约，时尚之都），"痞子堡"（匹兹堡，对老城市的无恶意的戏称）。

旧金矿消失了，换颜成别具特色的浪漫之都旧金山。绝大多数美国城市的市中心无处可玩，一到晚上或节假日就成了鬼城，毫无

旧金山之恋

人迹。而旧金山却大不一样，各种肤色、不同口音的游客和当地人往来于欧式建筑之间，徜徉于绿树花坛之中。高低起伏、顺山而建的街道上昼夜奔跑着各种公共交通车辆：普通巴士、无轨电车、有轨电车、出租车，还有最著名的古老的缆车。缆车有轨道、有车轮，但不是靠车轮提供动力，而是依靠看不见的钢缆。钢缆被安置在轨道中央的地下，持续不停向前移动着，车上"司机"通过竖直的长杠杆来控制缆车底部的"夹子"，夹住钢缆使车前行。早在汽车诞生之前，缆车已经作为交通工具服务大众了。实际上能在旧金山如此陡峻街道上运行的，相当长一段时间里也只有缆车了。日落时分，跃上一辆老字号的木制缆车，听着当当的车铃声，就像融进了一百年前的旧金山城市生活。乘客可以坐在车内，也可以随意搭站在车外踏板上。别的车辆严禁交叉口停车，但缆车专停在十字路口，让大家下车照相，而其他车辆必须避让。远处的海光山色、眼前的街景人群，尽入镜头。

旧金山缆车 （可人 摄并友情提供）

远　行

　　高速宽轨 BART（取自 Bay Area Rapid Transit 首字母）则让人们回到了现代。这种交通工具类似于中国的地铁，它风驰电掣地行驶于地下、地面和海底，安全平稳地转送着旧金山及附近三十来个城市、两个国际机场（旧金山和奥克兰机场）的乘客。

　　旧金山街道两边的欧式建筑以维多利亚式为主，多彩多姿、依山傍海、错落有致。有的当民居、有的作商务。这里有太多的咖啡屋，旧金山人对咖啡的钟爱近乎于疯狂，他们不是用钟表来计算时间的，而是用咖啡匙来度量时光。这些当地人习惯于把咖啡屋当作社区的中心，在那里交友、聊天、阅读、听音乐。

　　旧金山的另一个特色就是常年有雾，尤其是夏季的雾最多。想一想，当橘色的金门大桥下白雾弥漫或一半的桥面掩映在浓雾中，金桥宛如飘浮在仙境中，谁会轻易忘记这一幕呢？雾也成了旧金山的天然空调，全年温度都保持在十摄氏度与二十摄氏度之间，即使是最热的夏天，温度也常常只有十几度。而距此不到一小时车程的外地，如硅谷，却是三十多度。所以当外地游客身着 T 恤到此，自然是"冷不防"，故而有了美国大作家马克·吐温的戏言："我所经历的最寒冷的冬天是旧金山的夏天（The coldest winter I ever saw was the summer I spent in San Francisco）"。

　　钱乐、白静携手共游，感受着旧金山的气息。最壮观的景点当然是金门大桥，最热闹的地方非渔人码头（Fisherman's Wharf）莫属，最高贵的生活区应该是诺布山丘（Nob Hill）。钱乐是旧地重游，殷勤地当向导。

　　金门大桥是旧金山的地标，世界上最大的单孔吊桥之一，高耸的桥面有 25 层楼高。八十年前建桥时，它的技术是世界一流的，现在它也是公认的最漂亮的桥梁。漂亮在于它桥身的线条、色彩以及与周围环境的完美镶合。从桥的南岸观光点（Vista Point）看过去，桥的背景是翠绿的山；从桥的北岸观光点看过去，桥的背景是优美的都市天际线。下面是碧蓝的大海、点点的白帆、随风飘至的仙雾……

旧金山金门大桥 （徐栩 摄）

旧金山金门大桥 （徐栩　摄）

　　都说美国人稀，可到了渔人码头就完全颠覆了。这里一点不比北京王府井、南京夫子庙人少，随便一个周末摩肩接踵的人都和那里假日的人一样多，且秩序井然、环境整洁。

　　旧金山最北端海边是码头区，从东北角的轮渡大楼（Ferry Building）一路往西是一个个大大小小的码头。一般人将 33 号码头到吉拉德里巧克力广场（Ghirardelli Square）的区段统称为渔人码头。这片码头除了让人登船出海——这一码头的原始功能外，还建有众多的餐厅、咖啡馆、礼品店、古舰船博物馆。这里的街头和小广场散落着形形色色的艺人：音乐家、魔术师、画家。来自世界各地的人来这里寻悠访古、品酒观景。

　　在渔人码头的中心区 39 号码头，他们两个看到了海狮休息地，一大群胖滚滚的海狮躺在木架子台上懒洋洋地晒太阳。

　　白静指着海上近在咫尺的小岛问："那么近的岛可以上去吗？"

　　钱乐说："当然可以。那是有名的恶魔岛，Alcatraz Island，绰号 Devil's Island。"

　　"美国人的确缺乏想象力，起了个这么可怕的名字，上面还有一排房子呢。"

　　"对啊，要不然恶魔住哪里？"

　　"又在耍嘴皮子。"

　　"谁耍了？那可是个重犯监狱，关押了无数江洋大盗、世间魔头。嘻嘻，曾经的。现在是旅游点，对外开放，还拍过无数电影。"

　　白静睁大了眼睛："真的？"

　　"我骗你干啥。"

　　"哦，那我可要上去看看。"

　　钱乐说："我上网查查还有票没有，因为上岛的人一向很多，应该事先预定。"

　　他用手机上网 alcatrazcruises.com，果然票已售罄。

　　白静只好听钱乐的控诉了："这是世界上最少人情味的监狱，深夜雾来风起，呜嗡作响，牢前灯盏，昏黄摇晃。重囚犯的铁窗故意朝向渔人码头，太捉弄人了。他们通过小窗能看到灯红酒绿的花花世界，连人们的欢笑声、干杯声都能听得见，而自己却身陷阴冷的囚笼。历史上极少有越狱成功的，因为这里海水冰冷，没等游上岸就冻死了。"

见白静面露惧色，钱乐赶紧打住，说："恶魔与天使仅一步之遥，旁边有个天使岛，Angel Island。是不是好听些？"

白静道："嗯，好听多了，我们玩完这里就上天使岛吧。"

"不仅好听，也比恶魔岛大多了、漂亮多了。我们明天再去吧，那岛上至少要花半天时间，我们要在岛上租辆自行车骑，才能转得过来。"

顺着海边往西走，挂着船舵盘和螃蟹图案的招牌越来越多。海鲜餐厅的大锅里堆积着螃蟹，烧得红通通、热滚滚。他俩隔着玻璃窗看到厨师正在做著名的旧金山法式酸面包，就买来尝尝。酸面包挖空成碗，里面倒进海鲜汤，别提有多鲜美。

码头岸边自然停靠着各式各样的游艇，45 号码头边还停放着参加过第二次世界大战的著名的万吨级货船和一艘潜艇，都属于国家历史地标。

再往西走，有个国家航海历史公园（San Francisco Maritime National Historical Park），是世界上收集历史古船最多的公园，船只更加古老，主要是帆船和蒸汽船。

钱乐带着白静来到最西边的吉拉德里巧克力广场，吉拉德里是现存的美国最古老的巧克力品牌。对于喜欢巧克力的白静来说，当然不能放过这个机会，她早就想品尝这一著名的巧克力了。无论是甜美爽口的巧克力圣代，还是香醇浓滑的冰淇淋都给她和钱乐留下了难忘的回味。

诺布山丘又叫贵族山丘，曾是旧金山四大家族斯坦福、杭廷顿、霍普金斯和克罗克的居住地。他们的豪宅在 1906 年大地震中均毁于一旦，后来前三个家族宅邸各自被改建成同名的高级旅店，第四个家族克罗克的宅邸则被改建成了庄严的格雷斯大教堂（Grace Cathedral）。这是以巴黎圣母院为蓝本，采用现代的建筑材料和技术，按比例缩小而建的。整个教堂装饰精美、气度非凡。

菲尔蒙特大酒店，或称仙山大酒店（Fairmont Hotel）占据了诺布山最佳位置，不但豪华，还更有意义。它也是国家注册的历史地标，因为1945年同盟国政要们在此商讨创建联合国，并在此起草了联合国宪章。这里还拍过许多著名的电影和电视剧。

诺布山有着极佳的远景，走在高处的街道，远眺大海，钱乐和白静心旷神怡、流连忘返。

当然，旧金山还有金碧辉煌的市政厅（City Hall）、希腊与罗马风格的"艺术宫"（Palace of Fine Arts）、消防喷嘴形状的柯伊塔（Coit Tower）、九曲花街（Lombard Street Gardening）、联合广场（Union Square）都令白静目不暇接。

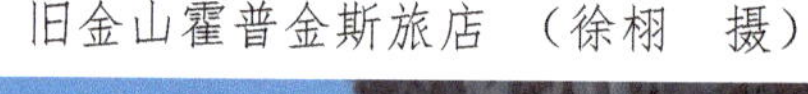

旧金山霍普金斯旅店　（徐栩　摄）

旧金山市政厅 （可人 摄并友情提供）

就如同中国的每一个古都一样，这里的每一个景点、每一个建筑都有一段神奇的历史，都有一个美丽的传说。

钱乐告诉白静："美国著名作家威廉·萨洛扬说过：如果你还活着，旧金山不会使你厌倦；如果你已经死了，旧金山会让你起死回生。"

离开旧金山时，白静又依依不舍地透过飞机舷窗俯瞰下方：美丽的房屋群就像晶体管电路板一样排列整齐；几个笔直的大桥跨越海湾；青山蓝水……

旧金山九曲花街 （可人 摄并友情提供）

旧金山艺术宫 （徐栩 摄）

李宇对小霞腻味了，换了新女友小月。

小霞打了他几次电话，李宇最后接了，在电话里婉转地提出分手。

小霞："你当初怎么向我发誓的？"

李宇又说了一遍曾对小菲说过的话："在那一时刻是真心爱你的，绝对是真实的。斗转星移、万事在变。你应把那一时刻当成永恒的、美好的回忆。不在乎天长地久，只在于曾经拥有，对不？"

元旦来临，李宇准备好好狂欢一下。他早就策划了，准备在跨年之际举办个豪华级社交晚会，并成立名为"天生不凡"的富二代俱乐部。

他在网上公布了细则：

俱乐部宗旨"我们有钱不行，得让别人知道我们有钱才行！"

豪华晚会报名方式：网上报名，每位参加者交费 250 美元，必须预付。晚会举办地点：好莱坞附近的维多利亚夜总会，为好莱坞最高档的夜总会之一，是影视巨星常去的场所。参加跨年晚会总人数以 400 人为限，额满截止。主要活动：酒宴、狂欢舞会。

李宇、戴春兰将报名帖广发到各个学校中国留学生 QQ 群。

有不少不到 21 岁的留学生，特别是刚来美国的，很有新奇感。

他们发 QQ 询问：我们不够喝酒年龄能来吗？也交 250？

钱乐也在 QQ 群里，他先回短信：你二百五啊？这是常识，不能喝酒。

李宇却回 QQ：我们这是高档的私人俱乐部，可以悄悄喝的。本届跨年酒会的特色正在于此。我们的基调是法式大餐，收费统一，每桌会上五种不同的酒，保证不少于三种洋酒。

他又给钱乐回 QQ：钱某，你还是先改掉自己作弊的恶习吧，我们可是高大上俱乐部，天生不凡！

远　行

　　钱乐回李宇 QQ：脑残，满 21 岁才能喝酒，没有哪个俱乐部可以例外，你别自找麻烦。

　　李宇回 QQ：我们自有安排，你瞎操什么心？

　　李宇早就想到这个问题，他希望有更多天真、无知的女孩加入喝酒阵容，也希望形成普天同庆之势，更希望展现自己的"不凡"。组织这次活动之前他就和戴春兰一起找杰克商量了订餐和喝酒的问题。

　　戴春兰事先已经得到杰克的暗示，李宇才与她一起面见了杰克。

　　李宇开门见山："我们是开大的 party（聚会），四百人，大家想喝点酒。这可是个大生意哦，当然不会少了你的好处。"

　　杰克说："我们按规定肯定要验看证件的，不过有人偷着喝我们未必看得见啊。"

　　李宇塞给杰克一叠现金："你看见了什么？"

　　杰克看了看美钞，幽默地一语双关："我什么都没看见。"

　　现在的中国留学生不差钱，通过 QQ 群报名，很快就满了四百人，但大多数是来自外校的年轻留学生，因为李宇在本校的号召力已经大打折扣。

　　12 月 31 日当晚，身着各式艳丽服装的四百名学生陆续来到了夜总会。

　　只见铺着雪白台布的豪华餐桌上摆好各种餐具，银色刀叉、乳色餐盘、透明酒杯，每桌上有一瓶白酒、三瓶不同种类的色酒、一瓶啤酒。夜总会的服务员一一验看学生的证件，给满 21 岁的人发给黄手环戴上，用英语说："按照规定，只有戴手环的人才可以饮酒。"

　　但李宇和"天生不凡"的几个发起人都跟每个桌说了一遍汉语："门口有人望风，看见警察来，会通知大家的，到时没手环的人就不要喝了。"

李宇在主桌坐定，很老道地给旁边的新女友小月和同桌的几个美女倒酒，红光满面地向大家炫耀着欧美酒文化："白酒是国产五粮液，给怀乡的男生准备的。品酒还是要喝洋酒，来看每人面前的这种酒杯，是专喝开胃酒的。开胃酒，法语是 Apéritif，英语为 Aperitif，顾名思义，是在上正菜之前饮用的。大家可以先喝起来，我倒的这瓶叫阿尔萨斯起泡酒 Crémant d'Alsace。过一会正餐一上，就换佐餐酒，吃完饭后再换消化酒。切记，喝不同的酒一定要用不同的酒杯，这才是正宗的法式大餐。"

各桌响起了叮叮当当的干杯声和新年快乐的祝贺声。

众人刚喝不久，李宇就收到手机短信：有警察。

他大声通知了大家："没手环的小心了。"

一下子进来了好几个警察，叫学生们全都拿出证件重新验看。然后警察们突然宣布，不满 21 岁的一律离场。年轻学生们面面相觑，他们就是冲着能喝酒才报名来的，离场前纷纷走到主桌质问起了李宇。李宇无言以对，有的人跟着起哄，嚷嚷着要退钱。有些人的年龄满了 21 岁，可以留下继续喝，但因为是带着师弟师妹来的，自愿和他们一起离开，也在要求退钱，夜总会里的场面越来越混乱……

警察立即让夜总会停放音乐，开亮大灯，更多的警察涌入。

李宇只好站起来，匆匆表态说回去以后结账，退回损失。当学生们走出门口时，才看到更多的警察站在两边，像是欢送他们的仪仗队。美国的安全规则就是这样，如果众人聚会，警察感到有潜在的危险时，会派出相当数量的警力，以保证对混乱现场的威慑力。

清完场，剩下不多的学生继续吃喝，但气氛全无。

李宇身边的小女生小月走了，他喝了一阵子闷酒，找来杰克问道："你不是说警察很少来查吗？怎么一下子来了这么多的警察？"

杰克说："警察像是有备而来的，肯定是有人事先告了密。"

李宇问："会是你们的人吗？"

远　行

杰克说：“那不是砸自己的卖酒许可证？你知道现在申请卖酒证有多难吗？条条规矩不说，还要请左右邻居开听证会，要得到附近居民的同意。所以绝不会是我们的人告密，只可能是你们的人。”

李宇气不打一处来：“哼，来的人想必不会告密，一定是那些没来的穷鬼。”

他满嘴酒气地大声对大家嚷嚷道：“今天被警察踢场，一定是有人告密了，请大家回去人肉一下，务必挖出那个汉奸，为民除害。我现在基本上确定了怀疑对象。”

李宇很快就想到钱乐。上次自己向老驴告密，钱乐会猜到是自己干的，肯定是找这个机会报复。

李宇坐下来当即在几个 QQ 群里发了人肉帖：

据信这次警察的出现是有人告的密，请大家提供线索，人肉出这个中国人败类，我的悬赏金是 2000 美元，绝不失言。

李宇的设想是既要确认一下是否是钱乐，又要通过 QQ 群来羞辱一下告密者。

很快春季开学了。李宇号召大家人肉告密者，并没有得到积极响应，悬赏金没人认领，或许大家没能人肉出真正的告密者。

李宇就直接挑战钱乐了，他在 QQ 群里与钱乐对话。

李宇：姓钱的，冒个头，元旦酒会是不是你向警察告的密？

钱乐：土老帽，总算有人告你的密了，哈哈，以其人之道还治其人之身。

李宇：好汉做事好汉当，别做缩头乌龟。

钱乐：谁跟你一样做乌龟？背地里玩阴的。哎呀，你怎么就得罪那么多人呢？好心办个晚会还让人给告了？

李宇：这事除了你，还会有谁干？

钱乐并没有去告密，但他知道肯定是别的中国学生告密的。他不想急于撇清自己，这也是为告密者打掩护，于是故意来个模棱两可。

钱乐：呵呵，别来套话，我无可奉告。或许你应把悬赏金提高
　　　一些。

李宇又想到他跟自己争夺白静，越发愤愤不平。

李宇：你小心点，跟我作对是不会有好果子吃的，你就等着瞧
　　　吧。

钱乐：嘿嘿，吓死宝宝了。我还真想看看你的手段，奉陪。

李宇：好，有种。

第二天，高则仕才看到他们两个的对话，立即回了QQ。

高则仕：李宇，休要撒野，实话告诉你，是我举报的，不关钱
　　　　老大的事，我也是为你好，未成年喝醉出事，你脱不
　　　　了干系。

原来元旦前，高则仕在 QQ 群里看到了酒会报名帖，也看到了钱乐对李宇的规劝，但李宇根本听不进。高则仕觉得李宇是胡来，诱惑年轻的中国学生违法，他可不愿浪费时间规劝李宇，立即给警察站打了电话，请他们去维多利亚夜总会严查身份证件。

李宇：原来是你小子告的密，总算跳出来了，好，这下倒省了
　　　我 2000 刀。靠，等着挨收拾吧。

钱乐：怎么啦？这么快就忘了救命之恩？

李宇：我给过他和印第安人钱，他们不收，我情分已尽。他敢
　　　跟我作对，就没有好下场。

不一会，高则仕接到钱乐的电话。

那头的钱乐说：“我觉得应该再报一次警了，他这么回短信，已经对你构成了威胁，这不符合美国的规矩。”

高则仕道：“嗯，我也有同感，他太嚣张了，一点没有悔过之意，不分好歹。不过报警后警察会不会对他处罚过度？”

钱乐说：“你应该先考虑一下自身的安全，他是个极端自私、不计后果的人。”

钱乐把暑假波浪谷游玩遇险，在生死关头李宇偷藏白静水的事告诉了高则仕。

钱乐接着说道：“我来报警，只如实说李宇网上威胁，不一定有真行动，由警方处理吧。如果警察能警告他一下，我们的目的也就达到了。”

“还是我来报警吧，不要把你扯进来。”

“我怕啥？我同时也给你做个证人，证明他的确威胁了你。”

很快，李宇家长得到了李宇被捕入狱的消息。

李福义问夫人：“这孩子又出了什么事？怎么每一学期都不安生？”

李宇妈说：“说是他威胁了举报人。”

“什么举报人？威胁谁？”

“李宇组织了个元旦晚会，让中国同学举报啦，后来他威胁人家举报人，所以被抓了。”

“没出息，让他在局子里呆一会吧，不用管他。”

“就这一个独苗，怎么能一点不管？据说这罪还挺大的。唉，算了，孩子不是读书料，实在不行还是让他回国吧，别再折腾了，我们又不是养不起他。总之，当务之急是要想办法把他弄出来，总不能让孩子在狱中过春节啊。”

李宇妈看到李福义一直在看财务报表，并不吱声，就急了：“你到底去不去啊？不去，我就一个人去了。”

李福义经不住李宇妈的唠叨，说："好啦好啦，等我把手上的事理一理，交代给手下，我们就去。"

李宇双亲又赶来了美国，他们在机场租了车，直奔监狱与李宇会面。

有机玻璃窗隔开双方，父子二人只能通过电话对讲，李宇身着囚服，面容憔悴、神情低落。

李福义听完儿子的诉说，问道："那据你所说，两次告密都是那个叫高则仕所为？"

李宇说："对，肯定是他了。"

"你过去与他可有仇？"

李宇想了一会："没有啊。"

李福义略一舒展下眉头："我先设法找到他吧。"

"向他求情？"

"让他撤诉是最好的办法，你又没有真的把他怎么样，就说你们是在开玩笑。大不了道个歉，塞点钱给他。"

李宇担心道："不过，那个书呆子很较真，不一定肯通融。你可以再找一下钱乐，让他帮忙说话，他是学生会主席，会有点用，高则仕也只会听进他的话。"

父母二人离开监狱后，警察们带着翻译听着他们的对话录音。

回家的路上，李福义对夫人说："李宇这孩子是太露富了，让同学给盯上了。"

李宇妈说："你是说遇到碰瓷的啦？"

"当然啦，要不然都是同学，他为啥一开始会举报？这点小事又怎么会把孩子关进去？哼，敲一下竹杠，都知道我们家有钱。"

"那现在也没辙了，只有破财消灾了。"

李福义将车开到李宇的那个豪华公寓，他们当晚就住在那里。

李宇妈忙着整理乱糟糟的房间。李福义连夜忙着打电话找熟悉的同学，要高则仕的电话号码。

　　一打通电话，他就对高则仕快人快语：“你好，我是李宇的父亲，先代李宇向你道歉了。我们老远跑来，是想化解这一纠纷。李宇这孩子不懂事，我们以后会好好教育他的，他可以保证以后不再冒犯你。但我们就这一个孩子，他蹲监狱对你也没有什么好处。不如你帮个忙，就说你们是开玩笑的，并不是真的威胁你，撤了起诉。我们会给你可观的损失费，或者你有什么别的要求也可以说出来。”

　　高则仕回答说：“我倒是想帮忙，过去也帮过他的大忙，但这次我是无能为力了，并不是……”

　　高则仕本来想说并不是自己举报的，但又想到这样对方很容易怀疑到钱乐身上，犹豫了一下就挂掉了电话。

　　李宇妈在一旁着急地问李福义：“怎么样？”

　　李福义愣了一会，才说：“高，高手，现在碰瓷都是高手了。他推脱说帮不上忙，却又提到曾帮过李宇的大忙，这不是要抬高价码又是什么？还是问一问那个钱乐同学吧，让他调停一下，议个价。”

　　李福义又打电话给钱乐，先把说给高则仕的话重复了一遍，又说道：“麻烦你从中斡旋一下，向他问个价，大家都是中国人，有话好商量，别让美国警察看我们的笑话。”

　　李宇妈一把抢过电话：“钱同学，我是李宇的妈妈，李宇刚入学的时候我们就在餐馆见过面。现在实在要麻烦你了，请你无论如何帮一下忙，你的好处费自然少不了。”

　　钱乐先是感到突兀，后才明白过来，他们把事件弄乱了，就解释道：“哦，你们搞错了。举报李宇威胁高则仕的是我，与高同学无关。我也没料到警察会处罚得那么重，但可能这就是美国的法律吧，我也不太懂。现在让我改口，怕是不妥。你们不如把钱花在请律师上，找个好律师，帮助李宇减刑开释，我觉得应该不会判得很重。我们学生会会去探视他的，你们大可放心。”

　　直到这时李福义才捋出了头绪，关键举报人并不是高则仕。他心里直骂李宇糊涂，又开始盘算下一步该怎么办。

第二天一早，门外有人急促地敲门。李福义开了个门缝，看到两个警察站在门口，远处还站着两个警察。

一个警察用英语说："你们是福义李、青韩？"

他用美国的习惯把姓念在后面。

另一个警察会汉语，就用汉语问："你们是李宇的父母？"

李福义从第一个警察说的英语里就知道是在叫他们俩的名字，他懂点基本英语，连忙用英语回答："Yes。"

两个警察从腰间解下手铐。汉语警察说："我们要逮捕你们，有逮捕令。"

李福义脸色大变，说了汉语："为啥？"

汉语警察点拨了一下原因："你们给高、钱打过电话？"

李福义说："是啊，怎么啦？"

汉语警察说："你们要跟我们走。"

李宇妈吓得哭泣起来。

李福义稍一挣扎，汉语警察大声喝道："不要动。"

远处的警察冲了上来。李福义知道常识，要听警察的话。他马上就不动了，任由警察上手铐。警察看他停止了挣扎，也放缓了动作，推着他们两人上警车。这时两人看清楚了共有两辆警车停在门口。

原来，警察们听完李福义父子的对话录音后，立即申请了法院许可，开始监听李福义与高则仕、钱乐的通话，发现两个家长试图贿赂当事人和证人，就申请了逮捕令上门抓捕。

收押起来的李福义才想到找律师。他提出请求后，找回华人范律师的名片，与律师通了电话："范律师，我们两口子莫名其妙地被关起来了，你能帮忙吗？"

范律师回答："我不是专作刑事的律师，可以帮你介绍刑事律师，先问问是怎么回事，警察怎么说的？"

李福义说："他们好像说，我找了原告的麻烦。"

他将全过程跟范律师仔细说了一遍。

电话里范律师是遗憾的口气："那你们是惹上大麻烦了。你儿子威胁举报人，这种行为比一开始他让年轻人喝酒的罪名要大得多。你后来干扰当事人、证人，罪名就更大了，何况还试图贿赂。你们这不是一步步自己走入深渊吗？在美国试图掩盖真相的行为，往往比真相原罪还要大。对于刑事案，法律是不允许干扰当事人和证人的。唉，你为何不先请教律师呢？你要知道，如果那两个中国学生收了你们的钱，也可能会进监狱呢。你这不是在害人害己吗？"

李福义有点不信："真的吗？这可能吗？"

他觉得这个律师想骗他的律师费。

范律师一气，连珠炮般地冲出话来："不相信？你比美国总统脸还大？尼克松，美国历史上唯一因丑闻而下台的总统。不是因为水门大厦窃听，而是因为后来妨碍司法公正，试图掩盖而被迫辞职的。不论何人，当开始掩盖时，他自己就知道错了，不是吗？知道错了，正确态度应该是什么？"

正赶上了春节，李宇全家三口都在狱中过了春节，只是被分开看管，无法团圆。

Tips

1 低等级的公路、小路，如州道，高低起伏，很有风景感。但如遇恶劣天气或手机没信号，要尽量走高等级公路：州际公路（沿线依然保留着报警用的有线电话 Call Box）、US 美国国道。路越大越安全，一旦有洪水、暴雪，美国都是先救援高等级公路的。

2 遇到龙卷风，尽量开车躲避，常有龙卷风的地区路边会有地洞供人躲避；如果开车时感到地震，那一定是大地震了！迅速驶离桥梁、隧道，然后逐渐减速靠边停在安全处，避开电线杆等物，先留在车里，以防别的失控车辆撞伤自己。确信外面安全了，再考虑离开自己的车子；车落水前、后要立即打开车门、摇下车窗，迅速离开车子；私家车的后排靠背都可以放倒，人可以从小洞爬进后备箱，箱锁口有小按钮，按下后打开后备箱逃生。当车门、车窗都打不开，这是唯一的逃生口！

第14章　核心秘密

　　白静现在学车并打算买车了。她一毕业，就要在那家银行全职实习，天天上班只能靠自己开车。在美国的外国留学生，都可以申请毕业实习，完全属于合法工作。文科毕业生允许实习一年，理工科则允许实习长达三年。因为这样的实习工作大多与正式工作职责相同，所以很多留学生就利用这样的机会转为正式职工，长期工作了。

　　美国没有学员必须上驾校学车的规定，关键是在路考时把关，路考合格就发给正式驾照。一般人考的是普通 C 驾照，可以开私家小车，也可以开搬家用的卡车。而且没有驾照开车和忘了带驾照开车性质不同，处罚起来也截然不同。

　　钱乐教白静学会了基本驾车技术，刚上路练习，就听到旁边鼓声滚滚，吓得白静脸色苍白，可又不敢转头看是怎么回事。

　　钱乐笑着说："老黑的车过来了，他们喜欢震撼音乐，并无恶意。不论是新车、二手车，他们买回来的第一件事就是把音响给换了，装上大功率的音箱，巨大声响都能把车轮震飞了。"

　　白静："他轮子飞不飞不要紧，我的心都快给震飞了。"

　　白静开到交叉路口，当信号灯由黄变红时，老是判断不准何时该停、何时该冲，就发牢骚："国内信号灯变色前都有倒数计时，司机很容易知道还剩下多长时间。"

　　钱乐说："你以为信号灯的学问就这么简单？"

“还要怎么复杂？”

“先说倒计时吧。过去美国的信号灯也有倒计时读秒的，但反而更容易出交通事故，因为司机盯着看读秒，一到 0 马上猛踩油门，所以倒计时拆除了。只保留人行道、给行人看的方形信号灯读秒。再说变灯时间，现在新马路下都埋有感应器，小路车少的那条路，红灯时间长。只有在有车等候，压着感应器时，才会给出绿灯。”

“哦，设计的真科学。”

钱乐又说：“你注意观察，所有允许卡车走的路，给你看的信号灯绝对不止一个，至少三个，放在路口的三个不同位置上。”

“怕被卡车撞坏了吧。”

“哈哈，跟着我真长幽默。卡车高啊，会挡住后面小车司机的视线。多装几个信号灯，保证无死角。”

“还真有学问呢。”

“其实你根本不必担心来得及否闯黄灯，这里的变灯时间都测算好的。如果你感到车速快，来不及刹车，完全可以自然开过去，不会变红灯的。当然这要多上路练习。”

卢雁还是时不时故意绕道走过计算机楼。这天白静来找陈大川，看到陈大川和几个中国学生走出楼来，刚要上前打招呼，突然看到小树丛后面的卢雁。此刻她正躲在绿叶后、全神贯注地看着陈大川。白静和卢雁现在是好朋友了，虽然卢雁晚半年入学，但她们有选共同的课程。白静所有的旧作业题、旧考题都与卢雁分享，她们还经常讨论金融原理、美国的金融体系与中国的异同点。

看到这一幕，白静颇感纳闷，难道陈大川对自己态度的转变是因为卢雁？她无法否认，卢雁是个很漂亮、很有气质的女孩，尽管年龄大了一点，尽管有点多愁善感。

白静是来找陈大川当第二教练的，多个教练可以多些不同的指点。

陈大川很爽快："乐意效劳。男女朋友之间教车并非好事，很多情形是车学会了，男女朋友也吹了。"

白静笑了："嘻嘻，我早就听说过这一金科玉律：男女朋友、夫妻之间不能教车，因为太容易引起争论。"

陈大川看到白静有点熟练，就鼓励她开快点，因为太慢也不会通过路考。白静的胆子逐渐变大，能轻松开到正常的速度。不知不觉车已经开的挺远，陈大川又让她多练拐弯。

陈大川还告诉白静一个服务电话："洛杉矶地区新开设了一个511救助电话，提供免费服务。如果车胎爆了，可以帮你换车备用胎；如果油烧光了，可以白给你加一些汽油，让你开到加油站。这样就防止了车辆故障堵塞交通。"

不知转了多少弯，两人都有点晕了，突然陈大川看到了似曾相识的环境。没错，去年夏天他开车跟着职业介绍所的比尔来过这里！

陈大川睁大眼睛环视四周，情不自禁脱口而出："是这里，真是这里……"

白静有点迷惑："是哪里？"

陈大川说："哦，没什么，咱们在附近绕一圈，别往前面开了。"

陈大川看清默记下交叉口街名后，说："停车换我开吧，咱们早点赶回去。"

陈大川坐上驾驶座，一踩油门往白静家狂奔。他要先把白静送回家，再给律师打电话，因为他不想让白静知道他卷入了一场官司。

冰雪聪明的白静突然有所领悟，问道："陈大哥，那里是不是你说过的像蛇头的窝点？"

陈大川对她的聪明是又爱又"恨"，一时不知如何回答，就闪烁其辞，答非所问："学车要专心，你好好看我是如何开车的。"

把白静送到家后，陈大川快速把车开走，留在原地打电话白静还是会感到奇怪的。开出几条街后他才停车，忙给律师打电话，告知可能的人蛇集团窝点地址。

第二天白静突然找到陈大川，悄声问："陈大哥，你是不是卷入了麻烦？是不是那个偷渡集团威逼利诱你？"

陈大川心里一热，嘴上却淡淡地说："我没和他们有什么瓜葛，没事的，你尽管放心。"

白静还是有点担心："那就好。我相信你是清白的，如果真有什么意外，我们都会帮你。"

戴春兰和夜总会的杰克处在热恋阶段了，时常成双成对参加各种聚会，戴春兰当然也常去他家里玩。杰克的家很大，有几个空房间，他指着一个布置的挺好的客房说："你可以随时住在我这里。"

戴春兰说："这房间很干净呢，地毯也比较新。我们中国人喜欢地板，主要是地毯不好打扫，容易有细菌、生虫子。"

杰克很有生活经验地解释："其实地毯的最大好处是安静，走路或其他动静不会吵到邻居。你知道美国的房子多是木板做的，走路、上下楼都会有脚步声，靠地毯消音就十分必要了。我们强调安静、休息好。你也见过居家和旅店的窗帘都很厚，就是防止一丝光线射入，杂音、光亮都影响睡眠。地毯柔软、保温，对小孩和老人的安全也有好处，不怕摔倒。"

"噢。"

杰克又说："地毯实际上也好清洁，常吸尘，隔段时间可以用专门的液体洗地毯，或请地毯清洁公司上门服务。实在不行就换新的，没多少钱。"

不知为何，戴春兰感觉最近一阵子杰克心神不定，脸上的笑容少了，幽默少了，有时还独自发呆。

白静学习很努力，成为她那个专业的学霸。她准备的毕业论文有点偏，或者说是跨学科的，题目是《数码货币取代美元为国际金融结算之可行性》。在论文里她提出了国际货币、流通范围的新思路，用数码电子货币替代现行的硬币、纸币，目的是要终结现金流通。这是继物物交换、货币出现、纸币流通、电子支付之后的又一次大变革。她经常向陈大川请教计算机知识，得到不少启发。

白静在图书馆里向陈大川描述了前景："将来物理网络完全普及，覆盖全球各个角落。每个人随身带的不是现金——准确地说，没有现金了，而是一个U盘模样或电子卡片式的电子货币。收银机——到时或没有收银员了，只接受电子卡片刷卡，人们也可以用手机扫描而进行货币交换。"

陈大川开着玩笑："早点告诉我何时开始用电子货币，我要收藏各国纸币了，那可是古董啰。"

白静继续说："这种电子货币不怕遗失，很难伪造，还能节约印刷纸币的成本。电子货币还易于追踪货币的流向，对反洗钱、反腐败都有正面的作用。"

卢雁突然得知自己的妈妈在国内病重了，只好叫回胡艳芳，让她多照看点房子。

卢雁说："我妈病重，我要赶快回国一趟，但会尽早回来上课的。"

胡艳芳说："你妈怎么了？感觉你这阵子魂不守舍的。"

"她换过肾，身体一直不太好，现在有可能恶化了。"

"哦，难怪我看你舍不得花钱呢，是存着给你妈看病？"

"嗯。"

"难得有你这片孝心。其实你又不用工作，读书做啥？我爸早就说养着你，他有这个能力。你不如索性休学，中美两边跑跑，做个纯二奶，又不妨碍当孝女，哪要这般辛苦学习？"

卢雁默默地摇摇头，过了一会言道："我妈说了生死有命，人是争不过命的，搭上我的时光是无谓的浪费。她一直瞒着病情，就是让我能安心学习，将来有所成就。她并不希望我平庸、乏味地度过一生，而要我做个名副其实的大雁。她的心愿是要我独立，不依附于任何人。"

"什么名副其实大雁？"

"你知道我的名字'雁'的汉字写法吗？"

"不是燕子的燕？"

"几乎每个人都认定是那个燕字，但那是家燕。我妈是北大荒的最后一批知青，生我时，有大雁飞过，就用那个'雁'给我起名。我妈一直说我是大雁、非小燕，希望我有鸿鹄之志。"

胡艳芳突然回忆起一年半前她和陈大川一同驾车来洛杉矶的路上，陈大川提到他的初恋：北大荒、大雁小燕。她有点不敢相信，难道世上竟有这样的巧合？

临近毕业，白静做好了搬家准备，开始清理东西。她又看了看从垃圾箱边捡来的那幅油画，画的色彩有种说不出的美感，她心里喜欢，只是有点旧，在犹豫着要不要扔掉。她曾把画的照片发给过洛杉矶的几个画廊，甚至发给了索斯比拍卖行，想了解这画的出处和价值，不出意外，没有任何回应。

白静在图书馆里与陈大川聊到此画。

陈大川问："搬家麻烦，你为啥不送给老大呢？"

白静说："他才不稀罕呢，嫌它又脏又旧。我怎么就觉得这幅画很别致呢？挺奇怪的感觉，可惜不知道画者和画派。"

陈大川提议道："现在互联网厉害，无所不能，我来试试吧。"

白静说："好吧，如果无人喝彩、不值钱，就扔了算了。"

她把画的相片传给了陈大川，陈大川把相片放到互联网上，请能人鉴赏。

过了两天，有个鉴赏家回帖：墨西哥著名画家卡洛斯画过这样的场景，后来此画失踪了，一直是个谜，这幅画现在应该价值连城。

鉴赏家又追问：油画的帆布上是否有沙子感？

陈大川赶快打电话问了白静。白静仔细看了看画面，又小心翼翼地用手轻摸了下画面。

她回复陈大川："Yes！（是的）"

　　陈大川兴奋地手哆嗦地回复鉴赏家：Yes！

　　鉴赏家：我仔细看了画家的签名。虽然时间长、磨损、模糊不清了，但我很熟悉它，可以断定是卡洛斯的名画，他作画的颜料特别，加了些细沙。你怎么发现这幅画的？

　　陈大川：我的一个朋友在垃圾箱旁捡到的，她差一点也要扔掉呢，只是觉得这画很特别，才上网来询问一下。

　　鉴赏家：可不能扔，这幅画的估值不会低于 300 万美元的，而且不光是金钱的损失，如果这画被送进垃圾焚烧场，世上就失去了这幅名画。你知道墨西哥的史学家正在为这幅画的失踪而困惑呢，哈哈，一幅名画再加上这段曲折的经历，价值又会提高了，恭喜你的朋友，她如此之幸运。建议她赶快把画送进保险箱里，我们保持联系，希望能早日看到真迹。

　　陈大川让白静立即把画从墙上摘下，存入银行的保险箱，一刻也不要耽搁。

　　陈大川又兴奋地告诉了同屋的戴春兰，白静要成真土豪了，她捡到的是名画，值三百万美元。

　　戴春兰晚上和杰克一起去餐馆吃饭，把这个新闻告诉了杰克。

　　杰克不以为然："太假了吧，现在中国人炒假古董、假名画都炒疯了。"

　　戴春兰白了他一眼："假什么？白静已经把画存入银行保险箱。"

　　听到这里，杰克才转变了态度，开始有点相信了："哦？她在哪里捡到的？"

　　"她住学校西边的老墨区，在家门口垃圾箱旁捡到的。那不是什么欧洲的名画，画者是墨西哥的一个著名画家，叫什么？哦，对，叫卡洛斯。"

　　杰克觉得这就很真实了，他领悟地点点头："哦，可信了。那一定是他们祖传下来的，画家当年未必有名，他的作品没人重视，传了几代，就被忽略了价值。"

　　"是的，有道理。"

"你认识白静的家？"

"我和陈大川一起去过他们家参加烧烤呢，怎么啦？"

"我想，以后也该留心下那个垃圾箱了。"

"别逗了，你以为那运气是人人都有的？"

杰克解释着："你不懂，那个扔画的老墨很可能是画家的后代或亲戚，但完全不懂画的价值。他扔了一件，还可能扔第二件、第三件。保不定后面扔掉的更值钱呢。"

"说的也是啊，我来看看她的地址。"

戴春兰翻了翻 QQ 记录，找出了白静家的地址。

一天下午，陈大川接到了久盼的律师电话："你上次提供的地址确实是一个人蛇集团的窝点，警方已经把他们全部抓获。我向检方提出了减免请求，他们答应撤销对你的所有指控，包括非法打工的起诉。你满意这样的结果吗？"

陈大川一阵狂喜，和律师打了个趣："可以接受，只是我夏天打工挣的钱又都给了你律师。"

电话那一头的律师也开心地笑了："你还挺不知足的，呵呵。抽空来一趟律师所，签字结案。"

陈大川感到了重获新生，他开心地长舒了口气。

晚上陈大川在图书馆里与白静破例聊了许多话，直到钱乐把白静接走。陈大川还想定下心来看会书，但实在太兴奋了，看不进去。他索性在几个 QQ 群里都灌了一通水才离开图书馆。一出馆门，陈大川发现夜里起了很罕见的淡雾，他小心地驾车回家。

突然他接到白静的电话，电话里白静泣不成声："陈大……钱乐，他，他……"

陈大川的心往下一沉，感觉今天的心情是在坐过山车，赶忙问："他怎么啦？"

"他出事了，我们在霍华德医院。"

不好，车祸！这是陈大川的第一反应，他急忙掉转车头向医院开去。

一小时前，钱乐来图书馆送白静回家，这几天两人都很开心，因为白静得了个名画。

钱乐边开车边说："你现在不重新规划未来？"

白静对"重新"一词感到奇怪，问："为什么？"

"你不是因为穷才要留在美国工作吗？"

"嗯，家里比较穷，国内没后台，要在美国工作几年挣点钱，攒经验。"

"现在你有钱了，可以不必留下来了。"

"呃，你为啥那么乱操心？哦，怕我跑了，把你一个人扔在美国？"

这时车已经停在白静的家门口。

钱乐说："谁怕？我不会跟到中国？我的脸皮可厚了。"

白静戳了下钱乐的脸皮："那你的胡子可太硬了。"

轮到钱乐有疑问了："为啥？"

白静说："那么厚的脸皮都能穿出。"

白静没有像往常一样立即下车进家，而是在车里与钱乐深情地吻着……他们有点大意，全然不知危险在一步步逼近……

一个蒙面人借着夜幕与淡雾蹑手蹑脚走到白静的车窗边，手里拿着枪。

蒙面人用枪口指着白静的头，故意用假嗓音低声说着英语："交出银行保险箱钥匙。"

他们俩一下子明白了，蒙面人是冲着名画来的。

钱乐很机智，装出很害怕的样子："别、别，钥匙在我这里，别伤了女孩。"

他觉得歹徒不会傻到拿到钥匙就放白静和自己走，所以一面悄悄打量周围有无歹徒的同伙，一面大脑飞转，想着如何脱险。

　　蒙面人将枪口指向钱乐，绕到驾驶座这边的窗口。钱乐慢慢将钱包递过去。

　　蒙面人说："我要保险箱钥匙。"

　　钱乐说："是的，现在都是电子卡片钥匙，我来找给你看。"

　　他突然猛地打向蒙面人那持枪的手，同时大喊着："趴下！"一挂档猛踩油门，车往前冲去。蒙面人从后面向钱乐连开数枪。

　　钱乐中了两弹，他忍着剧痛，将车开远后才停下。这时他血流如注，再也坚持不住了，趴在方向盘上。

　　白静赶忙用手机报警，又流着泪给钱乐止血。

　　警车、救护车呼啸而至，一辆警车护送着救护车急送钱乐、白静去了医院，有三四个警察在附近寻找弹壳等线索、走访附近居民找目击者。其余警车向歹徒可能逃跑的方向追去。

　　到了医院，白静回过神，打了电话给陈大川。

　　陈大川急急赶到医院，看到泪痕未干、眼神还有一丝惊恐的白静，显然是难过、惊吓所致。白静向他简诉着事件经过。医生走出手术室，轻轻对白静摇摇头，说钱乐伤势过重，没能救得过来。

　　白静一下子又成了泪人。陈大川连忙轻拍女孩肩膀用以安慰，尽管他自己也突然感到鼻子发酸、眼圈发红。

　　陈大川小声宽慰她："钱乐是条好汉，值得你爱一辈子，但人死不能复活，你别太难过了，坚持住。"

　　白静趴在他肩上哭着说："我要带他再去旧金山，他说过如果人已经死了，旧金山会让人起死回生。"

　　陈大川听了这话，不禁潸然泪下。

　　过了许久，陈大川的肩头让白静感到了点踏实，心情才逐渐有所平静。

　　陈大川走向钱乐曾驾驶过的工具车，打开车门，带着伤感坐了进去。他这是替钱乐完成几个重要客户的安全监控系统升级，其中一个就是胡艳芳的罗丽岗家。

远　行

　　这类监控系统由几种感应器、摄像头、显示器等组成。主人出门时可以启动感应器，当有人闯入、有人影晃动，就会触发感应器。感应器又直接激发警察站里的警报，值班警察马上就知道谁家出事了，从而迅速通知最近的巡警上门。

　　现在只有卢雁一个人在家，她开了门，两人都愣住了，陈大川没想到竟是自己的初恋情人。十年光阴，卢雁有了点沧桑，但陈大川还是一眼就认出来。

　　陈大川脱口而出："啊？怎么会是你？原来胡艳芳所说的二奶就是你？"

　　卢雁转过身去："先进屋吧。"

　　卢雁默默地在前头走，陈大川故作潇洒地在后面跟，在客厅里坐定。

　　卢雁端过一杯咖啡，陈大川并没有动它。

　　卢雁说："我知道钱乐出事了，没想到是你来升级监控器。"

　　陈大川问："有十年了吧，怎么呢？你并没有真正结婚？"

　　卢雁说："他不可能重婚啊。"

　　陈大川环视着大厅，像是第一次欣赏："那也无所谓，这么大的别墅，你也值了。"

　　卢雁垂下双眼："你现在嘴变得不饶人啦。"

　　陈大川说："电话里可是你亲口说的，缺钱了，要嫁个有钱人。"

　　陈大川强调了"嫁"字。

　　卢雁："过去我……"

　　陈大川带着冷嘲："过去你立志要做大雁，没想到还是成了家燕。也不错，有人花钱养着多安逸。"

　　卢雁："对不起，当时我……"

　　陈大川站起来："好啦，我可要忙着干活了，回去还要复习考试呢。"

　　说完就忙着换新硬件，升级软件。卢雁则呆坐在沙发上。

　　陈大川干完，叫了她好几声，卢雁才回过神来。

陈大川说："给你个友情提示，这个新系统可是连着手机的，可以远程监控，谁知道他是防着外贼还是盯着你呢，好自为之吧，Bye。"

卢雁默默地送他到门口，眼里忍着泪水，一关上门，她再也忍不住，泪流满面。

陈大川在回去的路上，脑里一直浮现着过去的卢雁，交叉路口的信号灯变绿了，他也忘了开车，别的车都在鸣笛提醒他。他不得不拐进一个超市停车场休息一会，以缓和情绪。

他没有吃晚饭的胃口，开车去了图书馆。然而他第一次没了进去的欲望，在图书馆边上的草坪上转圈子渡步。多年来的心灵伤疤刚刚有点愈合，又突然给揭开了，真是痛到深处。斜阳下他孤独的长影在慢慢移动。

胡艳芳看到了，以为丧失好友钱乐，陈大川还在难过，就悄悄跟上去说："老陈，不要太难过了，老大是很可惜，人已逝，活着的人还要振作……"

她突然看到陈大川的眼睛有点湿润。

陈大川叹了口气："唉，并不是因为钱老大。"

胡艳芳一下子明白过来："哦，你去了我家？见到了她，对不对？"

陈大川稍微点了下头："没想到是她……"

胡艳芳问："在上大学时，有一次卢雁生病，你是不是去卖血了？"

陈大川这时回过神来，盯着胡艳芳，满脸疑问像是在说：你知道我们以前的关系，为何不早点告诉我？

胡艳芳也是心有灵犀："你别这样看着我，她从来没有说过你的名字，我也是刚猜出你们的关系的。她上次回国前对我说过'大雁非小燕'，我们一起开车来洛杉矶的路上，你也说过。她和前男友家境都贫寒。有一次她生了病，男友就去卖血。如果男友知道了她母亲要换肾，肯定要干出别的傻事，所以索性与男友分手了。”

陈大川又像被击了一闷棍，慢慢回味过来为何卢雁会突然离开他。

胡艳芳放缓了语速：“不过，她母亲已病逝，卢雁说她的青春给了我父亲，现在也应该自由了。”

戴春兰最近心情相当好，杰克向她求婚了，并说要带她去墨西哥旅游。可突然连续几天戴春兰没见到杰克，打手机没人接听，去他家，人也不在。后来又去，发现杰克的房子周围站了些警察，拉上了黄色警戒线不让人进。

戴春兰吃了一惊，难道杰克也遇害了？他也是知道名画之事的。

当她试图走近房子时，一个男警察紧走几步上前拦截。戴春兰只好说：“我是杰克的女朋友，这里出什么事啦？”

男警察说：“他涉嫌两年多前的一个案件，我们正在取证、调查。”

戴春兰回忆起前一段时间杰克有点心神不定，就忙问：“他人呢？”

“他已经被逮捕。”

戴春兰感到头皮发麻：“啊，不可能，他是个好人。”

“或许吧，要等到审理完我们才知道。”

这时，从远处走过来一个女警察，她对戴春兰说：“你对杰克的过去了解吗？”

戴春兰说：“了解啊，没听说过有什么违法的事。噢，我和他的朋友都很熟的，也没听他们说过杰克有什么不是。”

女警察摇摇头，叹了口气。

精明的戴春兰这时才有所醒悟，杰克一定有什么事瞒着自己，特别是坏事，杰克和他的朋友是不会告诉戴春兰的。

戴春兰失魂落魄地回到家，从梦幻回到了现实，她要像普通中国学生一样生活、应付考试了。她上学期有一门核心课是 C，要重修这门课才能毕业。

很快，警察在学校开了个小型记者会，介绍两年多前中国留学生张梦倩失踪案的破获经过。中国留学生大部分都去旁听了。学生活动中心里，几个警察站在主席台上，边上还有国际学生办公室的凯瑟琳。

办案警长说：“我们已经抓获了残杀学生张梦倩的凶嫌杰克。”

记者们的闪光灯此起彼伏。

戴春兰脑子轰的一声，后面警长的话就听不进去了，知道戴春兰和杰克恋情的中国留学生都望向她。

其实杰克早就进入了警方视线，四年前他就因贩毒而被捕过。他贩毒时，一直用马路边上的一个公共电话亭与毒贩集团联络，警方觉得可疑，就在电话亭里安装了窃听器。通过窃听，知道他的贩毒事实，将他逮捕。

出庭时，杰克的辩护律师指出，装窃听器的电话亭里没有显著地文字提示“此电话将被录音、监听”，警察也没有事先取得法官的安装窃听器许可。而这个半封闭的电话亭尽管是公用的，还是构成一个隐私保护。如果没有明示电话会被监听，就不能录音、监听。即使监听、录音了也不能作为合法证据。警方对监听的滥用是非法的。按照法律，如果取证的过程是非法的，那么收集的证据就不作数，整个案件的结论也就不成立，杰克被无罪释放。

虽然没有被定罪，但他也吓得不敢再贩毒，就在维多利亚夜总会找了份工作，主要就是收收门票。中国留学生张梦倩常来玩，一来二去就混熟了。

张梦倩想利用与美国公民结婚而快速获得绿卡，她与杰克结婚之事未告诉任何中国同学。但杰克却更奸诈，早防备着她的虚情假意。美国法律规定刚结婚所拿的绿卡是临时的，要等到结婚满两年后，由美国公民帮助将绿卡转正。如果杰克不为张梦倩绿卡转正，原临时绿卡就作废了，张梦倩也就什么都没了。杰克给张梦倩车里偷装了行车记录仪暗中监视，果然发现张梦倩还幽会别的男友，所以杰克决定敲诈一番。

快到绿卡转正时间，杰克摊开自己掌握的证据，说要想转正式绿卡，必须先要付他一笔钱。

"为什么要给你钱？"

"看看这些证据，你一直与别的男人暗中来往，分明是利用我而结婚，骗个绿卡。你不给我损失费，我是不会为你绿卡转正的。"

"你打算要多少？"

"六万，一分钱都不能少。"

"六万！我哪来那么多钱？"

"这简单，我可以帮你介绍生意，你只要陪陪我的哥们睡觉，钱自然就有了。连旅店费都不用付，这里有空房间。"

"你这是要我卖淫？还是在家里？"

杰克冷笑着："别用这样的字眼，其实在你眼里，性也不过是个游戏。很多东方女孩为了钱，都这样干。在家里多安全啊。"

张梦倩做"梦"也没想到，杰克居然会出这样的点子。她气得大骂杰克，两人发生激烈口角。

张梦倩一咬牙："好，那我也不要你的绿卡了，我们这就分手。"

杰克一看自己的赚钱计划要泡汤，一下子急起来："分手？没那么容易，你浪费了我的感情和时间，必须要偿还我。我和两个哥们已经说好了，他们一会儿就到，你干也得干，不干也得干，由不得你。"

张梦倩一看形势不妙，准备夺门而出，杰克一把拦住，把她往里屋拖，张梦倩拼死反抗。恼羞成怒的杰克，抓起水果刀猛刺向她……

杰克约好的两个男人走近门口，听到了里面的打斗声和一声惨叫。他们互相看了一眼，感到不妙，但并没有进去阻止的意思，耸耸肩后回去了。

杰克事后清洗了地毯上的血迹，但还是担心会留下痕迹，干脆就换了新地毯。

过去张梦倩的案件，只作为一个失踪案处理，她生前很少与中国学生交流，谁也不知道具体发生了什么。后来贩毒团伙陆续有人被捕，他们内部也因分赃不均起了内讧，互相在咬。有一个落网者正是杰克为张梦倩约的嫖客，他为减刑索性抖出了杰克的杀人秘密。所以前一段时间当杰克得知几个原先同伙被捕、并试图立功减刑时，他心里十分紧张，不得不做好准备——出逃墨西哥。

戴春兰慢慢缓过神来，能听见警长所说："这次警方得到举报，取得了逮捕令和搜查令，迅速逮捕了杰克，又翻开了那个房间的地毯，下面发现血迹斑点，取得 DNA 证据，和张梦倩的吻合。我们还彻底搜查了杰克的住宅，将一切有用的证据、电脑全部带回警局做了进一步地检查。我们搜到一把手枪，进一步的弹道分析、弹头比对，确认正是杀害钱乐的那支手枪。杰克的电脑里，有他查好的墨西哥地图，手机里有与墨西哥方面的通话记录。"

警官停了一下，让听众意识到这是两个不同的案件："杰克是因张梦倩案子收押的，但根据我们掌握的线索，他也是前几天杀害钱乐的疑犯。他计划好在拿到名画后，劫持一两个人质开车去墨西哥。毕竟这里离墨西哥只有两小时的车程，车辆可以直接驶入墨西哥而不必停车检查。他可能要去找过去的贩毒同伙，所以此案中的另一个当事人白静还是幸运的。"

白静、陈大川坐在下面认真地听着，所有同学都对案件及其后果深感震惊。戴春兰这时才明白过来杰克向她要白静住址的真正目的。

中国留学生为逝去的校友钱乐和张梦倩举行了纪念仪式。

戴春兰感到了内疚，对大家说："是我害了钱乐。"

白静说："你要庆幸你没有成为第二个张梦倩。"

陈大川说："人们都在追求美满的婚姻，但大多迷失了婚姻的本质，自然是转来一场空，害人害己。"

戴春兰有点发愣地看着陈大川，似乎从没考虑过这个命题，她说道："'本质'太哲学，'空'又太佛学，对普通人来说，都太抽象了。"

陈大川看着傻愣的她，纠正道："这些概念太接地气了。婚姻本质就是因为爱而愿意奉献给对方。如果只想从对方那里索取好处，悲剧是必然的；如果想着奉献给对方，悲剧是偶然的。婚姻的另一个本质就是真诚，虚伪或许得逞一时，所以不少人把虚伪视为聪明，把真诚当成傻瓜。但从长远看，真诚必然胜过虚伪。自从有了现代婚姻制度以来，婚姻的本质就没有变过，不会因你来到美国感到自由而变，不会随着 Apple 手机到来而变，不会因为登上火星而变，不会随着引力波发现而变，更不会随着男人有钱、女人整容而变。对那些迷失婚姻本质，又想得到婚姻幸福的人来说，需要整的是心。"

停顿了片刻，陈大川又说："天下熙熙，皆为利来。利益是如此诱人，很多人见利而忘义，人与人、家庭与家庭、团体与团体的关系莫不建立在利益基础之上。当代一句口头禅铿锵有力——只有永恒的利益，没有永远的朋友。我们还要朋友干啥？我们还谈啥友情？我们只要利！为了利我们可以六亲不认！为了利我们也可以认贼作父，但见利忘义，那是什么人？"

陈大川等着戴春兰回答，戴春兰有点茫然。

陈大川替她回答："那不就是流氓吗？流氓之间当然没有永远朋友，只有短期同伙，所以杰克们之间只在追求不义之财、黑吃黑。真正的朋友只能建立在正义、公平基础之上，既有永恒的利益，也有永远的朋友。"

他们离开墓地，各自回到车里，陈大川给戴春兰发了个短信。

戴春兰看到短信，那是在教堂举行婚礼时，当着牧师证婚，男女双方的誓词：从今天起，无论是好、是坏；是富、是穷；是健康、是疾病，直到死亡将我们分开。

毕业前，陈大川申请了一个密码编码法 AGS 的技术专利。他的毕业论文《编码学原理在计算机远程控制中的运用》大获成功。这一运用在未来的无人机、无人航母、遥控机器人等远程控制方面起着重要作用，确保遥控信号不被破译。

白静也顺利地完成了毕业答辩。

又是一个毕业季，盛大的学生毕业典礼在举行。

白静、胡艳芳、陈大川、高则仕、王晨光、何明理等毕业生身着黑色硕士袍参加了毕业典礼，毕业生们鱼贯而入，走进会场中央，来宾、家长们则坐满了周围的看台。胡艳芳热情奔放，张开双臂向所有人打招呼，白静则含蓄微笑，款款而行，而陈大川喜悦中带着惆怅，因为他不舍这即将离开的校园。他给爱德华打过电话，一毕业就去硅谷拜访他，请他指点今后的发展方向。

过去夏天的驴友李虎和宋倾城也毕业了，和几个同学从新墨西哥州开车来洛杉机玩。他俩参加了胡艳芳与陈大川的毕业典礼，坐在观众席的前排。陈大川突然看到了看台第二排的卢雁，她正注视着自己走过。陈大川想到不久前对卢雁的刻薄言语，有点内疚地向她点头致意。又前行了几步，陈大川看到看台中央一个熟悉身影，正向他挥手，是爱德华！他居然驱车五百多公里从硅谷赶来了。陈大川兴奋地跳了起来，也向他挥手致意。

会场外面有几块大屏幕同步转播着毕业典礼，晚到的、没有座位的宾客就在场外观看着大屏幕。

典礼结束，毕业生们纷纷走出会场，红光满面地手拿毕业证书与自己的亲人、朋友在附近交谈着、合影着，众人攒聚。

<h1 style="text-align:center">远　行</h1>

　　许多公司的招聘人员在忙公关、游说着优秀毕业生。陈大川、高则仕自然在被争抢之列。

　　一个国际大公司的人力资源部人员拉拢陈大川："陈先生的论文我们评估过，完全符合国家利益豁免。我们大公司有专门律师，可以为你办优先绿卡，你看如何？"

　　一小公司人力资源部负责人也不服输，找机会把陈大川拉到一边，递上名片："我叫弗兰克。我们公司目前是小一些，但有数项专利在手，前途无限。别的公司给你多高的工资，我们可以超它 20%，不，25%，这我可以做主。"

　　弗兰克看到陈大川只是微笑，又接着说："我们还可以给你公司股份……"

　　陈大川没有与这几个公司多纠缠，只是收下名片，因为他急于与爱德华见面。

　　陈大川看到卢雁向这边走来，就匆匆迎上去，有点歉意地说："谢谢你能来参加我们的毕业典礼，小胡告诉了我你的过去，我那天的态度粗鲁了些。"

　　卢雁说："喜庆日子不说这些了，恭喜你毕业。"

　　陈大川轻轻与她握了一下手："谢谢，以后再聊，我要先见老朋友。"

　　他快步走向爱德华，两人热情握手、拥抱、开怀大笑。

　　爱德华说："我把美国发展科技的两个核心秘密告诉你，可想听？"

　　陈大川惊讶道："这可是我最好的毕业礼物。"

　　爱德华又爽朗地笑了起来："哈哈，开玩笑了，实际上这些都是公开的秘密。当我喝咖啡时，做了些思考、总结。你知道什么是发明吧？"

　　陈大川说："知道。对自然界原本不存在的物品或技术而言，如指南针、电灯、汽车，我们说是发明，是被人们发明、创造出来的。"

白静、高则仕也围了上来。

爱德华说："对。发明是可以申请专利的，所以美国的第一个核心秘密就是做好专利权保护。这样既能刺激科技发展，又可以节省国家整体的研发资金。"

陈大川说："哦，专利也有负面作用，会形成垄断，阻挠别人。"

爱德华阐述道："专利的优越性远大于负面缺点。你申请了一个专利，但未必了解专利的好处。申请专利，不是要技术保密，恰恰是要公开。所有人都可以上专利局网站看到这些新技术，这就避免了大家的重复研究、重复劳动。有一句英语常用语'不要重复发明轮子'，就是这个理念的概括。别人反倒可以在原发明的基础上进一步发明创造，这就是后人站在了前人的肩膀上，技术积累。"

爱德华看到白静等人围过来听，觉得举例子能深入浅出、说清道理。就举了一个自行车的例子。

A 发明了自行车，申请专利时，他要把所有技术细节公开，一旦 A 离世，这些技术不至于失传。其他人看到技术细节后，就不必再重复研发了，但他们可以用新的方法发明或在原基础上进一步提高。B 在 A 基础上发明了变速自行车。没有 B 的专利许可、转让，A 只能生产自行车，不能造变速自行车，而 B 没有自行车专利，什么都不能生产。解决方案可以是 A 和 B 互相授权专利或购买专利来生产变速自行车。

白静明白了："哦，这些优点我过去不知道。"

爱德华说："从道理上说，发明出的东西以前都不存在啊，发明者阻挠了谁？比如过去没有留声机、飞机，你不也活得好好得吗？你完全可以不用留声机、飞机。凭什么别人一发明出留声机，你就要无偿使用呢？专利不是阻扰你用新发明，而是让你付点钱给原创者。不想付专利费，你就别用，或你自己用另一种方法去发明留声机。你又无法证明唯有爱迪生那一种方法能发明出留声机。"

陈大川同意道："嗯，无法证明方法的唯一性。现在的数码录音机就不同于爱迪生的方法。"

爱德华继续说："现代专利都是有专利期限的，常为二十年。对国计民生有重大影响的发明，还可以缩短专利期限。期限一到，大家都可以无偿生产、免费利用、造福人类。"

站在一边的高则仕插问："专利保护对创新的激励有多大呢？"

爱德华笑了笑："呵呵，你以为有多少人会为好玩而去发明？他们都是为了发明权而带来的巨大经济利益。英国是最早完善专利制度的国家，所以瓦特时代全英国都对技术革新趋之若鹜。瓦特一生都在研究、改进蒸汽机，他一个小技师一辈子的工资也买不起一台老式蒸汽机。但好在他有技术、有头脑，自然就有大款主动找他投资，协议是生产新型蒸汽机，赚的钱与瓦特对半分。瓦特边改进蒸汽机边申请多项专利，防止别人山寨。要是没有专利保护，瓦特赚不到钱，他也会去大学里混文凭、谈恋爱，还费啥心思改进蒸汽机？呵呵。"

陈大川说："他或许会去炒房子赚钱呢。"

爱德华开心道："哈哈，还是你有想象力，但他却无意之中给英国工业革命带来了动力。当人们问瓦特和投资人忙忙碌碌干什么时，他们为了保密，只回答：研究'动力'。"

白静："他们的回答真聪明，蒸汽机的确是动力。"

爱德华："在蒸汽机之前，动力几乎只有人力、畜力，根本无法推动工业革命。"

学金融的白静对投资感兴趣，问道："那个投资人叫？"

爱德华说："不记得了，现在人们都记得瓦特，很少有人记得那个投资人的名字。"

高则仕说："看来，技术比资金更重要啊。"

爱德华点着头："完全正确！现代化社会应该如此。美国继承、完善了英国的专利机制。莱特发明飞机也是为了专利权，为了专利所带来的巨大利润。整个研发过程，国家没有投资一分钱，保护好专利就是最大的支持。在专利批复之前，莱特停止公开飞行展示近两年，以防泄密，因为当时还有另外几个人在紧锣密鼓地研发飞机。

我们不能光看到兄弟俩获得了专利，赚了大钱，还要看到他们付出的代价——自愿付出的代价：青春时间、投资研发、放弃大学，以及生命安全。你知道那是从未有过的飞机，不可能有人教他们如何开飞机，全凭自己摸索，能有多大安全系数？为了保住飞行经验和让父亲放心，他俩不同时飞上天。"

陈大川爱好航空，回忆着航空史："多数航空先驱都献身了。"

爱德华接着说："当然最后莱特兄弟得到了媒体和大众的'顶礼膜拜'——这是当时报纸的原话。因为莱特兄弟一度停止了公开飞行，各大报纸质疑他们是骗子，都对他俩冷嘲热讽。专利批准后，他俩公开重飞，引起轰动。报纸也大度道歉，说要对他俩'顶礼膜拜'。很多科技发明给人类、社会带来了意想不到的变化。空调的发明，使得美国大众得以向南方炎热的'阳光带（Sun Belt）'移民，这'阳光带'可是包括了十四个大州的。你就理解这项发明对美国经济做出的贡献。"

高则仕有所感悟："看来专利机制对创新非常有效。"

陈大川说："我们还没有真正理解为什么科学技术是第一生产力，现在大家觉得房地产是第一生产力。"

爱德华说："我毫不怀疑中国人的聪明才智，当发明者觉得一项有用的发明，比炒十套房子还要赚钱，他就会去主动钻研，这是最关键的：是自己主动去，不是被逼着去钻研。无偿享受科技专利、知识产权如同精神鸦片，祸害全人类。什么时候中国打击科技专利侵权比打击毒品贩子还狠，什么时候中国科技就腾飞了，我们就可以看到新四大发明。否则中国永远跟在美国后面，亦步亦趋。"

陈大川很兴奋："这是个新视野，我过去埋头读书，没有思考过这些问题。"

远处，胡艳芳、卢雁也慢慢走过来。

胡艳芳手里拿着两件小礼物，轻声对卢雁说："谢谢你给我的礼物，但他的你自己给嘛，要我转干啥？"

爱德华又说出第二个秘密："对一个新物体的欣赏心态，是真正的创新源泉，鼓励这种心态是美国的又一大核心秘密。你们喜欢电子书吗？"

陈大川说："一般般。"

高则仕说："它还是不如纸书，伤眼睛。"

爱德华循循善诱着："这件小新物可以当做有无创新意识的试金石。我们是欣赏它，努力去解决电子书伤眼的缺陷？还是心里抵触它，抱着纸书不放？这就是两种不同的心态。心态的不同直接影响到新物体的诞生、新技术的发展，直接影响到一个国家的进步与强大。显然，后一种心态的人没有创新意识。因为心里抵触着电子书，他根本就不会想到去发展电子书、改进电子书。事实上，哪一个新物体没有缺陷呢？"

陈大川赞同："对、对，如果一个物体完美无缺，肯定就不是高新了。"

爱德华："再说，视觉最终是被人脑接受的，我们将来还非得需要眼睛看世界吗？"

站在旁边的卢雁不无遗憾地说："只是有许多传统企业要倒闭了。"

爱德华环视一眼周围几个黑袍子，说道："一百年前贝尔的一句名言，还记得？"

他用询问的目光看着学生们，无人作答。

高则仕说出了部分答案："我知道他是大发明家。声音的强度单位：贝尔，以及十分之一贝尔——分贝，都是以他的名字命名的。"

爱德华点头："对。他说'当一扇门关闭，另一扇门打开时，人们总习惯于懊恼地注视着关闭的门，却不去看那打开的门。'实际上，科技进步就是如此，每当它终结一个旧行业，就会开辟一个新领域。你们要关注哪扇门？现在电脑、互联网展现了巨大的潜力，前景无量，正等着你们年轻人去闯。"

　　胡艳芳今天心情格外好，她顽皮地说道："请您预测一下可看见的前景，好吗？"

　　爱德华说："哈哈，无量到……甚至无法预测。好吧，我来设想一个前景。现在教授给你们授课比较快的方式是靠语言，他要先将自己的学问从脑中转换成准确、容易理解的语言，用嘴说出。学生呢，先要用耳朵接收教授的语言，准确领会字眼，再转进他们的大脑理解，中间还可能要经过语种翻译转换，每次转换都必须精准，否则就无法正确理解这些学问。整个过程费时费力。现在你们学一门课要一学期，高深的学问还很难理解，就是因为经过了多次转换。往往不是因为学问本身难懂，而是因为难以靠语言说出、也难以靠语言理解。将来发明一种电子波，直接将教授的思维、学问从他的大脑传入学生的大脑如何？几分钟就学懂了一门功课，中间还不会出错。当然也就没必要考试了。"

　　宋倾城、李虎围了上来，他们静静地听着。

　　胡艳芳很高兴："这个前景太美妙了，不用再费神考试了。那，语言就没有存在的必要了？"

　　陈大川兴奋地说："对啊，不需要任何语言了，因为语言就是为了交流思想的嘛。以后是大脑与大脑直接交流，不经过语言了。"

　　爱德华说："人是因为不够聪明，才发明了语言、文字用作交流。文字还有两类：拼音类和象形类，实在是笨办法。聪明的人之间不是一个眼神就交流了？"

　　胡艳芳问："没了语言，那嘴的任务就是吃饭和接吻了？"

　　爱德华笑着说："呵呵，我担心嘴退化到只剩下接吻的功能了。"

　　胡艳芳又问："为啥？"

　　爱德华道："很可能发明了缓释营养胶囊，吃一个胶囊管十年饱。"

　　众人也都笑了起来。

　　爱德华又对陈大川说："为什么我在阿拉斯加说过，最新科技、最新创意大学里学不到？所谓最新，是全世界都还没有的东西，当然大学里也没有。既然大学里没有，你怎么可能在大学里'学'到呢？它们只能在人的思考中产生。简言之，创造发明、创新，来自于独立思考，来自于灵感，而非死记硬背、杂乱无序的知识。所以对创新、创造而言，莱特兄弟中的兄长、比尔·盖兹、乔布斯放弃大学就不是偶然的了。在大学里最主要的是要学到创新的理念与正确的思维方法。显然，他们几个已经得到，没必要再在大学里浪费时间了！"

陈大川有所开悟，所谓创新，就是创造出世界上没有的东西，就是"无中生有"，就是要离开学校的束缚，独立思考。自己不正是处于这个转换时期吗？

后记

美国是个重视教育但不重视文凭的国家，是作者的一点心得。在美国学会了独立思考，是作者最大的收获。

不少访客对美国有一个瞎子摸象的感觉，希望本书能给读者一个较完整的印象。不少学生、家长都想着通过留学将来有所发展，却没想到在美国会丢失更重要的东西——生命。作者看到了太多的可以避免的意外：交通事故、歹人袭击、GPS 的正确使用等，希望本书能给读者一个安全指导，毕竟生命安全更重要。本书中最残酷的情节也是最真实的情节。

回忆起早年刚来美国读书，在得州名为亨茨维尔（Huntsville, TX）的小镇上，一个飞虎队老人奇利（Chili）对中国学生很友好。那时我们都没怎么听过飞虎队的事情，老人也没有提及自己的功劳。他曾来过中国，一起抗战。那时我们太忙于学习，很遗憾没有多谢谢善良的老人，希望他还健在。

2013 年美国在加利福尼亚州新设立了一个国家公园—— Pinnacles National Park，现有 59 个国家公园。为体现历史性，书中还是说有 58 个国家公园，其他统计数据同理。

本小说构思十余年，结合了作者的真实经历，2016 年底在中国内地由江苏凤凰文艺出版社出版第一版。宋媛媛、李双对第一版书的部分章节作了加工和整理，仲跻嵩提了宝贵的修改意见，特此感谢。

三年来作者又做了一些润色，重新划分了章节以使各章节篇幅相当。原来的黑白图片均换成了彩图，并新增了 13 幅。现在海外出版第二版。

书中提到了一些景点和商业网站，都是作者和美国朋友的切身体会，我们并未接受任何形式的赞助。

徐栩

2021 年 12 月于美国洛杉矶

www.ingramcontent.com/pod-product-compliance
Lightning Source LLC
Chambersburg PA
CBHW042034180726
48295CB00006B/97